MELA NAGEL

Stadt aus Wasser und Licht

DIE MASKENMAGIERIN

arsEdition

Bibliografische Information der Deutschen Nationalbibliothek
Die Deutsche Nationalbibliothek verzeichnet diese Publikation in der Deutschen Nationalbibliografie; detaillierte bibliografische Daten sind im Internet über http://dnb.d-nb.de abrufbar.

Lektorat: Jana Ronte
Satz: Fotosatz Amann, Memmingen
Covergestaltung: Frauke Schneider
Page Overlay: Yanet Prieto Hernández
Kapitelvignetten, Absatzmarken und Pagina: shutterstock.com/Maria Kolyadina

ISBN 978-3-8458-5697-1

www.arsedition.de

Für meine beiden Herzensmenschen.
Ohne euch wäre meine Welt nur pastellfarben.

Kapitel 1

Überraschung!

Könnte bitte jemand die Zeit zurückdrehen? So fünf Minuten? Die reichen vollkommen. Dann könnte ich mein Skizzenbuch rechtzeitig unter meinem Matheheft verschwinden lassen. Könnte mit den anderen auf dem Weg zum ersten Treffen für den Maskenball der Schule sein. Aber nein. Signora Anola kann ihre Stifte nicht im Zaum halten. Deshalb stehe ich schon am Ende des ersten Schultags vor Signore Eduardo, dem Mathelehrer, der mich von der anderen Seite seines Mahagonimonsters von einem Lehrerschreibtisch aus beäugt. Dabei hatte ich mir fest vorgenommen, gerade zu ihm Abstand zu halten. Seit meinem ersten Tag auf dem *Liceo Artistico Palazzo Tutori Venezia* vor genau einem Jahr ist uns beiden klar, dass meine Mathekenntnisse unter dem hier herrschenden Durchschnitt liegen. Was für mich kein Problem ist – hey, akzeptiere deine Schwächen und du hast mehr Zeit für deine Stärken –, ist für ihn eine absolute Katastrophe. Mich beim Stärken meiner Stärken, dem Zeichnen, erwischen zu lassen, okay, ist dämlich.

Auf seiner Glatze bilden sich Falten, als schiebe jemand das Verdeck eines Cabrios nach hinten. So wie er mich anschaut, könnte man fast meinen, es liegt an meinem Outfit, denn meine zerfetzten schwarzen Shorts und das ebenso schwarze und übergroße Shirt scheinen seinen Geschmack nicht zu treffen – genau wie meine Mathekünste. Trotz der Hitze, die Venedig seit Tagen in Beschlag nimmt, trägt er wie immer lange Cordhosen, ein Karohemd, Hosenträger und eine Fliege, auf der sein roter runder Kopf sitzt. Nur die runde Brille schert sich nicht um die Korrektheit seines Auftritts: Immer wieder rutscht sie auf der mit Schweißperlen überzogenen Stupsnase ein Stück nach unten.

Während ich mich zurückhalten muss, nicht wie ein Pinguin auf Speed auf und ab zu hibbeln, hockt er ganz gelassen in seinem Sessel. Unter seiner Hand mein Skizzenbuch, das er mir kurz vor Ende der Stunde abgenommen hat. Ein dicker Strich quer über die filigranen Masken, die ich gezeichnet habe, zeigt deutlich, wie in flagranti er mich erwischt hat. Ein Anblick zum Heulen.

Ich liebe meine Zeichenstifte, sie sind wie eine Verlängerung meiner Finger für mich. Und ich liebe mein Skizzenbuch. Den dunkelbraunen Ledereinband, die roten Bänder, um es zu verschließen. Papa hat es mir geschenkt, für die vielen Inspirationen, die Venedig mir bieten wird. Schnell schiebe ich den Gedanken an Papa beiseite. Konzentration, Anola!

»Anolaaaa …« Oje, ein Säusler. Wenn Signore Eduardo anfängt, meinen Namen gleichzeitig genervt und mitleidig zu seufzen, dann heißt es Nerven behalten. »Ich wollte ohnehin mit dir reden, aber dass es heute dafür einen zusätzlichen Anlass gibt, stimmt mich traurig.«

Mich stimmt traurig, dass sich die Schritte und Stimmen meiner Mitschüler draußen auf dem Flur entfernen, ohne mich. Wie es eine der vielen Traditionen dieser Schule verlangt, hilft der vorletzte Jahrgang dem Abschlussjahrgang bei der Vorbereitung und der Orga des alljährlichen Maskenballs, der als Aushängeschild der Schule gilt und zu Karneval stattfindet. Alle sind heiß drauf. Ich auch. Also: Flucht nach vorn!

»Es tut mir leid und ich kann Ihren Ärger verstehen. Ich hätte nicht zeichnen dürfen. Aber ich kann mich einfach besser konzentrieren, wenn ich meine Finger beschäftige.«

»Kannst du das? Mich verstehen?«

Die Ungeduld lässt mich stöhnen. Gerade noch kaschiere ich es mit einem Husten. Jemanden, der die Funktion x von Absolute-Lebenszeitverschwendung studierenswert findet, werde ich vermutlich nie verstehen. Doch diese Antwort würde mein Skizzenbuch wohl eher in seiner Schreibtischschublade und nicht in meiner Umhängetasche verschwinden lassen. »Sie sind Lehrer und wollen mir Mathe beibringen. Ich zeichne in Ihrem Unterricht. Nicht optimal.«

Er nickt, seine Miene wirkt weicher. »Jedes Jahr erlebe ich das gleiche Drama: Sobald es um den Maskenball geht, werden die Schüler unaufmerksam. Dabei steht ihr Abschluss kurz bevor. *Dein* Abschluss steht kurz bevor.«

Ich lächle, so höflich ich kann. »Genau genommen habe ich noch zwei Jahre.«

»Das ist der Punkt, den du unterschätzt.« Sein Blick streicht von mir durch sein Klassenzimmer. Klassensaal trifft es wohl eher. Wie der Rest der Schule ist sein Kursraum überdimensioniert. Ein ganzes Orchester passt hier rein, zusammen mit einem voll besetzten Chor. Stuck an den Decken, ein Kronleuchter aus Kristall und wunderschön polierter Parkettboden. Eliteschule lautet das Zauberwort. Keine städtische Schule könnte es sich je leisten, in einem Palast, nur eine Gondellänge vom Canal Grande entfernt, so wenige Schüler zu unterrichten. In meinem Jahrgang sind wir 24. Das ist nicht einmal die Hälfte der Schüler, mit denen ich bis vor einem Jahr ein stinknormales *Liceo* in Trient besucht habe. Wenn es nach mir ginge, hätte Trient gereicht, ein mittelmäßiger Abschluss auf einer mittelmäßigen Schule. Aber mein Vater war anderer Meinung. Generell kann ich die Schnöselhaftigkeit dieses Vereins hier verdrängen, denn das Kunstprogramm ist viel zu himmlisch. Aber in diesem Moment könnte ich darauf verzichten. Als ich zu einer Antwort ansetzen will, kommt mir Signore Eduardo zuvor. Mist.

»Wenn du jetzt Stoff verpasst, wirst du ihn kaum aufholen. Im Abschlussjahr gibt es dafür keine Zeit. Also gilt es, die Zeit davor zu nutzen. Aus diesem Grund herrscht in meinem Klassenzimmer hundertprozentige Konzentration, Anola. Diese habe ich bei dir bisher kaum gesehen.«

»Heute ist der erste Schultag. Da ist man schon mal abgelenkt«, sage ich und muss mich zusammenreißen, die Ungeduld in meiner Stimme zu unterdrücken.

»Heute ist ein ganz normaler Schultag. Genauso wie alle anderen im letzten Jahr. An denen du meistens nur mit einem Bruchteil deines Verstandes anwesend warst.«

Ich hole tief Luft. »Letztes Jahr war … hart.« Eine bessere Beschreibung gibt es nicht. Mehr will ich dazu nicht sagen. Nicht daran denken.

»Ich weiß«, räumt Signore Eduardo ein. »Deshalb habe ich dich erst einmal in dieser neuen Situation ankommen lassen. Doch nun ist die Schonzeit vorbei, Anola. Ich werde nicht dabei zusehen, wie du dir deine Zukunft verbaust oder«, er wirft einen Blick auf meine Skizzen, »verkritzelst. Du wirst in die Nachbetreuung gehen.«

Die Fliege schnürt die Durchblutung einiger seiner Gehirnregionen ab, eindeutig. Die bestimmende Art und Weise seines »Du wirst« macht mich kurz sprachlos. Darf er mir das überhaupt aufbrummen?

Signore Eduardo bemerkt gar nicht, wie ich nach Luft schnappe. »Je eher du deine Schwachstellen angehst, desto schneller füllen sich die leeren Gruben, die deine Bildung in der Mathematik darstellen.«

Vielleicht mag ich meine leeren Gruben? Da hat vieles Platz. Den könnte ich vermieten, Platz ist in Venedig Mangelware. Die Miete pro Quadratmeter kriege ich auch ohne seine höhere Mathematik berechnet. »Ich glaube nicht, dass ich das möchte.« Ich bin ein bisschen stolz, das Beben in meiner Stimme ist kaum zu hören.

Signore Eduardo lächelt mich an. »Es ist das Beste für dich.«

Eine von diesen Gruben irgendwo in meiner Magengegend ist definitiv nicht leer, sondern mit heißer Lava gefüllt. Zumindest fühlt es sich so an. Denn: wie herrlich! Schon wieder weiß jemand besser als ich, was das Beste für mich ist. Auf den Umzug nach Venedig hätte ich verzichten können. Auf diese Schule hätte ich verzichten können. Aber: »Es ist gut für dich, das Beste.« Noch einer oder eine, die das zu mir sagt, und ich stürze mich aus dem Fenster und ertränke mich im Kanal. Doch eine kleine schlaue Stimme in meinem Kopf fügt sofort hinzu: Bei deinem Glück fällst du auf eines der Müllboote, die Venedig täglich durchkreuzen. Und landest wieder hier. Stinkend …

»Sie stempeln mich ab, am ersten Tag. Nur weil ich kurz eine Skizze angefertigt habe, muss ich nicht gleich durchfallen. Ob ich Nachhilfe nehme, ist meine Sache.«

»Wie soll das erst in ein paar Wochen laufen, wenn dein Jahrgang Tag und Nacht mit den Vorbereitungen beschäftigt ist? Da ich diesen Ball nicht verhindern kann, leider, und die Konsequenzen in Kauf nehmen muss, ergreife ich bereits jetzt Ausgleichsmaßnahmen. Dein-«

Weiter kommt Signore Eduardo nicht, denn ein Klopfen unterbricht ihn. Anstatt wie sonst wegen der Störung gereizt zur Tür zu sehen, tritt ein freudiger Ausdruck in sein Gesicht. Ein Anblick, der mich gruselt. Trotzdem wittere ich meine Chance auf ein schnelles Ende dieser Farce. »Ich will nicht weiter stören«, sage ich. Meine Füße machen einen Schritt in Richtung Pult, um mein Skizzenbuch einzupacken und zu verschwinden.

Doch die Linke von Signore Eduardo hebt sich wie ein Stoppschild und ich bleibe stehen. »Wie aufs Stichwort! Herein!«

Die Tür öffnet sich und ich kann nur blinzeln. Ist das eine Fata Morgana? Was macht Marco hier? Er hatte die Schule bereits verlassen, bevor ich meinen ersten Schritt durch das protzige Palastportal machen konnte. Wieso geht er jetzt ganz lässig zum Lehrerpult? Mit seinem schwarzen kinnlangen Haar, der blassen Haut und dem bunten Seidenhemd, das er locker über einer schwarzen Chino trägt, gleicht er einem Armani-Model. Fehlt nur die Sonnenbrille. Korrigiere, sie steckt in der Tasche seines Hemds. Wie konnte ich nur eine Sekunde annehmen, er würde diesen Mode-Fauxpas begehen? Damit auch klar ist, zu welcher Schicht er gehört, trägt er einen Siegelring. Bei seinem Anblick wird mir übel. Der Ring gleicht dem von Papa.

»Signore Eduardo, schön, Sie zu sehen!« Marco reicht dem Lehrer die Hand, die dieser freudig ergreift.

»Wie schön, dass du es einrichten konntest«, erwidert er.

Wäre der Klassenraum nicht leer, sondern voll besetzt, könnte man sicher das ein oder andere Seufzen verliebter Mädchen und Jungs hören. Was gut wäre, denn dann würde das Stöhnen, das sich bei Marcos Anblick aus meiner Kehle schält, untergehen. So hängt es im Raum wie ein Feuerball, zu heiß, zu grell, zu offensichtlich. Sowohl Marco als auch Signore Eduardo wenden sich mir zu.

»Und jetzt zur Überraschung«, Signore Eduardo wirkt wie ein Kleinkind an Weihnachten, »dein Bruder hat sich bereit erklärt, sich um deine zusätzliche Betreuung außerhalb der Unterrichtszeiten zu kümmern. Er war ein sehr guter Schüler. Es fällt ihm leicht zu helfen.«

Verdattert starre ich ihn an. Dann Marco, dem sein bis eben noch recht ehrliches Lächeln verrutscht. »Nachhilfe? Mit ihm?«, stammle ich wie jemand, der nicht nur Nachhilfe in Mathe nötig hat.

Signore Eduardo schüttelt selbstgefällig den Kopf. »Intensive Nachbetreuung. So nennen wir das an dieser Institution. Dein Bruder wird die Betreuung übernehmen.«

»Halbbruder«, korrigiere ich ihn – zeitgleich mit Marco. Für den Bruchteil einer Sekunde treffen sich unsere Blicke. Wenn wir Laserstrahlen aus unseren Augen schießen könnten, wären wir beide kopflos.

Marco wendet sich wieder Signore Eduardo zu. »Anola ist die Schülerin, von der Sie gesprochen haben?« Er fährt sich durch die Haare und blinzelt dabei ein paarmal häufiger als nötig.

»Schön, nicht wahr?« Signore Eduardo strahlt über das ganze Gesicht.

Ein Kopfschütteln und ein weiteres Durch-die-Haare-Fahren von Marco.

»Nur um das klar zu haben: Marco soll mir Nachhilfe geben?« Mit dem arroganten Riesenarsch Mathe pauken? Allein bei dem Gedanken verdrehen sich meine Zehennägel zu Spiralen.

»Intensive Nachbetreuung«, beharrt Signore Eduardo. »Marco hat sich bereit erklärt, trotz seiner Verpflichtungen im Studium, ab nächster Woche mit dem zusätzlichen Unter-«

Dieses Mal schneide ich ihm das Wort ab. »Sie haben alles eingefädelt, ohne darüber nur ein Wort mit mir zu wechseln?!« Aus der Lavagrube in meinem Bauch schießen heiße Lavatentakel in jeden Winkel meines Körpers. »Was fällt Ihnen ein?«

Signore Eduardo überhört meinen Kommentar. »Wie gesagt, er übernimmt diese Aufgabe gerne. Und«, er klopft auf mein Skizzenbuch, »ich meine, es ist Zeit, sich zu konzentrieren, auf die Mathematik, die Schule, die wichtigen und richtigen Dinge im Leben, und nicht auf diese Zeitverschwendung.«

Wenn man Kunst studieren möchte, um den Maskenladen und das dazugehörige Atelier des Onkels übernehmen zu können, dann ist diese Zeitverschwendung die Zukunft. Dann ist es der Beginn, meinen Traum wahr werden zu lassen. »Dann sind wir ziemlich unterschiedlicher Meinung, Signore.« Was sucht so ein Typ eigentlich auf einem *Liceo*, das einen Schwerpunkt auf die Kunst legt?

Wieder trifft mich Marcos Killerblick. »Rede nicht in so einem Ton mit Signore Eduardo. Er ist derjenige, der deine Mathekünste einschätzen kann, und sie scheinen es nötig zu haben.«

Die Lava in mir kommt wieder in Schwung. Screw you, Musterschüler! Weil ich weiß, dass Marco nichts weniger ausstehen kann, als ignoriert zu werden, wende ich mich voll und ganz Signore Eduardo zu. »Ich finde, Sie gehen zu weit. Ich werde keine Nachhilfe nehmen. Nicht bei ihm und nicht jetzt. Das ist meine Entscheidung. Ich komme zurecht. Ohne Ihre Hilfe. Danke. Kann ich jetzt mein Skizzenbuch wieder haben? Ich muss zur Versammlung.«

»Reiß dich zusammen, Anola!« Meinen Namen aus Marcos Mund zu hören, macht mich noch wütender.

»Sagt wer? Der Typ, der mich am liebsten aus dem Stammbaum streichen möchte?«

Bevor Marco antworten kann, steht Signore Eduardo von seinem Stuhl auf und nimmt mein Skizzenbuch in die Hand. »Anolaaaa …« Säusler Nummer zwei. »Dein Vater hätte es gutgeheißen, wenn du die Hilfe von mir und durch deine eigene Familie annimmst.«

Die Lava erstarrt zu Stein und ein eiskalter Schauer rast durch mich hindurch. »Lassen Sie meinen Vater aus dem Spiel, Sie kannten ihn gar nicht.«

»Oh doch, Anola …« Ein seltsamer Schimmer tritt plötzlich in seine Augen. »Wir gehörten dem gleichen Jahrgang an. Sein Tod hat uns alle getroffen. Sehr.«

Und im nächsten Augenblick ist es, als stünde ich wieder in unserem kleinen Haus in der Altstadt von Trient. Rieche den Duft der Umzugskartons, die sich in jedem Zimmer stapelten. Spüre die Vorfreude auf Venedig, die in mir kribbelt, wie der Sekt, den ich ausnahmsweise zur Abschiedsfeier am Abend vorher trinken durfte. Endlich jeden Tag mit Papa verbringen, nicht nur die Wochenenden, ein Traum, den ich hatte, seitdem ich denken kann. Ich erinnere mich an die Diskussion mit meiner skeptisch dreinblickenden Nonna, die bei Mama und mir lebt. Eine ihrer Kristallkugeln in meiner Hand. Schwer, kalt und trotzdem anschmiegsam.

»Du kannst dem Umzugsunternehmen vertrauen«, höre ich mich sagen. »Die Kugeln werden gut verpackt und in die neue Wohnung in Venedig gebracht.«

»Die Zukunft gibt man nicht aus der Hand.« Nonna blinzelt und dreht sich zum Telefon um, das in diesem Moment anfängt zu klingeln. Ich folge ihrem Blick. Nonna ist Expertin auf dem Gebiet für schräges esoterisches Zukunftszeug. Handlesen und so Sachen. Sie ist die Letzte von Generationen von Wahrsagerinnen in unserer Familie. Das kann man so verrückt finden, wie es klingt, aber Fakt ist: Oft genug lag Nonna schon richtig. Der Grund, warum sich mein Magen zusammenzieht. Mama nimmt, mit einem Lachen, den Hörer. »Willkommen bei den Fontaris!«

Dann fällt ihr das Lachen aus dem Gesicht. Es kam nie zu ihr zurück. Genau wie Papa. Papa ist tot. Unfall mit dem Motorboot. Draußen, in der Lagune Venedigs. Der Stadt, wo wir gemeinsam eine Familie sein wollten. Dass Mama trotzdem darauf bestand umzuziehen, verstehe ich immer noch nicht. Papa wollte, dass ich auf seine alte Schule gehe. Nicht sie, nicht ich, und Nonna lebt sowieso in ihrer eigenen Welt. Ich wäre lieber in Trient geblieben. Bei meinen Freunden. Wo ich zu Hause war. Manchmal denke ich, Mama will dem Grab von Papa näher sein. Sie fährt fast jeden zweiten Tag mit der Fähre auf die Friedhofsinsel San Michele und besucht ihn. Wenigstens das, wenn sie schon ein halbes Leben getrennt von ihm verbracht hat und ein weiteres halbes sein wird. Was für mich ein Abenteuer hätte sein sollen, begann wie ein Albtraum.

Man hat mich abgestempelt als das Mädchen mit den schwarzen Klamotten, das wenig spricht und dafür umso mehr zeichnet. Nur Cara, meiner besten Freundin, ist zu verdanken, dass ich in meiner ersten Zeit hier nicht durchgedreht bin. Marco dagegen hat sich absolut gar nicht für mich interessiert.

Hätte er auf dem Schirm gehabt, dass ich der hoffnungslose Mathefall bin, stünde sicher ein anderer Exschüler hier.

»Lassen Sie meinen Vater aus dem Spiel«, wiederhole ich heiser. Lieber hätte ich cool geklungen, so als pralle sein Kommentar an mir ab.

»Warum machen wir es nicht so«, Signore Eduardo reicht Marco mein Skizzenbuch. Mein Herz beginnt zu hämmern, als der es nimmt und mich mit einem Grinsen ansieht. »Marco übernimmt das Corpus Delicti. Du, Anola, nimmst erst einmal ein paar Stunden der Nachbetreuung in Anspruch. Ihr seht, wie es läuft und ob du nicht doch Nutzen daraus ziehst. Dann reden wir erneut.«

»Klingt nach einem Plan.« Marco zwinkert mir zu. Er hat die Oberhand, und das weiß dieser arrogante Schönling.

»Ich weiß, du musst los, Marco«, entschuldigt sich Signore Eduardo bei ihm. »Und danke, dass du gekommen bist. Ihr könnt den Rest andernorts gemeinsam besprechen.«

»Natürlich«, erwidert der Schleimsack, verabschiedet sich und geht in Richtung Tür.

Ich bin fassungslos. »Das kann nicht Ihr Ernst sein.«

»Absolut. Jetzt«, Signore Eduardo wendet sich seinem Tablet zu und wedelt mit der Hand, als sei ich eine lästige Fliege, »sei so gut und geh. Das hier dauert schon viel zu lange.«

Wenigstens sind wir da einer Meinung. Ohne ein weiteres Wort verlasse ich hinter Marco den Raum.

Kapitel 2

Du, ich, nicht.

Als ich die Tür zu Signore Eduardos Klassenzimmer hinter mir zuziehe, höre ich, wie sich Marcos mit Sicherheit maßgeschneiderte Lederschuhe entfernen. Ein Blick über die Schulter, und tatsächlich, er ist bereits den halben Flur hinabgerauscht.

»Bleibst du bitte mal stehen?« Marco hört mich – zu hundert Prozent, doch er ignoriert mich und stolziert weiter, als gäbe es mich nicht. Als hätten wir nicht eben im selben Raum gestanden und quasi miteinander gesprochen. In seiner Hand liegt mein Skizzenbuch.

»Marco, verdammt! Soll ich noch lauter brüllen?«

Das wirkt. Unangenehm auffallen? Nein, das möchte der perfekte Marco nicht. Schon gar nicht in den heiligen Hallen seiner Exschule. Mit einem Ruck dreht er sich zu mir um. Seine Gesichtszüge sind so hart wie die der mannshohen, aus schwarzem Marmor gehauenen Statuen, die alle paar Meter entlang des Flurs stehen. »Was?«

Meine Chucks quietschen auf dem polierten rot-weißen Steinboden, als ich zu ihm aufschließe. Seine Miene bekommt leichte Risse. Hervorragend. Mit einem Schwung, sodass es noch einmal laut quietscht, bleibe ich vor ihm stehen. »Wartet der heilige Sankt Markus auf dich, um mit dir über die Zukunft Venedigs zu reden?«

Seine Augen verengen sich. »Was willst du?«

»Na, was wohl?« Ich deute auf mein Skizzenbuch. »Das Corpus Delicti möchte zurück zu seiner Eigentümerin.«

Marco lacht, so kalt, als wäre er tatsächlich aus Marmor. »Verdien dir das erst mal.«

»Hast du sie noch alle?«

»Du hast Signore Eduardo gehört: Es ist meine Entscheidung, wann ich es dir gebe. So respektlos, wie du warst, musst du eine Weile darauf verzichten.«

Nur mit Mühe reiße ich mich zusammen. Mich von seinen Worten verletzen oder provozieren zu lassen, das passiert mir nicht wieder. Nie wieder. Das habe ich mir geschworen. Ich verschränke die Arme, auch um mich davon abzuhalten, ihm mein Skizzenbuch mit einem schnellen Griff abzunehmen. »Respekt? Vor wem? Dir?«

»Vor Signore Eduardo. Er bemüht sich, dir zu helfen, und du bist nur undankbar.« Jedes seiner Worte klingt, wie sich Eisnadeln anfühlen müssen. »Er ist Lehrer, und das bedeutet hier«, er hebt die Arme, als wolle er mich darauf aufmerksam machen, dass dies wirklich ein heiliger Ort ist, »dass man respektvoll ist, überlegt, was man sagt. Nicht alles raussprudeln lässt, was hochkommt.«

»Wenn ich eine Schleimspur zum Lehrerpult lege, wird es gefährlich für die anderen Schüler. Deine frischst du ja ständig auf. Das kann ich nicht verantworten.«

Marcos Kiefermuskeln bewegen sich, als müsse er sich davon abhalten, mich zur Sau zu machen. »Jeder aus unserer Familie gehörte zu den Besten der Schule. Du hast eine Ehre zu verteidigen.« Damit dreht er sich um und lässt mich stehen.

Marcos Stolz bereitet mir eine Gänsehaut. Denn Papa klang ebenso stolz, wenn es um seine Schule ging. Er und Marco sind sich ähnlich – ähnlicher, als mir lieb ist. Die grünen Augen, das schwarze Haar. Selbst die Statur mit den breiten Schultern, alles erinnert mich an Papa. Vermutlich bewegte er sich in Marcos Alter genauso stolz und selbstbewusst durch die Schulflure. Mir ist, als rolle sich mein Unterbewusstsein zusammen, wie ein Gürteltier, das das alles nicht sehen will.

»Schade, dass man aus seiner Familie nicht austreten kann«, rufe ich ihm hinterher.

»Ich hätte nichts dagegen!« Marco wirbelt zu mir herum. In seinen Augen blitzt es. »Allein, wie du rumrennst, als wärst du eine von diesen Gothic-Freaks! Lächerlich! Diese Schule ist kein Witz. Sie ist«, er sucht nach dem richtigen Wort, »bedeutsam.«

Ich drücke ein Lachen heraus. Ich wünschte, seine Worte ließen mich kalt. Ich hätte gerne einen Bruder. Am Anfang habe ich versucht, nett zu sein, mit Marco klarzukommen, aber er macht selbst das Atmen in seiner Gegenwart zur Qual. Ich strecke meinen Rücken durch. »Erstens: Ich mag meine Klamotten, und wenn ich es mir genau überlege, könnten mir schwarz geschminkte Gothic-Freak-Augen echt stehen. Danke für den Tipp. Zweitens: Komm runter. Es ist nur eine Schule. Kein Ausbildungszentrum für Herzchirurgen. Mich hat niemand gefragt, ob ich *Bedeutsames* leisten möchte. Ich will zeichnen und Masken machen. Mehr nicht. Dafür brauche ich keine Eins in Mathe. Und dementsprechend keine *intensive Nachbetreuung.*«

»Das denkst du, dabei hast du keine Ahnung! Dieses«, ein vernichtender Blick trifft mein Skizzenbuch, »Gekritzel ist das genaue Gegenteil von bedeutsam.«

Eigentlich sollte ich die Klappe halten, lächeln, nicken, es aussitzen. Aber ich kann nicht. »Wenn ich im letzten Jahr etwas gelernt habe, dann, dass alles ein Pluspunkt ist, was mich nur ein kleines Stückchen weiter von dieser Schule, dir und der Familie wegbringt.« Meine Gedanken huschen kurz zu Vit, der von Anfang an herzlich und freundlich zu uns war. Aber was bringt ein Onkel, der einen ins Herz schließt, wenn der eigene Bruder uns am liebsten in der Lagune versenken würde? »Ich lehne alles ab? Du bist derjenige, der Mama, Nonna und mich bei der Beerdigung keine Erde ins Grab hat schaufeln lassen. Der Mama in der zweiten Reihe in der Kirche hat sitzen lassen. Wie eine Aussätzige, die hier nichts zu suchen hat. Du behandelst uns, als wären wir verfaulte Fische, die zufällig nach Venedig reingespült worden sind.« Seinem Gesichtsausdruck nach treffe ich damit ins Schwarze. »An deiner Stelle würde ich mir gut überlegen, noch mal von Familie zu reden.«

»Deine Mum hat ihn einäschern wollen! Unsere Familie hat Traditionen«, erwidert Marco, nicht weniger aufgebracht. »Wir machen die Dinge hier *richtig*. Dazu gehört die Beisetzung in der Familiengruft auf San Michele.«

»Papa wollte eingeäschert werden! Wer sollte das besser wissen als seine Ehefrau?«

»Eine durchgeknallte Esotante, die ihn von seinen Pflichten gegenüber der Familie und Venedig ablenkt? Die keine Ahnung von seinem Leben hier hat? Von ihm als …« Er bricht abrupt ab. Seine Augen verengen sich zu Schlitzen. »Sie hat ihm den Kopf verdreht, ihn weggeholt, von mir, von uns, von hier. Das war falsch.«

Für einen Moment bin ich sprachlos. Es stimmt, Mama beschäftigt sich auch für meinen Geschmack ein bisschen zu viel mit Esoterischem, genau wie Nonna. Aber sie als durchgeknallt zu bezeichnen? »Gleich behauptest du, dass sie ihn mit einem Zauber belegt hat?« Sein Blinzeln entlarvt ihn und ich werde noch wütender. »Du hast sie doch nicht mehr alle! Zur Liebe gehören immer zwei. Er hat sich in sie verliebt. Werd du mal erwachsen und komm damit klar.«

Das Bild von Papa, wie er mit Mama auf dem Sofa sitzt, eng an sie gekuschelt, sein Lachen so frei und glücklich, schält sich aus meiner Erinnerung. Wer behauptet, dass sei nicht relevant, nicht wichtig, nicht richtig, hat keine Ahnung von irgendwas! Das Bild der beiden vor meinem inneren Auge löst ein Beben in mir aus. Bevor es meinen Körper ganz übernimmt, graben sich meine Fingernägel in meine Handflächen. Leider kann ich die Tränen so nicht aufhalten. Schnell wische ich eine Haarsträhne nach vorne, wie immer, und blicke von Marco weg aus dem Fenster. Ein Fehler.

Sofort verfallen mein Körper und mein Verstand in eine Schockstarre. Das Panorama in den Strahlen der späten Nachmittagssonne ist der Hammer, ja. Spitze Dächer, Dachterrassen, in der Ferne ein paar Kirchtürme. Aber alles glitzert. Nicht dieses »Oh wie schön! Prima Fotos für Instagram«-Glitzern, sondern ein Swarovski-Sondertransport-crasht-die-Stadt-Glitzern. Jede Oberfläche, egal ob Kirche, Brücke, Wasser oder Dach, alles ist mit einem Schleier aus schimmernden Goldpunkten überzogen. Mein Blick zuckt zum blassblauen Himmel, an dem eine bleiche Mondsichel schwebt, direkt über dem Kirchturm gegenüber. Scheiße. Eigentlich beginnt der Glitzerhorror, der mir mein Leben in Venedig seit dem ersten Tag in der Stadt vermiest, erst bei Sonnenuntergang. Steht der Mond schon am Tag am Himmel, beginnt es früher. Mein Herz macht einen unangenehmen Hüpfer, wie ein festgebundenes Känguru, und mein Hals schnürt sich zu. Kein Entkommen.

Ich mag Glitzer, in Maßen und nicht unbedingt an mir. Aber dezent auf eine Maske geklebt, herrlich. Wenn man allerdings die einzige Person ist, die ihn sieht, ist das freaky und angsteinflößend. Selbst auf Fotos ist der Glitzer nicht zu sehen. Egal, welche

Kamera, welches Objektiv, welcher Filter. Auch der Ort ist egal. Nur eins ist immer gleich: So wie der Glitzer beim Beginn des Sonnenuntergangs sichtbar wird, so verschwindet er wieder, sobald die Sonne hinter dem Horizont untertaucht.

Weil ich panisch vor Angst war, hat Cara – die als Einzige vom Glitzer weiß – den Plan ausgeheckt, Kopfschmerzen zu faken. Bis ein Arzt mit einem MRT einen Blick in mein Gehirn geworfen hat. Doch das Ergebnis verstehe ich bis heute nicht: nada, nichts, nothing. Kein Tumor, kein Blutstau, keine Glitzerfabrik.

Dann ist da noch die Stadt an sich. Eigentlich mag ich Venedig. Ich könnte es sogar lieben. Wenn ich durch die engen Gassen streife, über die vielen kleinen, schiefen Brücken laufe oder an einem der vielen Kanäle mit ihrem blaugrünen Wasser die beste heiße Schokolade der Welt trinke, flattert mein Herz wie verrückt in meiner Brust. Wie ein Absperrband im Sturm, nur eben vor Glück. Bis es Abend wird. Eine Welle aus Übelkeit überrollt mich.

»Anola?« Marcos Stimme katapultiert mich zurück in den Schulflur. »Hörst du mir zu?« Verärgert schiebt er sich eine Strähne aus seiner Stirn.

Obwohl ich mich so starr fühle wie eine Marmorsäule, drehe ich dem Fenster meinen Rücken zu. Ich habe keinen Schimmer, was er zu mir gesagt hat. Da fällt mein Blick auf mein Skizzenbuch in seiner Hand. Ich gehe zu ihm, bleibe kurz vor ihm stehen und strecke meine Hand aus. »Gib mir mein Buch zurück.«

Marco lacht. »Erst die Nachhilfe, dann das Buch.«

»Gib. Es. Her.«

»Sonst was?« Marco wedelt damit. »Sei lieber nett, sonst siehst du es nie wieder.«

»Wenn du auch nur eine Macke reinmachst, bring ich dich um. Das ist das letzte Geschenk von Papa.« Ich beiße mir auf die Unterlippe, als der letzte Satz raus ist. Jetzt weiß Marco, wie viel es mir tatsächlich bedeutet.

Sein Blick schnellt zu meinem Buch, und im nächsten Moment wirft er es achtlos in seine Umhängetasche. »Nachhilfe beginnt am Dienstag, 16 Uhr, bei mir.« Schon rauscht er den Flur hinab. Zwischen Statuen und Glitzer. Verschwindet auf einer Superior-Treppe.

Früher, als der Palazzo noch bewohnt war, nutzten die Bediensteten diese Treppen, um unauffällig und quasi unsichtbar von A nach B zu huschen und alle Bedürfnisse der Herrschaft zu erfüllen. Heute nutzen nur noch das Lehrpersonal und der Abschlussjahrgang die schmalen Treppen, die direkt in die nächsten Stockwerke führen. Doch nur mit einem Schlüssel kann man die Türen zu den Treppen öffnen und so seinen Weg abkürzen. Keine Ahnung, wie Marco an den rankommt. Uns Normalsterblichen bleiben nur die offiziellen Treppenhäuser.

Die Kleine Aula, in der das Vorbereitungstreffen stattfindet, liegt zwei Stockwerke tiefer, hier im Südflügel. Könnte *ich* die Superior-Treppe nehmen, könnte ich mindestens fünf Minuten sparen.

»Nachbetreuung, so heißt das!«, rufe ich Marco deshalb wütend hinterher und schlage dann die entgegengesetzte Richtung ein. Boa, was für ein beschissener erster Schultag!

Kapitel 3

Stop, repeat, please.

Unfuckingfassbar! Was erlaubt sich dieser Sinuskurvenfetischist Signore Eduardo eigentlich?! Mir Nachhilfe diktieren! Mit Marco! Sein Gequatsche von Tradition, Ehre und Respekt ist nicht auszuhalten. Als wären die Schüler dieser Schule eine einzige adlige Familie, deren Ansehen nicht leiden darf. Wie kann Marco mein Bruder sein? Das *Halb* müsste *Hundertstel* heißen. Wo bin ich da nur reingerutscht? Warum hat Papa *das* für mich gewollt?! Dabei dachte ich immer, wir ähneln uns. Aber wenn er das hier gut fand, habe ich mich vielleicht in ihm getäuscht? Ein Fragezeichen lodert in meinem Herzen auf, als hätte jemand glühende Kohlen statt Farbe benutzt, um es reinzutätowieren.

Am liebsten würde ich zum Bahnhof laufen und in den nächsten Zug springen. Weg von hier! Doch mein Körper tut, was er will. Er lenkt mich die Korridore entlang. Vorbei an den Gemälden ehemaliger Direktoren und an Statuen aus Kunstkursen. Immer tiefer hinein in den Palazzo. Durch die hohen, meist geöffneten Sprossenfenster strömt der typische Duft Venedigs: Meerwasser, Oleanderblüten und frisch gewaschene Wäsche, die auf zwischen den Häusern gespannten Leinen trocknet. Laute Stimmen, Lachen und Rufe, das Surren eines Motorboots, das ferne Grummeln des Schiffsverkehrs auf dem Canal Grande. Das Läuten von Kirchenglocken über allem. Die Sinfonie Venedigs. Schon am ersten Tag in der Stadt hat sie sich tief in mich eingefräst und mich auf ihre ganz eigene Weise beruhigt. Mein eigenes Wellness-Yoga im Kopf. Ein paar Atemzüge später verlangsamen sich meine Gedanken. Abhauen geht nicht. Auch wenn ich mir das nur zu gerne einrede. Nie im Leben könnte ich Mama das antun. Nie könnte ich sie allein lassen. Nicht jetzt, ohne Papa. Es würde sie umbringen – und mich vermutlich auch ein kleines bisschen.

Okay … Beruhige dich, Anola!

Ganz langsam formt sich in mir ein Entschluss: Ich gehe zur ersten Nachhilfestunde mit Marco. Hole mir mein Skizzenbuch zurück. Danach können er und Signore Eduardo mich kreuzweise. Was wollen sie machen? Mich von der Schule schmeißen? Das wäre für mich nun wirklich keine Tragödie. Mama würde vielleicht Fragen stellen, aber dann? Gehe ich eben auf eine staatliche Schule, davon gibt es in Venedig genug. Pluspunkt: Wir sparen das Geld, das Papa extra für die Schulgebühren angelegt hat. Je länger ich darüber nachdenke, desto besser fühlt sich diese Idee an, zumindest der Teil mit dem Skizzenbuch. Aber gibt es eine staatliche Schule in Venedig, die genauso viel Wert auf Kunst legt? Ein *Liceo Artistico* tut das. Hätte ich überhaupt eine Chance, da angenommen zu werden? Will ich wieder von vorne anfangen? Für ein einziges Jahr?

Die Zweifel rufen »Platz da!« und schieben das Hochgefühl von eben mit einem Ellbogencheck beiseite. Vielleicht bestand Papa gerade deshalb auf diese Schule. Weil sie tatsächlich das Beste für mich ist, auch wenn ich allein bei der Formulierung kotze.

Mein Handy vibriert und ich ziehe es aus meiner Hosentasche. Eine Nachricht poppt auf.

Was dauert da so lange?

Cara. Sofort verringert sich die Enge in meiner Brust, das Fragezeichen in meinem Herzen schrumpft zu einem kleinen Häufchen Asche zusammen. Sie ist ein erdballgroßer Pluspunkt, was diese Schule angeht. Als ich am ersten Tag mutterseelenallein auf dem Pausenhof stand und mich alle angestarrt haben, hat sie mich untergehakt und den anderen gesagt, sie sollen lieber in den Zirkus gehen, wenn sie was Spannendes sehen wollen. Cara und ich: Liebe auf den ersten Blick. Sie hat mir nicht nur die Schule und ihre Traditionen erklärt, sondern auch die schönsten Winkel der Stadt gezeigt. Schnell tippe ich zurück.

Die Gruben meiner Mathebildung sind leer.
Bin aber auf dem Weg.

Gruben sind besser als flache Erde. Er mag dich.

Ich muss lachen.

Ich denke über Vermietung nach.

Hmmmmm, du kleine Schlaumeisterin!
Beschleunige beim Denken deine Schnuckibeinchen
oder du verpasst die Bekanntgabe des Themas!

Das will ich auf keinen Fall!

Aye, aye, Kapitänin!

Mit Schwung nehme ich die nächste Kurve – und bleibe direkt wieder stehen. Hinter einer Glastür, die in einen Gebäudeflügel führt, den ich bisher noch nie betreten habe, steht die Tür zu einer Superior-Treppe offen. Ich zögere. Mit dieser Abkürzung wäre ich im Nullkommanichts an der Kleinen Aula und bekäme noch etwas mehr mit. Ich werfe einen Blick über die Schulter: Einen leereren Flur gibt es nicht. Schritte höre ich ebenfalls keine. Ein Lächeln schleicht sich in mein Gesicht. Was soll der Geiz? Schon bin ich durch die Tür und auf der Superior-Treppe. Wie eine Spirale windet sie sich in die Eingeweide der Schule. Sie wirkt, als existierte sie schon länger als der Palazzo. Als hätte man sie wie ein Stollen in den hellen Kalkstein getrieben. An den Wänden hängen zur Abwechslung mal keine Bilder. Stattdessen spüre ich unter meinen Fingern feine Meißelspuren. Ziemlich cool. Plötzlich schlägt mein Herz schneller. Nächstes Jahr kann ich mir jede Superior-Treppe genau ansehen. Ob sie alle gleich aussehen? Und wo sie überall hinführen? Das und die Aussicht auf die erste Versammlung zum Maskenball der Oberstufe heben meine Stimmung deutlich. Dieses Jahr wird gut, besser als letztes. Egal, ob ich für eine Weile auf mein Skizzenbuch verzichten muss oder nicht. Ich werde Masken machen! Für den Ball! Davon lasse ich mich nicht abbringen. Von niemandem.

Die Treppe endet in einem Absatz und eine riesige Holztür taucht vor mir auf. Sie ist schlicht, aber in ihrer Mitte prangt das Motto der Schule: *Proteggete la luce, perché il mondo si trova nell'oscurià.* »Hütet das Licht, denn dunkel liegt die Welt.« Darüber ein Logo, das ich ab und zu in der Schule gesehen habe: eine klassische venezianische Halbmaske, aus deren oberer Hälfte ein Löwenkopf ragt, seine Mähne in der Form einer Flamme. Die Tür steht einen Spaltbreit offen. Licht fällt in das sonst nur spärlich beleuchtete Treppenhaus.

Eigentlich habe ich es eilig. Eigentlich will ich zur Versammlung. Trotzdem schiebe ich die Tür auf. Was dahinter liegt, haut mich um: ein lang gezogener Saal, durchströmt von dem Licht der späten Nachmittagssonne, das durch eine große Fensterfront am Ende flutet und die großen cremefarbenen Marmorfliesen am Boden zum Leuchten bringt. *Proteggete la luce.* Jap, Auftrag zu 110 Prozent erfüllt.

Gleich vier Kristallkronleuchter hängen an der dunklen Holzdecke. Rechts führen drei Türen ab. Zwischen ihnen hängen riesige Gemälde, auf denen Herren und Damen in historischen, typisch venezianischen Klamotten und Masken leblos in den Raum starren. An der Wand gegenüber befindet sich eine Vitrine, die die komplette Wand einnimmt und bis unter die Decke reicht. Sie besteht aus demselben dunklen Holz. Hinter Glastüren sitzen Masken auf Ständern. Große, ausladende Masken, die das ganze Gesicht bedecken. Einfache, kaum verzierte Halbmasken. Alle verschieden, aber alle sehen alt aus, wertvoll. Sicher sind die meisten Unikate. Ob sie mit alten Techniken gefertigt wurden? Wie sie wohl riechen? Sich anfühlen? Meine Fingerspitzen beginnen zu kribbeln. Was gäbe ich darum, mir jede einzelne Maske genau ansehen zu können! Wieso bewahrt die Schule sie hier auf? Wo niemand sie zu Gesicht bekommt. Auch wenn ich in meiner Freizeit im Maskenladen meines Onkels arbeite und in seinem Atelier ein und aus gehe, so viele einzigartige Masken hängen selbst dort nicht an den Wänden. Dabei existiert der Laden seit über zweihundert Jahren. Neben einigen der Masken liegen kleine Bücher, ihr teilweise ramponiertes Äußeres lässt darauf schließen, dass sie vermutlich genauso alt sind. Vorsichtig nähere ich mich einer Vitrinentür. Eine besonders aufwendige Maske steht genau auf meiner Augenhöhe: ein Totenkopf, aus dessen oberer Schädelhälfte Schlangen ragen, wie bei Medusa. Die Schlangen wirken fast lebendig. Feine Schuppen überziehen ihren Körper. Auch der Totenkopf sieht ziemlich echt aus. Mich schüttelt es. Der kann nicht echt sein, oder? Wer eine Maske aus einem echten menschlichen Schädel herstellt, der macht noch ganz andere Sachen. Gruselig. Leider ist das Schildchen neben der Maske sehr vergilbt und die Handschrift krakelig Level 3000. Aber vier Zahlen kann ich entziffern: 1748. Leise pfeife ich. Das ist alt für eine Maske. In diesem Zustand ist sie unbezahlbar. Erst jetzt fallen mir die Masken auf, die sich im unteren Bereich der Vitrine befinden. Bei ihrem Anblick stellen sich mir die Haare auf. Das kann doch nicht sein … Ich trete näher heran und bücke mich. Keine von ihnen hat Augenlöcher. Wer braucht Masken ohne Öffnungen für die Augen? Was ist das hier?

Da dringt ein Geräusch an meine Ohren. Als würde etwas reißen. Mein Herz versteht schneller als mein Gehirn, denn es poltert los: Jemand kommt. Und ich darf nicht hier sein! Jetzt will ich ganz sicher nicht mehr von der Schule fliegen. So ein Schatz! Was ich daraus lernen könnte! Schnell weg hier!

Bevor ich mich zur Tür umdrehen kann, löst sich direkt vor mir mit einem Krachen die Vitrine aus der Wand! Mich trifft etwas Großes, Hartes an meinem Brustkorb. Der Aufprall nimmt mir den Atem. Erst die kalten Fliesen unter meinen Händen lassen mich verstehen: Ich liege am Boden. Über mir einer der Kristallleuchter, dessen Steine im Sonnenlicht um die Wette funkeln. In einem Thriller würde der jetzt schwanken und auf mich herabfallen. Stattdessen taucht ein Gesicht über mir auf. Erschrocken schiebe ich mich davon weg. Denn alles, was ich sehe, sind blaue Augen, die mich hinter einer Maske hervor anfunkeln. Die böse Art von Funkeln, nicht die romantische, von der man ständig liest. Mein Herz schlägt so wild in meiner Brust, als wollte es ausziehen. Erst auf den zweiten Blick nehme ich den Rest der Gestalt über mir wahr: Die Maske bedeckt nur die obere Hälfte eines Gesichts. Eines männlichen Gesichts. Blonde Wuschelhaare stehen in alle Richtungen ab. Perfekter geht der Out-of-bed-Look nicht. Schwarzes Shirt, schwarze Jeans, Sneaker. Das alles spannt sich über einen sportlichen Körper mit breiten Schultern.

»Was zur Hölle machst du hier?!« Der schneidende Ton seiner Stimme lässt mich zusammenfahren.

»Ich …« Mein Po tut so weh, dass ich keinen klaren Gedanken fassen kann. Das ist aber eine Info, die ich für mich behalte. Ich setze mich auf. Meine Umhängetasche liegt neben mir und ich ziehe sie an mich. »Alles okay …«, sage ich zu mir selbst.

»Der Meinung bin ich nicht.« Blitzschnell zuckt sein Blick durch den Saal, zur offenen Tür, zurück zu mir. Als erwarte er noch mehr Überraschungen.

Unheimlich, ein besseres Wort gibt es für den Kerl und diese Situation nicht. Mir wird klar: Ich bin mutterseelenallein mit einem Fremden, in einem Teil der Schule, in dem ich nicht sein sollte und der um diese Uhrzeit verwaist liegt. Ich schlucke. Immer noch starrt er mich an. Aber endlich bewegt sich meine Zunge. Meine Stimme klingt heiser, als sie sich erbarmt, die Worte, die in meinen Hals stecken, hinauszulassen. »Die … die Tür war offen«, stammle ich und rapple mich auf, mache einen Schritt weg aus seiner Reichweite. Ich fahre mir durch die Haare – das genaue Gegenteil von seinen: schwarz, lang, glatt, akkurater Pony. Cool bleiben. Keine Angst zeigen. »Die Tür war offen«, wiederhole ich, wieso auch immer.

Obwohl die Maske die Hälfte seines Gesichts bedeckt, sehe ich, wie seine Augenbrauen sich dahinter heben. »Ach, die Tür war offen?«, wiederholt er mit einem Ton, der mich rot werden lässt.

Ein Teil von mir fühlt sich verarscht. Der Rest verdreht die Augen. »Ja, richtig. Soll ich es noch mal wiederholen?«

»Wenn es dir damit besser geht«, kommentiert er ohne jede Regung in der Stimme. »Schleichst du dich durch jede Tür, die offen steht?«

Bleib ruhig, bleib einfach ruhig. Doch der Schreck sitzt mir so tief in den Knochen, dass meine Knie zittern. Wut, die sich in mir über seine Art zusammenbraut, mischt sich dazu. Er hat mich umgerannt! »Erstens: Schleichen war nicht notwendig, ich bin ganz normal gegangen. Zweitens: Offene Türen laden ein hindurchzugehen. Dafür sind sie da. Es sind Türen.« So, wie er mich mustert, denkt er, ich habe sie nicht alle beisammen. Hör auf, so rumzulabern, verdammt! Er ist der Typ mit der Maske hier. Am liebsten hätte ich auch eine, um mich dahinter vor seinem Blick zu verstecken. Seine Maske ist aus Leder, erkenne ich, nicht aus Pappmaché, wie sie üblicherweise heute hergestellt werden. Jemand hat viel Aufwand betrieben, um feine verschlungene Linien ins Leder zu stanzen. Plötzlich blinzelt er, hebt die Hand, nimmt die Maske ab und steckt sie in seinen Rucksack, der über seine linke Schulter baumelt – als habe er meine Gedanken gelesen.

Ohne Maske wirkt er zwar nicht mehr ganz so gruselig, aber auch nicht wie der nette Junge von nebenan. Wahrscheinlich ist er zwei, drei Jahre älter als ich. »Die Treppe, diese Tür, die laden *dich* ganz sicher nicht ein. Du gehörst weder zum Lehrkörper noch zum Abschlussjahrgang.«

»Ah«, sage ich wissend, »einer von der Türenpolizei.«

Der Kerl blinzelt überrascht. Hinter ihm die Vitrine. So heil wie zuvor. Alle Masken an ihrem Platz.

»Wo kommst du her? Ich meine … Gibt es eine Geheimtür?« Langsam scheint sich mein Gehirn von dem Schock zu erholen. Das Holz der Vitrine sieht nicht so aus, als würde es sich bewegen lassen. Keine Scharniere, wo sie nicht hingehören. Aber wie sonst hätte er mich umnieten können, ohne dass ich ihn bemerkte?

»Betriebsgeheimnis.« In seinem Gesicht verzieht sich kein einziger Muskel.

»Auch wenn ich noch keine Ewigkeit auf diese Schule gehe, du gehörst auch nicht zum Lehrkörper oder zum Abschlussjahrgang.«

Verdattert starrt er mich eine Sekunde lang still an, dann breitet sich ein Grinsen auf seinem Gesicht aus. »Touché.«

Das Grinsen steht ihm viel zu gut. Wie ein Ruderboot, an dem ein Kreuzfahrtschiff vorbeifährt, komme ich aus dem gerade wiedergewonnenen Gleichgewicht. »Klaust du das Zeug da?«, sage ich deshalb und deute auf seine linke Hand. Zwei wertvoll aussehende Bücher liegen darin. Ob die aus der Vitrine stammen?

Mit einem einzigen Schritt steht er so dicht vor mir, dass meine Nasenspitze fast gegen sein Kinn stößt. Sicher kratzt es, denn es ist von feinen Bartstoppeln überzogen. Seine Augen fixieren mich herausfordernd. »Willst du mich etwa aufhalten?«

So wie der Sonnenschein am Anfang des Frühlings, so riecht er. Sonnenschein, der wohl eher in einem schwarzen Loch gefangen ist, fügt mein erschrockener Verstand hinzu. Warum zieht mich dieser Typ in seinen Bann? Eigentlich sollte ich ausweichen, einen Schritt zurück machen, aber ich schaffe es nicht. Meine Beine streiken. Also starre ich zurück und hoffe, er bemerkt nicht, wie sehr er mich aus dem Konzept bringt. »Aufhalten? Ich besitze ein paar sehr spitze Bleistifte, mit denen ich hervorragend umgehen kann.«

»Oh, Bleistift-Woman! Ich sollte besser aufpassen, was?« Er hebt abwehrend die Hände und nimmt seinen Blick nicht eine Sekunde von mir. Wegsehen kann ich nicht. Etwas in seinem Blick hält meinen fest.

Cool bleiben, feuert mich die eine Gehirnwindung an, die noch funktioniert. Mit gespielt ernster Miene lege ich den Kopf schief. »Bleistift-Girl.«

Er blinzelt. »Wie bitte?«

»Ich bevorzuge Bleistift-Girl. Und jetzt im Ernst: Klaust du das? Das geht nicht. Die Bücher sehen wertvoll aus.« Sein Blick wandert zu den Büchern und dann zurück zu mir. »Und …« Was immer ich noch sagen wollte, es ist weg.

»Nimmst du mich fest? Bringst du mich in deine Bleistift-Zentrale?« Verkneift der sich etwa ein Lachen?

Meine Zunge scheint die Schockstarre von eben unbedingt ausgleichen zu wollen, denn sie plappert einfach los. »Ich habe mein Superheldinnen-Kostüm nicht dabei, deshalb wäre das hier ein Einsatz außerhalb des Dienstes, und das macht die Gewerkschaft nicht mit. Versicherung und so, du verstehst das bestimmt. Deshalb wäre es besser, du klaust nichts.« Bei allen Masken dieser Welt, wieso kann ich nicht meine Klappe halten?!

»Die Superhelden-Gewerkschaft?« Seine Miene ist todernst. »Verstehe.«

»Superheld:innen-Gewerkschaft«, korrigiere ich ihn. Was ist los mit mir? Flirte ich gerade mit einem potenziellen Dieb?

»Selbstverständlich«, erwidert er und lacht. Ein tiefes Lachen mit einer ganzen Portion Davon-könnte-ich-mehr-vertragen. Er legt den Kopf schief und mustert mich. Blonde Haarsträhnen fallen in seine Stirn. Achtlos wischt er sie wieder nach hinten. Vermutlich macht er das ständig, ohne es zu bemerken. Dabei reflektiert Licht in seinen Augen. Sie sind doch nicht blau, sondern grün. Nein … Okay, das ist verrückt: Beides – je nachdem, wie das Licht auf sein Gesicht fällt. Grün und blau. Wie das Wasser in den Kanälen an guten Tagen. Kommt er mir deshalb bekannt vor? Das wünschst du dir, wirft mein Gehirn ein, und ich schätze, es hat recht.

»Kennen wir uns?«, fragt er da aber.

Zwar habe ich auch das Gefühl, ihn schon einmal gesehen zu haben, andererseits ist er genau mein Typ. Vielleicht ist es mein Wunschdenken, ihn zu kennen. Überrascht lache ich. »Aus der AG Schlechte Manieren? Ich die Türen, du das Klauen?« Aber ehrlich, so einen Typen hätte ich sicher nicht vergessen.

»Diese AG hätte ich gerne besucht.«

»Du warst Schüler?«

»Schlau kombiniert und sorry«, er hebt die Bücher ein Stückchen höher, »ich muss dich wegen des Diebstahls enttäuschen. Die hier brauche ich für eine – tadaaaa – AG.«

Ich hätte es mir denken können. Diese Schule hat einen Arbeitsgruppen-Fimmel. Es gibt unzählige davon und nicht einfach eine Schach- oder Theater-AG. Nein. Es gibt AGs für Schwertkampf, Theater des venezianischen Mittelalters und venezianische Architektur im Wandel der Zeit. Ich meine, wie wahrscheinlich ist es, in einen Schwertkampf verwickelt zu werden? Da bekomme ich eher die Gelegenheit, mit Dame, Turm oder König jemandem ein blaues Auge zu werfen.

»Welche AG?«, frage ich. Jetzt bin ich neugierig. Oft betreuen bereits abgegangene Schüler AGs. Seine könnte ich mir ja mal ansehen.

Er schüttelt den Kopf. »Streng geheim.«

»Das kann jeder sagen. Beweise, dass du die nicht klaust. Oder hast du keine?«

Er verlagert seine Beute auf den rechten Arm, und einen Moment später klimpert er mit einem Schlüsselbund vor meiner Nase herum. »Reicht das?«

Ich schiebe eine Augenbraue nach oben. »Ah, die berühmten AG-Schlüssel. Ihre Träger klauen nicht.« Ich verschränke die Arme. »Beweise habe ich gesagt.«

»Dann nach dir.« Er deutet zur Tür. »Sosehr ich dieses kleine Intermezzo auch genieße, ich muss los.«

»Eine interessante Interpretation von Genießen.«

Er lacht und legt den Kopf schief. »Wann trifft man schon auf eine echte Superheldin, die Regeln bricht?«

Weil ich das mit dem Regelbrechen lieber nicht vertiefen möchte, leiste ich seiner Aufforderung Folge. Es ist, als brenne sich sein Blick in meinen Rücken. Wie gerne würde ich mich umdrehen und … Und was? Zurück-brenn-blicken? Bis seine Augen verdampfen? Viel zu schade. Ich unterdrücke einen Seufzer und bleibe schließlich im Treppenhaus stehen.

Er zieht die Tür hinter sich zu. »Genau hinsehen.«

Der Schlüssel gleitet ins Schloss, und es klickt leise, als er ihn umdreht. Mit einem triumphierenden Lächeln schaut er mich an. »Tadaaa! Beweis genug? Ich bin kein Dieb. Was uns wieder zu dir bringt …«

Ich nicke nur, mein Hals ist so trocken wie die Sahara. Jetzt sitze ich in der Patsche. Er besitzt einen Schlüssel, nimmt die Superior-Treppe, er kann mich in echte Schwierigkeiten bringen. Neugierde entschuldigt den Regelbruch sicher nicht. Und Regelbrüche, an dieser Schule, keine gute Idee … Wieso manövriere ich mich von einem Fettnäpfchen zum nächsten? Am ersten Schultag?

»Also, was machst du hier?«, fragt er.

Verlegen zucke ich mit den Schultern. »Die Tür oben war offen und ich war – beziehungsweise – bin spät dran. Die Versammlung zum Maskenball …« Mist! Die Versammlung habe ich für eine Weile komplett vergessen. Das erklärt vermutlich auch das ständige Vibrieren in meiner Hosentasche. Das ist sicher Cara, die sich fragt, wo ich stecke.

»Jetzt kombiniere ich mal: Du gehörst zum vorletzten Jahrgang und wolltest eine Abkürzung nehmen?«

»100 Punkte und eine Gondelfahrt im Sonnenuntergang«, sage ich und sehe hoch zu ihm. »Kannst du das für dich behalten? Ich hatte heute schon Ärger und –«

»Am ersten Tag?« Der Nicht-Dieb lacht.

Genervt verdrehe ich die Augen. »Jeder braucht ein Hobby.«

»Nach einem echten Superheldinnen-Hobby klingt das aber nicht. Du suchst dir besser ein passenderes.«

»Ich gelobe Besserung. Bleistift-Girl-Ehrenwort.«

Er mustert mich, als habe er noch nie ein Mädchen gesehen. Als er bei meinen Augen ankommt, weiche ich seinem Blick nicht aus.

Ein angenehmes Kribbeln setzt sich in meinem Brustkorb fest und die Haare auf meinen Armen stellen sich auf. Selbst wenn ich wollte, ich könnte gar nicht anders, als in seine Augen zu sehen.

Nach ein paar Sekunden lächelt er. »Bleibt unter uns.« Seine Stimme klingt verschwörerisch und rau.

Erleichterung durchströmt mich und ich atme tief durch. Zumindest bilde ich mir ein, dass das warme Gefühl in meinem Bauch Erleichterung ist. »Dank-«

»Aber!«, schiebt er plötzlich hinterher. Zufrieden über meinen erschrockenen Luftjapser grinst er. »Du bist mir einen Gefallen schuldig.«

»Ähm …« Meint er das ernst? Doch aus seinem Blick und dem angedeuteten Lächeln werde ich nicht schlau, nur hibbelig. »Wenn der Gefallen dem Superheld:innen-Codex nicht widerspricht, geht das klar.«

»Alles gewerkschaftskonform.« Er streckt mir seine Hand hin.

»Wie könnte ich diesen Deal dann ausschlagen?« Für den leider unwahrscheinlichen Fall, dass wir uns wiedersehen und er einen Gefallen braucht, okay, gerne. Was soll schon schiefgehen? Ich greife seine Hand, und wie zwei Geschäftspartner, die einen Verkauf abwickeln, schütteln wir sie. Seine Finger liegen fest um meine, und als sein Daumen über die Außenseite meiner Hand streicht, drückt die Welt auf Stopp. Es gibt nur noch uns und das wohlige Kribbeln, das sich von unseren Händen bis in die letzte Zelle meines Körpers ausbreitet. Dann lässt er meine Hand los, macht einen Schritt von mir weg, die Welt dreht sich wieder. Ich blinzle. Was war das denn?! Unsere Blicke treffen sich und mir wird heiß.

»Dann hoffe ich, dass das Schicksal bald nach einem Gefallen verlangt.« Damit lässt er mich stehen und beginnt die Treppe nach oben zu steigen. Mit einem »Viel Spaß bei der Versammlung, Superheldin!« verschwindet er um die nächste Kurve.

Seine Schritte sind laut auf den Stufen zu hören. Was gut ist, denn sonst hätte er sicher mitbekommen, dass mein Herz in meiner Brust spontan eine Horde tollwütiger Elefanten imitiert.

In meiner Hosentasche vibriert es und ich gleite zurück in die Realität. Cara. Nachricht Nummer 10 000.

Aniiiiii, wo bist du?
Hier geht es los!

Das habe ich von meiner Neugier. Trotzdem schwebe ich merkwürdig leicht die Treppe hinunter und tippe:

Bin gleich da.

Kapitel 4

Die Hölle soll es sein.

Ein Hoch auf meine selbstständigen Beine. Keine Ahnung, wie ich es bis zur Kleinen Aula geschafft habe. In meinem Kopf tanzt immer noch der Blick des Fremden. Im Wechsel mit seinem »Schicksal und Gefallen«-Satz. Bei Letzterem holpert mein Herz jedes Mal los. Der fremde, sexy Kerl, der auch noch witzig ist und so nett, mich nicht zu verpfeifen, hofft auf ein Wiedersehen mit mir. Zumindest ist das die einzig logische Interpretation, die mein Gehirn zulässt. Puh … Seit meiner Ankunft in Venedig habe ich keinen Jungen getroffen, der mir ansatzweise gefallen hat. Aber der bringt mich noch Minuten nach diesem merkwürdigen und einzigartigen Abschied außer Atem. Als ich an der Kleinen Aula ankomme, steht mein Entschluss fest: Rausfinden, welche streng geheime AG er betreut. Mitglied werden. Noch mehr Herzklopfen. Mit einem Grinsen schiebe ich die Tür zur Kleinen Aula auf. Das Grinsen vergeht mir aber sofort wieder. Das darf nicht wahr sein! Leide ich jetzt auch an Wahrnehmungsstörungen? Am Rednerpult am vorderen Ende der Kleinen Aula steht der Nachhilfegeselle aus der Hölle. Marco. Hinter ihm sitzen fünf Schüler des Abschlussjahrgangs und sehen ziemlich wichtig aus, vermutlich das diesjährige Festkomitee. Hinter ihnen hängt eine Beamerleinwand, auf der eine Liste von nummerierten Sätzen steht, angefangen mit »1. Wir sind *tutori*. Wir arbeiten gemeinsam an diesem Projekt, nicht gegeneinander.« In den Reihen vor der Bühne sitzen der Abschlussjahrgang und mein Jahrgang. Niemand wirkt abgelenkt oder unaufmerksam.

Vorsichtig lasse ich die Tür in ihr Schloss gleiten. Trotzdem hallt das *Klick* wie gebrüllt und mit dreizehn Ausrufezeichen perfekt in eine Sprechpause von Marco. So laut, dass sich alle Köpfe zu mir umdrehen. Hitze schießt in meine Wangen. Vermutlich laufe ich gerade purpurrot an. Doch die Bodenklappe, die ich bräuchte, tut sich nicht auf und ich trete meinen Weg nach vorne an. So muss sich Cersei aus *Game of Thrones* gefühlt haben. Ob sie auch gedacht hat, »Heute ist einfach nicht mein Tag«?

Marcos Augenbrauen wandern im Zeitlupentempo nach oben. Sein Blick fixiert mich, als wolle er mich auf der Stelle am Boden festtackern. »Zeitmanagement und Pünktlichkeit sind wichtige Dinge in der Vorbereitung des Oberstufenballs.«

Schon drehen sich ihm wieder alle Köpfe zu. Fast bin ich ihm dankbar dafür, wären da nicht sein Seitenhieb und seine unbeschreibliche Arroganz. Nur ein Kopf bleibt in meine Richtung gedreht: Caras. Dank ihres breiten Lächelns schaffe ich es, mich wieder aufzurichten. Sie sitzt am äußeren Rand der dritten Sitzreihe und hat einen Platz für mich freigehalten. Es bleibt mir also erspart, mich an allen vorbeizuquetschen und noch mal aufzufallen. Manchmal könnte ich sie knutschen.

Die Kleine Aula gleicht einem Palast im Vergleich mit der Mülltonne von Aula, die an meiner alten Schule für die festlichen Anlässe benutzt wurde. Dort befand sich die Aula in der Pausenhalle.

Mithilfe einer beweglichen Faltwand konnte sie abgetrennt werden. Sie roch nach Sporthalle und Imbiss, und sobald Schüler auf der anderen Seite der Trennwand auch nur niesten, war der Sprecher am Podium nicht mehr zu verstehen. Statt grauem Linoleum bedeckt hier schwarzer Marmor den Boden, die Stühle, die zu beiden Seiten eines breiten Mittelgangs stehen, sind nicht aus Plastik, sondern aus Holz, überzogen mit rotem Samt und pervers bequem für einen Schulsaal. Derselbe Samt hängt auch an den Seiten der Bühne und verdeckt die Eingänge zur Galerie, die über uns rund um den Saal verläuft. Ein Gemälde, auf dem Gelehrte im Jesus-Style über die Bücher in ihrer Hand diskutieren, ziert die Decke.

Kaum falle ich in den Samtstuhl neben Cara, plappert sie leise los: »Das hat ja ewig gedauert! Seid ihr zum Notar, um eine eidesstattliche Erklärung abzugeben, dass du nie wieder in Signore Eduardos Unterricht zeichnest? Die Masken, die du gemalt hast, sind übrigens der Hammer!« Sie sitzt auch im Matheunterricht neben mir.

»Leider steckt der Hammer jetzt in Marcos Umhängetasche.«

Cara blinzelt fassungslos. »Äh, was?« Ihr Kopf schnellt einmal zu Marco, dann zu mir zurück. »Gab es ein Loch im Raum-Zeit-Gefüge oder wie kommt dein Skizzenbuch da rein?«

Mit wenigen Worten erzähle ich ihr von meiner Begegnung der dritten Art, und schon fühle ich mich etwas besser. Wenn es Cara-Globuli gäbe, würden sie sich wie frisch gemachte Waffeln mit Himbeer-Sorbet verkaufen.

Cara drückt meine Hand. Sie weiß ganz genau, wie sehr ich an meinem Skizzenbuch hänge. »Was für ein Scheiß! Ich bin ganz gut in Mathe. Wir pauken einfach zusätzlich, damit der Albtraum schneller rum ist. Okay?«

Ein warmes Kribbeln löst den Rest des Ärgers in mir auf. Was würde ich nur ohne sie tun? Eigentlich weiß ich das ganz genau: einsam und unsichtbar mein Dasein fristen.

Ich nicke. »Danke.« Ich lehne mich zurück. »Was habe ich verpasst und was macht *er* hier?«

»Verpasst hast du das Hallo-Geplänkel, ein paar Details zu Regeln, Abläufen und die Info, dass der Ball dieses Jahr ganz anders sein wird. Er findet nicht in der Großen Aula statt, sondern im Innenhof. Und *er* …« Cara folgt meinem Blick zum Rednerpult. Sie zögert, beäugt mich von der Seite, als müsse sie mir etwas schonend beibringen. Boa, was kommt jetzt …? »Jedes Jahr betreut einer der ehemaligen Schüler die Orga des Maskenballs. Als Beirat. Quasi als professioneller Ratgeber. Hat ja schon mal einen organisiert, kennt das Prozedere, Pipapo.« Sie redet so schnell, als wolle sie mich gedanklich abhängen. »Marco ist der diesjährige Beirat.«

Bäm, das sitzt. Jetzt bin ich es, die fassungslos dreinblickt. Ausgerechnet Marco? Warum keiner der anderen immerhin einunddreißig aus seinem Jahrgang?

Vermutlich läuft gerade ein »$£|¥{*\%>]$\£&€!!!!« wie ein Newsticker durch meine Augen, denn Cara legt ihre Hand auf meine. »Atmen, ruhig und regelmäßig.«

Ich hole tief Luft, doch in mir tobt trotzdem ein Gefühlssturm. Warum muss Marco dieses Schuljahr meine Wege kreuzen? Ein Jahr haben wir es geschafft, aneinander vorbeizukommen ohne größere Blessuren. Aber wenn er sich jetzt beim Ball einmischt, und das wird er so was von, dann garantiere ich für nichts. Nicht nach dem, was er Mama angetan hat. In mir verkrampft sich alles. Seine Worte rauschen durch mich hindurch. Dabei hätte ich Lust, ihm jedes einzelne wieder zurück in den Hals zu rammen.

»Warum gerade er?«

»Er war Leiter des Orga-Teams in seinem Abschlussjahr, vor zwei Jahren. Außerdem ist er eng mit Estelle befreundet, die dieses Jahr verantwortlich ist. Sein Ball, wow, war einer der besten der Schulgeschichte. Das Thema lautete ›Tanz der Engel‹ oder so. Alles in Weiß und Gold. Echt cool. Wenn man auf Engel steht.

Und auf Weiß«, schiebt Cara hinterher und wirft einen schelmischen Blick auf mein Outfit. »Ihr seid euch echt null ähnlich. Aber eigentlich ist er der beste Beirat, den wir uns wünschen können. Also wenn man ihn nicht lieber an einen Pfeffer-Wachstumsstandort wünscht.«

Mir rutscht ein Schnauben raus, das ein paar der Köpfe um uns dazu bringt, sich in unsere Richtung zu drehen. »Nur Vorteile also?«, presse ich heraus.

»Er betreut nur«, versucht Cara mich zu beschwichtigen. »Estelle ist diejenige, die uns triezen wird. Wahrscheinlich bekommen wir Marco nie zu Gesicht. Siehst du?« Sie deutet zur Bühne, wo Marco sich vom Rednerpult entfernt und Estelle seine Stelle einnimmt.

Vielleicht hat Cara recht. Vielleicht aber auch nicht. Denn die Füße still halten, zusehen, nein, das klingt gar nicht nach Marco. Dafür markiert er zu gerne den großen Boss.

»Danke, Marco!«, sagt Estelle und lächelt Marco an, der erhaben nickt. »Schön, dass du dir die Zeit heute genommen hast und uns unterstützt. Wir – und ich denke, da spreche ich im Namen von uns allen – freuen uns auf deine Tipps und deine Hilfe.«

Estelle beginnt zu klatschen und nur einen Bruchteil einer Sekunde später stimmen alle Anwesenden mit ein. Die Vorstellung, dass Marco wirklich so beliebt ist, fällt mir schwer. Aber wenn dem so ist, sind alle blind, oder er verfügt über eine absolut perfekte Maske, mit der er alle hinters Licht führt.

Selbst Cara klatscht, wenn auch etwas halbherzig. Das freut mich, denn eigentlich muss sie das nicht. Sie hat mit Marco nichts zu tun. Meine Probleme sind nicht ihre.

Also, komm schon, flüstere ich mir zu, wenn du eine Schnute ziehst, vergeht auch ihr der Spaß an der Sache. Obwohl sich in mir alles sträubt, klatsche ich zwei Mal in die Hände.

Sofort grinst Cara mich an und lehnt sich zu mir herüber. »Das ist mein Mädchen. Wir lassen uns dieses Jahr nicht versauen, egal von wem!«

Sie hat recht, das weiß ich. Trotzdem liegt die Aussicht auf Nachhilfe und Ball mit Marco wie ein Stein in meinem Magen. Ich zwinge meinen Blick weg von ihm, der elegant die Beine übereinanderschlägt, und ich könnte schwören, ein paar sehnsüchtige Seufzer hinter mir zu hören.

Ich konzentriere mich auf Estelle. Wer sie trifft, ohne zu wissen, dass sie wie alle hier aus einer der altehrwürdigen Familien Venedigs stammt, könnte sie locker als amerikanische Cheerleaderin abstempeln: schlank, groß, Modelgesicht und durchtrainiert. Sogar ihr Blick bläst einen um wie ein Tornado eine Fischerhütte.

Sie strahlt wie ein Honigkuchenpferd, als sie wieder ins Mikro spricht. »Jetzt kommen wir zu dem Teil, auf den ihr alle wartet: die Präsentation des Themas!«

Johlender Applaus flammt auf und zeigt, wie recht sie hat. Alle wollen wissen, womit wir die nächsten Monate verbringen werden. Hoffentlich kommen wir ohne Engel aus – und Glitzer. Bevor ich mich stoppen kann, huscht mein Blick zu einem der Fenster oberhalb der Galerie. Der Giebel der Turnhalle nebenan ist gerade noch zu sehen und er glitzert. Ich zwinge mich dazu, durchzuatmen und meinen Kopf wieder in Richtung Bühne zu wenden. Ich kann nichts gegen den Glitzer tun, aber in den letzten Monaten bin ich zur Meisterin des Ignorierens und Wegatmens mutiert. Trotzdem fühlen sich meine Hände schlagartig feucht an. Das Ding mit dem Glitzer ist, dass er die Welt zum Schwanken bringt. An miesen Tagen fühle ich mich wie eine Seekranke auf hoher See, vor allem wenn ich über schmale Brücken laufe, die kaum Abstand zum Wasser bieten. Ich klemme meine Hände zwischen die Sitzfläche meines Stuhls und meine Jeansshorts. Wie jedes Mal hilft der Druck sofort.

Estelle beugt sich zu einem kleinen Tischchen neben dem Rednerpult hinab, auf dem ein Laptop steht. Konzentriert beginnt sie, auf dem Touchpad herumzuwischen. »Wir haben uns etwas Besonderes einfallen lassen, um die Stimmung, die uns vorschwebt, zu transportieren. Moment …«

»Dieser Drillsergeant gefällt mir eindeutig besser«, höre ich eine tiefe Stimme hinter mir raunen. »Was meint ihr?«

Ich muss grinsen und das mulmige Gefühl in meinem Bauch ebbt noch weiter ab. Casto, Caras Zwillingsbruder, zwinkert mir zu, als ich mich umdrehe. Wüsste ich nicht, dass er Marco in seinem Bett bevorzugen würde, bekäme der Kapitän des Ruderteams der Schule für den zweideutigen Unterton einen Augenbrauen-hochziehen-und-abfällig-gucken-Blick.

»Sag bloß, du warst mit Marcos Performance unzufrieden?«

Auch Cara dreht sich überrascht zu ihrem Bruder um. »Fandest du Mr Perfects Rede nicht gut?«

Er lehnt sich vor und verdreht die Augen. »So hübsch anzusehen und so viel Blablabla aus seinem Mund. Verschwendung.« Mit einem weiteren Lächeln sieht er mich an. »Schön, dass Edi was von dir übrig gelassen hat. Wäre echt schade um dich gewesen.«

»Anscheinend verspeist er keine Matheloser zum Aperitivo.«

»Die sind ihm sicher nicht trocken genug«, erwidert Casto. »Da hätte er mehr Spaß mit deinem Bruder. Sehr klug von dir, zu spät zu kommen. Du hast absolut nichts verpasst. Zeitverschwendung. Dabei will ich raus in die Lagune, rudern. Das Wetter ist zu gut, um hier drin zu vergammeln.« Er richtet sich auf und legt die Hände an den Mund. »Soll ich helfen?«

Nach einem kurzen Blick in unsere Ecke klickt Estelle aufs Touchpad und die Leinwand wird schwarz. »Nur Geduld, Casto. Nicht jeder rast so schnell über die Ziellinie wie du.«

»Danke«, sagt Casto und lehnt sich zurück. »Mit Komplimenten lässt sich das Ganze besser aushalten.«

Um uns herum lachen alle. Die meisten von Castos Freunden

sind ebenfalls Teil der Ruderteams. Im Gegensatz zu Cara und mir – und dem Großteil der Anwesenden – ist Casto der Maskenball egal. Er liebt das Wasser, den Sport, die Sonne, und das am besten alles gleichzeitig. Cara und er sind zwar etwa gleich groß, aber während Cara auf ihrem Stuhl zweimal Platz hat, wirken Castos breite Schultern wie eingequetscht zwischen seinen Freunden. Außer ihrer Größe und ihren rabenschwarzen Haaren haben sie kaum etwas gemeinsam. Cara geht zwar auch gerne aufs Wasser, aber im Gegensatz zu ihrem Bruder, der davon träumt, in die Olympiamannschaft zu kommen, sitzt sie lieber vor dem Bildschirm und programmiert.

In dieser Sekunde sieht Estelle auf. »Es kann losgehen!«

Wie auf Kommando erlöschen alle Lichter im Saal und ich halte den Atem an. Selbst Casto ist schlagartig bei der Sache, alle Gespräche ersterben innerhalb eines Wimpernschlags. Flammen züngeln im nächsten Augenblick über die komplette Fläche der Leinwand. Trommeln setzen ein und dröhnen über die Lautsprecheranlage, sodass ich die Vibration in meinem Brustkorb spüre. Eine schwarze Gondel fährt durchs Feuer, als wäre es Wasser, ein paar schwarze Gestalten stehen reglos an Bord. Die Trommeln beschleunigen sich mit jedem Ruderschlag, und als das Boot plötzlich stoppt, explodiert das Feuer und es bricht ein mittelalterliches Rockkonzert los. Aus den Flammen schält sich die Maske eines Teufels, gefolgt von anderen, die nach Zombies und Untoten aussehen. Immer wieder schießt Feuer im Rhythmus der Musik über die Leinwand. Schwarze Schemen tanzen wie Balletttänzer aus der Hölle durch die Flammen. Neben mir klatscht irgendjemand begeistert in die Hände und deutet nach vorne. Ich verstehe, warum: Die Silhouette Venedigs, mit dem Markusdom, dem Campanile davor, den vielen Kirchtürmen, Kuppeln und Dächern, taucht in den Flammen auf. Nach und nach schwappen die Flammen in die schwarze Silhouette der Stadt – bis ganz Venedig brennt. Jede andere Beschreibung klingt zu harmlos. Es brennt im Höllenfeuer. Und die Teufel tanzen. Venedig ist abgetaucht, in den Hades, die Hölle oder wie auch immer man den Ort der Toten nennt. Bilder von tanzenden Teufelsmasken, dem brennenden Venedig und schwarzen Wellen, die immer wieder ans Ufer schwappen, verschwimmen zu einem Strudel, der mich mitzieht. Mein Herz wummert im Takt der Musik, mein Blick tanzt von einer Ecke der Leinwand zur anderen, wie die schwarzen Schemen. Was da auf der Leinwand passiert, gefällt mir. Bei einem Projekt mit dieser einzigartigen Stimmung mitzuarbeiten, dafür nehme ich auch Mathenachhilfe in Kauf. Plötzlich bäumt sich die Musik auf, laute, verzerrte Gitarren schreien auf – und verschwinden so schnell, wie sie gekommen sind. Nur das ferne Echo eines Trommelrhythmus schwingt nach. Die Flammen fressen Venedig auf und nehmen nun wieder die ganze Leinwand ein. Am Ende verblassen sie und auf dem zurückbleibenden schwarzen Untergrund taucht ein roter Schriftzug auf. Estelles Stimme hallt durch den Saal. »Das Motto für den diesjährigen Ball lautet: Willkommen im Hades, das Ende naht …«

Für einen weiteren Augenblick ist es still in der Kleinen Aula. Dann lösen sich die Ersten aus ihrer Schockstarre und beginnen zu klatschen und zu johlen. Immer mehr steigen ein. Ich merke, wie ich die Luft angehalten habe. Jetzt schießt sie in meine Lungen und ein Grinsen bahnt sich seinen Weg in mein Gesicht. »Abgefahren.«

»Abgefahren?« Cara schüttelt ungläubig den Kopf. »Wenn das nicht alle Maskenbälle der letzten Jahre in den Schatten stellt. Inklusive der Engelsstory von Marcos Jahrgang.« Sie legt die Hände an den Mund und grölt in voller Lautstärke.

Irgendwer schaltet das Licht wieder an. Estelle und das restliche Festkomitee, das jetzt hinter ihr am Rednerpult steht, strahlen vor Glück. Nur Marco klatscht als Einziger eher höflich als begeistert.

Dann hört er sogar auf zu klatschen und zieht sein Handy aus der Hosentasche. Er liest und beugt sich zu Estelle, flüstert ihr etwas ins Ohr. Sie hebt die Augenbrauen, nickt, und Marco stiehlt sich von der Bühne, vorbei an uns, aus dem Saal. Mann, das nenne ich mal einen schlechten Verlierer. Niemand scheint sein Verschwinden sonderlich zu interessieren. Alle haben nur noch Augen für Estelle am Rednerpult. Ernst blickt sie in die Runde. »Es ist gewagt. Es ist anders. Es bedeutet Arbeit auf allen Ebenen: Wenn dieses Konzept funktionieren soll, muss es perfekt werden. Die Kostüme, die Masken, das ganze Drumherum aus Lichttechnik, Musik, Bühnenbild, ganz abgesehen vom Essen, Trinken und den Tänzen, die jedes Jahr für die große Mitternachtsshow einstudiert werden. Zum Beispiel können wir viele der Bühnenbauelemente, die von den bisherigen Bällen im Fundus unterm Dach gelagert werden, nicht benutzen beziehungsweise müssen sie umbauen. Auch die Masken müssen einzigartig werden.«

Mein Herz schlägt schneller. Es ist vollkommen mit Estelle einverstanden. Besondere Masken für einen besonderen Ball. Hoffentlich darf ich sie machen. Diese Gelegenheit lasse ich mir nur unter Zwang entgehen! Schon zum Ende des letzten Schuljahres sollten wir uns in Listen eintragen und angeben, welcher Bereich uns am meisten interessiert und warum. Seitdem herrschte Funkstille.

»Viele von uns stehen vor ihrem letzten Jahr, vor ihrem Abschluss. Die anderen sind als Unterstützer:innen dabei.« Sie malt Anführungszeichen in die Luft. »Fakt ist: Nur zusammen können wir das schaffen. Nicht als zwei Jahrgänge, sondern als Gemeinschaft des *Liceo Artistico Palazzo Tutori*!« Einzelne Yeahs und Genaus hallen durch den Saal. »Wir alle verfügen über Talente, und jede und jeder wird diese nicht nur nutzen, sondern an ihre Grenzen bringen müssen.« Estelles Blick schweift über die versammelten Köpfe, als wolle sie jeden von uns einzeln beschwören. Es funktioniert. Gebannt lauschen alle, hängen an ihren Lippen. Selbst Casto kommt nicht auf die Idee, den Moment zu zerstören. »Wollt ihr diesen Ball umwerfend machen? Ihn nicht nur in unserer Schulgeschichte herausstechen lassen, sondern auch gegenüber den anderen Schulen?«

Wieder brandet Applaus auf. Sogar Casto pfeift so laut, dass ich zusammenzucke. Cara dreht sich klatschend zu mir. »Und wir stehen dann nächstes Jahr da und versuchen das zu überbieten.«

Ich zucke mit den Schultern. Diesen Wettbewerbsgedanken fand ich von Anfang an nervig. »Ich hab so was von Lust auf dieses Konzept«, flüstere ich Cara zu.

»Ja, ich auch.« Cara grinst. »Ich hoffe, ich darf bei der Lichttechnik helfen. Und du bei den Masken. Alles andere, und ich sterbe, ehrlich.«

»Langsam ertrage ich die Spannung nicht mehr.«

»Hibbel-o-mat 3.0, sag ich dir!«, gibt Cara zurück und zeigt auf ihren dauerwippenden Fuß.

Als hätte Estelle uns gehört, spricht sie weiter. »Dann lasst uns das Ganze anpacken! *Proteggete la luce!*«

Nachdem Estelle den Beginn des Leitspruchs der Schule ruft, fliegen vermutlich ein paar Dachziegel vom Dach und landen im Kanal. Die meisten meiner Mitschüler antworten nämlich mit einem gewaltigen *»Perché il mondo si trova nell'oscurià!*«. Wie das zum Motto einer Schule werden kann, frage ich mich immer noch. Aber es passt zu diesem Laden. Wer sonst würde sich anmaßen, das Licht der Welt erhalten zu können? Mir soll es recht sein. Wenn ich Masken machen darf, bin ich mehr als zufrieden. Mit viel Glück macht dieser Ball Schlagzeilen. Wenn das mal keine gute Referenz für die Kunst-Uni ist?

»Wie gesagt, der Ball findet dieses Jahr nicht wie üblich in der Großen Aula statt, sondern als Open Air. Nur draußen lässt sich mit echtem Feuer arbeiten.«

»Ohne die Schule abzufackeln?«, ruft Andrea, ein Junge aus meinem Jahrgang.

Sein Kumpel Bo winkt ab. »Von mir aus könnt ihr sie auch den Flammen opfern. Meinen Segen habt ihr.«

Bevor noch mehr ihren Senf zum Thema Feuer in der Schule dazugeben können, mischt sich Estelle wieder ein. »Abgefackelt wird nichts. Wir reden hier von professioneller Pyrotechnik und Feuerkünstlern, die wir engagieren werden. Deshalb auch der Innenhof: Zwar gibt es dort den Säulengang, der außen herumführt, aber ansonsten sind die Wände aus glattem Kalkstein. Kein Holz, keine hohe Brandgefahr. Auch das Bühnenbild passt besser in dieses Ambiente statt in den Prunk der Großen Aula.«

»Und wenn's regnet?«, fragt einer aus der ersten Reihe.

»Oder Acqua alta herrscht?«, fragt eine zweite Stimme aus derselben Ecke. Jetzt nicken einige zustimmend. Das berühmte venezianische Hochwasser würde jede Deko wegschwemmen, das stimmt.

Auch darauf hat Estelle eine Antwort. »Da müsste der Pegel schon sehr stark steigen, der Palazzo liegt hoch. Zum Regen: Da lassen wir uns eine Lösung einfallen. Wir haben ein paar Ideen, aber zusammen«, sie macht eine Geste mit der Hand, die die ganze Aula umfasst, »kommen wir auf noch bessere Ideen, da bin ich mir sicher. Aber nun zum wichtigsten Punkt: die AGs.«

Mit Mühe verkneife ich mir ein Lachen. AGs. War klar, dass die auf keinen Fall fehlen dürfen. Doch bei dem Gedanken an die AGs blitzt das Grinsen meines neuen Bekannten in meiner Erinnerung auf. Ob Marco oder Estelle ihn kennen? Ob er vielleicht sogar bei einer der AGs für den Ball hilft? Das wäre nur zu schön. Ich sollte Cara mal nach alten Jahresberichten der Schule fragen. Da finde ich ihn sicher.

Estelles Stimme holt mich zurück aus dem Traumland. »Es gibt eine Stage-AG: Sie ist verantwortlich für Bühnenbild, Kostüme,

Requisiten, Masken, Make-up. Lichttechnik und Sound laufen ebenfalls darunter. Die Aufgaben der Marketing-AG verstehen sich von selbst. Die Orga-AG besteht zum größten Teil aus dem Festkomitee plus ein paar Vertretern des vorletzten Jahrgangs, damit sie alles mitbekommen und nächstes Jahr nicht bei null anfangen müssen. Zusätzlich zum Arbeitsaufwand der einzelnen AGs, die sich selbst organisieren, kommen verpflichtende Treffen für alle dazu – und natürlich die Proben für die Mitternachtsshow, an denen ebenfalls alle teilnehmen.«

Caras Augenbrauen zucken nach oben. »Klingt nach krass viel Aufwand …«

»Aber hallo …«, erwidere ich. Signore Eduardo scheint mit seiner Einschätzung nicht unrecht zu haben. Aber das will ich im Moment nicht wahrhaben. »Es wird Spaß machen, egal, wie viel Zeit dafür draufgeht. Da bin ich mir sicher. So langweilig wie Mathe wird es sicher nicht.«

Doch Cara ist nicht die Einzige mit Bedenken. Gemurmel und ein paar laute Seufzer dringen deutlich hörbar bis zu uns.

»Wann soll ich rudern?«, fragt Casto. »Nachts?«

Estelle hebt beschwichtigend ihre Hände. »Ich weiß, das klingt nach viel. Und ehrlich gesagt wird es sicher Zeiten geben, da vergeht jedem von uns mal die Lust auf den Ball. Aber ich verspreche euch, dass jede und jeder von euch genug Zeit haben wird, den eigenen schulischen Verpflichtungen nachzukommen. Da der Ball traditionell zu Karneval, also im Winter, stattfindet, wird nur ein Teil des Schuljahres stressig. Die zweite Hälfte können wir uns auf unseren Lorbeeren ausruhen und der Konkurrenz zusehen.«

»Kein Wunder, dass ihr uns als Unterstützung braucht«, sagt Lorenzo, unser Jahrgangsprecher. »Ich bin mir sicher, dass wir alle unseren Teil dazu beitragen wollen. Schließlich sind wir im nächsten Jahr selber dran.«

»Von den Besten lernen«, wirft ein Schüler aus Estelles Jahrgang ein und ein paar stimmen in sein Lachen ein.

»Von den Besten lernen, um besser zu werden«, kontert Lorenzo und erntet dafür Applaus.

Lachend schüttelt Estelle den Kopf. »Gemeinsam, so lautet die Devise. Ohne die gegenseitige Unterstützung verlieren wir alle. Und machen uns und die Schule lächerlich. Das möchte niemand, oder?«

Ernstes Nicken von allen Seiten. Mich hat der Ehrenkodex der Schule noch nicht bis in meine Eingeweide durchdrungen, aber die meisten meiner Mitschüler gehen seit der ersten Klasse auf diese Schule, wie schon Generationen ihrer Familien. Wenn Papa noch am Leben wäre, würde ich das vielleicht auch anders sehen.

Estelle wird ernst: »Leider kann nicht jeder in die AG, in die er oder sie möchte. Wir brauchen in allen AGs Leute, sonst schaffen wir das Pensum nicht. Ihr habt am Ende des letzten Schuljahres eure Favoriten angegeben und wir haben euch eingeteilt. Wer in welcher AG ist, seht ihr gleich hier. Zuvor möchten wir aber das Treffen hiermit für beendet erklären. Weitere Fragen klären wir in den nächsten Tagen. Wer zu den AGs Fragen hat, kann sie uns gleich im Anschluss persönlich stellen. Vielen lieben Dank für eure Zeit. Wir hoffen, ihr habt genauso Bock wie wir, diese Idee Realität werden zu lassen.«

Umgehend ertönt zustimmendes Klatschen und Rufen.

Estelle nickt zufrieden. »Sehr gut! Hier jetzt die AGs!« Mit einem Klick taucht eine Tabelle auf der Leinwand auf. Schlagartig verstummen alle und scannen die Tabelle nach ihren Namen. Schnell finde ich die Spalte »Masken«. Meine Fingernägel krallen sich in meine Handfläche, als ich von oben nach unten die Namen durchgehe. Um mich herum höre ich immer mehr zufriedenes Lachen und Glückwünsche.

Cara hüpft plötzlich auf und ab. »Lichttechnik! Wie geil!«

»Glückwunsch!«, sage ich und drücke sie fest an mich. Dann schnellt mein Blick zurück zur Leinwand. Und da, endlich am Ende der Spalte: Anola Fontari. Erleichtert sinke ich zurück auf meinen Stuhl. *Maske. Anola Fontari.* Perfekt.

»Grinst du so, weil du einen Orgasmus hattest oder weil du Masken machen darfst?«, stichelt Casto von hinten.

»Letzteres«, erwidere ich. »Fühlt sich aber wie Ersteres an.«

Casto und Cara lachen laut los. In diesem Moment fühlt sich Venedig an wie warme, dunkle Trinkschokolade im Winter. Diese Art von Momenten im letzten Jahr kann ich an einer Hand abzählen. Diesen hier versuche ich in mir abzuspeichern, für die nicht so guten Tage. Die Wärme und das Prickeln in meinem ganzen Körper, die Vorfreude, diesen Hüpfer, den mein Herz macht, wenn Cara und Casto mit mir lachen. Egal, was da draußen glitzert oder nicht. Egal, ob Marco mir häufiger über den Weg läuft, als mir lieb ist. Dieses Jahr wird besser. Es wird gut. Vielleicht sogar sehr gut.

»Jetzt los!« Casto springt auf. »Das Wasser wartet.« Wie ein Rudel springen auch seine Freunde auf und Cara und ich lassen uns von den Jungs mitziehen.

Cara schultert ihre Tasche. »Bist du sicher, dass du nicht mitkommen willst? Die frische Luft auf dem Meer ist der Hammer.«

Bereits heute Mittag hat sie mich gefragt, ob ich das Schuljahr mit einer gemütlichen Ruderpartie einweihen möchte. Casto und sie machen das jedes Jahr. Ich winke ab, das zweite Mal heute. »Schicht im Maskenladen. Und das ist gut so.« Ich zücke meine Sonnenbrille und setze sie auf meine Nase.

»Oh, jetzt schon?«, fragt Cara und holt ihr Handy aus der Tasche. Im Gehen loggt sie sich in ihre Cloud ein und ruft eine Excel-Tabelle auf. »Seit wann?«

Cara dokumentiert meine »Glow-Phasen«, wie sie die Zeit nennt, in der ich den Glitzer sehe, haargenau. Zuerst fand ich das übertrieben, aber nur dank ihr weiß ich, dass Tagmond Auswirkungen auf mich hat. Also antworte ich brav. »Bemerkt habe ich es nach Mathe, während des Gesprächs mit Marco.«

Cara tippt, und ich packe ihren Ellbogen, damit sie nicht gegen die Tür der Kleinen Aula rennt.

Sie nimmt das gar nicht wahr. Sie ist vollends in ihre Tabellen vertieft. »Glow-Factor?«

Ich unterdrücke ein Seufzen und sehe aus dem Fenster. »6 von 10.« Die Idee mit dem Glow-Factor hatte Cara. Sie sagte was von wissenschaftlicher Erhebung und legte mir Photoshop-Bilder vor, die die Fassade der Schule zeigten – mit unterschiedlich starken Glitzerstufen retuschiert. Dass sie in den naturwissenschaftlichen Fächern auf einer Eins steht, wundert mich nicht mehr.

»Das entspricht dem Tagmond vom letzten Mal.« Jetzt sieht sie auf und ebenfalls aus dem Fenster. Ihre Augen huschen über die Fassade der Kirche, über der der Mond steht. Manchmal denke ich, sie würde den Glitzer selbst gerne sehen. Aber das bleibt mein Privileg … Sie zieht ihre Nase kraus, wie jedes Mal, wenn sie keine Antwort auf eine Frage findet. »Merkwürdig, dass der Glow-Factor bei Tagmond höher liegt als bei Beginn von normalen Sonnenuntergängen.«

»Merkwürdig ist, dass wir Worte wie Glow-Factor benutzen und gar keinen Lipgloss dabeihaben …«

»Guter Punkt. Wir legen uns Alibi-Lipgloss zu. Nur für alle Fälle. Kannst du deinen Glow-Factor jede Stunde checken?«

»Cara, bitte …« Ich tippe gegen die Gläser meiner neuen Sonnenbrille. »Die verschluckt mehr Licht als ein schwarzes Loch. Absichtlich.«

»Fakten, Anola, sind die besten Freunde für Menschen wie dich. Ich kann dich gerne jede Stunde daran erinnern.«

»Lass gut sein. Ich checke ihn und schicke dir später die Zahlen.« Cara soll ihr Schuljahr-Einweihungsritual genießen. Dieser Glitzer-Mist ruiniert sowieso schon zu viel.

»Soll ich dich nach Hause bringen?«

»Auf keinen Fall.« Weil eine kleine Falte zwischen ihren Augen auftaucht, lächle ich sie an. »Du musst dir keine Sorgen machen. Es ist nicht so schlimm. Die Sonnenbrille ist für Wüstenurlaub gemacht. Besser geht es nicht. Morgen erwarte ich witzige Geschichten von eurem Ausflug.«

»Okay.« Für einen Moment sieht Cara so aus, als würde sie mich doch begleiten, dann seufzt sie. »Und du zeigst mir morgen ein paar Maskenskizzen. Deal?«

»Deal«, erwidere ich. »Da fällt mir was ein: Hast du die Jahresberichte der letzten Jahre?«

»Hab ich, wieso?«

»Kannst du mir die letzten vier schicken?«

»Klar. Wofür brauchst du die?«

»Recherche.« Bevor ich mehr sagen kann, taucht Casto am Ende des Flurs auf.

»Cara! Wo bleibst du? Hast du dich in ein Faultier verwandelt, ohne dass ich es mitbekommen habe?«

»Du solltest besser los«, sage ich, obwohl ich Cara gerne von meiner Begegnung erzählt hätte. Und von den Masken in dem versteckten Saal. Aber sie hat ihren Bruder-Schwester-Abend mehr als verdient.

»Wir telefonieren«, erwidert Cara und drückt mich zum Abschied. »Vergiss den Glow-Factor nicht.«

»Als ob ich den je vergessen könnte.« Aber die Aussicht, dem fremden Maskenträger auf die Spur zu kommen, lässt selbst meine Angst vor dem Glitzer in den Hintergrund rutschen.

Kapitel 5

Der Masken-Notfall.

Hach, ich weiß nicht. Lieber die goldene?« Verzweifelt sieht das Mädchen auf der anderen Seite des Verkaufstresens zu seinem Begleiter. Ihr Kleid aus fliederfarbenem Tüll raschelt leise, als sie sich eine goldene Halbmaske zum tausendsten Mal vors Gesicht hält. Weil klar, wer trägt zum Sightseeing in Venedig kein Ballkleid? Seit ungefähr einer Stunde probiert sie sich durch den Laden. An sich absolut kein Problem. Wären die beiden nicht eine halbe Stunde vor Ladenschluss hereingerauscht. Da Vit, dem der Laden sowie das Atelier gehören, niemanden hinauswirft, kann auch ich das nicht tun. Auch wenn ich mit Mama allein bin, weil er heute freihat.

Sicher ist die Lady in Tüll Influencerin und auf der Jagd nach den besten Fotos, um sich von allen anderen Insta-Kanälen abzusetzen. Der Sonnenhut, die hochhackigen Schuhe, das Make-up und das wallende Ballkleid, alles eindeutige Indizien. Vor ihr liegen zwei weitere Halbmasken, eine in Schwarz und eine in Pink, jede mit einem Federkamm über einem Auge, verziert mit typisch venezianischen, geschwungenen Linien, die sich zu Spiralen drehen. Diese Linien könnte ich im Schlaf malen, denn seitdem ich hier arbeite, gingen Hunderte von ihnen durch meine Hände beziehungsweise Pinsel. Sogar die Glitzersteinchen um die Augenlöcher stammen von mir.

»Gold harmoniert so wunderbar mit deiner Haarfarbe, Sweetheart«, meint ihr Begleiter, um dessen Hals eine fette Spiegelreflex baumelt. »Obwohl Schwarz herrlich in Kontrast mit deiner Alabasterhaut steht.«

»Genau!«, stimmt die Insta-Fee zu.

»Schwarz ist die Farbe der Venezianer«, mische ich mich ein. Langsam reicht es mir. Die Zeit nach Ladenschluss darf ich ins Atelier und an meinen eigenen Maskenentwürfen arbeiten. Außerdem hat Mama noch eine Verabredung und sie vibriert vor Vorfreude. Noch länger soll sie nicht warten müssen. Gerade füllt sie die letzten Masken in eine der Truhen mit unseren Verkaufsschlagern, die mit offenen Deckeln in jeder Ecke des Raums stehen.

»Ist das so?« Die Stimme der Insta-Fee klingt spitz, und das werden auch ihre Lippen, als ihr Blick zu mir gleitet.

Kein Wunder, dass sie mich so mustert, ich bin das genaue Gegenteil von ihr: ein schwarzer Strich. Schwarz ist einfach. Einfach zu tragen, zu kombinieren, einfach, um Modetrends aus dem Weg zu gehen, die meine Mitschülerinnen nur zu gerne ausleben, mir aber eher auf die Nerven gehen. Schwarz ist nicht meine Lieblingsfarbe. Das ist Karmesinrot. Zumindest, wenn ich male.

»Kennt ihr nicht die Bilder des venezianischen Karnevals von Pietro Longhi?«, frage ich absichtlich höchst verwundert. »Maskierte Venezianer, gehüllt in schwarze Capes, schwarze Hüte und schwarze Roben. Das ist venezianischer Stil – schon seit Jahrhunderten. Traditionell und trotzdem modern.«

»Ach …« Unsicher sieht die Insta-Fee zu ihrem Begleiter, der sofort nickt.

»Tatsache. Klassisch schick.«

»Absolut klassisch«, stimme ich zu. Meinen ironischen Unterton bekommen die beiden nicht mit. Mama dagegen schon. Sie wirft mir einen warnenden Blick über die Köpfe der beiden zu, doch kombiniert mit ihrem Lächeln, bringt mich das eher zum Schmunzeln als dazu, mich zurückzuhalten.

Mama und ich machen gerne die letzte Schicht zusammen. Beim Aufräumen, Kassemachen und Nachlegen der Masken drehen wir italienische Schlager auf, so laut es geht, und wir singen mit, so falsch wir können. Normalerweise.

Die Insta-Fee greift in ihren wallenden Rock und wirbelt zur schwarzen Maske herum. »Schon sehr schick.« Dann hüpft ihr Blick einmal quer durch den Verkaufsraum. An jeder freien Fläche hängen Masken, die Vit selbst entworfen hat – wie die riesige Weltkugel-Maske. Wo keine Masken hängen, bedecken dunkle Holzregale die tiefrot gestrichenen Wände. Dort liegen die Masken, die wir massenweise herstellen: Füchse, Waschbären, Bienen, Pestdoktoren, welche mit Karomuster, Backsteinmauermuster oder beklebt mit Zeitungsausschnitten.

Die Insta-Fee zwirbelt eine ihrer Locken auf ihren Zeigefinger. »Oder vielleicht eine ganz andere? Tiermasken sehen sicher auch toll an mir aus.«

Implosionsalarm! »Die normalen Touris nehmen natürlich immer nur eine.« Ich versuche mich an einem Lächeln. »Aber Influencer entscheiden sich meist gar nicht. Oft nehmen sie mehrere Versionen einer einzigen Maske.«

Jetzt horcht die Insta-Fee auf. »Wer war denn da?«

»Betriebsgeheimnis.« Mit einem vielsagenden Augenzwinkern senke ich den Blick und zähle die letzten Euro in die Kasse vor mir.

Der Begleiter beäugt die Masken. »Warum nicht?«

Bevor ich ein weiteres Wort sagen kann, mischt sich Mama ein und kommt zu uns herüber. »Venedig hat viele Gesichter, denn das Licht ist nie dasselbe. Nachts sieht momentan die goldene Maske am besten aus. Das Licht des Vollmonds fängt sich in ihr herrlich magisch. In der Morgendämmerung wirkt mit Sicherheit die schwarze am besten. Im Sonnenuntergang bevorzuge ich die pinke. Der beginnt übrigens jeden Moment.« Mit einem Nicken zeigt sie in Richtung der beiden Schaufenster, in denen auf rotem Samt unsere schönsten Masken liegen. Draußen spiegelt sich das Sonnenlicht golden auf dem Kanal. Selbst die Gehwegplatten wirken edel in diesem Licht. Glow-Factor 9 ist definitiv erreicht. Eine Stunde früher als normalerweise. Das Glitzern ist so intensiv, dass mir der eine Blick nach draußen reicht und mir schwummrig wird. Schnell blicke ich zurück auf das Geld in der Kasse. Cara würde sicher abfragen, wie schwummrig, auf einer Skala von zu-schnell-aufgestanden-schwummrig bis hin zu von-einem-Riesen-oktopus-herumgeschleudert-werden-schwummrig. Letzteres trifft es ganz gut.

»Wir müssen heute die Rialtobrücke machen!«, ruft der Begleiter mit aufgerissenen Augen. Er zückt seine Kreditkarte und hält sie mir hin. »Wir nehmen alle drei. Und zehn von denen da! Als Goodies.« Er deutet auf die kleinen Porzellanmasken, Magneten, die neben der Kasse hängen. »Danke.«

Keine drei Minuten später verschwinden die beiden mit einem Klingeling der Glöckchen über der Ladentür nach draußen. Sie hetzen am Kanal entlang – so gut das auf den unebenen Steinplatten des Uferwegs und in High Heels und Ballkleid funktioniert. Einen Moment später tauchen sie auf der anderen Seite der Brücke in das Gewirr der Gassen Venedigs ein.

Zufrieden gehe ich zur Tür und drehe das Schild um, auf dem »Leider geschlossen« steht, ohne das Draußen zu lange zu betrachten. »Eine Sekunde länger und ich wäre durchgedreht.«

Lachend tritt Mama hinter den Tresen. »Ich habe dich schon mit den Maskenmagneten nach ihr werfen sehen.«

Empört komme ich zu ihr zurück. »Nie im Leben hätte ich die Maskenmagneten geworfen. Die anzumalen, ist eine echte Fuchserei! Ich hätte die hier genommen.« Ich deute auf die rechteckigen Metallmagneten mit einem Bild des Dogenpalastes. »Die lassen sich nach einem Volltreffer noch verkaufen.«

»Lass das nicht Vit hören«, sagt Mama und ihre Grübchen vertiefen sich. Sie schultert ihre Handtasche und die vielen silbernen Armreifen an ihren Armen klirren. »Bist du sicher, dass du hierbleiben willst? Das Wetter ist fantastisch. Die Hitze soll nicht mehr lange andauern, sagen sie im Radio. Dann kommt schon wieder der Herbst. Ciao, Sommer.« Sie schüttelt sich. »Vom Lido aus hat man eine einmalige Aussicht auf den Sonnenuntergang. Das wäre was für dich. Du könntest es malen.«

Wie oft ich diese Diskussion schon geführt habe. Dass der Sonnenuntergang ganz oben auf meiner Hate List steht, weiß sie nicht. Das mit dem Glitzer soll sie nie erfahren. Kummer nistet sich ohnehin viel zu oft in ihren Gesichtszügen ein. »Ein anderes Mal, okay? Im Atelier ist es kühl und ich will meine Finger in kaltem Ton vergraben. Das reicht mir als Erfrischung. Außerdem möchte ich an den Entwürfen für den Maskenball arbeiten.« Ganz abgesehen von den Jahresberichten, die Cara mir geschickt hat.

Mama schnappt sich noch ein paar Flyer für unsere Maskenworkshops und kommt hinter dem Tresen hervor. Sie weiß, wann sie verloren hat. In ihrem Kleid, das bei jeder Bewegung schwingt, als wäre es aus einer Federwolke genäht, sieht sie aus wie eine Elfe. Ihre langen schwarzen Haare habe ich geerbt, doch nicht ihre Locken. Meine Haare sehen aus, als wohnten sie in einem Glätteisen.

»Okay, Süßlon. Mach lange und hab Spaß.« Mama haucht mir einen Kuss auf die Stirn. Ihr Duft aus Kaffee und Flieder sorgt dafür, dass mein Papa-Fragezeichen in meinem Herzen aufglüht. Ob sie weiß, dass sie ein bisschen nach Papa riecht?

Gegen meinen Willen klingt meine Stimme rau, als ich antworte. »Geht klar!«

»Ich weiß.« Sie sagt das, als wäre das etwas Schlechtes und bringt mich damit zum Lachen.

»Mama! Ich mag das Atelier und die Ruhe darin. Ehrlich. Mach dir keine Sorgen.« Ich sehe ihr fest in die Augen, bis sie seufzt und zur Tür geht.

»Ich schließe ab. Hab dich lieb!«

»Ich dich auch! Genieß die frische Luft!«

Mit viel Klingeling öffnet und schließt sich die Ladentür. Mama dreht den Schlüssel von außen im Schloss und tippt den Code in das Kästchen neben der Flyerbox, in die sie die Infozettel für die Maskenworkshops steckt. Das kleine Licht an dem Kästchen blinkt dreimal rot, dann einmal grün. Der Alarm ist aktiviert. Wenn ich nachher gehe, benutze ich die Hintertür, die separat gesichert ist. Mit einem letzten Winken taucht Mama an einer Touristengruppe vorbei und läuft in Richtung Campo Santa Margherita, wo wir wohnen. Sie trifft sich mit Freunden von früher. Boot fahren, Aperol Spritz trinken und ein paar Cicchetti essen, die venezianische Variante von einem Snack. Ich wünschte, die Welt wäre anders und ich könnte wieder Spaß an so etwas haben. Könnte Spaß mit *ihr* an so etwas haben. Diese Lügerei nervt mich. Sie ist wie eine unsichtbare Wand, die sich weiter und weiter zwischen uns schiebt. Aber ihr vom Glitzer erzählen? Nein. Sicher nicht. Papas Tod hat sie noch immer fest in seinem Griff. Erst seit ein paar Wochen wirkt sie wieder fröhlicher, ohne dass es aufgesetzt scheint. Das mache ich nicht kaputt.

Entschlossen wende ich mich von der schönsten und funkelndsten Stadt der Welt ab, lösche das Licht im Laden und knipse die Schaufensterbeleuchtung an. Diesen letzten Punkt des Ladenschließens liebe ich. Der Anblick lässt mich jedes Mal die Welt für einen Moment vergessen.

Der Maskenladen von Vit liegt perfekt: in der unteren Etage eines rot gestrichenen Eckhauses, neben einem kleinen grünen Park, direkt an einem Kanal im verwinkelten San Polo, einem Stadtviertel im Zentrum Venedigs. Am Ende des breiten Bürgersteigs führt eine geschwungene Brücke auf den Campo San Barnaba, einen ovalen Platz, wo die Cafés und Läden vor allem bei Einheimischen beliebt sind. Mehr Venedig geht eigentlich nicht.

Als Vit mir vor einem Jahr angeboten hat, im Laden zu helfen, um mein Taschengeld aufzubessern, hatte ich keinen blassen Schimmer, wie sehr ich die Arbeit genießen würde. Es ist, als hätten der Laden, das Atelier und das Maskenmachen auf mich gewartet. Das Atelier ist zu meinem zweiten Zuhause geworden. Es liegt im hinteren Teil des Gebäudes. Ein großes Fenster öffnet sich zum Park hin, die Hintertür führt auf eine enge Gasse hinaus. Graffitis überziehen die glatten Wände des rechteckigen Raums, bunt und grell. Der Kontrast zum Verkaufsraum mit seinen harmonischen Rottönen verstärkt meine Lust auf die Arbeit sofort. In Regalen an der Wand und auf den Tischen davor stehen Farben, Pinsel, Messer, kleine Spatel und Spachtel, aber auch Behälter mit Silikon und Ton und natürlich stapelweise Masken, die darauf warten, bemalt zu werden. Dementsprechend riecht es auch. Unter einem feuchten Tuch, auf einem Ständer mitten im Raum, steht der Tonrohling, an dem Vit gerade arbeitet. Eine Maßanfertigung für einen Kunden, der jeden Karneval ein neues, aufwendiges Kostüm trägt. Dieses Mal ein Drache, mit Hörnern, Schuppen und Fletschezähnen. Bis Karneval dauert es zwar noch fünf Monate, aber eine Maske braucht Zeit: Zuerst fertigt man ein Modell der Maske aus Ton. Davon muss man einen Negativabdruck machen, wofür man Silikon braucht, eine Menge Gips und vor allem: Geduld. Erst dieser Negativabdruck wird als Maskenvorlage genutzt. Etwas Pappmaché, und – zack – Maske fertig, also der Rohling, denn die weitere Bearbeitung und Verzierung brauchen mindestens genauso lange.

Ich nehme eine der grellgelben Schürzen, die am Eingang des Ateliers hängen, und streife sie mir über den Kopf. Mit den Ton- und Farbresten könnten die Schürzen glatt selbst als Kunstwerke durchgehen. Dann steuere ich auf die hintere Ecke des Ateliers zu. Dort steht ein weiterer Ständer. Darauf befindet sich mein aktuelles Maskenprojekt.

An der Plastikhülle hängen ein Zettel und ein Erdnussriegel. Die, die ich so liebe, mit ganz viel Zuckerglasur. Vit weiß, was ich brauche, um gut ins Maskenmachen zu starten. Vorsichtig ziehe ich die Plastikhülle und das feuchte Tuch ab, die den Ton vor dem Austrocknen schützen. Ein Totenkopf kommt zum Vorschein. Mein Plan ist, ihn bzw. die Maske mit Strasssteinchen zu verzieren, die ich schwarz anmale und wieder abreibe. So soll ein Vintage-Look entstehen. Ob die Maske für den Maskenball der Schule taugt? Schwierig. Mehrere solcher Masken zu fertigen, dauert – und Zeit ist bei der Vorbereitung des Maskenballs Mangelware. Aber eins nach dem anderen.

Auch wenn ich freiwillig im Atelier arbeite, verschafft Vit sich jedes Mal, wenn ich da war, einen Überblick über meine Arbeit. Wenn ich gut werden will, muss ich üben, sagt er. Also müssen die Entwürfe für den Maskenball noch kurz warten. Fast nichts ist mir wichtiger als Vits Feedback zu meinen Masken. Seit Generationen befindet sich der Laden im Familienbesitz und ist über Venedigs Stadtgrenzen hinaus bekannt. Sogar Hollywood klopft an Vits Tür, wenn sie Masken brauchen. Einen besseren Lehrer könnte ich mir nicht wünschen. Ich schäle den Erdnussriegel aus seiner Verpackung und beiße hinein. Himmlisch! Dann falte ich Vits Zettel auf.

Gut gemacht, Anola! Die Knochenstruktur hast du sehr gut von der Vorlage übernommen. Die Nase bedarf noch etwas Energie. Vorziehen? Weiten? Du schaffst das! Onkelchen

Wie jedes Mal wird mir ganz wohlig, wenn ich das Wort »Onkelchen« lese. Er ist viel mehr für mich, und das weiß er. Seitdem ich in Venedig wohne, ist er immer für mich da, wenn ich ihn brauche. Er spürt, wenn es mir nicht gut geht. Er schafft es, mich für das hier jeden Tag mehr zu begeistern. Genau das habe ich nach Papas Tod gebraucht: eine Aufgabe. Nur dass daraus mittlerweile eine Leidenschaft geworden ist. Dass ich sie auch noch mit Vit teile, liebe ich.

»Vorziehen, soso …«

Ich ziehe einen Hocker heran, drehe ihn auf die richtige Höhe und setze mich. Dann stecke ich meine Haare zu einem Dutt. Denn Ton und Haare, nein, keine gute Kombi. Aus meiner Tasche, die am Boden liegt, hole ich meine Bluetooth-Kopfhörer, und kurz darauf hallt *Bring Me the Horizon* laut durch meinen Kopf.

Ich stecke meine Finger kurz in ein Gefäß mit Wasser, das auf der Arbeitsplatte bereitsteht. Dann streiche ich über den Ton. Kalt und erdig. Der Ton gibt nach unter meinen Fingern. Ton vergibt Fehler. Meine Schultern senken sich ein Stück und ich richte mich auf. Das Maskenmachen ist die beste Entspannungstechnik der Welt. Erst nachdem ich alle Kanten der Maske geglättet habe, greife ich nach einem Spatel.

Vit hätte das Nasenproblem im Nullkommanichts gelöst, und zwar perfekt. Aber er rührt keinen Finger für meine Masken. »Wer gut werden will, muss lernen«, sagt er ständig mit einem Lachen in den Augen, »mit den eigenen Fingern, den eigenen Augen, den eigenen Fehlern.« Ich versuche das mit dem Verlängern. Wenn ich die Knochenstruktur nach vorne ziehe, sollte es funktionieren. Plötzlich streift ein Windhauch meinen Nacken. Sofort bekomme ich eine Gänsehaut und ich nehme den Spatel wieder vom Ton. Ist vorne noch ein Fenster auf? Ich ziehe den Kopfhörer von den Ohren, drehe meinen Kopf in Richtung Verkaufsraum. Das Glöckchen über der Ladentür bimmelt leise.

»Mama?«, rufe ich. Klar, dass sie wieder etwas vergessen hat. »Was ist es dieses Mal?«

Ich wende mich wieder meiner Tonmaske zu. Trotz der verzerrten Gitarren und dem hämmernden Bass, die aus den Kopfhörern um meinen Hals wummern, höre ich ihre Schritte. »Lass mich raten: das Handy? Oder wieder die Schuhe? Ehrlich, Mama«, als ich ihren Blick im Nacken spüre, drehe ich mich um, »wie oft mu-«

Im Türrahmen zum Verkaufsraum steht nicht Mama, sondern ein Typ. Schwarz in Schwarz, Boots, Jeans, Kapuzenpulli. Das Gesicht liegt im Schatten der Kapuze, nur seinen Mund kann ich sehen. Er überragt mich um mindestens einen Kopf.

Der Schrei, der aus mir kommt, erzeugt mit Sicherheit am Ende der Lagune einen Tsunami. Helfen wird er mir nicht, denn sowohl Fenster als auch Hintertür sind geschlossen und die Wände so dick, dass er draußen in der Gasse nicht zu hören sein wird. Ich reiße den Spatel hoch und halte ihn wie ein Schwert vor mich, taumle von dem Kerl weg, werfe dabei meinen Hocker um. »Bleib, wo du bist, oder ich verpass dir eine neue Nase!«

»Mit einem Plastikstöckchen?«, fragt der Eindringling wenig beeindruckt. Er klingt außer Atem, als hätte er es eilig.

Mein Herz rast. Ich mache noch einen Schritt von ihm weg. Weiter komme ich nicht, denn hinter mir stehen die Regale mit Farbtöpfen, Federn und Glitzerstaub in jeder Farbe. »Raus hier! Ich rufe die Polizei!«

Für einen Moment scheint er verunsichert, dann hebt er die Hände. Beruhigend? Abwehrend? Oder schätzt er einfach nur ab, wie viel Wumms er braucht, um mich umzunieten? »Ganz ruhig …«

Ich angle mein Handy aus der Hosentasche. Doch wegen des Tons auf meinem Daumen erkennt das dumme Ding meinen Finger nicht und ich kann den Code nicht eintippen. Ich sollte dringend die Face-ID aktivieren. Kein Entsperren. Kein Notruf. So ein Scheiß! Wie kommt der hier rein? Mama hat abgeschlossen, hat den Code eingetippt. Der Alarm war an, ich habe es mit eigenen Augen gesehen. Doch die schrille Sirene, die beim Betreten des Ladens ohne das Entsichern der Alarmanlage ausgelöst wird, schweigt.

»Lass den Mist«, sagt der Kerl. Er sieht sich um, als suche er etwas. Die Kasse? Etwas anderes Wertvolles gibt es im Laden nicht. Siedend heiß fällt mir ein, dass sie noch im Verkaufsraum steht und nicht im Tresor, wo ich sie eigentlich hätte hinpacken müssen. Wieso hat er sie sich nicht einfach genommen? Vielleicht ist das so ein Irrer, der auf etwas ganz anderes aus ist. Mir wird kurz ganz kalt, dann wieder heiß. Was fällt dem ein? Und wieso macht der mich nur so wütend? Doch diese eine Antwort kenne ich: weil er in mein Reich, in meine Kapsel der Sicherheit eindringt. »Wenn einer hier einen Mist lassen sollte, dann du.« Reiß dich zusammen, Anola, Wut ist jetzt nicht unbedingt die beste Idee.

»Ich muss mit dem Maestro sprechen.« Er sieht zurück zu mir. »Wo steckt er?«

»Der Maestro?«, frage ich. Dass er Vit meint, ist mir sofort klar. Oft genug reden die Leute meinen Onkel so an, wenn sie in den Laden kommen.

Es ist, als könnte ich sein Augenrollen hören. »Der Chef, *dein* Chef. Vittorio.«

»Danke, ich weiß, wer der Maestro hier ist«, erwidere ich genervter, als ich sollte. »Aber wenn du den Chef sehen willst, komm zu den Öffnungszeiten und brich nicht ein!«

»Ich bin nicht eingebrochen«, erwidert er, Ungeduld in seiner Stimme.

»Ach? Wie kommst du bitte in einen Laden, dessen Tür mit einem Code gesichert ist?« Vit hat die Alarmanlage erst vor ein paar Wochen warten und den Code ändern lassen.

»54313511. Rückwärts gelesenes Gründungsjahr des Ladens plus Hausnummer von nebenan.«

»Woher weißt du das?« Es ist absolut richtig.

Er kommt einen Schritt näher. Ich weiche zurück, aber stoße gegen das Regal hinter mir. Gläser und Blechdosen klirren. »Bleib verdammt noch mal, wo du bist! Tauchst hier auf, wie der Einbrecherkönig, mit deiner Scheißkapuze im Gesicht, und willst den Chef sehen? Du bist doch nicht ganz sauber!«

Wieder dieses Zögern. Dann zieht er seine Kapuze ab. »Sorry fürs Erschrecken.« Zwei Augen, die ich irgendwoher kenne, blicken mich an. Blaugrün. Wie das Wasser der Lagune. Blasse Haut. Blonde Strähnen, die ihm ins Gesicht fallen.

»Du?«, frage ich. Dass in zwei Buchstaben so viel Überraschung und Schreck gleichzeitig stecken können, war mir bis heute nicht bewusst.

Der Kerl grinst plötzlich. »Das Schicksal meint es aber gut mit uns.«

Zumindest rennt er mich dieses Mal nicht über den Haufen. Ich lasse den Spatel sinken. In meinem Kopf herrscht Chaos. »Dann kann ich mir die Recherche nach dir in den Jahresberichten wohl sparen«, ist alles, was ich hervorbringe.

»Wie bitte?«

»Vergiss es«, murmle ich schnell. »Was tust du hier?« Ein kleiner Teil von mir hofft auf eine romantische Antwort à la »Ich habe dich gesucht« oder »Ich bin dir gefolgt«. Okay, Letztere könnte auch krank klingen, so aus dem Zusammenhang gerissen.

»Ah, wir spielen das Wiederholungsspiel? Ich muss zu deinem Chef«, sagt er mit Nachdruck. »Ich habe versucht, ihn zu erreichen, Fehlanzeige. Da dachte ich, er macht wieder mal so ein

Masken-Sit-in mit lauter Musik, Wein und lässt dabei den Fingern freien Lauf. Und du? Arbeitest du hier?«

»Seit einem Jahr.«

»Ich habe dich erst nicht erkannt«, er deutet auf meine Haare. »Mit hochgesteckten Haaren siehst du ganz anders aus.« Verschmitzt lächelt er. »Steht dir. Nur die Schürze, die müsste nicht sein.«

Sofort tanzen kleine Funken in meinem Bauch Tango.

»Auch wenn ich nur zu gerne mit dir diskutieren möchte, wie dein Nebenjob als Maskenmacherin mit den Statuten der Superheld:innen-Gewerkschaft vereinbar ist, ich habe es eilig. Ich muss zum Maestro. Dringend.«

»Er ist nicht da. Ich kann es auf seinem Handy versuchen.«

Er winkt ab. »Hab ich schon. Scheiße.« Das letzte bisschen Lächeln verflüchtigt sich aus seinem Gesicht. Seine Wangenmuskeln arbeiten, während er nachdenkt. »Weißt du, wo er steckt?«

»Er ist beschäftigt, mit … Sachen. Und möchte nicht gestört werden.«

Sofort zuckt sein Blick zu mir zurück. »Dann weißt du, wo er steckt?«

»Dank meiner Superheld:innen-Kräfte weiß ich, wo er ist, ja.«

»Okay, raus damit.«

»Das Ding ist …« Ja, was ist das Ding? Dass mein Onkel wie ein Freak auf dem Dach steht und seine Steine auflädt, wie immer, wenn der Vollmond am Himmel steht? Dabei will er ungestört bleiben, was gut ist. Dafür lässt er sogar seinen geliebten Maskenladen einen ganzen Tag lang Maskenladen sein.

»Bitte. Wo ist der Maestro? Ich muss ihm etwas bringen.«

Dass seine Hand seinen Rucksack fest an seinen Bauch drückt, fällt mir jetzt erst auf.

»Was denn? Die Bürgermeisterurkunde von Venedig? Oder das Baby vom geflügelten Löwen von San Marco?«, scherze ich, aber er springt nicht darauf an. Ich seufze. »Der Maestro hat heute frei und will nicht gestört werden. Wenn du eine Nachricht für ihn hast, kannst du sie hierlassen.« Zusammen mit deiner Telefonnummer, füge ich in Gedanken ganz uneigennützig hinzu.

Kopfschütteln ist die Antwort. »Das geht nicht. Es ist … es ist wichtig. Sehr wichtig. Ich muss persönlich mit ihm sprechen. Sofort.«

»Tut mir leid.« Ich möchte nicht, dass Vit als Spinner durchgeht. Wenn er keinen guten Grund bringt außer diesem »Es ist superduper-wichtig«, dann, sorry, kein Maestro für den Kerl mit dem Hang zum unerwarteten Auftauchen.

Als wüsste er, dass er bei mir auf Granit beißt, mustert er erst mich, dann meine unfertige Tonmaske. »Ich muss ihn wegen einer Maske sprechen.«

Die Ernsthaftigkeit, mit der er antwortet, und die Antwort an sich lassen mich auflachen. »Ach echt? Ein Masken-Notfall? Nase abgebrochen?«

»Wäre es nur das …« Er öffnet seinen Rucksack und holt ein schmales Bündel heraus. Ein Tuch von Louis Vuitton. Bei ihm sieht es vollkommen fehl am Platz aus. Kaum schlägt er das Tuch zurück, verschlägt es mir den Atem. Wie ein Flummi mit Turboantrieb springt mein Herz plötzlich in meinem Brustkorb hin und her. Fuck. Das darf nicht wahr sein.

Unter dem Tuch taucht eine Halbmaske auf. Die Maske sieht nicht aus wie die, die die Insta-Fee gekauft hat, sondern wie die, die der Kerl vor ein paar Stunden selbst trug. Nur in einem Punkt unterscheidet sie sich ganz eindeutig von seiner Maske und von jeder anderen Maske, die ich je zu Gesicht bekommen habe: Das Leder ist durchwoben von einem Netz aus goldenem Glitzer. Es handelt sich dabei nicht um Goldstaub, Kristalle oder LEDs. Nein. Es ist der gleiche Glitzer, der Venedig für mich seit meiner Ankunft zur Hölle macht. Der Glitzer, der gerade eben noch Glow-

Factor 9 erreicht hat. Bisher glitzerten nur die Gemäuer von alten Kirchen, Palazzos, Brunnen und Statuen. Es ist das erste Mal, dass ein Gegenstand glitzert. Was Mr Einbrecher noch gesagt hat, habe ich nicht mitbekommen. Ist auch egal. Das Scheißding glitzert! Jedes Härchen meines Körpers stellt sich auf.

»Wo hast du die her?« Meine Stimme klingt heiser und fremd.

Der Kerl vor mir hebt die Augenbrauen. »Das geht dich leider nichts an.« Er schlägt das Tuch wieder über die Maske und steckt sie zurück in seinen Rucksack.

In mir zieht sich etwas zusammen, als würde mir jemand das Zeichnen verbieten. Wieso reagiere ich so wegen einer Maske?

»Also?« Unsere Blicke treffen sich. »Bringst du mich zum Maestro? Oder sagst du mir, wo ich ihn finde?« Der letzte Satz klingt fast flehend. »Oder muss ich meinen Gefallen einfordern? Wäre echt schade, ihn so zu verschwenden.«

»Komm mit«, höre ich mich sagen und ziehe die Schürze ab. Ohne meinen Tonrohling wieder mit dem feuchten Tuch abzuhängen, gehe ich zur Hintertür. Ich kann nur eins denken: Wenn die Maske glitzert und mein neuer Freund sie deshalb als einen Masken-Notfall zu Vit bringt, drehe ich vielleicht doch nicht durch, lande vielleicht doch nicht vor und zurück wippend in der Nervenklinik. Vielleicht sehe ich das Glitzern, weil es wirklich da ist. Vielleicht ist es kein Hirngespinst meines Verstandes. Vielleicht hat das alles einen Grund. Einen, der ganz plausibel ist. Der mich den Sonnenuntergang endlich wieder genießen lässt. Der die Angst, die jeden Abend in jede Zelle meines Körpers kriecht, vertreibt.

Kapitel 6

Sneaky, peaky, der Anfang vom Lied.

Die Wendeltreppe schlängelt sich an der Hausmauer nach oben, und unter uns tut sich das grüne Paradies des Parks auf, der neben Vits Maskenladen liegt. Immer wieder wundere ich mich, dass hier mitten im Meer so viele Bäume und Pflanzen wachsen. Doch wie so oft verdrängen andere Fragen diese. Heute tanzen nicht nur meine Gedanken Tango, sondern mein Inneres gleich mit. Eine Maske, die glitzert. Wie die Mauern des Parks, wie die angrenzenden Gebäude, sogar wie die rot getünchte Hausmauer keine fünf Zentimeter vom Handlauf der Treppe entfernt. Witzigerweise glitzern die Rahmen und Glasscheiben der Fenster, die jedes Stockwerk vor mir auftauchen, nicht. Caras Theorie lautet, dass nur richtig Altes glitzert. Wenn das stimmt, wie alt ist die Maske?

Je höher wir steigen, der untergehenden Sonne und dem Mond entgegen, desto mehr bringt mich der Glitzer aus dem Gleichgewicht. Mit jedem Schritt wird mir schwindliger. Die Schritte des Maskenträgers hinter mir klingen dumpf auf dem Metall der

Treppe. Als ich über die Schulter zu ihm zurückblicke, wandern seine Augenbrauen nach oben.

»Du bist sicher, dass Vit da oben ist? Es ist da oben bestimmt superromantisch, aber ich muss ihn echt dringend sprechen.« Bei seinem vielsagenden Zwinkern schießt mir sofort Hitze in die Wangen. Was hat der Typ an sich, dass mein Unterbewusstsein so abgeht?! Haare, Augen, Body, flüstert ein Teil meines Gehirns. Beuteschema, check. Und er ist witzig.

Schnauze!

»Im Ernst: Was macht der Maestro dort oben?«

»Siehst du gleich«, entgegne ich und spare mir ein »Du glaubst es mir sowieso nicht«.

Am oberen Ende der Wendeltreppe betritt man eine große Dachterrasse, die das gesamte Dach einnimmt. In ihrer Mitte steht ein mit roten Schindeln bedecktes und von Säulen umgebenes Häuschen. Eine hüfthohe Mauer an der Hauskante, die ebenfalls von Ziegeln gekrönt ist, umgibt die komplette Terrasse und verbirgt sie vor neugierigen Blicken. Hinter mir pfeift der Typ leise. Kein Wunder: Die Aussicht ist der Hammer, und ja, es ist superromantisch – wenn man nicht an einer Glitzerphobie leidet. Hinter einem Meer aus roten Dächern funkelt das flache Wasser der Lagune mit dem Glitzer um die Wette. In der Ferne ist heute sogar die lang gezogene Insel des Lido zu erkennen. Doch dann wandert der Blick meines Begleiters zu Vit, der breitbeinig auf einer Yogamatte steht. Die Hände zum Himmel gerichtet. Auf der Nase eine Maske. Um ihn herum sechs faustgroße Kristalle in verschiedenen Farben. Der weite Seidenmantel, den Vit über einer lila Leggins trägt, flattert in der leichten Brise. Vit murmelt etwas vor sich hin. Was es ist, kann ich nicht verstehen. Weirdo-Kristall-Masken-Yoga-Zeug eben. Ich war kaum einen halben Monat in Venedig, da habe ich die Dachterrasse entdeckt und Vit mit seinen Kristallen. Ich musste ihm versprechen, es niemandem zu erzählen. Je besser ich Vit kennenlernte, desto einfacher fiel mir dieses Versprechen. Deshalb sehe ich meinem Begleiter fest in die Augen. »Wenn du auch nur einem einzigen Menschen – oder Tier – hiervon erzählst, mache ich dich kalt. Verstanden?«

Falten bilden sich auf seiner Stirn. »Ich schätze mein Leben – und Vit. Versprochen.« Bei den letzten Worten ist er so ernst, dass ich ihm glaube und mich zu Vit umdrehe. Er hat uns noch nicht bemerkt.

»Vittorio?«, frage ich leise.

Meine Worte haben die Wirkung eines Steinschlags: Vit springt aus seiner Grätsche, wirbelt herum und starrt von mir zu meinem Anhängsel.

»Was? Anola?« Verwirrt blinzelt er. Dabei fällt ihm seine Maske ein, denn er nimmt sie sofort ab und lässt sie in seinem weiten Mantel verschwinden. »Dario? Was machst du hier?«

Aha. Dario also. Endlich hat der Maskenträger einen Namen. Da hat mir Vit stundenlange Recherche in den Jahresberichten erspart.

Dario geht schnurstracks auf Vit zu. »Sie war so nett, mich zu dir zu bringen. Es ist dringend.«

Schon hat er das Louis-Vuitton-Maskenbündel wieder in der Hand. Sofort poltert mein Herz los. Bitte lass die Maske noch glitzern. Bitte! Oder lieber nicht? Er schlägt das Tuch zurück und ich atme erleichtert auf: Sie glitzert. Wie vorher.

Vit wirkt erschüttert. »Die Maske von Thea. Wann«, er räuspert sich und erst dann klingt seine Stimme nicht mehr einsturzgefährdet, »wann ist sie gestorben? Wie?«

»Vor ein, zwei Stunden. Es sieht nach einem natürlichen Tod aus.«

»Aber ihre Augen …« Vit nimmt die Maske vorsichtig aus Darios Händen und runzelt die Stirn. »Sie sind noch geöffnet! Wie kann das sein? Das habe ich noch nie gesehen!«

»Deshalb bin ich direkt zu dir gekommen. Normalerweise hätten wir sie in die Scuola gebracht, aber so? Die letzten Sportkurse enden gerade erst, wir wollten nichts riskieren.«

Langsam komme ich mir doof vor. Ich verstehe nur Bahnhof. Die Augen sind geöffnet? Ähm, ja, es ist eine Maske? Hätte sie geschlossene Augen, wäre sie nutzlos. Mir fallen die Masken im Vitrinen-Saal ein. Gehört die Maske dorthin? Was hat Vit damit zu tun? Was ist die Scuola? Wer ist eigentlich diese Thea? Und überhaupt: Wie reden Dario und Vit miteinander? Als wäre das alles ein Job und kein Trauerfall. War die Treppe ein Wurmloch in ein Paralleluniversum der Fragen?

Vits Wangenmuskeln arbeiten. »Wir müssen den Rat benachrichtigen. Stefano und ich sollten sofort in die Sala di luce, sehen, ob alles in Ordnung ist. Der *scrivian* soll sofort im Archiv –«

Plötzlich räuspert sich Dario und sein Kopf nickt in meine Richtung. Vit hört mitten im Satz auf zu reden und nickt. Er sieht mich an, mit so einem Lächeln, das Business und nicht wie üblich Onkel–Nichte schreit. »Danke, Anola, wir kommen ab hier allein zurecht.« Vits Stimme klingt wie seine unfreundliche Kundenrauskomplementieren-Stimme.

»Ähm, also …« Auch wenn ich sowieso kaum verstehe, worüber die beiden reden, kann ich nicht gehen. Nicht jetzt. Die Maske glitzert. Ob die beiden den Glitzer auch sehen? Wieso würden sie sonst so reagieren?

»Bitte geh jetzt.« Vits Blick verrät, wie ernst ihm die Sache ist.

»Vit, ich, kann ich nicht, ich meine …« Weil die richtigen Wörter partout nicht über meine Lippen kommen wollen, deute ich auf die Maske. »Sie muss uralt sein, oder? Das Leder, der …«, ich schlucke, »die Prägungen. Kann ich …?« Weiter komme ich nicht.

»Sosehr ich dich verstehe, diese Maske ist nicht für deine Hände oder deine Augen bestimmt. Vergiss sie.« Vit wirkt wie ausgewechselt. Als habe die bloße Existenz der Maske ihn zu einem

Fremden gemacht. Er gibt Dario die Maske zurück, der sie wieder in das Tuch einschlägt, und beginnt, die Kristalle und seine Yogamatte aufzusammeln. Was ist hier los? Da ich weiß, wann es besser ist, den Mund zu halten, gehe ich widerwillig in Richtung Treppe. Mit jedem Schritt wächst die Unruhe in mir. Wenn die Maske verschwindet, raste ich aus. Ich muss mehr über sie erfahren, über diesen Rat, die Scuola. Während ich die ersten Stufen nach unten gehe, werfe ich einen Blick zurück. Dario und Vit verschwinden im Häuschen auf dem Dach. Von dort führt eine Treppe hinunter, in Vits Wohnung, die sich über die oberste Etage des Hauses erstreckt.

Tu etwas, tu etwas, tu etwas! Die Tür wird von innen zugezogen und klickt. Ich höre, wie ein Schlüssel im Schloss herumgedreht wird. Das war es. Maske weg. Die Enttäuschung spült durch mich hindurch wie eine kalte Welle.

Langsam steige ich die Treppe hinab und bleibe auf Höhe des Fensters zu Vits Arbeitszimmer stehen. Mama beschwert sich ständig über die verzogenen Fensterrahmen in unserer Wohnung. Die Feuchtigkeit der salzigen Luft sorgt für Schäden, die Fenster gerne widerspenstig werden lassen. Das Fenster ist gekippt. Als ich Schritte dahinter höre, zögere ich keine Sekunde. Ich setze meine Kopfhörer auf, die ich immer noch um den Hals trage, schalte mein Handy ein. Letzten Winter mussten wir im Rahmen einer Englischarbeit Touristen zu ihrem ökologischen Fußabdruck interviewen. Die App zum Mitschneiden habe ich noch. Vorsichtig lehne ich mich über die Brüstung der Treppe. Langsam schiebe ich mein Handy in den Fensterspalt.

»… weiß von der Maske?« Vits Stimme erklingt in meinem Ohr, gedämpft, aber klar und deutlich. Wenn keiner der beiden auf die Idee kommt, das Fenster zu schließen, sollte ich sicher sein. Um nicht entdeckt zu werden, drücke ich mich vorsichtshalber ans andere Ende der Treppe.

»Marco, du, ich«, antwortet Dario. »Wir hielten es für besser, vorerst niemandem davon zu erzählen.«

»Gute Idee«, erwidert Vit. Rascheln von Papier, ein paar Schritte. »Wir bringen die Maske in den Palazzo, dort ist sie am besten aufgehoben. Je nachdem, was Stefano sagt, müssen wir morgen einen neuen Hüter finden. Die Maske ist bereit. Wir können das Risiko nicht eingehen, sie länger ohne einen Meister oder eine Meisterin zu lassen.«

»Soll sie in den Maskensaal im Palazzo?« Darios Stimme klingt verunsichert. Leute, es ist nur eine Maske, möchte ich rufen. Aber: Wer sieht Glitzer an ihr? Genau, schön den Mund halten, Anola.

»Nein, lieber nicht. Ich kann mir vorstellen, dass ein paar Eifrige aus dem Rat einen Blick auf die Maske werfen möchten. Wir berufen den Rat in zwei Stunden ein. Online. Das muss reichen, vorerst zumindest. Die Dinge müssen ihren Weg gehen, egal, wie außergewöhnlich das alles ist. Sei so gut und leite das an Signora Lupa weiter, sie kümmert sich um den Rat. Bring die Maske in die Selecta.«

»Mache ich. Aber …«, Dario zögert, »ist sie dort sicher?«

»Ich wüsste nicht, wo sie sicherer wäre.«

»Soll ich bei ihr bleiben? Ich meine, in letzter Zeit sind viele Dinge passiert, die –«

»Die Schule ist sicher.« Ich höre förmlich, wie Vit den Kopf schüttelt. Etwas, das er nur macht, wenn er keinen Widerspruch mehr duldet. »Es ist der *Palazzo Tutori*. Jahrhundertelang war er sicher. Er ist es immer noch.« Vit räuspert sich. »Weiß die Ehefrau von Thea Bescheid?«

»Marco kümmert sich darum.«

»Gott hab sie selig.«

Nach einem kurzen Schweigen ertönt ein Klatschen, das mir fast das Trommelfell zerreißt, dann die Stimme von Vit. »Los, wir müssen, auch wenn mir nicht danach ist.«

»Ich bin gespannt, wer unser neuer *tutori* ist«, sagt Dario nachdenklich.

»Ich auch. Melde dich, wenn du in der Selecta warst. Wenn Signora Lupa Hilfe benötigt, geh ihr bitte zur Hand. Ich mache mich auf den Weg zu Stefano und komme mit ihm so bald wie möglich rüber.«

Die kurze Stille beinhaltet wohl Darios Nicken, denn nach einem »Bis gleich« klickt ein Türschloss und Vits Stimme wird wieder laut: »Stefano, wo steckst du gerade? Es ist dringend!« Nach einer kurzen Pause fährt Vit fort: »Ja, sehr. Also, wo bist du?« Erneut Stille. »Ich bin in gut einer Stunde da und hole dich ab.«

Das erneute Klicken der Tür und die darauffolgende Stille stellt klar: Das Arbeitszimmer ist leer, Vit und Dario tun, was sie tun müssen. Im *Palazzo Tutori*, meiner Schule. Verwirrt lehne ich mich vor, ziehe mein Handy aus dem Fensterspalt und die Kopfhörer von meinen Ohren. Das allgegenwärtige Rauschen des Wassers nimmt den Platz der Stille ein. Das Hupen eines Motorboots reißt mich aus meiner Starre. Ich muss in die Schule, sofort.

Vielleicht sollte ich mehr Sport treiben. Bisher war das nicht unbedingt notwendig, aber ich schwöre, wenn das mit dem Glitzer ein Ende hat, geh ich rudern. Oder joggen. Oder beides. Als ich aus der Calle Squero biege und endlich den Palazzo sehe, in dem die Schule untergebracht ist, verlangsame ich meine Schritte. Dem fiesen Seitenstechen ist das herzlich egal. Vor dem *Liceo* herrscht der ganz normale venezianische Trubel, der mit Beginn der Nacht einsetzt: Touristen, die im orangegoldenen Licht der Laternen Fotos an der Kanalmauer knipsen. Ein paar Teenager mit Sporttaschen und Flaschen in den Händen, denen die Romantik total egal ist und die laut lachen. In der Schule leuchten einzelne Fenster hell. Auch die Pförtnerloge ist noch besetzt. Normalerweise schließt die Pförtnerin abends so schnell sie kann ab und geht nach Hause. Zwar ist das Gitter des Portals wie abends üblich geschlossen, sie sitzt aber noch hinter ihrer Scheibe und wartet. Auf diesen Rat? Auf Vit? Oder hört sie nur eine lange Sprachnachricht ab? Für mich führt dort so oder so kein Weg hinein, also versuche ich es gar nicht erst. Stattdessen biege ich in die kleine Gasse rechts der Schule ab. Ihr Eingang liegt hinter Efeu versteckt, man bemerkt ihn kaum. Neben einem Minikanal führt die Gasse an der Außenmauer des *Palazzo Tutori* entlang, bis sie auf den nächstgrößeren Kanal trifft und endet – vermeintlich. Der Palazzo ist gebaut wie eine Festung. Bis auf eine Schwachstelle, die alle kennen, die dort zur Schule gehen: das Bootsportal. Die Kajaks und Ruderboote der Schule lagern in einem Bootshaus auf dem Schulgelände, hinter den dicken Mauern. Zu einer Eliteschule passend, gibt es jedoch keine Schlepperei für die Ruderer, sondern einen kleinen quadratischen Pool auf dem Schulgelände, wo die Boote ins Wasser gelassen werden. Durch einen Tunnel gelangt man in den Kanal hinter der Schule. Ich weiß das, weil manchmal Partys an diesem Pool gefeiert werden. Höchst illegal, aber mit so viel Tradition behaftet, dass die Lehrkräfte und die Hausmeistertruppe alle Augen zudrücken. Wenn man weiß, wie man sich gegen die Eisenstäbe des Gitters am Ende des Tunnels lehnen muss, öffnet sich das Tor, ohne auch nur zu quietschen. Über einen extrem schmalen Steg am Rand des Tunnels gelangt man trockenen Fußes bis in die Schule. Genau die taucht im Dämmerlicht jetzt vor mir auf.

Es ist gespenstisch ruhig. Die Klänge Venedigs liegen hinter den hohen Mauern und die Geräusche des Schulalltags pausieren. Schnell laufe ich zu der Holztür, die zu den Sportumkleiden führt. Sie ist nie verschlossen, auch weil die Hausmeister keinen Bock haben, dass die Schüler bei ihren Partys in die Ecken des Sporthofs pinkeln. So gelange ich ohne Probleme in die Schule. Selbst wenn ich nicht genau weiß, wo diese Selecta liegt, habe ich eine Ahnung. Der Trakt, in dem ich Dario das erste Mal getroffen habe und in dem der Saal mit den Masken liegt, wirkt älter als alle anderen Gebäude der Schule. Also versuche ich dort zuerst mein Glück. Mir ist ganz flau im Magen, wenn ich nur daran denke, jemandem in die Arme zu laufen. Wenn ich richtig rechne, bleibt mir noch eine Stunde, bis Vit mit diesem Stefano auftaucht und die Maske für mich in unerreichbare Ferne rückt. Trotzdem zwinge ich mich, langsam zu machen, und lasse die Taschenlampenfunktion meines Handys ausgeschaltet. Ich sehe auch so genug. Das Licht des Vollmonds malt die bunten Marmorböden weiß an und wirft Schatten, die mir fast lebendig vorkommen. Wie gruselig kann eine Schule bitte sein?

Da in Venedig das Parterre oft Bekanntschaft mit dem Acqua alta, dem Hochwasser, macht, beginnt meine Suche im ersten Stock. Ohne Probleme schaffe ich es zum Eingang des Trakts. Wo soll ich suchen? Hier oder doch lieber in den Stockwerken darüber? Einen Moment lang überlege ich. Da dringt das Geräusch von Schritten an meine Ohren. Sie kommen von oben, von der Treppe und auf mich zu. Das war es wohl mit meinem Glück. So schnell ich kann, renne ich zu einer Fensternische und kauere mich in die Schatten.

»Wenn der *vicario* es für richtig hält, die Maske in der Selecta aufzubahren«, höre ich eine Frauenstimme sagen, »dann ist es das auch. Und ich kann deine Hilfe gut gebrauchen. Hast du eine Ahnung, wie viel Arbeit es ist, den Rat zu informieren? Die sitzen alle beim Abendessen oder sind im Urlaub. Einige Ratsmitglieder tauchen sicher heute Abend noch auf, um sich die Maske anzusehen und wichtig herumzustehen. Am besten bei Kaffee und Kuchen.« Die Schritte erreichen nun meine Etage.

»Aber die Maske solange allein zu lassen, ohne Bewachung, ohne abzuschließen?«

Dario. Ganz eindeutig. Der grimmige Ton in seiner Stimme klingt, als wäre er nicht mit dem Vorgehen einverstanden.

»Was soll passieren? Ich renne doch nicht jedes Mal da hoch, wenn sich jemand die Maske ansehen will.« Ihrer Stimme nach ist die Frau keine Freundin dieses Rats.

»Es wäre besser, vorsichtiger zu sein. In der Stadt geschehen Unfälle, die sich keiner erklären kann. Die Mag-« Dario klingt genervt, aber die Frau schneidet ihm das Wort ab.

»Was haben Unfälle in der Stadt mit uns hier zu tun? Manchmal stürzen Gebäude ein. Manchmal wird eine Brücke baufällig. Wenn wir alles auf uns beziehen, dann haben wir viel zu tun. Wir haben genug Arbeit. Auch ohne heute.«

Dieses Mal kommt Darios Antwort nicht so schnell. »Ich sage nur, dass bei so einer Besonderheit vielleicht eine besondere Herangehensweise gefragt wäre.«

»Wenn du irgendwann in der *banca* sitzt, kannst du das entscheiden.« Die Stimme der Frau ist jetzt so nah, dass ich die Luft anhalte und mich stärker gegen die Wand in den Schatten drücke. Die beiden tauchen in meinem Sichtfeld auf. Schnellen Schrittes eilen sie den mit Mondlicht gefluteten Flur hinunter. Der Rock der Frau raschelt im Vorbeigehen, ihre High Heels klackern auf dem Marmor.

»So weit kommt's noch«, höre ich Dario grummeln.

»Bis dahin tust du, was dir gesagt wird«, erklärt die Frau weiter. »Das wird seit Jahrhunderten so gehandhabt. Jetzt komm bitte. Da warten ein paar Getränkekisten, die in den Versammlungssaal müssen.«

Dann sind die zwei an mir vorbei. Leise atme ich tief ein.

Was immer Dario antwortet, ich höre es nicht mehr. Die Schritte der beiden entfernen sich und nach dem Klacken der Tür am Ende des Flurs übernimmt die Stille wieder. In meinem Kopf drehen sich die Gedanken wie ein Karussell. Unfälle in der Stadt? Was soll eine Maske damit zu tun haben? Und: Jahrhunderte? Ist das hier das Headquarter einer Maskensekte? Verwirrt schüttle ich den Kopf. Rumgrübeln bringt nichts. Ich muss mich beeilen. Je schneller ich bei der Maske bin, desto mehr Zeit habe ich, bevor Dario oder einer der anderen auftaucht. Irgendetwas sagt mir, dass er nach der Maske sehen wird. Egal, was wer davon hält.

Im dritten Stock werde ich fündig. Ein riesiger Türbogen aus gemeißeltem Stein mit dem gleichen Wappen wie auf der Tür zum Maskensaal an der Superior-Treppe schreit förmlich »Öffne mich!«. Ein kleines Schild neben der Tür mit dem Wörtchen »SELECTA« darauf überzeugt mich tatsächlich einzutreten.

Im Mondlicht, das durch die hohen Sprossenfenster fällt, tut sich ein Saal vor mir auf, der auch locker in den Palast des Dogen passen könnte. Prunkvoll geschnitzte Wandvertäfelungen, bunte Deckenbemalung, poliertes Fischgrätparkett. Gegenüber der Fenster erheben sich drei Reihen von geschnitzten Holzbänken, wie sie im Altarraum von Kirchen zu finden sind. Es riecht nach Holz und Möbelpolitur, aber merkwürdigerweise auch nach Sonnencreme. In der Mitte des Raums, auf einem hohen Sockel, liegt die Maske. Sie glitzert noch immer, und das, obwohl der Glitzer draußen – wie sonst auch – mit der Sonne untergegangen ist. Ein leises Knarzen begleitet meine Schritte, bis ich endlich vor der Maske stehe. Erst jetzt merke ich, dass ich den Atem angehalten habe, und hole tief Luft. Da ist sie, die freaky Glitzermaske, die mich zur Einbrecherin werden lässt.

Im Mondlicht wirkt sie makellos. Unmöglich, wenn sie benutzt wurde. Die feinen eingeprägten Efeublätter an den Rändern wirken so echt, als würden sie mit dem nächsten Windstoß davonfliegen. Verrückt. Die Maske muss zig Jahre alt sein. Was sage ich, Jahrhunderte! Die Machart verrät es sofort. Dass die Prägungen wie frisch gestanzt aussehen, ist Wahnsinn. Selbst wenn die Maske nicht glitzern würde, wäre sie eine Rarität. Ein bisschen verstehe ich, warum sie so viel Aufhebens um sie machen. Gleichzeitig zieht es in meinem Brustkorb: Sie ist nicht meine. Wird es nie sein. Nach diesem einen Hallo endet unsere Geschichte wieder, sobald ich diesen Saal verlasse. Was bald passieren sollte. Mich im Notfall hier zu verstecken, ist keine Option. Was, wenn Dario doch die Tür abschließt? Dann stecke ich hier fest. Ein Teil von mir mag den Gedanken. Mehr Zeit für die Maske und mich. Trotzdem knipse ich meine Handytaschenlampe an, schirme das Licht aber mit meiner Hand ab. Selbst im künstlichen Licht ist das Glitzern noch zu erahnen. Wie es sich wohl anfühlt, sie zu tragen? Ich kann nicht anders. Etwas in mir will sie anfassen, aufsetzen, fühlen. Mein Herz klopft so hart, dass ich kaum Luft bekomme. Meine Finger zittern, als ich die Maske vom Sockel nehme. Wie leicht sie ist. Sie fühlt sich warm an. Als hätte sie Fieber.

Anola! Reiß dich zusammen! Das ist Unsinn! Eine Maske hat kein Fieber! Da hast du eher Wahnvorstellungen. Ich atme tief durch. Etwas Sauerstoff hat noch nie geschadet. Trotzdem ist es, als strahle sie Wärme aus, als schwappe sie auf meine Haut, in meine Fingerspitzen und bis in meine Zehen. Ich halte es nicht mehr aus. Wenn nicht jetzt, dann nie!

Mit zitternden Fingern hebe ich die Maske vor mein Gesicht. Der Geruch von Leder und Sommer in der Lagune weht mir entgegen. Okay … Vielleicht drehe ich doch durch. Aber zuerst setze ich diese Maske auf. Sie passt perfekt. Mehr als das: Sie schmiegt sich an meine Nase, meine Wangenknochen, meine Stirn. Wie eine zweite Haut. Sogar die Augenlöcher sitzen perfekt, behindern meine Sicht nicht, und ich kann alles im Saal sehen, ohne Einschränkungen.

Aber plötzlich verschwimmen die Umrisse des Saals, und alles wird hell, als hätte jemand eine Blendgranate gezündet! Ein Ruck geht durch mich durch und ich taumle, falle, krache zu Boden. Schmerz explodiert in meinem Kopf. Dann taucht der Saal wieder vor meinen Augen auf, komplett durchwoben von Glitzerfäden, auf denen Leuchtpunkte wie aufgefädelte Perlen tanzen. Ich liege am Boden, ein paar Meter vom Sockel entfernt.

Holy shit. Was war das?!

Zeit zum Aufstehen bleibt mir nicht. Ein Zittern läuft durch den Glitzer. Er türmt sich auf, wie eine Wand, immer höher und bedrohlicher. Endlich springt mein Überlebensinstinkt an und ich schiebe mich rückwärts. Zu spät. Die Wand schwankt, stürzt ein und rollt auf mich zu. Nein. Nein, nein, nein! Das kann nicht sein! Was geht hier vor?! Der Glitzer hüllt mich ein, reißt mich mit sich in einen Strudel aus Gold. Wieder Schmerz, dieses Mal im Knie. Kaum liege ich still, taste ich nach der Maske. Ich muss sie abnehmen, sofort! Warm und pulsierend liegt sie auf meinem Gesicht. Ich schiebe meine Finger unter ihren Rand. Doch sie bleibt, wo sie ist, egal, wie fest ich an ihr zerre. Wie festgetackert. Um mich tobt weiter ein goldener Glitzersturm. Dieses Mal trifft mich eine Welle aus Panik. Was ist hier los?! Es soll aufhören! Jetzt! Der Schrei, der in meiner Kehle feststeckt, lässt kaum noch Luft in meine Lungen. Gehe ich jetzt drauf?

Dann – innerhalb eines Wimpernschlags – ebbt der Sturm ab, schrumpft das Gold des Glitzers in sich zusammen. Der Saal taucht wieder vor mir auf, durchwoben von Glitzer. Fuck. Was soll das? Ich liege am Ende des Saals. Was habe ich nur beim Aufsetzen der Maske losgetreten? Immer noch schmiegt sie sich an mich. Keine Bänder, schießt es durch meinen Kopf. Sie wird von nichts gehalten!

»Hilf mir!«

Ich reiße meinen Kopf herum, Schmerz fährt in meinen Nacken, aber den vergesse ich augenblicklich, denn im Mondlicht steht eine Gestalt. Sie besteht aus pulsierenden Glitzerpunkten. Eine

Frau, wie alt, kann ich nicht sagen. Hose, Hemd, wilde Locken, weit auseinanderstehende Augen.

»Du musst mir helfen.«

Ich halluziniere. Das darf nicht wahr sein …

»Venedig wird untergehen, wenn du nicht zu deinen Waffen greifst. Es wird zerfallen und versinken. Magie reißt die Lagune entzwei. Alles endet im Chaos, alles endet.«

Ein anderes Gesicht taucht auf, nur für Millisekunden. Sobald es verschwunden ist, erinnere ich mich nicht mehr an Details, auch weil ich plötzlich mitten auf dem Markusplatz sitze. Der Boden schwankt und das Pflaster bricht auf. Wasser quillt aus den Fugen. Menschen kreischen, rennen um ihr Leben, ich spüre ihre Angst wie meine eigene. Ich muss hier weg, sofort, aber es ist zu spät … Wir sterben.

Tränen brennen heiß in meinen Augen. Wieder schiebe ich meine Finger unter den Rand der Maske, und dieses Mal reiße ich sie von meinem Gesicht. Ganz einfach. Sofort lasse ich sie fallen und robbe von ihr weg. Schlagartig ist es wieder dunkel. Ich bin wieder im Saal. Doch der Glitzer ist verschwunden, als habe er nie existiert. Völlig harmlos liegt die Maske am Boden, durchzogen von diesem leichten Glitzern. Was ist das für ein Teil? Was war das für ein Hilferuf? Hat die Maske einen eingebauten VR-Filter? Das war nicht real. Oder? Ein Blick zum Fenster zeigt intakte Dächer im Mondlicht. Alles ist in Ordnung. Oder? Ich schüttle mich, wische die Tränen weg, atme tief ein. »Alles wird gut …«, versuche ich mir einzureden. Dabei weiß ich, dass ich lüge. Nichts ist gut. Ich drehe durch. Schwankend komme ich auf die Beine. Alles dreht sich und mir ist kalt, so unendlich kalt. Eigentlich müsste mein Atem Kristallwölkchen vor meinem Gesicht bilden, tut er aber nicht. Es ist Sommer. Ich bin in der Schule. In Venedig, dem es gut geht. Ich muss hier weg. Weg von der Maske.

Wieder schießen mir Tränen in die Augen. Ich drücke eine

Hand auf meine Lippen, um ein Schluchzen zu unterdrücken. Ich bin geliefert, bereit für die Geschlossene. Die Erkenntnis trifft mich wie eine Kanonenkugel. Ich bekomme kaum Luft. »Hier weg«, rede ich auf mich ein. »Hier weg, jetzt. Niemand darf dich so sehen.« Mein Atem rast so sehr, dass es wehtut. Mein Herz wummert und meine Beine fühlen sich wie Marshmallows an. Trotzdem drehe ich mich um. Mein Handy liegt keine zwei Meter von mir entfernt auf dem Boden und leuchtet. Beinah hätte ich es vergessen.

Ich öffne vorsichtig die Tür. Dunkel liegt der Gang vor mir. Keine Schritte, keine Stimmen. Danke, Universum, danke … So wie ich hereingekommen bin, komme ich wieder hinaus. Wäre ich doch nie hergekommen …

Kapitel 7

Ein Schritt zu viel.

Wie von einem ausgewachsenen Hengst getreten. So fühle ich mich, als ich aufwache. Es dauert einen Moment, bis ich erkenne, dass ich auf dem Bett in meinem Zimmer in Venedig liege. Die Sonnenstrahlen malen einen Teil des Holzbodens und meiner Bettdecke an. Mein Sonnenaufgangswecker auf der Weinkiste, die als Nachtisch dient, leuchtet in fast dem gleichen Gelb. Seine Vogelstimmen zwitschern mir zu, endlich in die Gänge zu kommen, aufzustehen, den Tag zu beginnen wie jeden anderen. Von nebenan höre ich das Klappern von Tellern und der Duft von Kaffee und Toastbrot lässt meinen Magen knurren. Das Abendessen habe ich gestern ausgelassen. Ich bin einfach in mein Zimmer geflohen. Nonna war mit einem ihrer Kunden beschäftigt, Mama noch nicht zu Hause. Keine Fragen, keine Blicke. Nur ich und die Erinnerung an den Glitzer.

Kaum komme ich in die Senkrechte, bereue ich es, mich überhaupt bewegt zu haben. Übelkeit schwappt durch jede Zelle meines Körpers. Hinter meinen Augen pocht es. Das hat mir gerade noch gefehlt. Wie einfach es wäre, mich wieder hinzulegen. Aber ich will jetzt nicht mehr mit mir – und der Erinnerung – allein sein. Ablenkung, die brauche ich. Heute sprechen wir im Kunstkurs über unsere Jahresprojekte. Das ist wichtig. Da will ich hin. *Das* ist absolut real. Alles andere nicht. Also, los, komm in die Gänge, Anola, aufstehen. Doch als meine Zehen meinen Skizzenblock berühren, der neben meinem Bett liegt, erstarre ich. Ein Frauengesicht, umrahmt von wilden Locken, mustert mich, das Gesicht der Glitzergestalt. Mist. Die Zeichnung hatte ich vergessen. Ich wollte sie aus dem Kopf bekommen, deshalb habe ich sie aufs Papier verbannt. Doch jetzt ist sie wieder da. Die Hoffnung, dass das alles ein Traum gewesen ist, verpufft. Mit einem Fußtritt fliegt der Block unters Bett und knallt gegen irgendwas darunter. Soll er verrotten. Was gestern passiert ist, soll ab jetzt ein Traum sein. Was ich gesehen habe, vergesse ich. Wer kann mich daran hindern? Wenn ich es vergesse, brauche ich nur meinen Kram auf die Reihe zu kriegen. Die Schule, den Job im Maskenladen, die Vorbereitungen für den Ball der Schule. Obwohl mir bei dem Gedanken an Masken sofort heiß und kalt wird.

In meinem Rucksack, der neben meiner Staffelei in der hinteren Ecke meines Zimmers liegt, finde ich die selbst gemachten Minzdragees von Nonna. Sie wirken besser als jede Schmerztablette. Ich stecke mir eins in den Mund, genieße den kurzen Minzgeschmack-Schock. Dann stecke ich meinen Kopf aus dem Fenster. Schließe die Augen. Atme tief ein. Die Luft ist frisch. Sie riecht nach Meerwasser, Rosen, Sommer. Vogelgezwitscher, dieses Mal echtes. Schritte, Kinderlachen. So tief, wie es geht, ziehe ich die Luft in meine Lungen. Alles wird gut. Eine Dusche. Eine heiße Schokolade. Vielleicht ein Stück Toast. Dann fühle ich mich sicher besser.

»Du siehst müde aus.«

Okay, ich muss übel aussehen, wenn Mama ihre Kaffeetasse auf dem Weg zum Mund innehalten lässt. Zusammen mit Nonna sitzt sie am runden Esstisch in unserer Wohnküche, dem Herzstück unserer Wohnung. Dazu gehört auch das Wohnzimmer, von dem man auf unsere Dachterrasse kommt. Mama nennt alles zusammen gerne den Dschungel. Überall hängen und stehen nämlich überquellende Pflanzenkübel. In der Küche zieren noch Dutzende Kräutersträuße die Decke, die Nonna im Laufe des Jahres trocknet. Für ihre Tinkturen. Ich liebe das Sammelsurium an bequemen Stühlen und bunten Möbelstücken, die den Raum noch gemütlicher machen.

Während Nonna skeptisch von der Tageszeitung auf ihrem Tablet aufsieht, steht Mama auf und fasst mir an die Stirn. Jedes Mal, wenn sie das macht, springt mein Gedächtnis zurück in meine Kindheit. Mama war immer da, wenn es mir schlecht ging. Es gab nur uns zwei – und Nonna. Papa gab es nur am Wochenende, weil er hier in Venedig gearbeitet hat. Umso weniger verstehe ich, warum wir nicht in Trient geblieben sind. Nach Papas Tod herzuziehen, machte so was von keinen Sinn. Es hätte mir vor allem den Glitzer erspart. Nach einem tiefen Atemzug lächle ich Mama an. »Kopfschmerzen.«

Ihre Hände streichen über meine Wangen. »Schon wieder? Du solltest zu Hause bleiben und dich ausruhen.«

»Das geht schon«, weiche ich aus. Ich will nicht hierbleiben, allein, mit meinen Gedanken, der Angst, die gefährlich nah an Panik herankommt.

»Seit wann bleibst du nicht zu Hause, wenn ich es dir anbiete?« Ihre Augen verengen sich. Sie macht sich wirklich Sorgen.

»Der Kunstkurs.« Diese Antwort reicht, um ihr ein Lächeln zu entlocken. Sie küsst mich auf die Wange. Ihr Duft driftet in meine Nase. Augenblicklich geht es mir besser. Mama reicht mir eine heiße Schokolade in der Tasse mit den Hasen, die ich ihr neben vielen anderen zum Muttertag selbst bemalt habe. »Kunst macht gesund.«

»Unbedingt!« Ich trinke einen Schluck. Flüssiges Gold. Herrlich. »Wenn es nach dem Kurs nicht besser ist, komme ich nach Hause.«

»Was hast du als Zweites?«, fragt Mama. Ein Grinsen umspielt ihre Lippen.

»Mathe …«, murmle ich in meine Tasse.

Sie lacht, verkneift sich aber einen Kommentar. »Setz dich und iss deinen Toast.«

Bloß nicht! Ich brauche frische Luft. »Den nehme ich mit.« Bevor sie etwas einwenden kann, habe ich ihn in der Hand und wickle eine Serviette darum. »Cara wartet auf mich«, lüge ich.

Mama seufzt und holt einen Thermobecher aus dem Schrank über der Spüle. Sie kippt meine heiße Schokolade hinein und reicht ihn mir. »Na gut, aber übertreib es nicht. Wenn was ist, ruf an.«

»Du bist die Beste!« Ich drücke ihr einen Kuss auf die Wange und drehe mich zu Nonna um.

Nonna sieht glatt durch mich hindurch, aber im nächsten Moment fokussieren mich ihre dunkelbraunen Augen. Oje, das bedeutet nichts Gutes. Ein Räuspern, dann ein Lächeln, bei dem sich ihre ledrige Haut zu Hunderten kleinen Fältchen schiebt. »Immer macht das Schicksal, was es will. Nicht immer gefällt es uns. Aber man muss tun, was man tun muss.«

Augenblicklich zieht sich mein Magen unangenehm zusammen. Eins von Nonnas Talenten ist Wahrsagen. Also, wenn man daran glaubt. Ich hab sie zu lieb, um das nicht zu tun, aber in Verbindung mit der gestrigen Nacht wäre mir lieber, sie hätte ein anderes Hobby, Stricken zum Beispiel, wie andere Omas.

»Danke«, sage ich und gebe auch ihr einen Kuss auf die Wange.

Nonna legt den Kopf schief. »Pass auf dich auf.«

Ich nicke, mehr bringe ich nicht zustande. Dann sehe ich zu, dass ich rauskomme.

Unsere Wohnung liegt im Stadtteil Dorsoduro, im Süden der Stadt. Hier befindet sich ein Großteil der Universität Venedigs. Während Venedig an manchen Stellen abends wie ausgestorben wirkt, ist hier immer was los. Außerdem ist Dorsoduro bekannt für seine Kirchen, Museen, Ateliers und verwinkelten Gassen. Eine von diesen führt von unserer Haustür direkt zum Campo Santa Margherita. Auf dem lang gezogenen Platz, um einen runden, von Platanen gesäumten Brunnen, reihen sich fast lückenlos bunte Häuser aneinander. Vor manchen stehen Tische und Stühle, andere beherbergen einen Buchladen, eine Poststelle, einen kleinen Supermarkt, eine Bäckerei und – ein Muss für Venedig – zwei Souvenirläden. Momentan ist es noch ruhig. Die Einheimischen genießen einen schnellen Espresso in den Bars. Die Marktstände werden gerade erst aufgebaut.

»Morgen, Anola!« Donata, eine Nachbarin von unten, kommt mir mit einer Tüte vom Bäcker entgegen. »Auf'm Weg zur Schule? Bist aber früh heute.«

Ich zucke mit den Schultern. Wenn man nicht aufpasst, quatscht Donata einen fest. »Wir starten heute früher und ich kriege noch etwas von der Kühle des Morgens ab.«

»Gute Idee. Wird wieder ein warmer Tag. Da kommt sie auch schon wieder, um uns zu nerven.« Donata deutet in Richtung Brunnen, hinter dem sich die Sonne über ein paar niedrige Häuser schiebt. Wie aus dem Nichts ist die Übelkeit zurück – das kann nicht sein! Ich erstarre, während Donata vor sich hin lamentiert und auf den gepflasterten Boden deutet. »Verflixter Stein, lässt nicht mal die Nacht kalt werden. Aber besser als Hochwasser. Alles in Ordnung?«

Nichts ist in Ordnung, verdammt! »Ja, ich hab nur Kopfschmerzen und ich muss los.«

»Das ist dieses Wetter. Musst genug trinken! Wasser.« Donata wirft einen missbilligenden Blick auf meinen Thermobecher. »Und gut auf dich aufpassen.«

Das sollte ich wohl, aber vermutlich ist es dafür zu spät: Den Brunnen treffen immer mehr Sonnenstrahlen – und er glitzert, als wäre es schon abends.

Kapitel 8

Glow Factor 2.

Als ich auf den Innenhof des Palazzos einbiege, winkt mir Cara schon von Weitem zu. Sie sitzt auf unserem Stammplatz, zwischen den abgelegensten zwei Säulen des Säulengangs, der den Innenhof umrundet. Ich nehme die Abkürzung über den grünen Rasen und lasse mich neben sie fallen.

Bevor ich einen Ton sagen kann, plappert sie los: »Mensch, du hast gestern echt was verpasst! Der Sonnenuntergang war der Hammer, wir haben bis Mitternacht am Strand gesessen und –« Sie bricht ab und ihre Augenbrauen wandern nach oben. »Sonnenbrille am Morgen? Auf welcher Party warst du denn? Wieso hast du nicht Bescheid gesagt?«

»Glow-Factor 2.«

»Okay, wenn die Party so schlimm war, bin ich froh, dass du mich nicht angerufen hast, aber so ein bisschen beleidigt bin ich schon. Endlich gehst du mal feiern und dann ohne mich.«

»Cara, es glitzert.«

Sie blinzelt und wirft einen Blick auf die Säulen, die in der Sonne stehen, als wolle sie sich selbst davon überzeugen. »Jetzt schon?« Sie beugt sich vor. Nachdem sie den Himmel ergebnislos abgesucht hat, dreht sie sich zu mir um. »Kein Mond«, antwortet sie sich selbst. »Es glitzert? Wie sonst auch?«

»Irgendwie tanzt der Glitzer ein bisschen.«

Cara schweigt für einen Moment. »Okay, Ruhe bewahren«, sagt sie schließlich. »Ist irgendetwas passiert?«

Ich blicke mich um. Immer mehr Schüler strömen in die Schule. Estelle und zwei ihrer Freundinnen stehen drei Säulen weiter und diskutieren konzentriert und ernst. Ich lehne mich näher zu Cara und gebe ihr den Schnelldurchlauf von gestern Abend.

Cara atmet tief ein, dann aus. »Okay, lass uns logisch vorgehen.«

Mir steigen Tränen in die Augen. »Ich liebe dich«, sage ich mit erstickter Stimme. Sie glaubt mir, obwohl das alles total verrückt klingen muss.

Cara winkt ab und drückt meine Hand. Auch sie lehnt sich vor. »Logisch betrachtet war alles wie immer – bis du die Maske aufgesetzt hast?«

»Stinknormaler Glow-Factor-9-Abend. Also …« Ich zögere.

Cara setzt sich aufrecht hin. »Also was?«

Mein Rumgedruckse ist mir selbst peinlich. »Da war dieser Typ, Dario, der die Maske gebracht hat. Ich habe ihn schon einmal gesehen, gestern. Auf dem Weg zur Maskenball-Versammlung.«

Überrascht hebt Cara die Augen und grinst. »Wolltest du deswegen die Jahresberichte?«

Sofort schießt mir Hitze in die Wangen. Das reicht Cara als Antwort und sie lacht auf. »Miss Fontari, tststs!« Dann kehrt die Ernsthaftigkeit zurück in ihre Züge. »Denkst du, er könnte etwas damit zu tun haben?«

»Keine Ahnung. Eigentlich weiß ich gar nichts mehr. Mein Kopf tut weh, und jedes Mal, wenn ich an gestern Nacht denke, fange ich an zu heulen.«

»Okay, Maus, bleib ruhig. Du bist nicht allein.«

Das war es. Leise schluchze ich auf.

Cara legt den Arm um mich. »Wir kriegen das hin. Okay?« Die Frequenz, mit der sie »Okay« sagt, zeigt, wie aufgeregt sie selbst ist. »Vielleicht solltest du dich ausruhen? Und, also ...« Sie zögert.

»Also was?«

»Meinst du, es ist eine gute Idee, in die Schule zu gehen? Kunstkurs hin oder her. Da drin ist diese Maske. Die das alles ausgelöst hat. Und im Ernst, du siehst echt zum Kotzen aus.«

Jetzt muss ich lachen. »So charmant wie immer.«

Drohend hebt sie ihren Zeigefinger und wedelt vor meinem Gesicht herum. »Ich bin ehrlich, nicht uncharmant. Das ist ein Unterschied. Glaubst du, dass die Maske es wieder rückgängig machen kann?«

Der Gedanke kam mir auf dem Weg hierher auch. »Oder sie macht es schlimmer.«

Cara seufzt. »Mit Sicherheit lassen sich im Netz keine Studien dazu finden. Fifty-fifty. Das ist unsere Basis. Willst du die Maske noch mal aufsetzen?«

Sofort schüttle ich den Kopf. »Auf gar keinen Fall.«

»Wenn dein Bauchgefühl das sagt, ist es vielleicht richtig. Wie ich das hasse: Bauchgefühl! Wir brauchen Informationen! Keine Gefühle!«

Meine Cara. Jede Minute mit ihr lässt meine Anspannung etwas abfallen.

»Ich hab's!« Cara grinst mich an. »Ich setze die Maske auf.«

»Ähm, wie denn? Wahrscheinlich ist die Tür mittlerweile abgeschlossen. Ich habe die Maske einfach mitten im Saal liegen lassen. Wenn das niemanden alarmiert hat, weiß ich auch nicht.«

»Ich gehe nachsehen. Wenn offen ist, setze ich sie auf. Je nachdem, was passiert, hilft uns das weiter.«

»Wie hilft uns das?« Ich schaffe es nicht, den Sarkasmus aus meiner Stimme zu halten. »Indem wir beide das Problem teilen?«

»Irgendwo müssen wir anfangen. Hast du eine bessere Idee?«

»Idee? Ich habe sogar vergessen, wie man das Wort schreibt.«

»Siehst du. Zur Not klaue ich die Maske. Dann haben wir mehr Zeit. Du könntest sie erneut aufsetzen, sobald du dich besser fühlst.«

Die Aussicht gefällt mir nicht, aber weil mir nichts anderes einfällt, nicke ich. »Jetzt wird meine beste Freundin wegen dem Glitzer auch noch kriminell.«

»Hey«, Cara rempelt mich verschwörerisch an. »Gleich und gleich findet sich. Du gehst jetzt nach Hause. Das Elend kann sich niemand ansehen.«

»Du solltest echt Motivationscoach werden.«

Cara kommt nicht mehr dazu zu antworten, denn ein dreifaches BING hallt über das Schulgelände. Die Ankündigung einer Durchsage.

»Liebe Schüler und Schülerinnen«, ertönt die Stimme unserer Direktorin, »heute Morgen findet eine außerplanmäßige Vollversammlung in der Großen Aula statt. Bitte begebt euch zu Unterrichtsbeginn dorthin und nicht in eure Klassenzimmer. Vollständige Anwesenheit wird vorausgesetzt. Ich danke für eure Aufmerksamkeit und bis gleich!« Ein dreifaches BING beendet die Durchsage. So abrupt der Lärmpegel im Innenhof bei null war, so schnell steigt er wieder an, auf etwas höher als normal.

»Ich packe keine Vollversammlung«, stöhne ich. An die Stelle, wo früher mein Magen wohnte, ist ein zäher Klumpen vergammelter Käse eingezogen. So fühlt es sich an.

»Weshalb du jetzt deine Sachen nimmst und gehst. Nimm den Ausgang am Aufgang zur Bibliothek, den bei den Toiletten. Da hängt sicher niemand rum.« Cara schultert ihren Rucksack. »Ich werde mir Objekt X ansehen.«

Wir reihen uns in die Schülermenge ein, die in Richtung Große Aula strömt. Alle fragen sich dasselbe: Was ist der Grund für die Vollversammlung? Bisher habe ich nur drei miterlebt. Zwei zum Beginn des Schuljahres und eine im letzten Frühjahr. Es ging um Verstöße und Änderungen in der Schulordnung und um die Ernennung eines neuen Studienrats in der Schülerberatung. Alles Themen, die in einer E-Mail genauso gut, wenn nicht effektiver verpackt gewesen wären. Ich glaube nicht, dass irgendjemand das mit der Anwesenheitspflicht ernst nimmt, geschweige denn kontrolliert. Deshalb trennen Cara und ich uns an der Treppe. Aber kaum bin ich zehn Schritte den Flur hinuntergegangen, erklingt Estelles Stimme hinter mir.

»Wo willst du hin?«

Ich bleibe stehen und drehe mich um. Mit verschränkten Armen sieht sie mich an und gleicht dabei einer Gefängnisaufseherin.

»Wenn du die Kotze wegwischen willst, halte sie ruhig noch länger auf«, höre ich Cara hinter Estelle sagen. »Siehst du nicht, wie blass sie ist?«

Danke, danke, danke, beste Freundin!

Estelle runzelt die Stirn. »Dann beeil dich!«

»Yes, Ma'am!« Mein Salut bringt Estelle dazu zu schnauben, dann verschwindet sie über die Treppe. Cara macht eine »Weg mit dir«-Geste, und das lasse ich mir nicht zweimal sagen.

Die Erleichterung, aus der Schule zu kommen, ist größer, als ich gedacht hätte, aber sie hält nicht lange an. Egal, wohin ich blicke: tanzende Glitzerfäden und leuchtende Punkte. Innerhalb von Sekunden schwirrt mir der Kopf und die Übelkeit frisst sich immer tiefer in meinen Magen. Um den Trubel am Leonardo-da-Vinci-Museum zu vermeiden, nehme ich einen Umweg. Er führt durch Hinterhöfe und enge Gassen, über schmale Kanäle mit noch schmaleren Brücken, die zum Teil nicht einmal eine Brüstung haben. Nur wenige Touris verirren sich hierher, ausnahmslos Einwohner Venedigs kennen diese Pfade. Doch heute kann ich die Pracht der mit bunten Blumen überquellenden Blumenkästen, die bunten Farben der Hausfassaden nicht genießen. In einer besonders engen Gasse tanzen die feinen Glitzerpunkte, als tobe hier ein Orkan. Es glitzert so wild, dass ich für einen Moment nicht mehr weiß, wo ich hinsehen soll. Da bleibe ich mit meinen Sandalen an einer unebenen Stelle im Pflaster hängen und stolpere, stürze nach vorne, kann mich nur mit Mühe an einer Hausmauer abfangen. Was für ein beschissener Tag! Ich lege meine Stirn an die Mauer. Die Kälte des Steins tut gut. Etwas Festes, absolut Unbewegliches, ohne Leben in sich. Atmen, tief und ruhig. Alles wird gut. Die salzige Feuchtigkeit des Mauerwerks steigt in meine Nase, eine Möwe kreischt über mir. Oh Venedig, warum können wir nicht Freundinnen sein? Was ist nur in deinen Glitzer gekommen, dass er so rumwackeln muss? Oder in mein Gehirn?

Nach einem weiteren tiefen Atemzug stoße ich mich von der Wand ab. Doch bevor ich einen Schritt machen kann, erstarre ich. Meine Hände glitzern. Aber wie? Was soll das? Nein. Nein, nein, nein! NEIN! Panik kriecht kalt in meinen Nacken. Der Glitzer hat sich von der Hauswand gelöst. Goldene Fäden, auf denen die Glitzerpunkte pulsieren, schlingen sich um meine Finger, meine Hände. Erschrocken mache ich einen Schritt zurück. Aber die Fäden kleben an mir. Sie glühen auf, heiß, als kämen sie direkt aus der Sonne, brennen sich in meine Haut. Immer weiter lösen sie sich von der Wand, kriechen über meine Handgelenke. Auch an anderen Stellen der Wand lösen sich Fäden und kommen auf mich zu.

»Fuckfuckfuck!« Ich springe von der Wand und den Fäden weg, schüttle meine Hände. Erst als ich losrenne, hin zum Ende der Gasse, die in eine Brücke mündet, spüre ich ein Reißen. Scharf und fies. Aber ich habe es geschafft, ich bin sie los. Dort, wo die Fäden auf mir lagen, brennt meine Haut, als hätte ich in Brennnesseln gefasst. Zu sehen ist allerdings nichts. Wahnsinn. Das ist alles nur Wahnsinn. Erst als ich die Mitte der Brücke erreiche, werfe ich einen Blick über meine Schulter. Shit, das darf nicht wahr sein! Die Glitzerfäden folgen mir, als wären sie Spürhunde, langsam, aber zielstrebig. Ich taumle weiter und stoße mit meinem kompletten Körper gegen etwas Warmes, Weiches.

»Sag mal, geht's noch?!«

»'tschuldigung«, kommt mir automatisch über die Lippen, noch bevor ich mich wirklich umgedreht habe. Der Glitzer auf der anderen Seite der Brücke bewegt sich weiter auf mich zu, als wüsste er genau, wo ich mich befinde.

»Scheiße«, murmle ich und weiche zurück.

»Dafür, dass ich fast im Kanal gelandet wäre, ist das eine dürftige Entschuldigung.« Etwas in der Stimme lässt mich aufhorchen und ich blicke ins Gesicht meines Rammbocks.

»Dario?«

Auch er wirkt überrascht, fängt sich aber schneller als ich. »Solltest du nicht in der Schule sein? Die Vollversammlung beginnt gerade.«

»Mir geht's nicht gut, ich muss mich hinlegen, ich …« Mein Blick schießt zur Hausecke hinter ihm. Dort lösen sich ebenfalls goldene Fäden. Schwerelos gleiten sie durch die Luft, wie Quallen im Meer, bewegen sich in meine Richtung, als wäre ich magnetisch. Selbst aus dem Wasser kommen sie auf mich zu. Die ersten Fäden kriechen bereits von der Brücke auf meine Füße.

Ich trete nach ihnen, mache einen Schritt und schiebe Dario dabei ein wenig vor mir her. Doch es gibt keinen Ausweg. Hinter mir, vor mir, unter mir, überall Glitzer, der nach mir greift. »Scheiße, scheiße, scheiße!«

Darios Hände packen mich an den Schultern und er bringt

mich zum Stehenbleiben. »Ist alles okay?« Sein Blick springt zu meinen Füßen, dann wieder zu meinem Gesicht.

»Ich … Also … Ich muss in … Ich muss ins Krankenhaus. Ich glaube, ich drehe durch.« Plötzlich steigen mir Tränen in die Augen. Ein Kloß verbarrikadiert meinem Hals. Während ich Dario ansehe, spüre ich bereits das Brennen der Glitzerfäden auf meinen Füßen. »Ich drehe durch«, flüstere ich.

Sofort graben sich Sorgenfalten in Darios Stirn, seine Augen verengen sich. »Was ist los?«, wiederholt er mit Nachdruck.

»Überall sind diese Fäden. Sie brennen so fies und sie kommen immer näher und es werden immer mehr! Scheiße, ich drehe durch!«

»Goldfäden? Mit Punkten? Wie aufgefädelt?«

Für einen Moment starre ich ihn an. »Woher …?« Erst jetzt fällt mir auf, dass Dario von den Fäden ignoriert wird, als hülle ihn eine Aura aus Abwehrluft ein.

»Hast du sie berührt?!«

»Ja, eben. An der Hauswand, aus Zufa-«

Weiter komme ich nicht, denn etwas greift in meinen Nacken. Es brennt sich in meine Haut! Ist das mein Schrei, der da durch die Gasse hallt?

Dario sieht mich nicht mehr an. Er reißt seinen Rucksack auf und – holt eine Maske heraus. Setzt sie auf. Obwohl sein Gesicht zur Hälfte von der Maske bedeckt ist, sehe ich, wie seine Gesichtszüge entgleisen. Panik. Schock. Entschlossenheit. Mit einem Schritt, einer Geste zieht er mich in seine Arme. Hält mich fest.

»*Arrestate*!«, höre ich ihn brüllen.

Mit einem Ruck, als würde jemand ein Pflaster abreißen, das sich kreuz und quer um meinen Körper geschlungen hat, verschwindet das Brennen. Es ist, als hätte Dario mit diesem Wort die Zeit angehalten. An seine Brust gedrückt, spüre ich, wie heftig Darios Herz schlägt, es macht meinem Konkurrenz. Er riecht wie frisch geduscht, nach Kaffee und Croissants. Für einen Moment vergesse ich die Schmerzen und die Angst. Dann öffne ich die Augen. Die unzähligen Glitzerfäden hängen schwerelos in der Luft, ziehen sich aber im Zeitlupentempo von uns zurück, gleiten in das Wasser, den Stein, die Mauern. Ein Teil bleibt jedoch. Wachsam, das ist das passendste Wort. Sie lungern in einem Anstand von ein paar Metern um uns herum.

In Dario kommt Bewegung, er schiebt mich ein Stück von sich weg, seine Hände bleiben auf meinen Schultern liegen. Sein Blick sucht den meinen.

»Besser?« Seine Stimme klingt wie eingerostet, aber sein kurzes Lächeln verdrängt die Angst ein wenig. Ich bringe ein Nicken zustande. »Bist du gestern in die Schule geschlichen und hast die Maske aufgesetzt?«

Wieder nicke ich. Was ist hier gerade passiert? Wieso weiß Dario von dem Glitzer? Wie kommt er darauf, dass ich die Maske aufgesetzt habe? Wie hat er es geschafft, den Glitzer auf Abstand zu bringen? Stattdessen frage ich nur: »Was hast du gemacht?«

»Dein Leben gerettet.«

»Aber wie?« Er trägt die Maske. Sie wird von nichts gehalten. Wie meine gestern. »Was sind das für Masken?«

Dario atmet tief durch und seufzt. »Das ist eine lange Geschichte. Aber zuerst musst du zur Schule. Ich weiß nicht, wie lange ich allein den Schutz aufrechterhalten kann. Wir sollten uns beeilen. Bevor …«

Er spricht nicht aus, was der Glitzer mit mir machen wird, wenn er versagt mit dem, was er eben gemacht hat. Ich will es gar nicht wissen. Ich fühle mich jetzt schon gegrillt, gegessen und ausgekotzt. Dario greift nach meiner Hand. »Lass mich unter keinen Umständen los, verstanden?«

»Es gibt Schlimmeres«, rutscht mir über die Lippen.

Dario lacht leise auf und schüttelt grinsend den Kopf. »Halbtot und immer noch … aber ja, ich bin ganz deiner Meinung. Fass die Fäden nicht mehr an. Das macht es ihr schwerer.«

Damit zieht er mich zurück in die Gasse, aus der ich eben gekommen bin. Was gut ist, weil ich echt nicht weiß, was ich darauf antworten soll – zu beidem. Im Gehen zieht Dario sein Handy aus der Hosentasche und wählt eine Nummer.

»Hey, ich bin auf dem Weg. Ich bringe die neue Hüterin mit und könnte Verstärkung gebrauchen. Kommt mir entgegen. Wir kommen von Norden, über die Höfe.« Es folgt ein Schlagabtausch, den Dario immer wieder mit einem »Erzähl ich gleich« abkürzt und schließlich mit einem »Bewegt eure beschissenen Ärsche endlich« beendet. »Die Artillerie ist auf dem Weg«, kommentiert er das Telefonat und steckt das Handy wieder weg.

»Es gibt mehr von euch? Wer kommt da jetzt?«

»Es gibt eine ganz Scuola von uns. Seit Jahrhunderten. Wie gesagt: eine lange Geschichte. Für die haben wir später Zeit. Ohne diesen Überleben-oder-sterben-Stress, okay?«

»Okay … Scuola, wie in Gilden?« Von denen habe ich im Geschichtsunterricht gehört. »Ich dachte, die existieren nicht mehr?«

»Unsere gibt es noch. Deswegen.« Er deutet auf den Glitzer. »Ich verspreche, du bekommst mehr Infos. Aber wir müssen uns beeilen. Komm!« Mir bleibt nichts anders übrig, als mit ihm loszulaufen, und nach einer Weile habe ich auch gar keine Luft mehr, um all die Fragen zu stellen, die in meinem Kopf um die Poleposition streiten. Wir laufen, joggen, gehen so schnell wie möglich und so gut es die engen Gassen und das unebene Pflaster zulassen. Darios Zauberwort hält den Glitzer fern. Trotzdem wird der Tunnel, den der Glitzer um uns herum bildet, immer enger. Ein paar Mal muss Dario das Wort wiederholen, doch die Wirkung lässt jedes Mal schneller nach. Je näher wir der Schule kommen, desto panischer tanzen die Gedankenfetzen durch meinen Kopf. Was passiert, wenn wir ankommen? Werde ich bestraft? Wobei: Wenn mich mein nächtlicher Einbruch in die Schule vom Glitzer befreit – hey, her mit der Strafe. Auf diese Freiheit, diese Erlösung warte ich seit einem Jahr. Und sie ist dringend nötig, denn der Glitzer zuckt mittlerweile fast aggressiv auf uns zu. Darios Finger schließen sich fester um meine. Eigentlich sollte mir dieses Händchenhalten auf Kommando unangenehm sein, oder? Ein Quasi-Fremder rennt mit mir an der Hand durch Venedig, der romantischsten Stadt der Welt. Aber ich kann mir nichts Besseres vorstellen, um meine Panik unter Verschluss zu halten, als die Wärme seiner Hand. Wie eine Löschdecke legt sie sich auf die Angst, die in mir toben will, und hält sie im Zaum.

Wir biegen um eine Ecke. Auf einer Weggabelung kommt uns der Glitzer gefährlich nahe.

»*Arrestate!*« Nichts passiert. Dario wird langsamer. »*Arrestate!*« Dieses Mal brüllt er laut. Aber die Glitzerfäden wabern unbeeindruckt in meine Richtung, dringen in die unsichtbare Schutzhülle ein.

»Wieso klappt es nicht mehr?«

»Weil sie stärker wird.«

»Sie?«

Er wirft mir einen abschätzenden Blick zu, zieht mich dann aber weiter. »Seitdem du die Maske aufgesetzt hast, bäumt sich der Glitzer auf. Er wird stärker. Normalerweise passiert das Aufsetzen der Maske unter Aufsicht, damit genau das nicht passiert. Uns rennt die Zeit davon.«

»Für was?«

»Du musst zur Initiation.«

Will er mich auf die Palme bringen? »Muss ich ehrlich weiterfragen? Ein bisschen präziser bitte!«

Der Druck seiner Finger verstärkt sich und Dario sieht mich kurz über seine Schulter an. »Vertrau mir. Bitte.«

Aus irgendeinem Grund tue ich das. »Okay.«

»Wir müssen in die Schu-« Lautes Rufen unterbricht ihn. Es kommt aus der Gasse vor uns. Noch ist niemand zu sehen, denn sie macht einen leichten Bogen.

»Endlich!« Darios Körper entspannt sich und erleichtert beschleunigt er seine Schritte. »Wird Zeit!«, brüllt er. »*Arrestate!* Jetzt!«

Wie auf Kommando rufen zwei Stimmen das Wort. Die Glitzerfäden springen von mir weg, als wäre ich eine viel zu heiße Tasse Tee. Alleine konnte Dario die Fäden nicht so weit von mir fernhalten. Vor Erleichterung stolpere ich über meine eigenen Beine und direkt in Darios Rücken, der genau in diesem Moment stehen bleibt.

»Alles okay?« Sofort richtet er mich auf und lächelt mich aufmunternd an. »Ab jetzt wird alles besser, versprochen.«

»Das hoffe ich.« Mein Herz rast und pumpt Adrenalin und Angst zu gleichen Teilen durch mich hindurch. Aber Darios verschmitztes Augenzwinkern beruhigt es ein wenig. Ich bin nicht allein. Wir sind nicht allein. Kein Auslöschen. Kein *ciao, bella*.

Dario zieht mich weiter zu meinen anderen Rettern. »Habt ihr auf dem Weg gefrühstückt?«

Erst jetzt sehe ich, mit wem er redet. Estelle. Ja, *die* Estelle. Aus dem Jahrgang über mir. Und … Okay, jetzt ist es offiziell der zweite Scheißtag in Folge: Marco. Beide tragen Halbmasken, wie die von Dario und die, die mich in dieses Chaos gestürzt hat. In was bin ich da reingeraten?

Estelle mustert mich. »Vit und Stefano wissen Bescheid, sie leiten alles für die Initiation in die Wege.«

Marco starrt mich an, als hätte er noch nie ein Wesen auf zwei Beinen gesehen. Gleichzeitig kommt ihm ein »Du?!« über die Lippen.

»Überraschung!«, entgegne ich. Mehr bekommt mein Gehirn nicht mehr hin.

Sofort wendet sich Marco an Dario. »Bist du dir sicher, dass sie eine *tutori* ist?«

»Ähm …?« Dario deutet auf die Glitzerfäden um uns, die nach wie vor wie Tentakel in der Luft hängen und nach einem neuen Weg zu mir suchen. »Hast du was an den Augen?«

»Das darf doch nicht wahr sein!« Marco fährt sich durch die Haare. »Wie kommst du dazu, die Maske aufzusetzen?«

Alles wird besser, hat Dario das nicht gesagt? Glatte Lüge! Meine Nicht-Händchen-halte-Hand ballt sich zu einer Faust. Marco ist der Letzte, den ich momentan gebrauchen kann. »Gestolpert, reingefallen, zack. Hab gehört, so kann man auch schwanger werden. Gut, dass es eine Maske war und kein Penis.«

»Kannst du nicht einmal ernst bleiben?«, faucht er mich an.

»In deiner Gegenwart fällt mir das echt schwer.« Marco bringt mich sogar in dieser abgefahrenen Situation dazu, streiten zu wollen. Was ist nur los mit ihm? Und mit mir?

Dario blickt von Marco zu mir. »Ihr kennt euch?«

»Leider.« Marcos Augen verengen sich. Wird er gerade rot? Schämt er sich für mich? Trotz all der Wut krampft sich mein Herz zusammen. Was gäbe ich für einen Bruder, der mich akzeptiert, für mich da ist. Der mich in dieser Situation in den Arm nimmt, mich drückt, sagt, »Alles wird gut«. So einen bräuchte ich. Nicht mehr, nicht weniger. Aber ich bekomme einen Blick, der mich demütigt.

»Leider, ja«, stimme ich Marco deshalb zu. »Er ist mein Halbbruder.«

Dario blinzelt, schaut zu Marco, dann wieder zu mir. Seine Finger lösen sich ein wenig von meinen. »Sie ist deine Halbschwester?« Die Betonung des »sie« spricht Bände.

Die beiden haben über mich gesprochen. Geehrt fühle ich mich trotzdem nicht. Im Gegenteil. »Ich wette, du hast ein hexenähnliches, verwarztes und verlottertes Hippiekind erwartet.«

Dario wackelt mit dem Kopf. »In etwa.«

»Danke dafür, Bruderherz. Ihr kennt euch woher …?«

»Kindergarten.« Dario grinst Marco an. Ein Grinsen, das von mehr als nur einer flüchtigen Freundschaft spricht. »Vielleicht auch schon Geburtsklinik. Je nachdem, wen man fragt.«

»Idiot«, kommentiert Marcos kalte Stimme Darios Geplänkel.

»Hach!« Dario seufzt. »Beste Freunde, sag ich doch.«

Stille senkt sich über uns. Beste Freunde? Dario ist Marcos bester Freund? Mein Herz schmilzt wie Eis in der Sonne und tropft heiß in meinen Bauch. Plötzlich erinnere ich mich, woher ich Dario kenne. Die Beerdigung von Papa. Dario stand an Marcos Seite, die ganze Zeit. Glückwunsch, Anola. Der erste Typ, den du gut findest, der witzig genug ist, um einen zweiten Blick zu verdienen, dessen Hand sich bis eben so unfassbar gut in deiner angefühlt hat, ist der beste Freund von Marco. Und das bestimmt nicht ohne Grund. Die beiden haben sicher viel gemeinsam. Toll, schon fühlt sich Darios Hand Alien-artig fremd an. Am liebsten würde ich sie loslassen, doch seine Finger halten mich fest.

»Seid ihr durch mit dem Vorstellungs-Kaffeekränzchen?« Estelle schürzt die Lippen, als ihr Blick auf unsere Hände fällt. »Oder wollt ihr jetzt noch Pokémon-Sticker tauschen?«

Endlich sagt jemand etwas Vernünftiges!

Dario räuspert sich. »Die habe ich in meiner anderen Hose. Also, los.«

»Das Boot wartet am Palazzo«, sagt Marco und wendet sich zum Gehen. »Sie wollen sofort rausfahren.«

Boot? Rausfahren? »Wir wollen doch zur Schule, dachte ich.«

»Damit die Magie dich doch noch wegschnippt?« Marco lacht ungläubig. »Wobei das einige Probleme lösen würde …«

»Marco«, raunt Dario. »Reiß dich zusammen.«

Marcos letzter Satz ist mir egal. Ich kann nur sagen: »Magie? Meinst du das ernst?«

Als keine Antwort kommt, ziehe ich an Darios Hand und er bleibt stehen. »Meintest du vorhin das mit ›sie‹? Magie?«

»Jap.« Kein Zwinkern, keine Ironie in seiner Stimme.

Ha. Ich lebe seit einem Jahr mit diesem Glitzer. Nie bin ich auf den Gedanken kommen, dass mit mir alles richtig ist. Dass der Glitzer das Problem sein könnte. »Ich hätte im Bett bleiben sollen.«

»Das denke ich mir auch manchmal«, raunt Dario. Sein Blick schießt zu unseren Händen, nur kurz. Auch ihm scheint die Neuigkeit, wer ich bin, auf den Magen zu schlagen.

»Müssen wir noch …?« Ich hebe meine Hand und ziehe seine mit nach oben.

»Bis zur Initiation bist du so geschützt«, murmelt Dario, »denn die Magie hält sich sonst nicht sehr lange an ihre Grenzen.«

Schon wieder: Magie. Entweder ist das der verrückteste Tagtraum aller Zeiten oder ich drehe doch durch – oder es ist wahr. Mir wird übel. Wie wollen sie Magie davon abhalten, mich umzubringen? Wieso will sie das überhaupt? Warum gerade mich? Die Angst, die ich zu Anfang jeden Tag in Venedig gespürt habe, kehrt mit einer Lawine Panik zurück. Nur Darios Hand hält mich davon ab, aufzustöhnen, zusammenzuklappen, mich auf dem Boden einzuigeln. Er hält mich fest wie ein Anker in einem Sturm. Aber was, wenn er loslässt?

Kapitel 9

Hütet das Licht …

Das Boot entpuppt sich als ein wendiges, schnelles Boot der Luxusklasse, wie sie in Venedig öfter herumdüsen. Kaum sind wir an Bord, legt es ab und schießt den Kanal hinunter, mit einer Geschwindigkeit, die sicher nicht erlaubt ist. Der Lärm des Motors verschluckt alle Geräusche Venedigs.

Estelle gleitet elegant wie eine Bodenturnerin an mir vorbei in den hinteren Teil des Bootes. Im vorderen Teil steht unser Kapitän. Er ist alles andere als ein alter Seebär: Er kann kaum älter als Marco und Dario sein. Estelle überragt er um mindestens einen Kopf, und obwohl sein schwarzes Shirt locker sitzt, erahnt man, wie muskulös er ist. Nicht zuletzt, weil die Ärmel des Shirts fehlen und trainierte Oberarme zum Vorschein kommen. Mit feinen Tattoos, wie Strichzeichnungen, die gar nicht zu seiner Fitnesshengst-Optik passen. Er ist braun gebrannt, und die Haare sind so blond, wie sie es nur von Meerwasser und Sonne werden. Ob die Maskengilde nur gut aussehende Leute anheuert? Als hätte er meinen Gedanken gehört, wirft der Kapitän mir über die Schulter einen Blick zu. Helle, fast goldene Augen, ein ernstes Gesicht. Und: keine Maske. Mir bleibt keine Zeit, ihn zu grüßen, denn ein Ruck geht durchs Boot und bringt mich aus dem Gleichgewicht. Ich falle nur deswegen nicht, weil ich wie ein festgetackertes Etikett an Darios Hand hänge. Stattdessen zieht er mich auf die Bank im Heck des Bootes, wo es sich Marco und Estelle bereits bequem machen. Unser Kapitän blickt wieder nach vorne. Schade. Ich hätte zu gerne gewusst, ob er Kontaktlinsen trägt. Krasser Typ.

Alle wirken entspannt. Den Grund dafür sehe ich, als ich auf das aufgewühlte Wasser hinter uns blicke: Wir sind zu schnell für den Glitzer. Zwar lösen sich unzählige Glitzerfäden aus der Wasseroberfläche und richten sich nach mir aus, doch sie hängen hinter uns wie der Schweif einer Sternschnuppe. Für den Moment bin ich sicher. Wenigstens etwas. Ich sinke in die Kissen der Bank, schließe die Augen, atme durch. Hier hinten ist der Motor fast nicht zu hören und die Kajüte schützt uns vor dem Fahrtwind. Aber okay, es gibt Wichtigeres. Zum Beispiel mein Leben. Und Magie. Und: »Wohin fahren wir?«

Marcos Raunen ist unüberhörbar. »Bitte, Dario, übernimm du.«

»Ehrlicherweise bin ich heilfroh, wenn mich jemand anders aufklärt, Marco. Also halt deine Klappe und versuche, mich zu ignorieren, das kannst du doch sonst so gut. Überhaupt«, ich hebe Darios Hand, »müssen wir noch Händchen halten?«

»Das übernehme ich für eine Weile.« Die Stimme lässt meinen Kopf herumwirbeln.

»Vit?«

Im Eingang zur Kajüte steht mein Onkel, seine schwarzen Locken flattern im Fahrtwind, in seinem Gesicht trägt er eine Maske. Noch nie war ich so froh, ihn zu sehen. Ich lasse Dario los und springe auf. Vit zieht mich sofort in seine Arme, streicht mir übers Haar. Ich klammere mich an ihn. Endlich ein vertrautes Gesicht, das mich mag.

»Was machst du für Sachen?«, fragt er leise. »Ist alles in Ordnung? Geht es dir gut?«

Ich nicke, dabei kitzeln mich seine Locken. »Bist du auch ein …« Ich sehe ihn an. Ja, was eigentlich? »Was ist hier los?«, frage ich so leise, dass es mit Sicherheit nur er hören kann.

Ein Lächeln huscht über sein Gesicht, dann drückt er mich zurück auf die Bank und setzt sich neben mich, die Hand warm auf meinem Unterarm. »Du bekommst die volle Erklärung. Zuerst müssen wir aber über dich reden. Du hast die Maske aufgesetzt, die Dario gestern ins Atelier und anschließend zu mir gebracht hat.« Es ist keine Frage, sondern eine Feststellung.

»Ich musste wissen, was damit ist. Ich …« Vom Glitzer zu sprechen, bringe ich nicht über mich.

»Schon gut, ich verstehe dich.« Für einen kurzen Moment sehe ich Vit, den Maestro, den Maskenmacher, vor mir, dann wird seine Miene wieder ernst. »Wann genau hast du die Maske aufgesetzt?«

»Kurz nachdem Dario sie in die Schule gebracht hat. Nachts.«

Ein Schnauben von Marco, aber auf Vits Blick hin wendet er seinen Blick ab und schweigt. »Bitte erzähl weiter. Was ist passiert?«

»Nachdem Dario und diese Frau weg waren, bin ich in diesen Raum.«

»Die Selecta«, ergänzt Vit und ich nicke.

»Ihr hattet in deinem Büro darüber gesprochen …« Ich spüre die Hitze in meine Wangen schleichen. »Tut mir leid, dass ich euch belauscht habe.« Als Vit die Augenbrauen hebt und mich fragend ansieht, stöhne ich auf. »Ja, okay, es tut mir nicht leid. Ich musste die Maske einfach sehen. Aber ich mache es nie wieder, Ehrenwort. Auf jeden Fall habe ich mich in die Schule geschlichen und die Maske aufgesetzt, und –« Meine Stimme bricht weg. Zu heftig sind die Erinnerungen an das, was dann passierte.

»Hat die Maske geleuchtet?«

»Geleuchtet ist die Untertreibung des Jahrtausends. Vermutlich hat man das noch in New York City gesehen.«

Das brummige Lachen von Dario lässt meinen Bauch warm werden. Aber ich konzentriere mich auf Vit, der sich eine widerspenstige Locke hinter ein Ohr streicht.

»Danach hast du die Maske liegen lassen und bist gegangen?«

»Ja.« Die crazy Venedig-ist-dem-Untergang-geweiht-Botschaft behalte ich für mich, bis ich weiß, was hier abgeht. Menschen aus Glitzer zu sehen, Worte zu hören, die von Fantasiegestalten gesprochen werden, das klingt hart geisteskrank. Magie hin oder her. »Heute Morgen habe ich bemerkt, dass dieser Glitzer …« Ich sehe zu den Häusern, die an uns vorbeiziehen. »Er tanzt und hat versucht, mich zu berühren. Dann kam Dario. Ist es wirklich Magie?« Diese Frage kann ich keinen Augenblick länger für mich behalten.

Vit atmet tief durch und folgt meinem Blick. »Ja, das ist Magie. Die Magie, aus der Venedig besteht. Aus der die Stadt vor Jahrhunderten erschaffen wurde.«

»Ich dachte, Venedig steht auf den Felsen und den Inseln der Lagune.« Unser Boot biegt auf den Canal Grande ein, ohne die Geschwindigkeit merklich zu minimieren. Das Wasser spritzt auf und fliegt in Tausenden Glitzerpunkten durch die Luft.

»Diese Felsen wurden mithilfe von Magie aus dem Meer gehoben, mithilfe von Lichtmagie, um genau zu sein. Auch die Gebäude der Stadt. Und noch heute hält die Magie Venedig zusammen.«

»Wie Kleber«, fügt Dario hinzu. »Überall und nur für uns zu sehen.«

»Aber Venedig ist ein Touri-Hotspot 3000. Es muss doch jemandem auffallen, dass hier etwas anders ist.«

»Jeder, der Venedig auch nur ein einziges Mal zu Gesicht bekommt, wird dir sagen, dass es magisch ist.« Vit lächelt verliebt. »Diese Besonderheit geht selbst am größten Ignoranten nicht vorbei. Die Magie zieht die Menschen an. Sie spüren sie, auch wenn sie keine Ahnung haben, dass sie existiert.«

Das ist verrückt – und auch irgendwie plausibel. Hier sitze ich, rede mit meinem Onkel über fucking Magie. In meinem Kopf stapeln sich die Fragen, purzeln mit jeder Bewegung des Bootes durcheinander. Ich weiß gar nicht, womit ich anfangen soll. Zuerst das Praktische, entscheide ich. »Wo fahren wir hin? Warum hat die Magie …« Das Wort auszusprechen und ernst zu meinen, fühlt sich genauso irre an wie Schnee im Sommer. »Warum hat sie es auf mich abgesehen?«

»Genau genommen hat sie es nicht auf dich abgesehen. Es hat mit der Maske zu tun.« Vit deutet zu Dario und Marco, die ihre Masken immer noch tragen. »Es sind magische Masken. Sie erlauben dem Träger oder der Trägerin, auf die Magie der Lagune zuzugreifen und sie zu nutzen. Sie ist sozusagen der Schlüssel zur Magie. Die Masken wählen ihre Träger selbst aus. Und dann bleiben sie ein Gespann bis zum Tod. Tritt dieser ein, fallen die Masken ins *ritiro*, eine Art Winterschlaf – normalerweise. Die Maske, die du aufgesetzt hast, hat das jedoch nicht getan. Sie wollte einen neuen Träger. Sofort. Deshalb die Aufregung. Das ist noch nie passiert. Die Masken, die das *ritiro* verlassen, öffnen ihre Augen am 25. April.«

Mir kommen die Masken in dem Vitrinensaal in den Sinn.

Vit lächelt wieder. »Deine aber …«

Oje, mir schwant Böses …

»Die Maske, die du gestern aufgesetzt hast, hat dich zu ihrer Trägerin erwählt.«

»Fuck« ist das erste Wort, das mir nach einer sehr langen Pause einfällt. »Kann man das rückgängig machen?«

Vit schüttelt den Kopf. »Einmal erwählt, immer gebunden.«

»Aber die Magie will mich umnieten! Ich will Magie nicht nutzen können. Ich will normal sein. Anola, Punkt, aus, Amen.« Im Atelier, mit meinen Masken, Spaß mit den wenigen Freunden, die mir alles bedeuten.

»Begreife es.« Marco verschränkt die Arme. »Du und die Maske, ihr gehört zusammen.«

»Bis dass der Tod euch scheidet«, wirft Dario ein und schaut mich an. In seinem Gesicht liegt etwas Trauriges, doch er blickt schnell auf die Palazzi, die den Canal Grande säumen.

»Ob ich will oder nicht?« Ich kann es nicht glauben.

»Wenn du nicht willst: ciao, ciao!« Marco macht nicht den Eindruck, als scherze er.

Vit räuspert sich. »Was Marco sagt, auf eine sehr ungeschickte Art und Weise«, die letzten Worte klingen harsch und Marco presst die Lippen aufeinander, »ist wahr. Du musst die Maske annehmen. Die Initiation muss durchgeführt werden. Erst dann lässt die Magie der Lagune dich in Ruhe. Sie ist wild und unbarmherzig. Beim Aufsetzen der Maske hat dich die Magie zwar wahrgenommen, aber nicht lokalisieren können. Als du das Magieleuchten angefasst hast, schon. Sie will mit dir spielen, wie ein Welpe mit seinem Frauchen.«

»Wie Spielen fühlt sich das nicht an.«

»Nach der Initiation lässt sie dich in Ruhe und gehorcht dir. Die Maske schützt dich genauso, wie sie dir Kräfte verleiht.«

»Welche Kräfte?« Kann ich etwa fliegen?

»Du wirst nicht zu Superman oder Superwoman«, erklärt Dario mit einem Blitzen in den Augen, das nur ich verstehe. »Du wirst eher eine Art magische Teilzeitpolizistin.«

Weil ich keine Ahnung habe, was ich davon halten soll, schweige ich.

Vit verstärkt den Druck auf meinen Unterarm, als fühle er meine Verwirrung. »Für die Einzelheiten haben wir später Zeit.«

Am liebsten würde ich ihn abschütteln und aufstehen, herumlaufen. Aber ich bin gefangen auf diesem Boot, das eben aufs offene Meer abbiegt und wild in den ersten Wellen hopst.

»Das heißt im Klartext, dass mir keine Wahl bleibt? Maske oder draufgehen?« Ich sehe in die Runde. Keiner lacht. Keiner zeigt auf eine versteckte Kamera und ruft »Reingelegt!«.

»Es ist ein Privileg«, sagt Vit. »Dein Vater war auch ein *tutori*.«

»Was bedeutet das?«

»*Tutori*, Hüter, so nennen wir uns«, erklärt Vit. »Wir, die Maskenträger, sind die Hüter der Magie und die Hüter Venedigs.«

»Papa wusste von all dem? Er hat auch eine Maske getragen? Wollte er deshalb, dass ich auf seine Schule gehe?« Wieso weiß ich davon nichts?

»Das *Liceo* besuchen nur Angehörige ehemaliger *tutori*, die vor Jahrhunderten für diese Aufgabe auserwählt wurden. Eine Ehre.«

»Klingt auch ein bisschen nach Inzucht«, rutscht es mir über die Lippen, bevor ich die Worte stoppen kann.

Vit lacht. »Ich versichere dir, alles geht mit rechten Dingen zu.«

Mir schwirrt der Kopf und ich reibe mir über die Nasenwurzel. »Wieso hat Papa nie etwas gesagt?« Mein Blick huscht zu Marco. Selbstgefällig lehnt er sich zurück und sieht mir fest in die Augen. Er hat es natürlich gewusst. Sein Lächeln ist eindeutig. Warum wusste er es und ich nicht? Wie gut kannte ich meinen Vater eigentlich? Immerhin war er so etwas wie ein Zauberer! Bilder von Harry Potter schießen mir durch den Kopf. Wollte ich nicht nach Hogwarts, als ich elf war, wie jede andere in meiner Klasse? Jetzt könnte ich mir nichts Besseres vorstellen, als wie ein normaler Muggel ein Nicht-Wissen-Leben zu fristen.

»Ich bräuchte mal einen Moment.«

Vits Hand bleibt auf meinem Arm liegen. »Wenn die Initiation vollzogen ist und du keinen Schutz mehr von uns benötigst, bekommst du mehr als einen Moment, versprochen.«

»Wann ist das?«

»Komm mit!« Vit steht auf und zieht mich mit sich. An der Kajüte bleiben wir stehen. Mein Kopf ragt über das Dach hinaus, Fahrtwind peitscht mir entgegen. Meine Haare flattern wild im Wind. Die Luft ist salzig und ich atme tief ein. Die Leichtigkeit, mit der wir über das Wasser rasen, lässt mich das Fragenwirrwarr in meinem Gehirn für den Moment vergessen. Wir schießen über flaches, glitzerndes Wasser dahin. Zu unserer rechten Seite kann ich den Lido sehen. Aber wir schießen auf einen Punkt zu, der im Sonnenlicht so hell ist, dass ich kaum hinsehen kann.

»Wir sind gleich da«, ruft unser Kapitän eine Weile später und das Boot verlangsamt sich. Einen Moment treiben wir noch auf dem Wasser, dann kommen wir zum Stillstand. Die Wasseroberfläche um uns herum besteht aus Milliarden kleiner Lichtpunkte, die auf den Wellen tanzen wie Pailletten auf Seidenstoff. Keine andere Stelle im Meer glitzert so sehr. Als der Bootsmotor erstirbt, legt sich die Stille über uns wie eine Decke. Nur das leise Plätschern des Wassers gegen die Bordwand hält sich nicht ans Schweigen. Die Luft hier auf dem Meer riecht frischer als in der Stadt. Es ist, als hätten wir uns in eine andere Welt gebeamt. Überall um uns lösen sich Glitzerpunkte von der Wasseroberfläche und steigen wie ultralangsame Feuerwerkskörper empor. Sofort stolpert mein Herz. Sie suchen mich.

Ein Krachen und ein Fluch bringen mich unsanft in die Realität zurück. Ein dürrer Mann mit grauen Schläfen und einer randlosen Brille kommt aus dem Inneren des Bootes. Sind da etwa noch mehr drin? Aber es ist nur er. Trotz des warmen Wetters trägt er ein langärmliges Hemd, das zu groß für ihn wirkt. Im Gegensatz zu Signore Eduardo treibt ihm die Hitze keine einzige Schweißperle auf die Stirn. Er entfaltet sich zu seiner vollen Größe, als er aus der Kajüte tritt, und nickt in die Runde. Für ihn scheine ich keine Neuigkeit zu sein, denn sein Blick verharrt keine Sekunde länger auf mir als auf den anderen. In seinen Händen hält er ein schmales Stoffbündel und eine Schachtel. »Dann wollen wir mal. Wenigstens ist das Wetter gut.«

»Das ist Stefano, unser *guardian de matin*«, stellt Vit den Mann vor. »Teil des Vorstandes der *tutori*.«

Er winkt ab. »Vergiss den Titel. Er könnte genauso gut ›Mädchen für alles‹ heißen.«

»Mach dich nicht kleiner, als du bist«, widerspricht Vit.

Stefano lacht kurz auf. »Guter Wortwitz, *vicario*! Merk ich mir.«

Vit deutet eine kleine Verbeugung in Richtung Stefano an. »Stets zu Diensten. Stefano weiß alles, was das Gebiet der Rituale anbelangt.«

»Mit deinem ersten sollten wir schleunigst anfangen.« Stefano wirft einen nervösen Blick aufs Meer. Die aufsteigenden Glitzerfäden bilden mittlerweile einen goldenen Glitzergartenzaun um uns. Die Lichtpunkte, die noch im Wasser schwappen, bewegen sich heftiger als eben noch, als rege sich etwas im Wasser. Dabei herrscht kaum Wellengang. Angst vor Wasser hatte ich nie, aber seitdem mein Vater ertrunken ist, bin ich kein Fan mehr davon.

»Wir haben etwas Zeitdruck.« Stefanos Stimme klingt angespannt. »Sind wir bereit?«

Während unser Kapitän aus der Kajüte tritt, stehen Dario und Marco auf und Estelle gesellt sich zu den beiden. Der Kapitän bleibt neben Vit stehen. Aus einer Tasche seiner schwarzen Shorts zieht er eine Maske. Ah, er gehört also auch zu ihnen. Unsere Blicke treffen sich und der Anflug eines Lächelns geht durch seine ernsten Züge. Viel zu nervös, um etwas zu sagen, lächle ich kurz zurück. Er nickt mir zu, als wolle er sagen: Alles cool, bleib ruhig. Wenn ich wüsste, was jetzt passiert, könnte ich ruhig bleiben. Vermutlich.

Ich sehe zu Vit. »Was« – zur Hölle – »passiert jetzt?« Was wollen wir hier draußen, mitten im Nirgendwo der Lagune von Venedig?

Stefano drückt sich an mir vorbei und legt das kleine Stoffbündel auf der Bank ab. Mit der Schachtel in der Hand dreht er sich zu mir um. »Eigentlich ist dies hier das zweite Ritual. Das erste hast du gestern Nacht selbst durchgeführt. Und das ist viel zu lange her, wenn man es genau nimmt – und genau nimmt es die Magie.«

Stefano öffnet die Schachtel und schlägt ein dunkelblaues Samttuch zurück.

Da liegt sie, die Maske. Anmutig, edel, glitzernd. Die soll meine sein? Ich ziehe die Luft ein. Ein seltsames Gefühl der Freude durchströmt mich, doch keine Sekunde später schnalzt die Angst sie weg wie ein gespanntes Gummiband, das man loslässt.

Stefano hält mir die Schachtel hin. »Du setzt die Maske auf. Wir unsere.« Er atmet tief durch. »Ich hasse es, so übereilt zu arbeiten. Normalerweise erfolgt nach der Auswahl eine Aufklärung, mit allen Fakten, nicht so ein Rumgepuzzle wie jetzt! Los! Formt einen Kreis!«, fordert Stefano alle auf und schiebt mich in die Mitte des Bootes. Estelle, Marco, Dario, Vit, der Kapitän und er stehen plötzlich um mich herum. Stefano legt seine Maske an. Im Grunde unterscheiden sich die Masken kaum in ihrer Form, nur ihre Farben und Prägungen sind unterschiedlich. Gruselig bleibt es. Das hier könnte glatt eine Szene aus einem Horrorfilm sein. Wie ein Opfer, so komme ich mir vor.

»Du bist dran.« Stefano macht eine ungeduldige Geste in meine Richtung. »Die Maske. Ohne geht es nicht.«

Zögernd greife ich nach ihr. Sie ist glatt und warm, als hätte sie eine Weile in der Sonne gelegen und nicht in einer geschlossenen Schachtel. Es ist schön, sie wieder in der Hand zu halten, ihr Gewicht zu spüren. Dabei habe ich das noch vor einer Stunde absolut ausgeschlossen.

Dario streckt die Hand aus. »Gib mir dein Handy und alles, was du sonst in der Hosentasche hast.«

»Wieso?«

»Er hat recht«, schaltet sich Stefano ein. »Ihr Teenager hängt an diesen Dingen.«

Bevor ich antworten kann, geht ein Ruck durchs Boot, als hätte uns eine kleine Sturmböe getroffen. Alle taumeln und greifen nach dem Nächstbesten, um sich festzuhalten. Das Wasser ist aufgewühlt. Dabei herrscht nur eine laue Brise.

»Außer du willst ein neues Smartphone.« Die Stimme unseres Kapitäns klingt verschwörerisch. »Dann wäre jetzt der perfekte Zeitpunkt, es in deiner Tasche zu behalten.«

Endlich fällt der Groschen. »Ich soll ins Wasser? Vergesst es. Nicht in diesen Glitzersprudel.«

»Lieber mit dem Boot untergehen anstatt nass werden. Das hatten wir auch noch nie.« Wieder geht ein Ruck durchs Boot, der uns alle ins Stolpern bringt. Ich erwidere nichts, aber ich verstehe die Message und ziehe mein Handy und den Wohnungsschlüssel aus meinen Taschen und drücke sie Vit in die Hand.

»Ist das die Magie?«, frage ich und halte mich beim nächsten Schwanken des Bootes an der Reling fest. »Könnt ihr nicht noch mal dieses *arrestate* sagen?«

»Dieses *arrestate* ist leider kontraproduktiv, zumindest im Moment.« Stefano macht sich an dem Stoffbündel zu schaffen. »Wir brauchen die Magie.«

»Die Magie, die mich umbringen will?«

»Die Magie, deren Hüterin du werden sollst«, korrigiert Stefano mich. Er zieht ein Messer aus dem Stoff. Messer? Nein, Dolch! Stefano dreht ihn und drückt mir den goldverzierten Griff in die Hand. »Den brauchst du.«

Schwer liegt der Dolch in meiner Hand. »Das ist doch verrückt! Für was brauche ich einen Scheißdolch?« Soll ich jemanden umbringen?

»Keine Sorge«, schaltet sich Vit ein. Dabei muss er sich an der

Reling festhalten, so hart trifft uns eine Welle. »Es ist nicht gefährlich.«

»Ach, echt?« Ich deute auf das sprudelnde und glitzernde Meer.

»Wir alle haben das gleiche Ritual durchlaufen«, sagt Vit.

»Vielleicht mit etwas weniger Theatralik«, ergänzt Stefano. »Du wirst intuitiv wissen, was du zu tun hast, vertrau uns.«

Dass alle nicken, beruhigt mich keineswegs.

»Es ist atemberaubend, was du sehen wirst, ehrlich.« Darios feste, warme Stimme schafft es, mich von der Schwelle zur Panik wegzuholen. Ich sehe ihn an. Sein Blick ruht auf mir und mein Puls beruhigt sich augenblicklich. Es wirkt tatsächlich nicht so, als hätte einer von ihnen ein Ungeheuer à la Monster von Loch Ness erledigen müssen. Ich nicke. Ich glaube ihm. »Okay …«

Stefano deutet auf die Maske. »Sobald du sie aufgesetzt hast, legen wir los. Bevor wir alle wirklich im Wasser landen.«

Mit einem letzten Blick zu Vit, der mir aufmunternd zunickt, hebe ich die Maske vor mein Gesicht. Dieses Mal sehe ich, dass sie nicht einmal über Löcher zur Befestigung von Bändern verfügt. Ich presse sie an meine Stirn und komme mir etwas dämlich dabei vor. Aber sofort legt sich die Maske auf meine Haut, schmiegt sich an wie die beste Maßanfertigung der Welt. Langsam nehme ich meine Finger von der Maske. Sie hält. Verrückt, einfach nur verrückt.

Kaum sehe ich mich um, drehen sich alle wie auf Kommando von mir weg. Nur Dario lächelt mich noch einmal an, bevor ich auf seinen Hinterkopf blicke.

»*Tutori*«, sagt Vit laut und alle heben ihre Hände in Richtung Meer und Glitzer.

Freaky, freaky, freaky.

Dann beginnen sie alle gleichzeitig zu sprechen. Mir wird abwechselnd heiß und kalt. Denn der Glitzer reagiert prompt auf die Worte: Noch mehr Fäden lösen sich von der Wasseroberfläche und steigen auf. Das Boot beginnt noch heftiger zu schaukeln.

»Hütet das Licht …«, skandieren die anderen.

Inzwischen kann ich die einzelnen Glitzerfäden nicht mehr erkennen. Sie bilden eine Wand, die geschlossen einmal um das Boot herumläuft und nach oben schießt.

»Denn dunkel liegt die Welt …«

Der Glitzer steigt so hoch, dass der Himmel nur noch als kleiner blauer Punkt über uns zu sehen ist. Zu wunderschön, um nicht hinzusehen. Eine Pause entsteht, in der nichts als das Rauschen von Wasser zu hören ist. Oder ist das der Glitzer?

»*Iniziare!*«, rufen plötzlich alle laut.

Der Glitzerturm, der sich um unser Boot gebildet hat, beginnt sich zu drehen, wie ein Wirbelwind, der seine Play-Taste gefunden hat. Der blaue Fleck über uns verschwindet. Warum begreife ich erst, als es zu spät ist: Der Glitzerturm stürzt ein und rast in einem gebündelten Strahl nach unten, mit einem klaren Ziel: mich.

Kapitel 10

... denn dunkel liegt die Welt.

Ein Ruck, der die Luft aus meinen Lungen presst und mich schwerelos werden lässt. Ich wirble um meine eigene Achse, um mich herum tost der Glitzer, grell und heiß. Die Leichtigkeit, die sonst wahrscheinlich nur Astronauten auf der ISS erleben, endet so abrupt, wie sie begonnen hat, und ich tauche in von Goldfäden durchwobene Dunkelheit ein. Kalt und ... nass! Wasser streift jedes Härchen auf meiner Haut, fast liebevoll, während ich sinke, weg von der Sonne, deren Strahlen über mir reflektieren. Weg von der Luft, weg von den anderen.

Ertrinken.

Ich werde ertrinken.

Noch nie in meinem Leben stand ein Gedanke so fest wie dieser. So erbarmungslos und kalt wie das Meer, das mich umgibt. Ich ertrinke, sang- und klanglos, allein. Nur umgeben von Wasser und Magie, die mich umfängt. Wie gebannte Blitze hängt sie im Wasser, millionenfach verzweigt sie sich stetig in eine Richtung: abwärts.

Stille presst auf meine Ohren. Aber … Sollte ich nicht nach Luft schnappen, versuchen aufzutauchen? Sollten meine Lungen nicht brennen? Sollte ich nicht frieren? Bevor ich auch nur einen Muskel anspannen kann, geht ein Zittern durch den Glitzer um mich. Wie bei einer Kettenreaktion stößt ein Teilchen ans nächste, kommt in Schwingung, wie ein unendlich großer Perlenvorhang. Ich atme tief ein und stutze. Atmen? Unter Wasser? Erst da bemerke ich den Goldschimmer, der mich umgibt. Ich stecke in einer Blase aus Luft. Flüssiger Luft? Kann das sein? Als ich den Kopf drehe, schweben meine Haare schwarz und schwerelos vor meinem Gesicht. Kein Zweifel: Ich stecke in einer Flüssigkeit. Goldschimmernd. Und kann atmen. Jetzt höre ich sogar auf zu sinken. Cara wäre stolz auf meine Faktensammlung. Nur bringt sie mir nichts. Ich sehe nach unten. Der Meeresboden liegt keinen Meter unter mir, ein Riss tut sich darin auf. In ihm leuchtet goldene Magie so hell wie die Sonne. Ist das ihr Ursprung? Kommt der Glitzer von hier? Ich bin mir sicher, dass es so ist. Doch was mache ich hier? Zig Meter entfernt von der Oberfläche, von Luft, echter Luft. Haben die anderen genau das Gleiche gesehen? Okay, Dario hatte recht: Es ist wunderschön. Ein bisschen so, als würde man im Sternenhimmel von van Gogh festhängen. Ein einzelner Glitzerarm löst sich aus dem Abgrund unter mir. Er bewegt sich nach oben. Kommt auf mich zu. Vielleicht kann ich mich an ihn hängen? Ich will nach oben, auch wenn es schön ist. An die echte Luft. Was, wenn diese Blase sich auflöst? Nie im Leben schaffe ich es aus eigener Kraft an die Oberfläche. Es ist viel zu weit. Weil sich das heiße Prickeln von beginnender Panik unterhalb meines Rippenbogens bemerkbar macht, strecke ich meine Hand nach dem Glitzerarm aus. Ich mache mich auf Schmerz bereit, wie beim letzten Mal, als mich der Glitzer berührt hat, aber: kein Brennen, kein Ziehen. Wie ein Sonnenstrahl streift mich der leuchtende Arm. Er tastet, befühlt meine Finger, meine Hand. Immer mehr Fäden strömen aus dem Riss unter mir auf mich zu, begrüßen mich, wie Hunde, die vorsichtig, aber voller Vorfreude eine Runde Streicheleinheiten und jemanden zum Toben suchen. Überall auf meinem Körper tanzen warme, kribbelnde Glitzerpunkte. Meine Angst ist wie weggeblasen. Meine Haut erstrahlt, als hätte ich in Goldpuder gebadet. Erst jetzt bemerke ich, dass nichts von der Dunkelheit des Wassers übrig ist. Nur noch Gold, Wärme und sonnenhelles Licht, das mich begrüßt, mich in seine Reihen aufnimmt, als gehöre ich dazu.

Schlagartig möchte ich etwas zurückgeben, um für alle Ewigkeit Teil dieses Etwas um mich herum zu werden. In meiner Rechten liegt immer noch der Dolch. Die Klinge reflektiert das Gold des Glitzers, sie wirkt, wie daraus gemacht. Und ich weiß, was ich zu tun habe. Es ist ganz einfach. Ich will es. Sanft drücke ich die Spitze des Dolches in meine Handfläche. Ein feiner Schmerz, ein Pochen, und sofort breitet sich ein roter Fleck an der Schnittstelle aus, schwebt als rote Wolke ins Wasser. Der Glitzerarm taucht in diese Wolke ein. Überall auf meinem Körper werden Linien sichtbar, golden leuchtend. Meine Adern, verstehe ich. Aber da ist noch etwas. Ein Schwarm Glitzerpunkte, der aus der Schnittstelle in meiner Hand strömt, auf den Glitzerarm zu. Wie Romeo und Julia umschlingen sie sich. Einen Augenblick später leuchtet die Wunde in meiner Handfläche grell auf und das Spektakel ist vorbei. Zurück bleibt – blassrosa, wie eine Narbe – ein Kreis mit drei Wellenlinien.

Plötzlich sehe ich die komische Narbe nicht mehr. Es ist dunkel, stockdunkel, als ob jemand das Licht ausgeknipst hat. Ich muss husten und der Sauerstoff steigt als Luftblasen vor meinen Augen nach oben. Shit. Wo ist diese Goldhülle hin?

Jetzt ist es so weit, ich ertrinke!

Mit Schwimmbewegungen versuche ich, nach oben zu kommen, aber ich komme nicht vom Fleck. Mit einem Mal spüre ich, wie das Wasser an meinem Körper entlangrauscht, und dann ist alles hell und nass und kalt und –

Luft! Endlich! In meinem Gesicht, in meinen Lungen, es tut so gut! Salzwasser schwappt mir ins Gesicht und ich muss husten, aber hey, ich schlucke einen ganzen Salzstreuer, wenn ich dafür am Leben bin! Durch den nassen Vorhang meiner Haare sehe ich nur Wasser, auf dem sich die Sonnenstrahlen brechen. Die Magie hat mich per Schleudersitz nach oben befördert. Nett von ihr, wenn sie mir schon die Luft zum Atmen nimmt. Beim Versuch, meine Haare wegzuwischen, streife ich meine Maske, die bombenfest sitzt. Der Dolch in meiner Hand hilft nicht unbedingt beim Überwasserbleiben. Bevor ich ihn loslassen kann, höre ich Motorengeräusche und ein roter Schwimmreifen mit weißen Streifen landet direkt vor meiner Nase. Wird aber auch Zeit! Sofort schlinge ich meine Arme darum und kurz darauf hieven mich ein paar starke Arme in das Boot. Unser Kapitän. »Alles klar?«

»Kommt auf die Definition von ›klar‹ an.«

Ein Schmunzeln und Aufblitzen in seinen goldenen Augen. Definitiv keine Kontaktlinsen. Dann steht Stefano vor mir und nimmt mir den Dolch ab.

Ein weiteres Paar Hände. »Willkommen zurück, *tutori*«, raunt Dario in mein Ohr, als er mir ins Hintere des Bootes hilft. Sofort ist die Kälte in meinen Armen und Beinen vergessen. Was macht er nur mit seiner Stimme, dass sie so einen Einfluss auf mich hat?

»Ihr hättet mich vorwarnen können.« Ich klinge so schroff, dass ich stolz auf mich bin. Ich will vom besten Freund meines Halbbruders nichts wissen. Punkt. Doch eine kleine verräterische Stimme in meinem Kopf bricht in einen Lachanfall aus.

Dario reicht mir ein Handtuch, das ich dann doch gerne nehme und um meine Schultern schlinge. Als ich meine Haare aus dem Gesicht streiche, streife ich die Maske. Alle anderen haben ihre abgesetzt, also ziehe auch ich sie von meinem Gesicht. Nass, aber vollkommen intakt liegt sie in meiner Hand. Meine Maske, schießt es mir durch den Kopf. Wahnsinn. Alles ist Wahnsinn.

»Du hättest nie und nimmer mitgespielt«, entgegnet Marco. Er sitzt am anderen Ende des Hecks, mit verschränkten Armen, den Blick hinter seiner Sonnenbrille verborgen. »Wir hatten keine Lust, die Magie noch weiter herauszufordern.«

»Kein Erwählter weiß, was passieren wird.« Vit reicht mir eine Tasse. Meine Finger zittern, als ich sie nehme. Sie ist warm und der Duft von Zitrone steigt mir in die Nase. »Weil es furchteinflößend sein kann. Wir alle haben das Gleiche durchgemacht. Es eint uns.«

Sein Blick schweift über die anderen. Auch sie scheinen einen Moment in ihre Begegnung mit der Magie zu versinken.

»Ist die Magie jetzt …« Ich blicke aufs Meer hinaus und mir verschlägt es die Sprache. Das Glitzern hat aufgehört. Was da auf dem mittlerweile fast wellenlosen Wasser tanzt, wirkt wie die Spiegelung von Sonnenstrahlen. Ich schlucke. Ist es vorbei? Ist das die Lösung? Kann ich wieder ein normales Leben führen? Also, so normal, wie es sein kann?

Heiß fühlen sich die Tränen auf meiner nassen Haut an. Ich tue so, als müsste ich das Salzwasser aus meinen Augen wischen. Ich bin so erleichtert und erledigt. Vits Hand reibt über meinen Rücken.

»Du bist jetzt eine *tutori*. Mit der Maske hast du Zugang zur Magie, aber die Magie hält jetzt Abstand zu dir, hört auf deine Kommandos.«

Erleichtert atme ich auf. Dann ist der Albtraum vorbei.

»Und jetzt? Wie geht das weiter mit …« Ich winke mit meiner Maske.

»Du erhältst eine Ausbildung.« Stefano antwortet dieses Mal. Er steht am Eingang der Kajüte und trocknet den Dolch. Neben ihm unser Kapitän, der mich mit verschränkten Armen mustert. »Am *Liceo*, wie die anderen Erwählten. Allerdings bist du eine Art Zwischenjahrgang. Normalerweise startet ein Jahrgang am 25. April. An diesem Tag erwachen die Masken aus ihrem *ritiro*. Oder nicht. Je nachdem, was sie brauchen.«

Stefano wickelt den Dolch in sein Tuch und setzt sich zu uns. Der Kapitän bleibt, wo er ist.

Vit nimmt den Faden auf. »Die Vollversammlung dient dazu, die Kandidaten ausfindig zu machen.«

»Wie?«, frage ich. »Geht ihr mit der Maske an den Schüler:innen vorbei und fragt sie nett und freundlich?«

»Nein!« Vit schlägt lachend die Beine übereinander. »Aber so ähnlich. Sie ist im Verborgenen, hinter dem Vorhang auf der Bühne, und lässt Magie zum Erwählten gleiten. Nur er – oder sie – und wir, die *tutori* mit unseren magischen Masken, können das sehen.«

»Während die Direktorin eine ihrer langweiligen Reden hält?« Ich muss an Cara denken, wie sie wahrscheinlich gelangweilt in der Großen Aula saß.

»Genau.« Vit verkneift sich ein Lachen. »Im Anschluss werden die Erwählten direkt zur Selecta geführt und aufgeklärt. Einige der Schülerinnen und Schüler – Kinder von aktiven *tutori* – wissen von der Magie, aber die meisten nicht.«

»Das soll auch so bleiben.« Stefano beäugt mich streng.

Ich nicke nur und sehe wieder zu Vit, der weiterspricht. »Nach der Selektion fahren alle gemeinsam zur Initiation aufs Meer.«

»Was du eigenmächtig in der Selecta veranstaltet hast, findet normalerweise im Beisein des Rats und dem Vorstand der *tutori* statt. Das müssen wir jetzt nachholen.« Stefano klingt gestresst.

»Wer ist dieser Rat?« Dass ich solche Umstände bereite, tut mir leid, aber andererseits: Was hätte ich tun sollen?

»Um den Rat zu erklären, holen wir am besten ein bisschen aus«, kündigt Vit an. »Die *tutori* sind eine jahrhundertealte Scuola, eine Art Gilde, die genau wie eine solche funktioniert und organisiert ist. Es gibt einen Vorstand, die *banca*, der alle fünf Jahre gewählt wird. Momentan besteht er aus Stefano, mir und noch zwei anderen. Unser erster Vorstand, die *guardian grande*, ist momentan auf Dienstreise und kommt erst in ein paar Wochen zurück. Du wirst noch eine Weile mit uns vorliebnehmen müssen. Sie ist nicht sehr glücklich, wie das bei dir und deiner Maske läuft, aber im Grunde sind wir ab jetzt wieder einigermaßen auf Kurs. Deshalb bricht sie ihre Reise nicht ab.«

»Sei froh«, wirft Dario ein. »Sie mag es nicht, wenn Regeln missachtet werden.«

»Klingt super«, murmle ich.

»Halb so wild, sie ist nett. Mach dir keine Gedanken.« Vit nickt Stefano zu. »Den Geschichtsteil darfst du übernehmen.«

Stefano lehnt sich zufrieden zurück. »Wir schreiben die erste Hälfte des 6. Jahrhunderts. Nebel liegt auf der Lagune. Boote gleiten durchs Wasser. Darin Magier, auf der Flucht und auf der Suche nach einem Ort, der ihnen Sicherheit gibt, nur noch Reste der Magie ihres Heimatlands im Gepäck. Sie erkennen die Lichtmagie, die der Lagune von Venedig innewohnt. Mit dem letzten Rest ihrer Magie entfesseln sie die Lichtmagie und erschaffen Venedig, als ihre neue Heimat, als ihre Zuflucht.«

»Ihre Fähigkeit war es, Artefakte zu erschaffen, die ihnen Zugang zur lokalen Magie geben«, erklärt Vit. »Hier erschufen sie die Masken.«

»Dieses Mal für sich«, holt sich Stefano die Erzählerrolle zurück. »In ihrer Heimat waren sie Sklaven, die ihren Herrschern Zugang zur Magie verschafften. Als sich ihnen die Möglichkeit bot, flohen sie.«

»Dann sind die Masken die Artefakte für die Lichtmagie der

Lagune?« Ich will das alles verstehen, jetzt. Je schneller, desto besser.

»100 Punkte«, antwortet Estelle, ohne eine Miene zu verziehen.

»Aber warum Masken? Wäre etwas anderes, Unauffälligeres nicht sinnvoller? Ein Ring?« Wenn das mal nicht nach ›Herr der Ringe‹ schreit.

Marco seufzt und schüttelt den Kopf. »Lichtmagie. Augen. Logisch?«

Vit rettet mich davor, Marco die Zunge rauszustrecken. »Fast richtig. Die Artefakte, die die Magier bei ihrer Flucht bei sich trugen, waren quasi Ringe, nur etwas größer: Armreifen.«

»Auf der ganzen Welt gibt es Magie. Sie ist immer an Orte gebunden und erfordert ganz individuelle Artefakte«, erklärt Stefano, nicht ohne etwas gereizt zu klingen. Dann verfällt er wieder in seine Erzählerstimme. »Je weiter man sich vom Magieort entfernt, desto weniger Magie steht einem zur Verfügung. Die Magier müssen ihre Armreifen opfern, um mit der darin gespeicherten Magie die Lichtmagie der Lagune zu entfesseln und die Inseln, auf denen Venedig steht, aus dem Wasser zu heben. Danach erschaffen sie die Masken, die wir heute tragen, um die Magie zu zähmen, um sie zu nutzen, für ihren Schutz, für den Aufbau von Venedig als Stadt für alle. Mit einer Flotte von Kriegsschiffen, die niemanden auf die Idee bringt, sich mit Venedig anzulegen. Sie haben Erfolg. Doch immer mehr magische Wesen kommen auf ihrer Suche nach einer neuen Heimat nach Venedig. Die Magier brauchen Unterstützung, um die Stadt zu schützen, um sie am Laufen zu halten.«

Dario schaltet sich ein. »Da kommen wir ins Spiel.«

Mit einem strengen Blick bringt Stefano ihn zum Schweigen. »Die Magierfamilien dünnten mehr und mehr aus, warum, weiß keiner. Als immer mehr Wesen mit magischen Kräften und magischen Ursprungs in Venedig Zuflucht suchen, gibt es zu viel Arbeit für zu wenig Magier. Sie erschaffen mehr Masken, wählen treue Familien aus und machen sie zu den *tutori*. Während die *tutori* Formulae benötigen, um die Magie zu benutzen, können Magier die Magie nur mit der Kraft ihrer Gedanken lenken.«

»Formulae?« Um das alles zu verstehen, muss man anscheinend eine implantierte Wikipedia-Software haben.

»Die Worte, die die Magie tun lassen, was wir möchten«, erklärt Dario. »*Arrestate* zum Beispiel.«

Stefano winkt ab. »Das erfährst du später. Jetzt wieder zu den Magiern: Teilen liegt ihnen nicht. Im 16. Jahrhundert versuchen sie Venedig wieder unter ihre alleinige Herrschaft zu bringen. Dafür gehen sie über Leichen. Wer sich ihnen in den Weg stellt, stirbt. Egal, welcher Herkunft sie sind. Aber den *tutori* gelingt es, sie aufzuhalten, und sie richten die Magier hin. Alle.«

»Sicher ist sicher?«, frage ich skeptisch. Mit Sicherheit gab es den ein oder anderen Magier, der diesen Putsch nicht unterstützt hat und den Tod nicht verdient hat.

Stefano zuckt mit den Schultern. »Eine pragmatische Entscheidung. Die *tutori* bleiben und kommen unter Staatskontrolle. Der Rat wird ins Leben gerufen, als Kontrollgremium. Zu den 24 Mitgliedern gehören die Bürgermeisterin, die Stadtteilvorsitzenden, oberste Polizeivertreter und Wirtschaftslenker et cetera pp.«

»Die wissen alle von der Magie?« Unvorstellbar …

Stefanos Blick wird hart. »Und stehen ihr nicht unbedingt sehr gnädig gegenüber. Deine Aktion hat für ziemlichen Wirbel gesorgt und alte Diskussionen losgetreten. Braucht man uns wirklich?«

Vit räuspert sich. »Der Rat ist bei der Selektion der Erwählten anwesend und segnet die Wahl ab. Aber nur pro forma. Wenn jemand von einer Maske erwählt wird, kann niemand ein Veto einlegen.«

»Nicht einmal die Erwählte«, murmle ich.

»Richtig.« Vit zwinkert mir zu. »Deshalb warten wir mit deiner Vorstellung, bis die Wogen sich geglättet haben. Als Grund schieben wir die Abwesenheit unserer *guardian grande* vor?« Er sieht zu Stefano, der nickt.

»Der Abend des Lichtfests, Ende Oktober, wäre perfekt.« Stefano wedelt mit dem Zeigefinger. »Da sind alle in Feierlaune, und keiner hat Lust, es länger als nötig in die Länge zu ziehen.«

»Gute Idee«, stimmt Vit Stefano zu.

»Rein theoretisch bist du erst nach deinem Treffen mit dem Rat offiziell Teil der *tutori*. Du und deine Maske, ihr habt den Ablauf etwas durcheinandergebracht.«

»Bis zum 25. April zu warten, war so oder so keine Option«, erinnert Vit, »Anolas Maske ging nicht ins *ritiro*.«

Stefano schnaubt. »Der 31. Oktober ist ein guter Tag.«

»Das Lichtfest, der Maskenball der *tutori*, findet immer am 31. Oktober statt«, erklärt mir Dario.

»Halloween?«, frage ich und stelle mir sofort eine riesige Halloweenparty vor.

»Ein Tag, an dem die Lichtmagie besonders intensiv ist. Deshalb auch Lichtfest«, korrigiert Stefano spitz und sieht dann zu unserem Kapitän und den anderen. »Wehe, einer von euch schmuggelt wieder diese widerlichen Kürbisse in den Festsaal!«

Sowohl Dario als auch der Kapitän grinsen, Estelle schnaubt verächtlich und Marco guckt weiterhin teilnahmslos aufs Wasser.

»Was passiert bei meinem Treffen mit dem Rat?« Auf eine weitere unangekündigte Tauchfahrt oder Ähnliches verzichte ich gerne.

»Er stellt Fragen«, antwortet Estelle. »Wo du herkommst, wer deine Eltern sind, so was. Nichts, wovon du keine Ahnung hast.«

»Es ist keine Prüfung, eher eine Formalie. Ich erkläre dir das beizeiten«, fügt Vit hinzu. Wenn Vit in dieser Sache an meiner Seite ist, wird es halb so schlimm, da bin ich mir sicher. »Am Ende gibt es ein kurzes Aufnahmeritual.« Vit bemerkt meinen Blick aufs Wasser, er lacht und schüttelt den Kopf. »Kein Wasser, nur eine Art Schwur. Mehr nicht.«

Vor lauter Informationen schwirrt mir langsam der Kopf. Aber es gibt noch ein paar Dinge, die ich wissen muss. »Wenn ich erst ab dem Treffen mit dem Rat eine *tutori* bin, wie geht es in der Zwischenzeit weiter?«

»Wir tun so, als wärst du eine.« Vit lässt seine Augenbrauen zucken. »Wie gesagt, es ist nur eine Formalität. Im Endeffekt verhält es sich mit der Magie wie mit jedem anderen Handwerk. Es muss erlernt, geübt und weitergereicht werden. Mit dem Erlernen beginnst du morgen.«

»Wo denn?« Hogwarts schießt mir sofort in den Kopf.

»Es gibt einige Räumlichkeiten in der Schule, die nur den *tutori* und Erwählten zugänglich sind. Ab morgen wirst du sie kennenlernen.«

Kennenlernen müssen, wie mir scheint. »Gehe ich in eine neue Klasse?« Der Gedanke, Cara nicht mehr an meiner Seite zu haben, bereitet mir Bauchschmerzen.

»An deinem regulären Unterricht ändert sich nichts, außer dass einige Kurse wegfallen und durch neue ersetzt werden«, antwortet Stefano.

»Die vielen AGs«, erklärt Dario.

Stefano zieht sein Smartphone aus der Innentasche seiner Weste. »Signora Lupa, die Assistentin des Vorstands, wird dir einen Stundenplan erstellen. Sie schickt dir auch eine E-Mail mit wichtigen Telefonnummern, die du bitte umgehend deiner Kontaktliste hinzufügst, damit du im Notfall einen von uns erreichst. In den ersten zwei Wochen greift der Stundenplan allerdings noch nicht. Du wirst eine Einführung in die Magie und die magische Seite Venedigs erhalten, außerdem gesonderten Unterricht, um die Handhabung der Magie zu erlernen. Eine unerlässliche Grundlage für die AGs. Für all das bekommst du einen Supervisor zur Seite gestellt. Traditionellerweise übernimmt das ein Familienmitglied, wenn möglich. Es trifft sich hervorragend, dass Marco seine Ausbildung bereits abgeschlossen hat.«

»Wie bitte? Marco soll mein Supervisor werden und mich unterrichten?«

Auch Marco hat sich aufgerichtet und wirkt alles andere als einverstanden. Vit hebt beschwichtigend die Hände. »Leider kann ich das nicht übernehmen. Ich bin Teil des Vorstands, und als solcher ist es mir untersagt, als Supervisor tätig zu werden. Deshalb übernimmt der nächste *tutori* aus der Familie. Marco.«

»Aber …« Meine Gedanken rasen. »Ist das nicht ziemlich viel Aufwand. Zu viel für jemanden, der studiert und Nachhilfe gibt?«

»Marco wird in anderen Bereichen entlastet.« So wie Stefano es betont, ist schon alles in Stein gemeißelt.

Sogar Vit fällt mir in den Rücken. »Ich halte das für eine gute Idee. Wer weiß, vielleicht tut es euch gut. Immerhin seid ihr Geschwister.« Sein hoffnungsvoller Blick bringt meinen Protest zum Schweigen. Ich sacke auf die Bank zurück.

Neben Schule, meinem Job im Maskenladen, der aufgebrummten Nachhilfe und den Magie-AGs bleibt kaum noch Zeit zum Schlafen. Vom Maskenball mal ganz abgesehen.

»Mach dir keine Sorgen«, beruhigt mich Vit. »Es ist viel, aber es macht Spaß.«

»Ich glaube, wir haben das Gröbste jetzt geklärt. Ich bin mir sicher, die Zeit bringt weitere Fragen. Sie werden alle beantwortet. Luca«, Stefano wendet sich an unseren Kapitän, der die Augenbrauen hebt, »sei so gut und bring uns zurück. Anola, komm doch bitte mit in die Kajüte, dann kann ich den Papierkram auf den Weg bringen. Du kannst auch noch Tee haben.«

Etwas widerwillig folge ich Stefano und Luca in die Kajüte. Während ich mich zu Stefano an den kleinen Tisch setze, lässt

Luca den Motor aufheulen und das Boot setzt sich in Bewegung. Stefano holt einen Aktenkoffer hervor, in dem er zuerst den Dolch verstaut und dann einen Laptop herausholt und aufklappt. Nach ein paar Klicks sieht er wieder zu mir. »Für den Bericht brauche ich ein paar Informationen von dir.«

Also teile ich Stefano meine Adresse, Telefonnummer, Allergien und alles, was sonst so zu mir gehört, mit.

Weil er kommentarlos vor sich hin tippt, räuspere ich mich irgendwann. »Das mit dem Glitzern hat jetzt ein Ende, oder?«

Stefano starrt weiter auf den Bildschirm. »Der Glitzer, oder das *luce magica* – Magieleuchten –, wie wir es nennen, taucht nur auf, wenn man die Maske trägt. Die Zeit zwischen Selektion und Initiation war bei dir sehr lang. Da kann es passieren, dass es recht intensiv ist.«

Mein Mund wird trocken. »Nur zwischen Selektion und Initiation glitzert es?«

»Und beim Tragen der Maske.« Jetzt sieht Stefano doch auf. »Warum?«

»Nur so«, beeile ich mich zu sagen. Was ich denke, ist: Shit. Was ist mit dem Glitzern bei Sonnenuntergang, das ich lange vor der Selektion gesehen habe? Okay. Atmen, Anola. Einen Schritt nach dem anderen.

»So, noch ein letzter Punkt«, reißt mich Stefano aus meinen Gedanken. Mein Puls rast trotzdem weiter. »Darf ich deine Handinnenfläche sehen? Danach bist du entlassen.«

Mit einem mulmigen Gefühl zeige ich Stefano meine Handinnenfläche. Auch er dreht seine Hand um. In der Mitte seiner Handfläche ist eine helle Narbe in Form eines Sterns zu sehen. »Jeder bekommt bei der Initiation ein Zeichen, das sogenannte *segno*.«

»Hat es eine Bedeutung?« Ich zeige ihm mein *segno*. »Meins ist ein ganz anderes.«

»Oft hat es mit der Familie zu tun, aus der man stammt. Allerdings …« Er mustert die drei Wellenlinien in meiner Hand. »Darf ich?«

Ich nicke und er zieht meine Hand etwas zu sich, setzt seine Brille auf, die er aus seiner Westentasche zieht, und studiert meine Hand. »Ich hätte erwartet, dass du dasselbe *segno* trägst wie dein Vater und Marco«, sagt er schließlich. »Aber gut, die Magielinien sind so verwässert, dass das *segno* keine Aussagekraft mehr hat.«

»Früher schon?«

»Nicht wirklich. Sie zeigten nur die Zugehörigkeit zur Magierfamilie. Seitdem diese nicht mehr existieren, sind sie irrelevant.«

»Wie ein Brandzeichen bei Pferden? Damit man immer schön sieht, zu wem man gehört?«

Ein Schnauben kommt von Luca, der offensichtlich nicht nur ein Boot steuern kann, sondern auch über gute Ohren verfügt. »Das *segno* gehört in eine andere Ära. Als die *tutori* dem Rat unterstellt wurden, geriet es in Vergessenheit. Keine Magier, keine Zugehörigkeit. Nur noch der Dienst gegenüber der Stadt.«

Stefanos Lippen verziehen sich. »Luca springt ab und zu in der AG Geschichte Venedigs ein und er ist sehr an der Geschichte der *tutori* interessiert.«

»Ich bin an der Geschichte der Lagune interessiert.« Luca wirft einen kurzen Blick über die Schulter. Ein, zwei Sekunden starren die beiden sich an, dann hopst das Boot über eine Welle und Luca sieht wieder nach vorne.

»Eins noch«, sagt Stefano, »es besteht absolute Geheimhaltungspflicht über die *tutori*, die Magie, die Masken und die Rolle Venedigs. Auch gegenüber Freunden, Familie und Liebhabern. Sollten wir erfahren, dass du dich nicht daran hältst, wird das Konsequenzen haben.«

Liebhaber? Das Wort aus seinem Mund zu hören, verdirbt jede Lust auf etwas Romantisches. Weil mich Stefano streng ansieht, schiebe ich ein schnelles »Verstanden« hinterher. Das Boot macht erneut einen kleinen Sprung und Stefano springt auf. »Entschuldige mich. Wir sind ja fertig.« Dann stürmt er ein paar Stufen nach unten in den Bauch des Bootes und ich bin ihn endlich los.

»Er hat es nicht so mit Booten.« Dieses Mal sieht Luca mich an. »Anola? Richtig?«

»Ja. Und du bist Luca.«

Ein Nicken. »Du bist die Tochter von Antonio.«

»Wieder richtig.«

Wieder ein Nicken. Gerade als ich aufstehe und nach draußen zu den anderen gehen will, spricht Luca wieder. »Das *segno* ist zwar unwichtig, aber darf ich es sehen?«

Ich stelle mich neben ihn und strecke meine Hand aus. »Weißt du, aus welcher Magierlinie es stammt?«

Luca sieht auf meine Hand hinab. »Nein. Leider. Aber es lässt sich herausfinden.«

»Ist es denn wichtig?«

»Für die Neugierigen schon.«

»Meine Neugier hat mich hierhergebracht. Ich denke, ich konzentriere mich vorerst auf die essenziellen Dinge. Zaubern lernen und so.«

»Immer ein guter Anfang.«

Wir sehen uns an. Etwas Hartes liegt in seinen Zügen, dabei wirken seine Augen gar nicht so. »Du bist also auch ein *tutori*?« Boa, was für eine dumme Frage …

Doch Luca nickt. »Seit fast vier Jahren. War eine Überraschung.«

»Hast du auch eine Maske illegal aufgesetzt?«

»Nein.« Luca lacht kurz auf. »Ich habe nur nicht damit gerechnet, dass mich eine Maske auswählt. Ich selbst«, er zögert und blickt aufs Meer, »gehöre nicht zu diesen alten Familien, von denen sie dir erzählt haben. Ich habe mich aber daran gewöhnt.«

»Magst du es?«

»Es ist, was ich bin. Du wirst dich da reinfinden. Das tun alle.«

»Ich hoffe …«

Luca wendet mir wieder das Gesicht zu. Wieder ist sein Blick merkwürdig weich. »Es tut mir leid mit deinem Vater.«

Ah. Er kannte ihn. Weil mir der Schädel dröhnt und ich keine Lust habe, über Papa nachzudenken, sage ich »Danke« und wende mich zum Gehen. Dann bleibe ich allerdings abrupt stehen. Luca sieht mich fragend an. »Trägst du Kontaktlinsen?«

Luca lacht auf und die Ernsthaftigkeit verschwindet. Das steht ihm viel besser. »Nein. Born this way.«

Als ich das Deck betrete, steht Vit auf. »Alles okay?«

»So okay, wie es geht?«

»Lass dir Zeit, das alles zu verarbeiten. Ich bin stolz auf dich.«

»Es klingt eher so, als hätte ich gar keine Zeit mehr.«

Vit mustert mich, dann lehnt er sich zu mir und flüstert in mein Ohr. »Ich kenne kein Mädchen, das besser darin ist, sich neue Dinge zu eigen zu machen, als du. Sei einfach du selbst.« Er zwinkert mir zu und gesellt sich zu Stefano, der mit graugrünem Teint wieder aufgetaucht ist. Ich setze mich auf meinen alten Platz.

»Die Fragestunde überstanden?«, fragt Dario in die Stille hinein.

»So viel Bürokratie für Magie, ich hätte es mir nicht träumen lassen.« Mein Blick wandert zu Estelle, die jetzt eine Sonnenbrille trägt. »Seid ihr noch in der Ausbildung?«

Marco lacht. »Je begabter man ist, desto schneller ist man durch. Nur Estelle befindet sich noch in der Ausbildung.«

»Die ich dieses Jahr abschließe«, wirft sie ein und ihr Lächeln wird noch selbstbewusster.

»Mach dir keinen Stress.« Dario zuckt mit den Schultern. »Es ist nicht kompliziert.«

»Wenn man genug im Kopf hat«, wirft Marco ein.

»Was möchtest du damit sagen?«, frage ich gespielt höflich zurück.

»Dass ich mich frage, ob du die nötige Konzentration aufbringst, um die Ausbildung zu schaffen. Immerhin lässt du dich gerne von unnötigen Dingen ablenken.«

»Dass wir unterschiedliche Meinungen haben, was und wer unnötig ist, wissen wir mittlerweile beide, oder?«

Marcos Stirn legt sich in Falten und er lehnt sich vor. »Das hier ist kein Spiel, Anola. Wenn du nicht konzentriert bei der Sache bist und Ärger machst, geht uns das alle etwas an.«

»Dich geht gar nichts an!«, fauche ich.

»Wenn mein Leben auf dem Spiel steht, dann geht es mich etwas an.«

Ein bitteres Lachen kommt mir über die Lippen. »Mister Drama-King ist an Bord, Achtung, Achtung! Leben und Tod, du hast sie doch nicht alle.«

Marco setzt zu einer Antwort an, aber Dario hebt die Hände und geht dazwischen. »Leute, kommt runter. Wenn ihr euch gleich am ersten Tag zerfleischt, was wollt ihr an den restlichen machen?«

Marco fällt zurück auf seinen Platz. Dario hat recht, das weiß ich. Ich atme tief durch und bücke mich zu meinen nassen Sandalen, ziehe sie von meinen Füßen und lege sie in die Sonne neben mich. Für eine Weile ist da nur das Geräusch des Motors und der Fahrtwind.

»Geht es dir gut?« Dario sitzt, seine Unterarme auf die Knie gestützt, da und mustert mich.

»Solltest du dich nicht um deinen besten Freund kümmern?«

»Der muss erst mal ausdampfen. Also?«

»Es ist alles etwas viel.«

Darios Blick schweift über die Lagune. »Es wird noch verrückter, glaub mir. Aber es ist okay.«

Venedigs Silhouette ist zauberhaft. Vor allem, weil sie nicht mehr glitzert.

»Manchmal ist okay genug«, erwidere ich laut genug, um Darios Augenbrauen nach oben wandern zu lassen.

»Dein Dad fände deine Erwählung ziemlich cool.«

Klar. Als bester Freund meines Halbbruders kennt er meinen Vater. Wie gut, ist die Frage? Hat er mehr Zeit mit ihm verbracht als ich? »Meinst du?«

Dario nickt. »Absolut.«

Aber wenn mein Vater von all dem wusste, warum hat er nie auch nur ein Wort gesagt? Wenigstens eine Andeutung. Geheimhaltung hin oder her. Wenn Marco Bescheid wusste, hätte er auch mir vertrauen können. »Wenn man als *tutori* arbeitet, wie funktioniert das? Ist das ein Ehrenamt? Bekommt man ein Gehalt?«

»Klar. Du wirst auch ein Taschengeld bekommen. Ein Job nebenbei ist bei dem Pensum kaum drin.«

Meinen Job gebe ich ganz sicher nicht auf. Maskenmachen ist mein Highlight.

»Es ist ein Fulltime-Job, wenn du begabt bist«, fährt Dario fort. »Venedig ist nur aus einem Grund entstanden, als Zufluchtsort für diejenigen, die nirgendwo sonst hinkönnen. Heute ist das immer noch so. Magische Wesen kommen hierher, um in Freiheit und Ruhe zu leben.«

»Magische Wesen? Wie Hexen? Feen? Trolle?« Hätte ich nicht eben einen Tauchgang ohne Sauerstoff überlebt, würde ich bei den Worten an meinem Verstand zweifeln.

»Viele Feenarten sind schon seit Ewigkeiten ausgestorben. Leider. Hexen, ja, die gibt es in Venedig. Es gibt zig Arten von Wesen, die mit Magie zu tun haben. Manche von Geburt an, manche erst später.«

»Das ist ...«

»Unglaublich?«, vervollständigt Dario meinen Gedanken.

»So in etwa, nur hoch drei. Wieso kommen sie gerade nach Venedig?«

Estelle lehnt sich jetzt ebenfalls vor und streift dabei Darios Oberarm mit ihrem. Wie Dario reagiert, sehe ich nicht, denn er wendet ihr sein Gesicht zu. »Venedig ist ein magischer Ort. Es zieht sie hierher, wenn sie nicht wissen, wohin. Es sind Geflüchtete, die schlimme Sachen er- und vor allem überlebt haben. Sklaverei, Slums, Verfolgung. Unsere Pflicht ist es, sie zu schützen. Venedig zu schützen, damit es immer einen Ort gibt, an dem Wesen wie sie leben können. Ohne Unterdrückung und Ausbeutung.«

»Und was macht ihr so den ganzen Tag?«

»Wir kümmern uns darum, dass die Regeln eingehalten werden«, sagt Estelle.

Dario lehnt sich zurück. »Manchmal gibt es Streit. Manche halten sich nicht an die Regel, keine Magie zu benutzen, wenn Menschen in der Nähe sind. Manchmal müssen Rituale vollzogen werden, die wichtig für die einen, aber ein Dorn in den Augen der anderen sind. Kleinscheiß.«

Estelle richtet sich empört auf. »Kleinscheiß? Schon mal zwei besoffene Erdgeister davon abgehalten, den halben Echten Markt zu zerlegen?«

Dario verdreht die Augen. »Zwei Flaschen Met von den Uhrmachern, und schon sind sie wieder best buddies.«

Estelle schnaubt genervt. »Google mal den Begriff ›Streitschlichtung‹! Das funktioniert auch ohne Alkohol.«

»Das ist euer Leben? Für immer?« Das Entsetzen in meiner Stimme bringt Dario zum Lachen. Aber das war es noch nicht mit meinen Fragen: »Und was ist der Echte Markt? Gibt es einen Unechten?«

»Erstens: Der Echte Markt ist der verborgene Markt der Magischen. Offiziell heißt er *mercato dei liberi*, aber alle nennen ihn nur den Echten Markt. Er bleibt vor allen verborgen, die nichts mit

Magie zu tun haben«, erklärt Dario, »und zweitens ist es nicht so merkwürdig, wie es sich anhört. Wir haben schon noch ein Leben. So ist es nicht. Ich studiere Architektur. Marco BWL. Estelle will Ärztin werden. Ich gehe auch gerne feiern. Eine Maske zu tragen, kommt nicht dem Eintritt ins Kloster gleich und das Zölibat musst du auch nicht ablegen. Es ist eine Bestimmung, um die man sein Leben arrangiert.«

Gut, damit kann ich leben. Vielleicht. »Wo studierst du?«

»An der Università Iuav di Venezia, ich bin im vierten Semester.«

»Musst du nicht dieses Semester eine Projektarbeit für die Biennale machen?«

Dario mustert mich interessiert. »Woher weißt du das?«

Ich zucke mit den Schultern. »Ich sehe mir die Biennale gerne an. Ich mag es, wenn Kunst und Architektur zusammenkommen.« Dass ich bei der Recherche nach einem Kunststudium über seinen Studiengang gestolpert bin, lasse ich unter den Tisch fallen. Noch mehr Sprüche von Marco darüber, wie unnötig Kunst ist, vertrage ich nicht.

Darios Augen leuchten auf. »Da kann ich dir ein paar sehr gute Spots zeigen.«

»Spots?«

»Für Streetart und Architektur. Auch die magische Szene ist künstlerisch nicht zu verachten.«

»Ähm, gerne, also, ich meine …« Dario bemerkt meinen Blick zu Marco, der uns mittlerweile beobachtet.

Sofort wirkt Dario distanzierter. »Du kannst es dir ja überlegen. Da! Dieser Anblick ist der Himmel.«

Ich drehe meinen Kopf. Der Dogenpalast strahlt hell in der Sonne, auch das Gold am Markusdom funkelt. Ein Meer aus roten Ziegeln erstreckt sich dahinter. Eingerahmt wird all das von strahlend blauem Himmel und türkisblauem Wasser. Immer mehr

Details sind zu erkennen, je näher wir kommen. Die Seufzerbrücke über dem Kanal hinter dem Dogenpalast, die schwarzgoldenen Gondeln, die vor dem Markusplatz sanft im Wasser schaukeln, links davon das Grün der Bäume in den Giardini Reali.

Scheint so, als bekämen wir doch noch eine Chance, Venedig. In meiner Brust lockert sich der Knoten ein kleines Stück, der mir seit Papas Tod jeden Tag die Luft mal mehr, mal weniger abschnürt. Die vielen Fragezeichen, die immer noch in meinem Gehirn herumspringen, müssen sich gedulden. Es gibt Magie. In Venedig. Wie abgefahren ist das bitte?!

Den Rest des Weges verbringen wir schweigend. Venedig so glitzerfrei erleben zu dürfen, lässt mich aufatmen und staunen. Die Palazzi links und rechts des Canal Grande, die vielen kleinen Kanäle, die ins Innere der Stadt abzweigen. Die Rufe der Seemöwen, die vielen Menschen, die Venedig als Städtetrip mitnehmen. Sie haben keine Ahnung, was es mit dieser Stadt auf sich hat, genau wie ich bis vor ein paar Stunden.

Immer wieder muss ich tief durchatmen, muss ich den Fahrtwind spüren, nur damit ich sicher bin, dass das alles kein Traum ist. Oder Albtraum, schiebt der Sicherheitsfreak in mir nach. Was, wenn diese magische Sache mich in eine Ecke drängt, in die ich nicht möchte? Was, wenn ich gar nicht das Zeug zur *tutori* habe? Immerhin trage ich ein anderes *segno* als Papa und Marco, die beide gut in ihrem Job waren und sind. Wie gerne würde ich Papa anrufen, ihn fragen. Mich von ihm umarmen lassen.

Voilà, wie jedes Mal, wenn ich bei diesem Gedanken ankomme, zieht sich mein Herz zusammen. Dass er dieses hochhaushohe Geheimnis mit sich herumgetragen hat, ist unvorstellbar. Und es tut weh. Hätte ich die Wahrheit gewusst, es hätte so vieles einfacher gemacht. Nicht nur den Umzug, sondern auch Papas ständige Abwesenheit.

Das Boot legt an, und erst als ich aussteige, bemerke ich, dass wir gar nicht zur Schule gefahren sind, sondern zum Campo Santa Margherita, wo ich zu Hause bin.

Während Dario und Estelle mir »Ciao!« zurufen, starrt Marco in die entgegengesetzte Richtung. Das wird ein Spaß …

Vit stellt sich neben mich. »Alles gut?«

»Das wird sich noch zeigen. Muss ich auf irgendetwas aufpassen? Ich würde ungern aus Versehen mir oder anderen die Magie auf den Hals hetzen.«

»Das kann nicht passieren, mach dir keine Sorgen.« Vit drückt mich und ich lasse es zu. Die Wärme seines Körpers bringt die Müdigkeit in meinen Knochen hervor und ich muss gähnen. »Ruh dich gut aus, dann sieht die Welt morgen schon viel bunter aus. Alles andere hat Zeit.«

Mir brummt der Kopf, wenn ich nur an die nächsten Tage denke. »Ein Leben lang, nicht wahr?«

Die Ironie in meiner Stimme scheint Vit nicht wahrzunehmen, denn er strahlt plötzlich übers ganze Gesicht. »Das Leben ist eine Reise, deren Zeit man nutzen sollte. Jetzt los, wir sehen uns morgen.«

Wachtraummäßig gehe ich über den Platz, vorbei am Brunnen, den mittlerweile vollen Cafés und den Platanen. Vielleicht hatte ich einen Unfall und liege im Koma. Aber dafür fühlt sich alles zu real an. Das harte Pflaster unter meinen Sandalen, die Riemen meines Rucksacks auf den Schultern, der Geruch des Meeres. Weil es gerade mal Mittag ist, Mama arbeitet und Nonna irgendwo in Venedig ihre Kristallkugel zum Glühen bringt, bin ich allein, als ich die Wohnungstür hinter mir zuziehe. Für eine Millisekunde denke ich an Cara, aber als ich auf mein Bett sinke, verschwindet der Gedanke genauso schnell, wie meine Augen sich schließen.

Kapitel 11

Ein Waffeleisen voller Lügen.

Ein Rumpeln lässt mich hochfahren und nach Luft schnappen. Was war das? Wo bin ich? Dämmriges Licht dringt durch ein offenes Fenster und die Gardinen davor. Sie bewegen sich leicht im Wind, umspielen den Sockel einer Staffelei, die neben dem Fenster steht. Davor liegt ein Rucksack.

Mein Rucksack.

Zuhause.

Das ist mein Zuhause.

Das Rumpeln ist das Geräusch eines Bootes, das unten im Kanal anlegt. Kisten, die abgestellt und über Steinboden geschleift werden. Kein Glitzer, der eben noch im Traum nach mir gegriffen hat, keine Magie, die auf mich zuschießt und mich in die Tiefe zieht. Langsam setze ich mich auf, auch wenn mich die Schwerkraft wieder in mein kuschliges Bett ziehen will. Wie lange habe ich geschlafen? Kaum berühre ich meinen Sonnenaufgangswecker, leuchtet die Uhr auf.

6:39

Okay, das ist krass. Ich habe einen ganzen Tag verschlafen. Wieso hat mich niemand geweckt?

Auch wenn jede Bewegung ein Pochen hinter meinen Augen auslöst, schäle ich mich aus dem Bett. Mein Handy finde ich im Rucksack. Es ist so tot, dass es selbst beim Einstecken des Kabels keinen Mucks von sich gibt. Gut, muss die Welt warten.

In der Küche herrscht Chaos. In einer Schürze steht Mama am Waffeleisen.

»Guten Morgen«, sage ich, und meine Stimme klingt so heiser, als wäre ich Kettenraucherin.

Mama wirbelt zu mir herum. »Hab ich dich geweckt? Es sollte eine Überraschung werden.«

Mama ist eine ganz passable Köchin, aber Waffeln macht sie nur im Notfall. Ein Räuspern lässt mich noch einen Schritt in die Küche machen. Am Esstisch sitzt Vit mit einer angebissenen Waffel vor sich auf einem Teller und einer Kaffeetasse in der Hand. Rote Rosen und lila Hasen – wieder ein Muttertagsgeschenk.

Auch Nonna sitzt am Tisch und legt das Tablet mit ihrer allmorgendlichen Zeitung beiseite. »Lasst die Wahrheit herein.«

Mama wirft Nonna einen bösen Blick zu. »Mama, halt dich da raus.«

Mich trifft die Erkenntnis wie ein Schlag und ich schaue Mama an. »Du wusstest es.«

Sofort plappert sie los. »Dein Vater hat es mir erzählt, als du vier warst. Ich hatte mit der Trennung gedroht, weil er nicht wollte, dass wir ihn hier besuchen.« Bei der Erinnerung schüttelt sie sich. »Ich habe ihm versprochen, es für mich zu behalten, bis es so weit ist, und ich meine«, sie lächelt hoffnungsvoll, »vielleicht wäre es nie so weit gekommen. Aber, na ja, Vit hat mich gestern angerufen.«

»Und du hast kein Wort zu mir gesagt?« Sogar die Kopfschmerzen setzen kurz aus.

»Dein Vater hat gegen den Codex der *tutori* verstoßen, weil er unser Geheimnis weitererzählt hat. Das hätte schwere Konsequenzen haben können, wäre es rausgekommen«, erklärt Vit. »Es war besser, dich nicht einzuweihen. Vielleicht wärst du nie auserwählt worden. Wie geht es dir, Anola?« Vit lächelt mich an, als wäre damit alles okay.

Wollen die mich verarschen? »Wie es mir geht? Meine Mama plaudert mit meinem Onkel bei Waffeln und Kaffee über ein Geheimnis, das mein Leben von Grund auf verändert, und sie kam nicht auf die Idee, mich einzuweihen? Wir ziehen in eine Stadt, die aus Magie besteht! Du schickst mich auf eine Schule, die nur dafür da ist, *tutori*-Nachwuchs zu züchten, und du hältst es nicht für nötig, mir auch nur ein Wort zu sagen?«

»Du hättest es mir nie geglaubt«, verteidigt sie sich.

Der Punkt geht an sie. Aber das ändert nichts daran, dass ich mich verraten fühle. »Du hättest es versuchen können. Ich wollte in Trient bleiben, bei meinen Freunden, zu Hause! All das wäre nie passiert!« Urplötzlich scheine ich zu versinken, in Trauer und Wut. »Ich besitze jetzt eine fucking magische Maske, die ich erst loswerde, wenn ich sterbe! Ich muss Pseudo-Polizeipflichten erfüllen, ohne dass ich eine Wahl habe! Du hättest mich raushalten können. Mich ein normales Leben führen lassen. Stattdessen sind wir hergekommen. Dir war egal, was ich wollte. Hast du eine Ahnung, wie beschissen sich das anfühlt?«

Mama presst die Lippen aufeinander. Vit setzt an, etwas zu erwidern, doch Mama schüttelt den Kopf und er schweigt. »Ich kann mir nicht ansatzweise vorstellen, wie das für dich ist. Wir mussten umziehen. Du bist die Nachfahrin einer wichtigen *tutori*-Familie, du solltest eine Chance bekommen, dein Erbe anzutreten. Dafür musst du die letzten beiden Schuljahre im *Palazzo Tutori* zur

Schule gehen, für die Auswahl, für die Vorbereitung. Dein Vater wollte, dass du verstehst, wo du herkommst.«

»Woher ich komme?« Ich fasse es nicht. »Als ob euer pseudospiritueller Esoterik-Hokuspokus nicht reicht! Im Moment weiß ich nicht einmal, ob ich Papa gekannt habe.« Mama schnappt nach Luft, aber es ist mir egal. »Er hatte so viele Geheimnisse vor mir und es werden immer mehr. Jetzt fängst du auch noch an. Und du!« Ich deute auf Vit. »Alles verdreht sich, wird noch komplizierter! Ich will nur in Ruhe zur Schule gehen, Masken machen, malen. Wie soll ich das alles unter einen Hut bringen?«

»Was das angeht«, beginnt Vit, »kann ich dich beruhigen. Die *tutori* in Ausbildung erhalten ein Taschengeld. Du musst also nicht mehr im Maskenladen arbeiten.« Er lächelt, als wäre das etwas Gutes. Dabei ist der Laden das Einzige, was mich im letzten Jahr zusammengehalten hat, und jetzt nimmt er mir das weg.

»Ich will aber im Laden arbeiten. Ich will Masken machen und verkaufen.«

»Dafür wird dir keine Zeit bleiben.« In Vits Stimme liegt Bedauern. »Selbstverständlich kannst du ins Atelier, wann immer du willst.«

Ich reibe mir über die Augen. Das muss ein Albtraum sein. Die mitleidigen Blicke von Mama und Vit verschlimmern es nur noch. Nonna mustert mich, ohne eine Miene zu verziehen. Aber: Ich bin immer noch in Venedig. In einer Realität, von der ich kein Teil sein will.

»Setz dich doch und wir frühstücken.« Mama rückt einen Stuhl am Tisch zurecht. »Dabei können wir in Ruhe reden. Ich kann mir vorstellen, dass das ein Schock ist, dass –«

»Du kannst es dir vorstellen?«, unterbreche ich Mama. »Du hast nicht die geringste Ahnung, wie es mir seit Papas Tod geht.« All die Angst, die Panik, die der Glitzer in mir zum Leben erweckt hat, die schlaflosen Nächte. Kein Wort habe ich zu ihr gesagt, weil sie selbst neben der Spur war. Eigentlich kennt sie mich gar nicht mehr. So wie ich Papa anscheinend kaum kannte. Mein Puls beschleunigt sich abrupt. Ich muss hier raus. Wenn ich noch länger in diesem Raum bleibe, explodiere ich. Wortlos drehe ich mich um und verschwinde ins Bad. Schnell drehe ich die Dusche auf, dann muss ich Mamas Worte nicht hören, die sie auf der anderen Seite der Tür sagt. Ich will ihre Ausreden weder hören noch verstehen. Wenn sie einen Moment lang überlegt hätte, was das Beste für mich ist, nach Papas Tod, dann hätte sie mich nicht aus Trient weggerissen. Aber das ist gar nicht das Schlimmste, merke ich. Die Welt ist anders als gedacht, Papa hatte ein Leben, von dem ich rein gar nichts wusste. Wie viel von dem, was ich als *unser* Leben kannte, war echt?

Meine Klamotten landen auf dem Boden und ich stelle mich unter den Wasserstrahl. Versinken, wegbeamen. Raus aus meinem eigenen Leben. Jetzt.

Erst als ich die Wohnungstür höre, komme ich wieder aus dem Bad heraus. Sauber und leer geweint. Schnell werfe ich mir ein Shirt über und schlüpfe in Shorts. Ziehe meine Sneaker an, stecke mein Handy ein, ohne einen Blick draufzuwerfen. Mit meinem Rucksack auf dem Rücken hole ich mir in der Küche noch eine Banane. Auf dem Küchentisch steht eine Tupperbox mit Waffeln. Ein Zettel liegt daneben.

Ich hab dich lieb. Mama

Wie kann man jemanden nur so lieb haben und trotzdem gleichzeitig stinksauer auf die Person sein? Ich stecke ihren Zettel ein. Die Dose mit den Waffeln schiebe ich in meinen Rucksack, nicht ohne eine davon herauszunehmen. Wenn ich schon sauer bin, dann wenigstens satt.

Kaum trete ich durch das Eingangsportal der Schule, fängt mich Estelle ab.

»Du bist spät dran«, flötet sie genervt und begleitet mich über den mittlerweile leeren Innenhof. Aus den Fenstern höre ich noch Stimmen. Der Unterricht startet jeden Moment.

»Dir auch einen guten Morgen«, erwidere ich und bleibe stehen. »Hast du auf mich gewartet?«

»So kurz vor Unterrichtsbeginn hänge ich immer hier rum, anstatt mich auf die Stunde vorzubereiten.« Ironie tropft aus jeder ihrer Silben.

Weil ich darauf absolut keinen Bock habe, gehe ich weiter. »Dann hast du Glück und kannst jetzt zu deinem heiß geliebten Unterricht gehen.«

Doch Estelle folgt mir. »Statt einen auf cool zu machen, wäre es begrüßenswert, wenn du deine Mails checkst oder dein Handy einschaltest. Dann müsste ich dir nicht wie eine Nanny hinterherrennen.«

Ähm, hallo? Für wen hält sie sich? Sie wird mir von Sekunde zu Sekunde unsympathischer. »Mails? Was ist das?«

Estelle blinzelt mich kurz an, dann lacht sie. »Diese Art von Humor, verstehe.« Sie seufzt. »Marco meinte schon, du hättest eine spezielle Art.«

Bei der Erwähnung von Marco zuckt sofort eine kleine Welle Wut durch mich hindurch. »Dann hat Marco ein Merkblatt zu mir rausgegeben?«

»Nicht direkt. Wir sind eng befreundet.«

Jetzt wundere ich mich nicht mehr, wieso ich sie nicht sehr sympathisch finde. »Mach dir keine Gedanken, jede kommt mal auf einen Irrweg. Jetzt entschuldige bitte, ich hab's eilig. Kunst.« Wie auf Kommando läutet die Schulglocke und ich beschleunige meine Schritte. »Bis dann.«

»Nicht so schnell!«, ruft Estelle und folgt mir. »Du findest deinen neuen Stundenplan in den Mails, mit dem Vermerk, dass du heute nicht mit Kunst startest.«

Abrupt drehe ich mich zu ihr um. »Bitte was? Ich habe gestern schon gefehlt und kann heute nicht noch mal wegbleiben.« Ich will nicht fehlen. Kunst ist das beste Fach in diesem Laden und ich brauche eine Dosis davon.

»Deine Lehrer und Lehrerinnen sind informiert«, erklärt Estelle. »Wie jeder von uns startest du mit einem Crashkurs in Formulae.«

»Kannst du mir auch erklären, was das bedeutet?«

»Dir wird gezeigt, wie du Magie benutzt. Die normalen Unterrichtsfächer müssen warten, alles andere wäre Zeitverschwendung. Wenn du es geschafft hast, wechselst du in den offiziellen Kurs.«

»Aber … ich …« Ich sehe hoch, zum Kunstsaal. Die Fenster stehen weit offen, Lachen dringt an meine Ohren.

»Anweisung von oben«, unterbricht mich Estelle. »Wir alle müssen Dinge tun«, ihr Blick wandert über mich und ein Ausdruck von Genugtuung tritt in ihr Gesicht, »die wir nicht gerne tun. Hier entlang.«

Damit schlägt sie den Weg nach rechts ein, zum Trakt der *tutori*. Das darf nicht wahr sein! Ich habe keine Lust, ihr hinterherzudackeln, andererseits habe ich keine Wahl. Und je schneller ich das mit dieser Magie hinbekomme, desto schneller bekomme ich meine Freiheit zurück. Denn mich an diese Fremdbestimmung zu gewöhnen, halte ich für unmöglich. Also folge ich Estelle wortlos, krame dabei mein Handy aus der Tasche und schalte es ein. 23 Nachrichten allein von Cara poppen auf. An sie habe ich heute noch gar nicht gedacht. Mist. Während ich Estelle durch einen Innenhof folge, den ich noch nie gesehen habe, tippe ich eine Nachricht an Cara:

Es ist alles gut … also … okay …
Mein Akku war alle und ich hab ewig gepennt.
Ich hab gerade keine Zeit zu erklären, später mehr, okay?

Sofort springt Caras Status auf *online* und auf *Cara schreibt …*

Hast du eine Ahnung, was für Sorgen ich mir gemacht hab?!
Ich besorg dir eine Powerbank!

Ich muss grinsen und tippe schnell eine Antwort:

Tut mir leid!!!!! Ausrufezeichen!!!!
Es sind verrückte Sachen passiert.
Du bekommst die volle Info-Ladung, sobald ich Zeit hab.
Drück dich!

Drück dich zurück! Und:
Meld dich, wenn du persönlich Zeit hast.
Ich hab keine Lust, das alles auf dem Display zu lesen.
Ich will dein Gesicht sehen!
Damit ich sehen kann, ob noch alles dran ist!

Mach ich!

»Du kannst dein Handy direkt wieder wegstecken«, höre ich Estelles Stimme. Sie steht an einer Tür zu einer schmalen Treppe. »Es wäre besser gewesen, du hättest dir den Weg gemerkt, statt zu chatten.«

Mit einem letzten vorwurfsvollen Blick beginnt sie, die Treppe hochzusteigen. Kaum habe ich ein paar Stufen hinter mich gebracht, weiß ich, wo ich bin: auf der Superior-Treppe, die zu dem Saal führt, in dem ich Dario das erste Mal begegnet bin – wenn man Papas Beerdigung außen vor lässt. Auch dieses Mal bleibt mir der Atem weg, als ich den lichtdurchfluteten Saal betrete. Estelle scheint seine Schönheit nicht mehr wahrzunehmen. Nachdem sie die Tür hinter mir geschlossen hat, zieht sie ihre Maske aus ihrer Tasche und setzt sie auf. Bei unserem ersten Treffen mit Maske war ich zu abgelenkt, sie mir genauer anzusehen. Sie besteht aus schwarzem Leder, mit Lilien verziert. »Das ist das Herzstück der *tutori*. Setz deine Maske auf.«

»Bitte, danke«, murmle ich, ziehe aber meine Maske heraus. Meine Finger kribbeln, als ich sie aus meiner Tablet-Hülle hole, in die ich sie gesteckt habe, um sie zu schützen. Mein Herz schlägt mir bis zum Hals, als ich sie aufsetze. Plötzlich sehe ich die Goldfäden der Magie, die im Sonnenlicht funkeln. Sie fließen durch den Stein wie Adern.

»Staunen kannst du später.« Estelle deutet auf die Wand mit der riesigen Vitrine voller Masken. »Hier entlang.«

»Durch das Regal?« Sofort fällt mir Darios plötzliches Auftauchen wieder ein. »Gibt es eine Geheimtür?«

»Etwas in der Art.« Das erste Mal lächelt Estelle, und zwar auf die nette Art und Weise. Sie dreht sich zum Regal um. »*Aproporta.*«

Aus dem Nichts erscheint eine Tür, mitten im Regal. Sie besteht aus den gleichen Glitzerfäden, die den Raum durchziehen.

»Heilige Scheiße …«

Estelle greift nach der Türklinke. »Diese Formula solltest du schnell lernen.«

Die Tür schwingt auf. Hinter ihr tut sich ein kleinerer, heller Saal auf. Estelle deutet mir an, zuerst hindurchzugehen. Also mache ich das, gehe durch den Glitzertürrahmen und damit durch das Regal hindurch und beobachte, wie Estelle die Tür wieder schließt. Schlagartig verblasst sie und ihre Umrisse sind nur noch zu erahnen.

»Kann man überall eine Tür aufmachen?«

»Nein. Nur dort, wo die Portale ursprünglich von den Magiern angelegt wurden.«

Ich drehe mich um, weil ich meinem Gehör nicht trauen will. Doch es hat mich nicht getäuscht: Marco. Wie immer in Seidenhemd, Chino und Lederschuhen. Auch er trägt seine Maske. Braunes Leder wie meine. Geprägt ist sie mit Eichenblättern und Eicheln.

Marco lehnt an einem Tisch am anderen Ende des rechteckigen Saals. Rot-weißer Marmor im Karomuster bedeckt den Boden. Dunkles Holz überzieht die Wände. Es riecht nach Laubwald. Außer einem mit Figürchen und Ranken verzierten Holzregal, das die gesamte rechte Wand einnimmt, ist der Raum leer. Bücher stehen hinter den geschliffenen Glasscheiben des Regals. Fenster gibt es nur im oberen Teil des Raums. Das hier könnte glatt als die Renaissance-Variante einer Turnhalle durchgehen. Estelle gibt Marco ein Küsschen links, ein Küsschen rechts auf die Wangen, setzt sich auf den Tisch und lässt ihre braun gebrannten und trainierten Beine baumeln.

»Dann legen wir mal los.« Marco löst sich vom Tisch. Dass er derjenige ist, der mich die nächsten Wochen in Magie unterrichtet, hatte ich verdrängt.

Als er mein Shirt sieht, hält er jedoch inne. »Nicht dein Ernst, oder?«

Elsa, die Eiskönigin, umwirbelt von glitzernder Eismagie, scheint nicht seinen Geschmack zu treffen. Nur mit Mühe kann ich ein Grinsen unterdrücken. »Ich dachte, es würde ganz gut passen.« Das Shirt ist ein Insider zwischen mir und Cara. Weil wir uns wie Schwestern fühlen. Sie hat eins mit Anna drauf, und eigentlich tragen wir die Shirts nur zu unseren Mädels-Serienabenden. Aber heute konnte ich nicht anders.

Er deutet in Richtung Tisch. »Du kannst deine Sachen ablegen, wir starten direkt.«

Noch während ich meinen Rucksack abstelle, beginnt Marco zu referieren. Ein besseres Wort gibt es dafür nicht. Dabei geht er auf und ab.

»Fangen wir ganz vorne an: Die Maske ist der Zugang zur Magie. Wenn man Magie benutzen will, zum Beispiel im Rahmen eines Einsatzes oder zum Öffnen einer Tür, wie Estelle es eben demonstriert hat, muss man die Maske aufsetzen.«

»Ach, echt?« Für wie dumm hält er mich?

Marcos Blick schießt ruckartig zu mir. »Je nach Situation benutzt man unterschiedliche Formulae. Eine Formula bezeichnet das Wort, das dazu dient, mit Magie etwas zu bewirken – eine Tür zu öffnen. Die Magie gehorcht und tut, wofür die Formula geschaffen wurde. Ein anderes Beispiel ist«, er bleibt stehen und hebt die Hände, *»spadatiro!«*.

Blitzschnell schießen Glitzerfäden aus dem Boden nach oben. Wow, okay, das ist cool: Innerhalb eines Atemzugs erscheint in Marcos Hand ein Schwert, gewebt aus Glitzerfäden. Es ist groß und breit, ein Angeberschwert. Was sonst? Marco lässt es ein, zwei Mal hin- und hersausen, dann sagt er *»tirilascio«* und die Glitzerfäden schießen zurück an ihre Stelle.

»Löst *tirilascio* alle Zauber auf?«

»Alle.«

»Und wie viele von diesen Formula gibt es?«

»Formulae lautet der korrekte Plural und es gibt Hunderte.« Er deutet auf den Bücherriesenschrank. »Du bekommst Bücher.«

Was besser ist als ein tägliches Treffen mit Marco, mahne ich mich selbst bei meinem innerlichen Aufstöhnen. »Wie lange braucht man, um das Zeug zu lernen?«

»Beim Lernen des Zeugs«, er betont das Wort, als wäre es gleichbedeutend mit Kakerlake, »spielen Konzentration und Disziplin eine große Rolle.« Die ich in seinen Augen nicht habe. »Estelle zum Beispiel weiß mehr als alle anderen Frischlinge aus ihrem Jahrgang. Oder den Jahrgängen darüber.«

»Diese Frischlinge: Wie viele gibt es davon?«

Marco seufzt und Estelle antwortet für ihn. »Mit mir waren es drei. Die Jahre zuvor vier und einer. Es kommt darauf an, wie viele Masken sich von ihrem *tutori* lösen und wie viele dann aus dem *ritiro* erwachen. Insgesamt befinden sich im Moment gut 100 Masken im Einsatz, davon aber nur 60 im aktiven Dienst. Es gab Jahre, da erwachte keine einzige Maske aus dem *ritiro*.«

»Lösen bedeutet sterben?«

»Ja. Klingt netter«, erwidert sie mit einem Augenzwinkern. Als ob sie wüsste, was nett bedeutet.

Marco kommt in die Mitte des Raums. »Weil du so begeistert vom Schwert warst, darfst du dich daran versuchen.«

»Ist das nicht ein bisschen gefährlich?«, erwidere ich nervös. Was, wenn ich ein Schwert heraufbeschwöre und es mir dabei die Kehle durchschneidet? »Sollten wir nicht mit Basics anfangen? Die Tür wäre praktisch. Ohne komme ich nie hier raus.«

»Erstens: Du befehligst die Magie und damit das Schwert. Solange du dir selbst mit der Klinge nicht deine Pulsadern aufschlitzt, bist du safe. Zweitens: Wenn du verstehst, wie es funktioniert, ist der Rest ein Kinderspiel.«

»Du bist der Profi. Wenn ich dich aufschlitze, übernehme ich keine Verantwortung, nur fürs Protokoll. Wie war das Zaub-, ich meine, die Formula?«

»*Spadatiro*.«

»*Spadatiro*«, wiederhole ich und es geschieht gar nichts. Der Glitzer glitzert unbeeindruckt. Ich sehe zu Marco. »Muss ich noch etwas tun?«

»Nein. Wie gesagt, nicht alle *tutori* sind gleich begabt.«

Estelle kommt zu mir. »*Spadatiro!*« Ein elegantes Schwert mit einer leicht geschwungenen Klinge taucht in ihrer Hand auf. Es gab nur ein kleines Aufblitzen, so schnell hat sich die Magie gesammelt.

Estelle lässt ihr Schwert durch die Luft sausen. »Versuche es noch mal.«

Ich fasse die Magiefäden zwischen meinen Sneakern ins Auge. Als könne ich sie dazu überreden, mir zu gehorchen. »*Spadatiro*.«

Ein kleines Zucken, mehr bringt mein Versuch nicht zustande.

»Noch mal.« Marcos emotionslose Stimme hilft nicht unbedingt. Trotzdem versuche ich es. Immer und immer wieder.

Nach einer Weile stoppe ich. »Das hat doch keinen Sinn.« Der Frust nagt an mir und ich bin genervt. »Es muss doch einen Trick geben? Irgendetwas?«

Marco seufzt und Estelle zuckt mit den Schultern. Begabung lautet Marcos wiederkehrende Antwort und meine Nerven liegen blank.

»Ich habe verstanden, dass ich unbegabt bin wie eine ungekochte Fusilli. Aber manchmal liegt es am Lehrer.«

»Vielleicht musst du den Druck erhöhen«, schaltet sich Estelle ein.

»Wie meinst du das?«, fragt Marco.

»Wenn sie einen Schutzschild versucht, bei einem Angriff …« Den Blick, den die beiden austauschen, finde ich gar nicht gut.

Marco dreht sich zu mir um. »Es gibt eine Verteidigungsmöglichkeit, eine defensive Technik. Also, abwehrend.«

»Danke, ich weiß, was defensiv heißt, ich gucke Fußball.«

Überrascht zucken Marcos Augenbrauen nach oben, aber er sagt: »*Proteggo!*« Sofort springt ein Schutzschild in Form einer Halbkugel vor ihn. Fast zeitgleich ruft Estelle »*Spadatiro!*« und schlägt zu. Das Schwert gleitet vom Schutzschild ab.

»So sieht das dann aus.« Schutzschild und Schwert verschwinden mit zwei *tirilascio*.

Das ferne Läuten der Schulglocke dringt durch die Fenster zu uns. Zwei Stunden Unterricht und wir sind keinen Schritt weiter. Das hatte ich mir einfacher vorgestellt.

»Ich muss los. Nerven behalten«, sagt Estelle zu Marco, und nach Küsschen auf die Wangen verschwindet sie mit einer Formula durch die Tür.

»Versuche es«, weist Marco mich an, als wir allein sind.

Ich war noch nie so lange mit Marco zusammen. Die stille Wut auf meinen Halbbruder macht sich immer bemerkbarer. Ich kann nichts dagegen tun.

»*Proteggo!*«, rufe ich, und tatsächlich bildet sich ein kaum wahrnehmbarer Schild vor mir. Er flimmert und ist im nächsten Moment wieder verschwunden.

»Wir erhöhen den Druck! *Spadatiro!*«, ruft Marco. In seiner Hand taucht ein Schwert auf und das saust auf mich los.

»Scheiße!« Ich springe aus dem Weg und taumle gegen den Tisch.

»Nicht Scheiße«, herrscht Marco mich an. »Ruf einen Schutzschild! *Spadatiro!*« Wieder greift er an.

Dieses Mal schaffe ich ein »*Proteggo!*« zu rufen, doch die Magie lässt mich im Stich und ich weiche erneut aus.

»Noch mal!«

Wie lange Marco und ich Katz und Maus spielen, weiß ich nicht. Was ich weiß: Kein einziges Mal schaffe ich es, einen Schutzschild zu rufen.

Aber irgendwann wird es Marco zu blöd, mich hin und her zu jagen. »Es reicht.«

Atemlos beuge ich mich vor und stütze mich auf meinen Knien ab. »Das erste Mal sind wir einer Meinung. Und jetzt?«

»Du siehst dir die Bücher an und probierst andere Formulae aus.« Er deutet auf drei Bücher, die auf dem Tisch liegen.

»Du siehst mir dabei zu?«

»*Das* schaffst du schon allein, Lesen kannst du ja wohl.«

Die Betonung seines »das« lässt mich rot werden. Ich bin froh, dass die Maske mein Gesicht verdeckt. Es macht mir etwas aus, die Formulae nicht hinzubekommen. In seiner Gegenwart erst recht. Vielleicht klappt es ohne ihn besser. »In einer Stunde ist Pause und danach findet dein Mathematikunterricht wie gewohnt statt. Am Nachmittag machen wir weiter.«

Klar, dass ich Mathe nicht verpasse. »Juhu.«

Marco greift nach seiner Tasche und geht zur Tür.

»Warte!«

Marco hält inne und dreht sich zu mir um. »Mein Skizzenbuch.«

Marco entfährt ein Lachen. »Ich komme vor der Mittagspause wieder. Wenn du die Tür ohne meine Hilfe schaffst, ruf mich an. *Aproporta!*« Die Tür manifestiert sich erneut aus Tausenden von Glitzerfäden und im nächsten Moment tritt Marco hindurch.

»Warte!« Doch Marco ist verschwunden und die Tür ebenfalls. Nur ihre Umrisse sind noch im Stein erkennbar.

Mit ein paar Schritten stehe ich davor. »*Aproporta!*«

Nichts. Ich bin eingeschlossen. »Du versnobter, egoistischer Riesenarsch!«, brülle ich gegen die Mauer.

Es gibt keinen anderen Weg hier heraus. Was fällt ihm ein, mich hier zurückzulassen? Wie gerne würde ich Marco etwas hinterherwerfen, ihn treten, ihm meine Meinung geigen. Stattdessen gehe ich zu meinem Rucksack und hole mein Handy heraus. Wenn ich hier festsitze, dann auf meine Art. Kurz darauf liege ich auf dem Tisch, die grölenden Gitarren von *Nothing but Thieves* hallen durch den Saal und ich lese eine Formula nach der anderen. Dabei stecke ich mir ab und zu ein Stück Waffel in den Mund.

Die Bücher sind voll von Formulae. Wie soll ich mir die alle merken? Außerdem funktioniert keine einzige davon, egal, wie oft ich es versuche. Vielleicht bin ich das schwarze Schaf der Familie? Die Unbegabte? Der Gedanke fühlt sich beschissen an. Nicht weil ich Marco etwas beweisen will. Irgendwie möchte ich diese Dinge können, die in den Büchern stehen. Wasser aus der Luft ziehen, um Blumen zu gießen. Brücken über Kanäle schlagen, statt die Umwege über die echten, aus Stein gebauten zu nehmen. Windwirbel heraufbeschwören, die vielleicht den ein oder anderen Halbbruder aufs Festland und damit weit weg von hier tragen. Irgendwann werfe ich das Buch auf den Tisch und setze mich auf den Boden, lasse meine Finger über den Steinboden und die darin pulsierenden Magiefäden gleiten. Es ist, als würden sie auf meine Berührung reagieren. Merkwürdig. Es muss einen Trick geben. Ich traue Marco zu, mich erst einmal gegen die Wand rennen zu lassen, bevor er mich wirklich unterrichtet. Als Erziehungsmaßnahme. Ich lege meine Finger auf einen der Magiefäden im Marmor unter mir. An meinen Fingerkuppen kitzelt es leicht. Vibriert der etwa? Aufgeregt probiere ich einen anderen Magiefaden aus, und ja, auch der vibriert. Wie lebendig Magie sein kann, habe ich zwar auf der Flucht vor ihr erlebt, aber es jetzt hier, in aller Ruhe, erneut zu spüren, ist ein tolles Gefühl. Daraus ein Schwert formen, das wäre echt cool.

»Ganz einfach mit einem *Spadatiro*«, äffe ich Marco nach. Sofort lösen sich Magiefäden aus dem Stein, schnell und präzise strömen sie zusammen. Einen Wimpernschlag später halte ich ein Schwert in der Hand. Ich schnappe nach Luft. Eine gerade, spitz zulaufende Klinge, glatt und scharfkantig auf beiden Seiten. Das Heft sieht aus wie ein T und liegt so gut in der Hand, als wäre das Schwert für mich gemacht. Ist es, schießt es mir durch den Kopf. Marcos Schwert war ein protziges Riesenteil à la Kreuzritter. Estelles war gebogen wie ein Piratensäbel. Vielleicht nimmt die Magie die Form an, die zu einem passt. Vorsichtig stehe ich auf und schwinge es. Federleicht, aber mit einer Vibration, die ich im ganzen Körper spüre. Ein gutes Gefühl.

Das ist also Magie.

Ein Grinsen bahnt sich den Weg in mein Gesicht. Ich bin nicht unbegabt. Ich brauche nur keinen Marco für das hier. Mit Schwung ahme ich einen Jedi-Ritter nach.

»Oh, wow!« Plötzlich steht Luca vor mir. Mein Schwert nur knapp vor seiner Brust. »Das sieht gut aus … so aus der Nähe …«

Schnell lasse ich das Schwert sinken. »'tschuldige! Alles klar?!«

Lucas Zähne blitzen auf. Wieder trägt er Schwarz in Schwarz und seine Haare im Pferdeschwanz. Sein ärmelloses Shirt gibt den Blick auf die filigrane Tätowierung auf seinem Oberarm frei. Eine Frau in einer Toga, mit offenen Augen, einer schief stehenden antiken Balkenwaage und einem Hammer in den Händen. Linien durchschneiden ihren Körper horizontal, und jedes dadurch entstehende Teil ist leicht nach links oder rechts versetzt. Ziemlich cool.

Luca bemerkt meinen Blick, ignoriert ihn aber. »Alles bestens. Ich bin nur überrascht, dass du hier bist. Ich wollte …« Er deutet zu dem Regal mit den Büchern. »Sonst wäre ich später gekommen. Oder vorsichtiger. Bist du allein?«

»Marco wollte mich später abholen.«

»Er hat dich allein gelassen? Mit dem da?« Er deutet auf mein Schwert. Nur zu gerne würde ich es verschwinden lassen, aber ich habe die Formula schon wieder vergessen. Sicher steht sie in einem der Bücher auf dem Tisch.

»Er hatte was zu erledigen …« Begeisterung klingt anders, aber soll Luca ruhig wissen, was ich von Marco halte.

»Arschloch.«

Oh, das gefällt mir. »Noch ein Fan von Marco?«

»Jepp. Wir waren im gleichen Jahrgang.«

»Mein Beileid.«

»Danke. Aber wem sage ich das? Als Halbbruder ist er sicher nicht der Kracher.«

»Ich finde man sollte dem ›Halb‹ mehr Beachtung schenken.

Aber jeder hier scheint zu denken, dass man sich automatisch gut verstehen muss, wenn man verwandt ist.«

»*Tutori* ticken anders. Brauchst du Hilfe?« Sein Blick gleitet zu meinem Schwert und zurück zu mir.

»Kennst du die Formula fürs Auflösen?«

»*Tirilascio*.«

Ich sage das Wort, und schon verschwindet das Schwert – wie wegradiert. Nur das Vibrieren, das von ihm ausgegangen ist, klingt noch in meinen Muskeln nach. »Wahnsinn. Wenn ich mir die vielen Formulae merken könnte …«

»Das Problem kenne ich.« Luca geht zum Bücherregal und öffnet es mit einer Formula, die ich nicht verstehe. Er legt ein paar Bücher zurück, die er aus seinem Rucksack zieht, und nimmt zwei neue, steckt sie ein und kommt zurück zu mir. »Mir helfen Eselsbrücken. *Tirilascio* bedeutet so was wie ›Ich lasse dich frei‹, also denke ich an ein Lasso, das durch die Luft saust, etwas fängt und wieder freigibt. Du benutzt die Magie und entlässt sie nach getaner Arbeit wieder in die Freiheit.«

So könnte ich mir zumindest die wichtigsten einprägen. »Danke.« Ich fühle mich etwas verloren, wie ich vor Luca stehe. Er ist echt groß, käme er näher, müsste ich den Kopf in den Nacken legen, um ihm in die Augen zu sehen.

»Ich muss wieder los.«

»Ah, okay. Ich …« Unschlüssig sehe ich mich um. Ich habe keinen Bock, auf Marco zu warten. »Ich komme mit an die frische Luft.«

»Ich mochte diese Übungssäle auch nie sehr gerne«, gesteht Luca, als er für uns die Tür öffnet und wir in den Saal mit den Masken treten.

»Mir gefällt es hier auch viel besser.« Ich deute zu den Masken mit den offenen Augen. »Weißt du, was das für Masken sind?«

»Masken, die nicht mehr funktionieren. Deshalb sind ihre

Augen offen, aber sie haben keine Meister mehr. Eigentlich ist das hier ein Mausoleum der Masken.«

Eine Leichenhalle? Ich blicke zu den Masken, die mich mit ihren leeren Augen ansehen. »Sie unterscheiden sich nicht von normalen Masken.«

»Jetzt nicht mehr.« Luca steuert auf die Eingangstür zu und etwas widerwillig folge ich ihm hinaus ins Treppenhaus und die Treppen hinunter.

»Als sie noch aktiv waren, haben die Masken große Kräfte besessen. Schade drum.« Lucas Stimme hat etwas Hartes und Gleichgültiges. Aber das kurze Lächeln, das er mir über die Schulter zuwirft, spricht eine ganz andere Sprache.

»Was ist passiert?«

»Viele der Magiermasken waren für ihre Träger und Trägerinnen maßgeschneidert. Segneten die das Zeitliche, fielen die Masken nicht wie üblich ins *ritiro*, sondern verloren ihre Kraft.«

»Deshalb blieben ihre Augen offen?«

»Richtig. Niemand weiß, wie und ob man sie wieder aktivieren kann, deshalb hat man sie aufgehoben. Die *tutori* hat das ziemlich geärgert, denke ich. So viel verschenkte Macht … Nur die allerersten Masken funktionierten auch bei den *tutori* und anderen Magiern und blieben im Umlauf. Aber keiner weiß, welche das sind, weil sie sich nicht von unseren Masken unterscheiden. Ihre vollen Kräfte würden sich sowieso nur entfalten, würden sie von einem Magier getragen. Aber die hat man ja alle umgebracht.« Er tritt vor mir ins Freie und setzt seine Sonnenbrille auf, ehe er sich zu mir umdreht.

»Du kennst dich ziemlich gut aus.«

»Ich studiere Geschichte und springe ab und zu hier an der Schule in der AG Geschichte Venedigs ein.«

»Unterrichten alle jungen *tutori*?«

»Nur die guten und die, die es nicht in den Außendienst schaffen.« Zu welcher Gruppe er gehört, erfahre ich nicht, denn er wendet sich zum Gehen, hebt die Hand, während seine andere in die Hosentasche gleitet. »Wir sehen uns.«

Damit lässt er mich stehen.

Wie immer setze ich mich auf »meinen« Platz zwischen den hinteren zwei Säulen des Kreuzgangs, der den Pausenhof umspannt. Die Sonnenstrahlen spiegeln sich in den Fenstern des Palazzos und Lichtreflexe erhellen jeden Winkel. Möwen kreischen, und das allgegenwärtige Geräusch von Wellen, die auf Stein klatschen, bügelt jeden Frust und jede Ungeduld in mir weg. Sogar den Fakt, dass ich laut meines neuen Stundenplans bis auf Weiteres jeden Tag mit Marco üben darf.

Kaum läutet der Pausengong, füllt sich der Innenhof mit Geplapper, Rufen, Lachen und dem ein oder anderen Fußball. Allen voran stürmt Cara aus dem Gebäude. Sofort sieht sie mich. Sie fasst sich an die Brust, und als sie sich zu mir setzt, zieht sie mich in ihre Arme. »Dir geht es gut!«

Ich drücke sie so fest ich kann an mich. »Es tut mir so leid, dass ich mich nicht gemeldet habe!«

»Schon gut. Aber was war bitte los?« Cara hält mich eine Armlänge von sich, mustert mich und lächelt schließlich erleichtert. »Alles dran. Gut. Jetzt schieß schon los.«

Caras Lächeln wirkt wie ein Elixier aus Sonnenschein und richtig guter heißer Schokolade. Ohne große Erklärung öffne ich meinen Rucksack, sehe mich kurz um und zeige ihr die Maske, die wieder in meiner Tablet-Hülle steckt. Geheimhaltung hin oder her.

»Hast du die geklaut? Gestern kam ich nicht in diese Selecta. Die Vollversammlung hat ewig gedauert.«

»Vergiss die Vollversammlung, alles fake.« Dann erzähle ich ihr alles. Staunend lauscht sie mir und am Ende sitzt sie mit riesigen Augen vor mir.

»Magie? An unserer Schule? Echt jetzt?« Cara sieht sich um. »Wie geht das jetzt weiter? Ich meine, mit dem Glitzer und so?«

»Ich werde heute Abend sehen, ob er weg ist.« Schnell erzähle ich ihr von Stefanos Erklärung, dass man den Glitzer nur zwischen Selektion und Initiation – und danach mit Maske – sieht.

»Ich muss heute Abend zum Rudertraining. Aber ich mach blau. Dann kann ich bei dir sein.«

Ich winke ab. »Stress dich nicht. Ich schaff das allein und schreib dir. Dauert ja nur ein paar Sekunden.«

»Was machen wir, wenn es noch immer einen Glow-Factor gibt?«

»Vielleicht lässt sich herausfinden, ob es wirklich unnormal ist. Dann sehen wir weiter. Vorerst habe ich alles im Griff.« Ich greife nach meinem Handy und rufe meinen neuen Stundenplan auf. Das Display drehe ich so, dass Cara draufgucken kann. »Ein paar Fächer sind verschwunden: Französisch, Sport, Sozialkunde. Kunst haben sie mir gelassen. Dafür habe ich zig neue AGs: Sozial- und Kulturenkunde, Schwertkampf, Sitten und Bräuche, Losungskunde, Geschichte Venedigs.«

»Die der heiße Kerl gibt?«

»Er ist nicht mein Typ«, beteuere ich, aber muss trotzdem grinsen. »Im Ernst. Etwas zu viel Lass-mich-in-Ruhe-Attitüde. Außerdem springt er nur ein. Aber: Er kennt sich aus und vielleicht kann ich ein paar Infos aus ihm rausquetschen«, spreche ich eilig weiter, als ich Caras Grinsen sehe. »Das ist nur der Notfallplan.«

»Okay. Genehmigt. Was ist das?« Cara deutet auf das Display und beginnt zu lachen. »AG Parcours? Wenn es um Sport geht, bist du ein Motorboot an Land.«

»Danke«, erwidere ich, auch wenn ich weiß, dass sie recht hat. »Wenigstens komme ich noch zwei Wochen drum herum. Diese Woche habe ich stattdessen eine Extrastunde Formulae und nächste Woche eine Einführung, was immer das genau bedeutet.«

»Vielleicht eine Einführung in Verbrecherjagd? Wer Verbrecher jagen will, muss auf Verfolgungsjagden eingestellt sein, ergo die AG Parcours.«

»Ich glaube, dass man für magische Verbrecher keine Verfolgungsjagd braucht. Da gibt es sicher eine Bleib-stehen-Formula.«

»Hm …«

Dass in den zwei Buchstaben so viel Sorge mitklingt, tut mir leid. »Mach dir keine Gedanken. Wenn sie Jugendliche einspannen, wird es schon sicher sein. Außerdem: Ich besitze eine magische Maske!«

»Trotzdem, es gefällt mir nicht.« Cara zieht ihre Stubsnase kraus. »Ein Schwert? Abwehrschilde? Das klingt nicht nach Kaffeekränzchen am Meer. Ich schätze, bei dieser Zauberei kann einiges schiefgehen. Wer weiß, was das für magische Wesen sind, von denen alle immer sprechen? Ich versuche mal, ein bisschen was herauszufinden.«

»Jahrhundertelang hat keiner etwas von dem hier mitbekommen. Wie willst du etwas finden?«

Cara zuckt mit den Schultern, wirkt aber keineswegs eingeschüchtert, sondern schnaubt und packt ihr Käsebrot aus. »Jahrhundertelang gab es magische Wesen in der Stadt, zig Familien, die sich um sie kümmerten, Magier. Es muss etwas geben und ich werde es finden.« Plötzlich greift Cara nach meiner Hand und drückt sie. »Ich lass dich nicht allein. Auf keinen Fall. Information ist dein Freund. Je mehr man weiß, aus verschiedenen Quellen, desto besser. Willst du dich etwa auf Marco verlassen oder auf Stefano?«

Während ich Caras Hand drücke, lege ich meinen Kopf auf ihre Schulter. »Ich bin froh, dass es dich gibt.«

»Aber hallo. Du genießt das volle CCP!«

»CCP?«

»Cara-Care-Paket. Hier.« Sie bricht ihr Brot in zwei Teile und reicht mir das größere. »Vollverpflegung inbegriffen.«

Gleichzeitig prusten wir beide los. Als mein Lachanfall endet, fühle ich mich freier als den ganzen Tag über. »Wer weiß, vielleicht wählt eine Maske dich auch noch aus.«

Cara blinzelt. »Oh bitte nicht. Außer sie hat ein VR-Feature. Denkst du, dass …« Ihr Blick schweift über den Schulhof und findet ihren Zwillingsbruder, der mit ein paar Jungs drei Bälle gleichzeitig hin und her kickt. »Denkst du, er weiß etwas davon?« Cara schüttelt sich. »Und meine Eltern, sie könnten doch auch davon wissen, oder? Sie waren beide Schüler hier.«

»Möglich. Aber als *tutori* wird man sicher nicht steinreich.« Und das sind Caras Eltern. So was von.

»Stimmt. Trotzdem finde ich die Vorstellung gruselig, dass hier etwas läuft, von dem nur eine kleine Elite was weiß«, spricht Cara meinen Gedanken aus.

Das Ende der Pause beendet unser Gespräch. Als Nächstes steht Mathe auf dem Stundenplan. Toll, Signore Eduardo hat mir gerade noch gefehlt …

Kapitel 12

Das erste Mal.

Nach einer Woche Formulae-Folterei mit Marco habe ich keine einzige Formula zum Funktionieren gebracht – also, auf die richtige Art und Weise. Nur wenn ich die Magiefäden oder – wie Marco nicht müde wird, mich zu korrigieren – das *luce magica* anfasse, funktionieren die Formulae. Als bräuchte ich den direkten Kontakt, müsste das Vibrieren der Magie unter meinen Fingern spüren. Laut Marco ist das leider gleichzusetzen mit »Ich bringe nichts zustande«. Für Einsätze bei den *tutori* muss es ohne Anfassen klappen. Aber wie soll ich bitte die Luft überbrücken? Marco ist keine Hilfe. Seine genervten, geseufzt-gesäuselten Kommentare à la »Konzentriere dich!«, »Streng dich an!« und »Noch mal!« machen Signore Eduardo Konkurrenz. Kein Pluspunkt.

Als ich mich nach einem langen Tag im Übungssaal auf einen Mauervorsprung am Ufer des Canal Grande setze, bin ich frustrierter denn je. Neben mir spannt sich die Rialtobrücke über den grünblauen Kanal, blitzblankweiß im Licht der Abendsonne. Die

Brücke besteht aus drei Teilen: zwei Fußgängerwegen auf den beiden Seiten zum Canal Grande hin und einem Mittelgang, in dem sich zu beiden Seiten kleine Läden reihen. Das Zuhause von Gold- und Silberschmieden, seit Jahrhunderten residieren sie hier. Früher war hier sicher auch viel los, aber heute, und vor allem in den Abendstunden, kann man einen gemütlichen Schaufensterbummel vergessen. Zu viele Menschen, die das Flair der Brücke erleben möchten. Sie schieben sich durch den Mittelgang oder stehen staunend auf den beiden Fußgängerwegen. Dort ist es so voll, dass an ein Durchkommen nicht zu denken ist. Ab und zu fällt sogar ein Touri in den Kanal. Aber die Aussicht ist es wert: Der Canal Grande mit seiner lang gezogenen Biegung, die Palazzi an beiden Ufern, die Sonne direkt darüber. Mich fröstelt, als ich meinen Blick über die Paläste schweifen lasse. Die Stadt glitzert immer noch, sobald die Sonne zum Untergang ansetzt – obwohl ich keine Maske trage. Es beunruhigt mich auf eine neue Art und Weise. Muss ich mich vor der Magie in Acht nehmen? Wird sie mich wieder angreifen? Allein die Vorstellung bringt alle meine Muskeln dazu, sich anzuspannen, als wollten sie sich für einen Angriff bereit machen. Bisher habe ich nur Cara davon erzählt. Statt in eine Schockstarre zu fallen wie ich, hat sie angefangen zu recherchieren. Bis jetzt hat sie nichts herausfinden können, aber laut eigener Aussage ist sie nah dran. Zwar will ich sie in diese Sache nicht mit hineinziehen, wie ich das allerdings allein durchstehen soll, weiß ich auch nicht. Tatsächlich war ich zu beschäftigt, um ihr bei der Recherche zu helfen oder mir ständig Gedanken zu machen. Obwohl ich diese Woche nur zum Formulae-Unterricht mit Marco muss, soll ich meine Hausaufgaben erledigen und die Prüfungen mitschreiben. Eine *tutori* zu sein, hat bisher keine Vorteile.

»Warum so ernst?« Darios Stimme verjagt die Enge in meiner Brust sofort. Er lehnt sich neben mich an die Mauer und verschränkt die Arme. Sein Blick schweift über das Panorama.

»Alter!« Mein Herz rast vor Schreck. »Willst du, dass ich in den Kanal falle?«

Unschuldig hebt Dario die Hände. »Man sollte nie auf einer Mauer am Wasser sitzen, wenn man auf Nummer sicher gehen will. Na, wie war deine erste Woche?«

Skeptisch ziehe ich die Augenbrauen nach oben. »Als ob Marco dir nicht von meiner unterdurchschnittlichen Leistung erzählt hat.«

Dario winkt ab. »Marco redet viel, wenn der Tag lang ist. Wie wäre es mit einer Antwort von dir? Aus deiner Sicht?«

Ich seufze. »Wenn ich eine Gondel bauen sollte, wie ich Formulae beherrsche, dann würde ich ein Auto bauen.«

»Das wird schon noch.«

»Lass mal sehen: Ich kann weder die Magie dazu bringen, zu tun, was ich will, noch schaffe ich es, mir die Formulae zu merken. Es sind zu viele. Ich bin nicht so gut im Auswendiglernen. Da purzelt bei mir alles durcheinander. Mit den Hausaufgaben für den anderen Unterricht komme ich kaum nach und nächste Woche starte ich mit dem richtigen *tutori*-Schülerinnendasein und den neuen Fächern. Juhu – nicht.«

Dario mustert mich. »Der Anfang ist immer hart. Du musst nur durchhalten. Das mit den Formulae gibt sich, sobald du sie regelmäßig benutzt. Glaub mir.«

Ein Augenrollen kann ich mir nicht verkneifen. »Gibt es einen Trick? Ich meine, eine Handbewegung, die die Magie hochspringen lässt?«

Dario lacht, als ich wild in der Luft herumfuchtle. Sein Lachen macht mich nicht kleiner, wie es Marcos tut, sondern es lässt Wärme in meinem Bauch aufsteigen und ich entspanne mich.

»Den meisten hilft eine Geste. Aber eigentlich sind es nur die Formulae.«

»Eine Geste also.« Im Geiste sehe ich mich rumwedeln. Hin

und her. Hoch und runter. Wie eine Irre. »Welche Geste benutzt du?«

Wieder lacht Dario so brummig wie bei unserem ersten Treffen. Ich entspanne mich noch mehr. »Ich bevorzuge das Drehen.« Mit seiner Linken macht er eine Aufwärtsbewegung, bei der er die Hand nach oben hin öffnet. Keine große Geste. »Bei allem anderem komme ich mir blöd vor.«

Dieses Mal lache ich. Mit einem Lächeln auf den Lippen tut er so, als schnipse er einen Fussel weg. »Das hier machen auch viele.«

»Vielleicht nehme ich so ein Seil-Einhol-Ziehen.«

»Oh, ich dachte eher an eine heroische Geste. Etwas, das einer Superheldin würdig ist.«

»Ich hätte das mit der Superhelden-Sache nie sagen sollen.«

»Richtig, jetzt verwende ich es, wann immer ich kann.«

»Was machst du eigentlich hier?«

»Das frage ich mich auch an einem Donnerstagabend. Wo die Cocktails in den Bars auf mich warten. Aber«, er seufzt theatralisch, »ein Hüter muss seinen Pflichten nachkommen.« Er klatscht in die Hände und stößt sich von der Mauer ab.

Ich brauche einen Moment, bis der Groschen fällt. »Du machst die Einführung?«

»Richtig geraten.«

Sein Grinsen bringt mich dazu, erleichtert durchzuatmen. »In meiner Horrorvorstellung stand Signore Eduardo statt dir hier.« Mit dieser Variante kann ich allerdings deutlich besser leben. Überdeutlich.

Dario schüttelt sich. »Gute Nacht. Der reicht schon in Mathe und *Sitten und Bräuche.*«

»Signore Eduardo leitet die AG Sitten und Bräuche Venedigs?« Diese AG steht alle zwei Wochen am Dienstag auf meinem neuen Stundenplan. Wie oft kann ich wohl Kopfschmerzen oder Bauchweh vortäuschen, ohne dass Signore Eduardo Mama einschaltet?

»Leider ja.«

»Du scheinst kein Fan von ihm zu sein.«

»Er ist sehr speziell. Obwohl Marco super mit ihm klarkommt. Keine Ahnung, warum. Muss an eurem Dad liegen. Die waren Kumpels.«

Im Ernst? Die Vorstellung, dass Papa und Mister Nimm-das-Leben-endlich-ernst an einer Bar Bierchen zusammen zischen, geht nicht in meinen Kopf. Ich will auch nicht darüber nachdenken, denn diese Info ist wie eine Spiritusbombe für mein Kannte-ich-Papa-eigentlich-Feuer. Anderes Thema! »Wie läuft das mit den AGs? Können alle daran teilnehmen oder nur die *tutori*?«

»Alle. Die *tutori* bleiben allerdings unter sich, andere interessierte Schüler:innen kommen in eine andere Gruppe. Wer Schwertkampf lernen will, soll das tun. Es ist nur von Vorteil, wenn man erwählt wird. Oder aber es ist ein netter Punkt in der Vita.« Er lehnt sich näher zu mir und ich komme ihm etwas entgegen. »Aber die AGs der *tutori* machen viel mehr Spaß.«

»Warum?«

»Das verrate ich nicht, das darfst du dir selbst ansehen. Jetzt komm.« Dario steuert auf die Mittelgasse der Rialtobrücke zu.

Ich weiche einem Selfie-machenden Pärchen aus und schaffe es, Dario einzuholen. »Was machen wir?«

»Manchmal macht alles mehr Sinn, wenn man weiß, womit man es zu tun hat.«

»Wir besuchen die magischen Wesen?«

»Genau.« Darios Augen strahlen und mir wird heiß. Zu wie viel Prozent die magischen Wesen oder Darios Lächeln schuld daran sind, weiß ich nicht. »Nenne sie aber nicht so. Sieh sie eher als unterschiedliche Volksgruppen.«

Weil ich nicht mit »Cool!«, »Mega!« oder »Oh!« antworten will, nicke ich nur. Hier ist sowieso zu viel los, um sich zu unterhalten. Hinter der Brücke laufen wir über den Campo San Giacomo di

Rialto und durch eine enge Gasse, die vom Platz und den Touristenmassen wegführt. Sie ist so schmal, dass ich hinter Dario gehen muss. Seine breiten Schultern passen gerade so zwischen die schiefen Mauern links und rechts von uns. Er trägt ein hellblaues Shirt und kurze, ausgefranste Jeans. Vermutlich könnte er ein Kuhkostüm tragen und er sähe immer noch gut aus.

»Die magi… ähm, die unterschiedlichen Volksgruppen wohnen mitten in der Stadt?«

»Nenn sie einfach *liberi*. So nennen sie sich selbst.«

»Die Freien?«

»Passt perfekt, oder?« Dario lächelt mich über die Schulter hinweg an. »Und zu deiner Frage: jein.« Endlich endet die Gasse, und Dario wartet, bis ich ihn eingeholt habe. »Sie leben in der ganzen Stadt, aber am Markt von Rialto ist so was wie ihr Szeneviertel. Bars, Clubs, Läden, alles Mögliche. Und: der Echte Markt. Der Markt, den nur Leute mit Magie sehen.«

»Ist der menschliche Markt von Venedig unecht?«

»Absolut echt und real. Der Echte Markt ist der Markt der Magischen. Die Insel, auf der sich Rialto befindet, ist eine der höchstgelegenen Venedigs. Deshalb wurde sie als Erstes bevölkert und zum zentralen Punkt der Stadt.«

»Da strömen jeden Tag Tausende von Touristen vorbei. Merken die nichts?« Wie viele magische Wesen wohl auf den Fotos landen, die hier geschossen werden?

»Der Mensch tendiert dazu, magische Dinge als Zufall abzutun. Wer stellt sich schon hin und sagt: Guck mal, da hat einer gezaubert! Die Angst vor einer Blamage ist viel zu groß, und das Gehirn arbeitet viel zu schnell an einer logischen Erklärung, als dass man Magie überhaupt in Erwägung zieht. Außerdem ist das Ausüben von Magie in der Öffentlichkeit verboten. Aber was ist schon öffentlich? Venedig ist als Zufluchtsort konzipiert, nicht als Urlaubsort. Wer war zuerst hier? Touri oder Hexe?«

Fassungslos schüttle ich den Kopf. Zu mehr bin ich nicht in der Lage. Echte Hexen …

»Setz ruhig die Maske auf«, sagt Dario, als wir um eine Ecke biegen und der Markt von Rialto in Sicht kommt. Um diese Tageszeit ist er wie leer gefegt, denn die Verkaufsstände mit frischen Obst- und Gemüsewaren, Fisch und Fleisch sind nur am Morgen geöffnet. Eine Gruppe Kreuzfahrt-Amerikaner, unverkennbar mit ihren weißen Golfer-Kappen, den Sportsocken und den Audio-Guide-Ohrstöpseln, eilt an uns vorbei.

»Ist das nicht ein bisschen auffällig?« Trotzdem ziehe ich meine Maske aus der Gürteltasche, während Dario seine bereits aufsetzt.

»Normale Menschen nehmen sie nicht wahr, wenn wir sie tragen. Im Gegenteil, die Maske sorgt sogar dafür, dass wir noch weniger auffallen.«

Das gefällt mir. »Sehr superheldenhaft. Wie funktioniert das?«

Ich lege die Maske an. Wie immer legt sie sich wie eine zweite Haut auf mein Gesicht. Hello, baby … Ich mag dieses Gefühl, auch wenn das Glitzern gleichzeitig wieder einsetzt.

»Da müsstest du unsere Streber vom Dienst fragen, bei dem Teil des Unterrichts hab ich gepennt. Irgendwas mit einem eingearbeiteten Zauber. Ich glaube, die Prägungen im Leder haben damit zu tun. Die unterscheiden sich bei jeder Maske und machen sie überhaupt erst zum Artefakt. Guck nicht so!«, empört sich Dario. »Nicht alles an diesem Maskenzeug ist superinteressant. Ich bin mehr der Macher, nicht der Theoretiker und Zuhörer.«

Abwehrend hebe ich die Hände. »Hey, ich hab nichts gesagt. Vermutlich wird es mir nicht anders gehen. Das Streber-Gen ist in meiner DNA zu kurz gekommen. Außer es geht um Kunst. Oder Chemie. Das finde ich noch ganz gut.«

»Englisch, Französisch, Philosophie, Kunst. Das waren meine Lieblingsfächer. Ehrlich gesagt finde ich mein Studium interessanter als das *tutori*-Zeugs.«

»Architektur«, erinnere ich mich.

»Genau. Mich für das hier zu motivieren, fällt mir echt schwer. Also«, er blinzelt, als er mein enttäuschtes Gesicht sieht, »ich meine nicht den Tag heute. Ich freue mich, dass ich dir den Echten Markt zeigen darf. Ehrlich. Ich meine eher die Gesamtsituation.«

»Ich verstehe dich. Ich will Kunst studieren und den Maskenladen von Vit übernehmen. Meinen Job im Laden bin ich wegen der *tutori*-Sache los.«

»Das tut mir leid.«

Ich glaube ihm. »Der Maskenball der Oberstufe braucht auch Masken. Also …«

»Dann reichst du ein Konzept ein?«

»Nichts bringt mich davon ab.«

»Sehr gut. Ich mag Menschen mit einem Ziel.« Ein Ausdruck, den ich nicht deuten kann, tritt in seine Augen. Dann ist es, als schüttle er sich innerlich, setzt ein verschmitztes Grinsen auf und deutet nach vorne, auf eine Halle, die nach drei Seiten hin offen ist und deren Dach auf runden Säulen ruht. Der Fischmarkt, auch der Geruch verrät es. Die vierte Seite ist nur zum Teil offen. Ihr vorderer Teil besteht aus altem, verwittertem Holz. Und genau darauf hält Dario zu.

»Wann warst du mit deiner Ausbildung bei den *tutori* fertig?«

»Vor einem Jahr. Dank Marco habe ich die schulische *tutori*-Ausbildung innerhalb von zwei Jahren geschafft. Es gibt Dinge, die muss man können, bevor man in die magische Welt gelassen wird. Nach den zwei – oder drei – Jahren Ausbildung absolviert man ein Jahr in der Praxis, quasi ein Anerkennungsjahr. Dann«, er strafft die Schultern, »bist du ein vollwertiges Mitglied der *tutori*.«

»Und jetzt gehst du auf Streife und …?«

»So in etwa. Es gibt drei Acht-Stunden-Schichten am Tag. Wir Studierenden müssen nur vier Stunden machen, das viermal die Woche und wenn es brennt. Es ist eigentlich wie ein Nebenjob, aber es brennt immer. Keine Ahnung, zu wie vielen Vorlesungen ich deshalb schon zu spät gekommen bin.«

Zwei, drei Jahre also. In meinem Tempo sicher mehr. »Gibt es auch Rentner, die noch die magische Schulbank drücken?«

»Mach dir keine Sorgen. Du bist gerade mal eine Woche dabei. Du musst noch nichts können.« Dario deutet auf die Holzwand. Im Vergleich zu dem Glitzer, der die Säulen und den Boden überzieht, wirkt dieser hier dichter, lebendiger.

»Willst du?«

Ich sehe mich um. »Was meinst du?«

Dario tritt näher an die Holzwand. »Sieh genauer hin.«

Im nächsten Moment weiß ich, was er meint: eine Tür, mitten im Glitzer, wie ein Goldtattoo. »Einer der Eingänge zum Echten Markt. Türen öffnen ist eine der ersten Lektionen. Probiere es ruhig.«

»Öffnen die *tutori* Türen mit ihrem Schwert? Das hätte Marco mal dazusagen sollen.«

»Marco hat dich als Erstes ein Schwert rufen lassen?« Jetzt blinzelt Dario.

»Er hat es versucht.« Gut, dass ich meine Maske trage, denn damit ist ein Großteil der Röte überdeckt, die sich gerade warm in mein Gesicht schleicht.

»Okay, also, ähm …« Er räuspert sich. »Normalerweise startet man mit etwas Alltäglicherem, wie einer Tür. Willst du es versuchen?«

»Okay«, sage ich und klinge dabei so unsicher, wie ich mich fühle. Mein Herz schlägt automatisch schneller.

»Das hier ist einer von vielen Eingängen«, erklärt Dario. »Alle sind mit Magie gesichert. Obwohl man zum Verlassen des Marktes keine Magie einsetzen muss.«

»Wieso nicht?«

»Wer drin ist, hat bewiesen, dass er ein Recht hat einzutreten.

Nur im Notfall, wenn etwas passiert, können die *tutori* die Eingänge blockieren und niemand außer den *tutori* kann hinaus. Oder hinein. Das kommt aber ziemlich selten vor. Bis auf die ein oder andere Streiterei geht es recht friedlich zu. Nach dir.« Dario deutet eine kleine Verbeugung an.

Ich sehe die Wand an. Komm schon, Glitzer, auf geht's. Ich will mich nicht blamieren, nicht vor Dario. Wenn ich eine Formula, neben dem Schwertrufen, auswendig kann, dann die: »*Aproporta*.« Nichts passiert. Shit. »Sorry …«

Dario unterbindet meine Entschuldigung sofort. »Das ist kein Grund für eine Entschuldigung. Geh näher ran. Das hilft am Anfang. Versuch es noch mal.«

Dieses Mal gehe ich nah ans Holz. Wie schön dieser Glitzer von Nahem aussieht. Wie Goldtropfen, deren Atome herumwirbeln. Weil ich keine Lust habe, ewig herumzuprobieren und mich erneut zu blamieren, lege ich meine Hand aufs Holz, direkt vor mir, sodass Dario es nicht sieht. Trocken, rau, alt, dazu das Vibrieren der Magie. »*Aproporta!*« Ich spreche so leise, dass ich nicht weiß, ob Dario es gehört hat. Das ist aber egal, denn es kommt Bewegung in den Glitzer. Ich spüre es mehr, als ich es sehe, weil es so schnell geht. Keine Sekunde später taucht ein Tor vor mir auf.

Zufrieden drehe ich mich zu Dario um. »Bitte sehr, der Herr.«

Kapitel 13

Alles anders.

Obwohl ich vorgewarnt war, muss ich jetzt wie eine staunende Comicfigur aussehen. Auf dieser Seite des Tores geht die Halle weiter, nur dass hier jeder Zentimeter zwischen den Säulen mit Ständen belegt ist, vor denen sich die Leute drängen. Es riecht nicht mehr nach Fisch, sondern nach Zuckerwatte, Knoblauch und ein bisschen nach Secondhand-Laden. In den engen Fluren schieben sich die Leute in alle Richtungen, bleiben mal stehen, grüßen sich. Dementsprechend ist auch der Geräuschpegel. Händler rufen, Fetzen von Lachen und Gesprächen vermischen sich mit Jazzmusik, die von weiter hinten zu kommen scheint. Es ist wie eine andere Welt. Nein, besser: eine Welt in der eigentlichen Welt. Oder ist es eher umgekehrt?

Dario packt mich an der Hand und zieht mich mit einem belustigten Ausdruck ins Gedränge. Sofort flattert es wild in meiner Magengegend, und ich versuche, mich abzulenken, und sehe mich um. Bunte Markisen, Tische, geschmückt mit Federn, kleine Säckchen, Obst, Gemüse, Gewürze, Steine, Äste, Klamotten mit mehr Ärmeln und Hosenbeinen, als man als Mensch brauchen könnte. Bis auf den extravaganten Kleidungsstil von einigen sehe ich keine Wesen, die magisch erscheinen. Es könnte auch ein Festival sein. Wir kommen an einem Stand vorbei, der aussieht wie das Innere einer Diskokugel. Überall Kristalle und Glitzerzeug. Wie viele andere Händler und Händlerinnen grüßt die junge Frau Dario mit einem Kopfnicken. Sie trägt Jeans, viele dick geflochtene Zöpfe und ein Shirt mit Spaghettiträgern. Genauso beiläufig erwidert Dario den Gruß. Er scheint absolut kein Problem damit zu haben, dass dabei ihre Augen nicht von oben nach unten, sondern von außen in die Mitte zwinkern. Erst als wir in einen Gang abbiegen, in dem weniger los ist, lässt Dario meine Hand aus seiner gleiten. An diese Art von Händchenhalten könnte ich mich gewöhnen, wären er und Marco nicht so gut befreundet. Wie selbstverständlich Dario das macht. Macht er das mit jeder und jedem, den er zur Einführung auf den Echten Markt mitnimmt? Und selbst wenn, schimpfe ich innerlich, es ist egal!

Ich deute zurück zum Kristallstand. »Was genau war sie?«

»Sie heißt Annouk und stammt aus Frankreich. Sie ist eine Sylphe, ein Luftgeist.«

Ich wusste nicht einmal, dass es die gibt, und jetzt steht sie da und blickt uns nach. Bevor mein Blick für sie unangenehm wird, sehe ich wieder zu Dario. »Wofür sind die vielen Kristalle?«

»Darin speichert sie Schutz- und Hilfszauber. Kleines Zeugs. Nichts Weltbewegendes.«

»Helfen sie?« Ab und zu ein guter Hilfszauber könnte generell nicht schaden, oder?

»Ich habe mir mal einen geholt, weil ich auf ein Festival wollte, aber ein paar Tage darauf Abschlussprüfungen hatte. Krank werden war keine Option. Ich habe mit Bravour bestanden, topfit. Ob das jetzt am Kristall lag, keine Ahnung. Ich will es aber auch nicht abstreiten. Sich mit Luftgeistern anzulegen, ist nie eine gute Idee.«

»Warum?«

»Sie können sehr … sagen wir: nachtragend sein.«

Bevor ich weiterfragen kann, tauchen wir aus dem Gewühl der Halle hinaus auf einen Platz. Wie so viele venezianische Plätze ist er umrahmt von Gebäuden, hier in blassem Rot und knalligem Gelb. Auf einer Seite fließt ein Kanal, in der Mitte steht ein Brunnen, aus dessen Drachenfontänen Wasser schießt. Ein Essensstand drängt sich an den nächsten. Kaum betreten wir den Platz, löst sich eine große Gestalt von einem der weißen Plastikstehtische vor einer Pommesbude.

»Dario!« Der Typ überragt Dario um mindestens drei Köpfe. Sein langer schwarzer Bart, der zu einem Zopf geflochten ist, schwingt leicht, als er auf uns zukommt. Außer einer roten Hose und einer Weste aus Fell trägt er nichts. Der Singsang seiner Stimme gefällt mir auf Anhieb. Er spricht mit einem weichen Akzent, den ich nicht zuordnen kann. »Ist das euer Neuzugang?«

»Richtig, darf ich dir Anola vorstellen?«

»AHHHHHHH! Wie schön!« Der Riese greift meine Hand und umschließt sie mit seiner. Ein fester Druck, warm und trocken. Seine Augen blinzeln zwar nicht merkwürdig, aber sie sind durchsetzt von goldenen und lilafarbenen Sprengseln. Für einen Moment fühle ich mich komplett durchleuchtet. »Eine große Aufgabe liegt vor dir, ehrenvoll. Dein Vater hat sie geliebt. Auch du wirst deinen Platz finden.« Dann gibt er meine Hand wieder frei. »Aber wo sind meine Manieren? Darf ich mich vorstellen?« Er verneigt sich höflich vor mir. »Mein werter Name lautet Casius. Ich bin der Oberste.«

»Der Bürgermeister und Sprecher der magischen Gemeinde«, übersetzt Dario. »Unser wichtigster Ansprechpartner.«

Wieder verbeugt sich Casius, dieses Mal in Richtung Dario. »Ich danke.«

»Ist es möglich, den Kynos einen Besuch abzustatten?«

Schlagartig verschwindet der Schalk aus Casius' Augen, und ich bin kurz davor, einen Schritt zurückzuweichen, so blutrünstig sieht er plötzlich aus. »Sie sind im Hotel Sara untergebracht. Es geht ihnen besser, aber einer von ihnen«, Casius schnalzt mit der Zunge, »ist auf des Messers Schneide.«

Noch während Dario nickt, dreht sich Casius um und führt uns zu einer kleinen Gasse am Ende des Platzes, die in einem Hinterhof endet. Hunderte Blumenkübel stehen und hängen an den Wänden, und der Duft von Kräutern mischt sich mit dem der frisch gewaschenen Wäsche, die an Wäscheleinen einige Stockwerke über uns baumelt. Mit schnellem Schritt geht es durch eine Tür, über der in verblassten Buchstaben »Hotel Sara« steht, und durch eine Lobby, hinter deren Tresen ein älterer Herr und ein Papagei sitzen. Sie winken uns – beide –, sagen aber kein Wort. Eine schiefe Treppe, drei Stockwerke später und gefühlt einen halben Lungenflügel weniger, klopft Casius an eine Holztür mit der Nummer 3.

Eine runde Frau, die Ähnlichkeit mit Queen Elizabeth hat, erscheint im Türrahmen. »Ah, der Oberste mit Begleitung. Was wollt ihr?«

»Ophelia, einen kurzen Blick?«, fragt Casius und deutet auf mich.

Die runde Frau seufzt und nickt genervt. »Nur die Augen benutzen, sonst nichts, verstanden?«

Sie dreht sich um und läuft in die Wohnung hinein. Die kleinen ledrigen Flügel auf ihrem Rücken schlagen bei jedem zweiten Schritt, als wären sie ungeduldig. Mehrere Zimmer, hell und mit Licht durchflutet, gehen vom Flur ab. Metallschränke stehen an den Wänden mit Aufschriften wie »Verbandmaterial«, Bettwä. groß«, »Nur für Personal!«.

»Ist das ein Krankenhaus?«, flüstere ich Dario zu.

»Neuankömmlinge müssen oft medizinisch versorgt werden.«

Weil Ophelia uns einen Todesengelblick zuwirft, legt er einen Finger an die Lippen. Ich schweige, denn auch wenn ich keine Ahnung habe, was Ophelia genau ist, ich weiß, dass ich mich nicht mit ihr anlegen möchte.

Ophelia bleibt an einer Tür stehen und verschränkt die Arme. Bis hier und keinen Schritt weiter, selbst ich verstehe das. Im Zimmer stehen vier Betten, eins davon ist belegt. In einer Sitzecke sitzen drei dürre Gestalten. Leise und konzentriert unterhalten sie sich, sie bemerken uns nicht. Was gut ist, weil ich fassungslos bin. Bald muss ich neue Wörter für diesen Zustand erfinden. Ihre Gesichter gleichen denen von Hunden, ihre Körper sind menschlich. Sie sind so dürr, dass sie beim leisesten Windstoß zu zerbrechen drohen. Ihre Haut sieht geschunden aus: Striemen an ihren Hälsen, Narben übersäen Arme und Rücken. Ein Wimmern, das mir durchs Rückenmark schießt, lässt nicht nur mich, sondern auch die drei hochfahren. In dem Bett regt sich etwas. Die Decke verrutscht. Die Sicht auf einen weiteren Hunde-Menschen wird frei. Mir wird übel. Alles an ihm wirkt geschwollen. Frische Narben, wo man nur hinblickt. Was ist ihm passiert?!

Die anderen drei springen auf, stürzen humpelnd zum Bett. Sofort beginnen sie ebenfalls zu wimmern, tiefer, aber deutlich traurig, verzweifelt und müde. Ihre Hände streicheln den im Bett Liegenden sanft, als wollten sie ihm sagen: »Wir sind da.«

Ich muss schlucken und gleichzeitig zieht mich eine warme Hand von der Tür weg. Dario. Unsere Blicke treffen sich. Auch er ist aufgewühlt, aber er strahlt eine Ruhe aus, die mich sofort runterbringt. Er greift nach meiner Hand – schon wieder – und zieht mich in Richtung Ausgang. Meine Finger verhaken sich mit seinen und der Druck seiner Finger verstärkt sich. Wieder treffen sich unsere Blicke, doch jetzt liegt darin mehr. Ein Kribbeln schießt durch meinen Körper. Dann blickt er wieder nach vorne, öffnet die Eingangstür und lässt mich los.

Schade.

Ohne ein Wort folge ich ihm die Treppe hinunter. Dass Casius und Ophelia zurückbleiben, fällt mir erst auf, als wir wieder an der frischen Luft stehen. Erleichtert atme ich ein. Fragend blicke ich zu Dario, der im gleichen Moment selbst tief einatmet und sich durch die Haare fährt. Erst dann sieht er mich an. Dieses Mal ist sein Blick distanzierter.

»Geflüchtete aus Griechenland.« Er klingt heiser, räuspert sich aber sofort. »Sie kamen vor zwei Tagen an. Ihre Reise hat Wochen gedauert.«

»Was ist ihnen passiert?«

»Ein Mensch.« Darios Blick huscht zu den Fenstern im dritten Stock. Die Wut darin ist quasi greifbar. »Sie haben nur geringe magische Fähigkeiten. Sie entstammen einem uralten Geschlecht von Kynokephalen, Hunde-Menschen. Versklavt, misshandelt, wer weiß was noch. Zwei ihrer Leute sind auf der Flucht gestorben.«

»Warum hat man sie misshandelt?«

»Machtgier? Sadismus? Kuriosität?«, fragt Dario zurück. »Manche Dinge muss man nicht verstehen. Man muss nur etwas dagegen tun. Komm. Du siehst aus, als könntest du etwas zu trinken gebrauchen. Ich auf jeden Fall.«

Meine Gedanken schwirren noch immer, als wir kurz darauf am Kanal sitzen, jeder ein kühles Glas Maracuja-Etwas in der Hand. Der Schock sitzt tief. Es ist, als würde die Wärme der von der Sonne aufgeheizten Steinplatten, auf denen wir sitzen, nicht richtig zu mir durchdringen.

»Warum hast du mir das gezeigt?«, frage ich nach einem vorsichtigen Schluck. Das Zeug schmeckt fantastisch, und obwohl ich erst gar nichts trinken wollte, nehme ich einen zweiten Schluck.

»Damit du verstehst, worum es hier geht.« Dario lässt seinen Blick über den Platz schweifen, der noch voller geworden ist. Die letzten Sonnenstrahlen malen die Giebel der Dächer golden – und exklusiv für mich auch glitzernd – an. Es tut gut, so viel Leben zu spüren, aber die lockere Stimmung auf dem Platz lässt die Szene von eben noch brutaler wirken.

»Venedig ist ein Ort, an dem Wesen wie die Kynos leben können. Ohne Angst. Einfach sein, wie sie sind. Ich schätze, sie werden auf einer der ruhigeren Inseln leben wollen, wie viele der *liberi*. Sie brauchen keine Aufregung mehr. Sie wollen ein sicheres Dach über dem Kopf und das Recht, selbst über ihr Leben zu entscheiden. Alle *liberi* hier sind von irgendwo geflohen, haben sich hierher durchgeschlagen. Haben dabei Freunde und Familie verlassen oder verloren. Alles auf eine Karte gesetzt, um endlich Freiheit erleben zu dürfen.«

»Niemand sollte so …« Mir fehlen die Worte beim Gedanken an die Kynos. Ein Leben in Angst, voller Schmerz, ohne Zukunft, ohne eigene Meinung, ohne ein Recht auf irgendetwas.

»Sie kommen nach Venedig, um Schutz zu finden – und Frieden. Deshalb muss Venedig beschützt werden. Damit sie«, wieder streift Darios Blick in die Menge, »beschützt sind.«

»Ihr als magische Polizei sorgt dafür.«

Dario sieht mich an. »Wir, meine liebe Anola. *Wir* sorgen dafür.«

Als ich seine Worte verstehe, bleibt mir die Luft weg. Wir. Er. Ich! Mir wird heiß. Das ist wirklich kein Spaß. Kein blödes Magische-Masken-Zeug. Es ist wichtig, es hat eine Bedeutung, auch wenn ich mich für diesen Begriff sofort hasse. Weil ich damit Signore Eduardo und, noch schlimmer, Marco recht gebe. »Wie hältst du das aus?«

»Für sie wird es ab hier besser. Das ist es, was zählt. Der Blick nach vorne. Für uns alle.« Er sieht mich von der Seite an. »Ich kann mir vorstellen, dass es hart ist, hier zu sein, ohne deinen Vater.«

»Und dafür mit Marco?«, nehme ich ihm vorweg.

»Er ist nicht so übel, wie du denkst.«

»Er hat sich bisher nicht von seiner besten Seite gezeigt.«

»Auch er hat seinen Vater verloren.« In Gedanken versunken, dreht Dario das Glas in seinen Händen. »Er hat gerade viel im Kopf und … Hör zu. Ich will ihn nicht rechtfertigen. Er ist erwachsen genug, um zu wissen, was er tut. Und ja, gerade im Moment kommt dabei richtig viel Scheiße heraus. Ich will nur sagen, dass es eine Seite an ihm gibt, die gut ist. Mit Glück, wenn ihr euch beide an die Situation gewöhnt habt, lernst du sie kennen. Es würde die Dinge einfacher machen. Ich weiß, es muss schräg sein, das von mir zu hören, dem Typen, zu dem Marco gehört wie das sexy Muttermal an meinem Hintern.«

Vor Überraschung verschlucke ich mich, pruste los und Dario klopft mir auf den Rücken. Er kommt mir dabei unglaublich nah.

»In live ist es noch besser als in deiner Vorstellung«, setzt er mit einem Brummen in seiner Stimme nach, das jedes Haar an meinem Körper zu Berge stehen lässt.

Ich sehe ihm tief in die Augen. »Schade, dass ich es nie zu Gesicht bekommen werde.« Ich hoffe, meine Augen verraten mich nicht, denn ich würde es nicht nur sehen wollen …

Dario legt den Kopf schief und betrachtet mich. Schweigend. Ich genieße jede Sekunde. Wäre er nicht Marcos bester Kumpel, ich könnte für nichts garantieren. »Denk einfach drüber nach. Über Marco, meine ich. Nicht das Muttermal.« Schnell nimmt er einen Schluck und dreht den Kopf. Wird er etwa gerade rot? Wie süß bitte ist das?

Aber ich verstehe, worauf Dario hinauswill. Ist unser Streit wichtiger als das hier? Wahrscheinlich nicht. Okay … ziemlich sicher nicht. Trotzdem spüre ich diese Wut in meinem Bauch, die Marco bei mir triggert, wenn ich nur an ihn denke. Shit …

Dario lacht. »Guck nicht zu ernst. Für deine zweite Woche

machst du dich verdammt gut und du sollst ja nicht sofort mit ihm Händchen halten.«

»Das übernimmst lieber du, oder?«

Dieses Mal hat Dario den Hustenanfall. »Ich, also … ich …«

»Schon gut, das war ein Witz!« Dass mein Spruch Dario so aus der Bahn wirft, finde ich überraschend und auch witzig. Denn ein bisschen Wahrheit ist dran.

Dario stößt sein Glas an meines. »Cheers! Auf dich, deinen Humor, deine Maske, deine Zeit bei den *tutori*! Sie wird gut!«

»Danke.« Ich nehme noch einen Schluck. Eine Weile sitzen wir schweigend da. Die Sonnenstrahlen rutschen langsam von den Giebeln und Venedig taucht in die Nacht ein. Das hier fühlt sich eher an wie ein Date als offizieller Unterricht. Bei dem Gedanken daran, bald wieder mit Dario allein zu sein, kräuselt sich alles in mir. Aber: Schluss! Damit! »Wir sollten gehen«, sage ich deshalb. Lieber die Gefahrenzone verlassen, solange es noch geht. »Da warten Hausaufgaben auf mich. Oder hast du heute noch mehr für mich?«

»Leider nein.«

Weil ich über das »leider« nicht nachdenken will, stehe ich auf. Das Wasser im Kanal ist durchzogen von v-förmigen Wellen, denn eine Gondel schiebt sich langsam in Richtung einer kleinen Brücke am Ende des Platzes. Ein perfekter Abend.

Eine Stimme nimmt ihn mir.

»Sieh an, sieh an.« Estelle. Verschwitzt, in Maske, und trotzdem wie aus dem Ei gepellt. Hinter ihr tauchen die zwei Mädchen auf, mit denen sie in den Pausen abhängt, und ein paar andere in Sportklamotten. Unter ihnen Luca, der mir mit dem Anflug eines Lächelns zunickt, und Marco. Na toll, jetzt sitzen Marco und ich auch noch in derselben Parcours AG fest.

Wie ertappt springt Dario auf, geht sofort auf Abstand zu mir. Estelle nickt amüsiert zu den Gläsern in unseren Händen. »Du hast deine ganz eigene Vorstellung von Einführung, oder?«

»Nicht jede will direkt die volle Ladung. Seid ihr fertig?« Sofort ist Dario wieder im Flirtmodus. In mir zieht sich etwas zusammen. Er macht das also mit jeder. Obwohl wir uns erst so kurz kennen, bin ich enttäuscht.

»Willst du noch eine Runde drehen? Ich habe noch etwas Energie.« Estelle sieht ihn auffordernd an.

Dario hebt abwehrend die Hände und grinst sie an. »Ich habe heute andere Pflichten.«

»Wollt ihr da festwachsen?« Marcos Stimme klingt genervt. Selbst in Sportklamotten sieht er schick aus. Wie macht er das?

Estelle wirft ihm einen Luftkuss zu. »Sekündchen noch.« Sie wendet sich zu Dario um. »Dann bleibt es bei unserem Date? 21 Uhr?«

Dario nickt. »Absolut.«

Aha. Dann ist alles klar. Eigentlich sollte ich froh sein, dass Dario kein echtes Interesse an mir hat. Das erspart mir Schwierigkeiten. Friendzone ist das, was ich im Moment wirklich brauchen kann, oder nicht?

»Perfekt!« Estelle küsst Dario auf die Wange, zwinkert mir dabei über seine Schulter zu und kehrt dann zur Gruppe um Marco und Luca zurück. Wow, das war das menschliche Äquivalent zum An-den-Baum-Pinkeln-und-Revier-Markieren.

»Weißt du was?«, frage ich Dario, der mich sofort ansieht. »Ich finde allein heim. Du hast dir deinen Feierabend verdient. Danke für den Drink.« Ich drücke ihm das Glas in die Hand.

»Ich bringe dich noch«, beginnt Dario, aber ich winke ab.

»Lass gut sein.« Dass ich damit zu 50 Prozent auch mich meine, bleibt mein Geheimnis. »Wir sehen uns.«

Mit einem kurzen Winken lasse ich ihn und die Gruppe zurück.

Kapitel 14

Hokuspokus Fidibus!

Die nächsten Tage vergehen wie im Flug. Ich stürze mich auf meine Skizzen für den Maskenball, erledige Hausaufgaben und hole den Stoff nach, den ich in der ersten Schulwoche verpasst habe. Alles, um mich davon abzulenken, dass ich eine Null bin im Formulae-Benutzen. Egal, wie sehr ich versuche, zu lernen, zu begreifen, ich stehe genau da, wo ich am Anfang war: bei nichts.

»So langsam vergeht mir die Lust auf Luigi«, erkläre ich, als ich mich kurz vor Ende der Mittagspause zu Cara zwischen unsere beiden Säulen setze. Wie so oft hat Marco seine Zeit überzogen. Streber. Da Cara offiziell nicht von der Magie wissen darf, haben wir uns für einen Codenamen entschieden: Luigi. Der Name einer Streunerkatze, die Nonna bei uns aufgenommen hat. Die *tutori* sind seine Katzengangkumpel.

»Kein Erfolg?«

Ich spare mir die Antwort und stopfe mir zwei Erdbeeren in den Mund, die in einer Box neben Cara auf mich warten.

»Oje …« Cara mustert mich eine Weile, dann schlägt sie sich auf die Oberschenkel. »Das kann so nicht weitergehen. Du wirst immer lustloser. Das möchte ich nicht.«

»Was willst du machen? Du hast nichts zu Luigi und seinen Freunden gefunden.«

»Ich weiß, und weißt du, was mich am meisten nervt? Es ist, als gäbe es sie nicht. Wer immer die Anti-Öffentlichkeitsarbeit für die macht, muss sehr gut sein.«

»Alle sind in allem gut. Nur ich nicht.«

»Du kannst es, Anola! Ein paarmal hat es geklappt. Es ist nicht möglich, dass du es nicht kannst. Vielleicht funktioniert es bei dir nur übers Anfassen.«

»Oder ich bin nicht begabt. Laut Marco – und den Büchern – muss es ohne gehen. Es ist etwas unpraktisch, immer erst nach der nächstbesten Anfassmöglichkeit zu suchen, bevor man loslegen kann. Vielleicht genügt mein Talent nicht, um die Luft zu überbrücken. Ich bin zu schwach.« Eine weitere Erdbeere wandert in meinen Mund. Obwohl ich Erdbeeren liebe, schmecken sie mir nicht. Jetzt versaut mir Luigi auch noch das Essen.

»Anola Fontari!« Wütend sieht Cara mich an. Genau wie ich fahren ein paar unserer Mitschülerinnen, die etwas entfernt auf einer Fensterbank sitzen, zusammen und sehen jetzt zu uns rüber. Zwar redet Cara leiser weiter, aber noch genauso wütend. »Du bist nicht schwach! Und: Du hörst auf, deinem bescheuerten Halbbruder zu glauben. Sofort! Du bist eine Freundin von Luigi und du wirst Luigi drankriegen.«

»Aber was, wenn Marco recht hat? Wir sind nur Halbgeschwister. Er ist dicke mit der Magie … äh, Luigi, aber ich muss das nicht zwingend sein. Vielleicht –«

»Sprich diesen Gedanken gar nicht erst zu Ende«, warnt mich Cara.

»Wir tragen unterschiedliche *segni.*« Ich halte ihr meine Hand hin. »Meins ist so alt, dass es niemand kennt. Vielleicht aus gutem Grund? Weil die Loserlinie keine erfolgreichen Kumpel von Luigi geworden sind?«

Cara starrt meine Handfläche an und klatscht sich auf die Stirn. »Ich bin so dumm.«

»Ach komm, so schlimm ist es auch wieder nicht«, murmle ich mit einem Schmunzeln und greife mir noch eine Erdbeere.

»Ich habe gesucht. Mit Worten.«

»Wie hättest du es sonst versuchen sollen? Hast du beim Rudern zu viel Sonne abbekommen?« Wenn ich Cara so ansehe, ist sie tatsächlich etwas blass. In letzter Zeit hatte ich kaum Zeit für sie. »Brauchst du was zu trinken oder Schokolade?«

»Ich brauche deine Hand.« Sie zieht meine Hand zu sich und macht ein Foto von meiner Handinnenfläche. »Ich habe mit Worten gesucht.«

»Aber nicht mit Bildern«, vervollständige ich ihren Gedanken und verstehe endlich. Von wegen Sonnenstich. Meine beste Freundin ist einfach genial.

»Genau.« Cara hat nur noch Augen für ihr Tablet, wischt, tippt, wischt, und schon ist das *segno* in meiner Hand viel deutlicher zu sehen als in echt. Dann wischt sie weiter, und plötzlich erstarren ihre Finger. »Da!«

Sechs Bilder tauchen auf dem Bildschirm auf. Mir wird warm. Auf jedem ist das *segno* zu sehen. In Stein gemeißelt mit vom Wetter abgerundeten Kanten. »Ist das eine Inschrift?«

»Es ist eine Tür mit einer gemeißelten Tafel darüber.«

Cara hat recht. Jetzt erkenne ich es auch. »Kannst du rausfinden, wo das ist?«

»Auf die Schnelle habe ich nur die paar Bilder. Warte.« Wieder tippt sie und landet bei einer Social-Media-Plattform. »*Photogeek456* hat sie gepostet.« Sie zeigt mir einen Feed.

»Er postet nur Türrahmen? Was steht da? door@venice? Superhilfreicher Infotext.« Ich scrolle ein wenig. »Der macht das immer so. door@bangkok, door@cologne, door@london. Wann hat er das letzte Mal was gepostet?«

Cara scrollt zum letzten Bild. »Vor zwei Jahren. Davor fast jeden Tag.«

»Sollen wir ihn anschreiben?«

»Schon passiert.« Cara tippt, aber die Nachricht, die sie umgehend erhält, gefällt weder ihr noch mir:

User inactive.

»Na toll. Kannst du rauskriegen, wer das ist?«, frage ich ein wenig zu verzweifelt und schiebe ein Grinsen nach.

»Die Chancen stehen bei null. Die sind superstrikt mit ihren Daten, und hacken, puh, Nullnullnullnull-Chance.«

»Schade. Zumindest wissen wir, dass die Tür in Venedig ist.«

Caras Augen leuchten auf. »Wir wissen auch, dass in Venedig jeden Tag Millionen von Fotos gemacht und gepostet werden. Ich finde die Tür. Es ist nur eine Frage der Zeit.«

Die Pausenglocke beendet unser Gespräch und wir sammeln unser Zeug ein.

Cara reicht mir die Box mit den Erdbeeren. »Lass sie dir schmecken, du bist ganz schön dünn geworden.«

»Luigi schlägt mir auf den Magen.« Die Erdbeeren nehme ich trotzdem.

»Kann ich verstehen. Schade, dass du nicht mehr bei mir im Kurs bist.«

Statt meinem normalen Sozialkundekurs steht die magische Variante davon an, die AG Sozial- und Kulturenkunde. »Finde ich auch. Ich bin ziemlich nervös, ehrlich gesagt. Mein erster richtiger Luigi-Unterricht.«

»Ich beneide dich. Es kann nur cooler sein als der alte.«

»Dafür hast du Zeit, um zu recherchieren. Bis ich das mit Luigi hinbekomme, hocke ich da sicher nur dumm rum.«

»Was soll ich auch sonst machen, wenn meine beste Freundin nicht da ist, um mich vom Einschlafen abzuhalten?«

Nach einer Umarmung trennen wir uns. Im Trakt der *tutori* finde ich das Klassenzimmer. Es sieht genauso ballsaalartig aus wie Signore Eduardos Klassenraum. Gut zehn Leute sitzen in den Reihen. Ein Mädchen, das ich schon in der Masken AG getroffen habe und das zum Abschlussjahrgang gehört, winkt mir zu.

»Anola, hier ist noch frei, wenn du willst?«

Nur zu gerne nehme ich ihr Angebot an. »Tessa, oder?«

»Richtig. Ich fand deine Ideen für die Masken so gut!«

»Oh, danke«, erwidere ich überrascht. »Ich mag das Maskenball-Thema sehr, das gibt viel her.«

»Als wir letztes Jahr über die Themenvorschläge abgestimmt haben, hat das Thema sofort gewonnen.«

Ich kann meine Neugier nicht länger im Zaum halten. »Wie lange bist du schon eine *tutori*?«

»Ein halbes Jahr, seit April. Die meisten von uns sind im letzten Jahr erwählt worden.«

»Dann habe ich einiges aufzuholen.«

Tessa winkt ab. »SKK ist cool. Die meisten Dinge sind total logisch und schnell zu merken. Signora Baldini ist glücklicherweise total gut im Erzählen. Genau das Gegenteil von Signore Eduardos ›Ciao, schlafend vom Stuhl gekippt‹.«

»Signora Baldini, die Kunstlehrerin?«

Tessa lacht. »Genau die. Ist schon witzig, wer alles dazugehört, oder? Man hat keine Ahnung, bis man Teil des Ganzen wird. Ich mag's. Die *tutori* sind wie eine kleine Familie.«

»Bisher war es für mich eher stressig.«

Tessa lehnt sich näher. »Muss ein schöner Schock gewesen sein, so ohne Anleitung an eine Maske zu kommen. Normalerweise bekommt man vorher erklärt, was passiert. Aber ich freu mich, dass du dabei bist.«

Das Klappern von Highheels verrät Signora Baldini schon, bevor die Tür aufschwingt.

»Einen wunderbaren Nachmittag, ihr Lieben! Na? Bereit für eine Runde Sozial- und Kulturenkunde?«

Sie lässt eine Kiste neben den Schreibtisch fallen. Darin rollt etwas herum, während sie sich auf die Tischplatte setzt. »Anola, schön, dass du Teil der *tutori* bist. Masken sind ja dein Ding. Perfektes Match würde ich sagen.« Signora Baldini bringt es fertig, mich mit ihrem Lächeln anzustecken.

»Obwohl meine Masken sicher nie so magisch sein werden wie die der *tutori*.«

»Leider ja ...« Ihre Stimme sinkt ein bisschen ab, wie jedes Mal, wenn sie nicht über den offiziellen Unterrichtsstoff redet. »Jede unserer Masken wurde von einem Magier oder einer Magierin gefertigt. Sie haben Magie im Fertigungsprozess einer Maske einfließen lassen. Aber dieses Wissen ist mit dem Tod der Magier verloren gegangen. Jahrhunderte ohne eine neue Maske.«

»Wenn es wieder Magier gäbe, dann –«

Signora Baldini unterbricht Tessa. »Eine müßige Diskussion. Es gibt sie nicht mehr, und selbst wenn, sollten sie sich lieber von Venedig fernhalten. Nach ihrem Putschversuch hat der Rat ein Gesetz erlassen, in dem jedem Magier, der es wagt, nur einen Fuß nach Venedig zu setzen, die Todesstrafe droht. Durch Enthauptung.«

Ein Raunen geht durch die Klasse und auch ich ziehe die Luft ein.

»Ziemlich rückständig«, kommt von weiter hinten.

»Gesetz ist Gesetz. Sie sind dazu da, Venedig, die *liberi* und zuletzt auch uns zu schützen, diejenigen, die die letzten magischen Masken tragen. Deshalb ist es so wichtig, sie zu pflegen und jede einzelne zu nutzen. Damit Venedig weiterexistieren kann. Was uns zum Thema bringt.« Ihre Stimme fährt hoch, und sie setzt ihre Maske auf, die wie aus dem Nichts in ihrer Hand erscheint. Mit einer Geste deutet sie auf die Mitte des Klassensaals. »*Proietto!* Was ist das?«

Ein Rascheln geht durch die Klasse, denn alle ziehen ihre Masken auf. Also tue ich es ihnen gleich. Wow … Das nenne ich mal coolen Unterricht: Eine Art 3D-Projektion, die sich aus goldenen Fäden zusammensetzt, hängt direkt vor uns in der Luft. Es ist ein Wesen, das einem Baumstamm ähnelt, ohne Gesicht, von Blättern umrankt. Augen hat es sehr wohl, aber in den Handflächen.

Signora Baldini gibt der Projektion einen kleinen Stups, und sie beginnt, auf Tessa und mich zuzuwandern. Anstatt sich zu ducken oder auszuweichen, lehnt sich Tessa vor.

»Ideen, Meinungen?«, fragt Signora Baldini. »Tessa?«

»Könnte eine Art Naturgeist sein? Wegen der Blätter und so. Aber die Körperform spricht eher für etwas anderes.«

»Mal ganz abgesehen von den Grusel-Hand-Augen«, wirft ein rothaariger, stämmiger Junge hinter uns ein, nicht ohne dabei zu lachen.

Die Projektion wandert langsam weiter, von Tisch zu Tisch. Jeder wirft Ideen in den Raum, während Signora Baldini nur zuhört. Erst als die Projektion wieder bei ihr ankommt, spricht sie weiter. »Es ist ein Homunculus.«

»Ein was?«, fragt wieder der Junge hinter uns.

»Ein Homunculus. Er kann magietragenden Wesen ihre Kräfte entziehen. Nicht nur ihre magischen, sondern auch ihre Lebenskräfte. Seht ihr die Augen?« Mit einem Wisch zoomt Signora Baldini in die Projektion hinein.

»Ich liebe es, wenn sie das tut«, raunt Tessa und grinst mich an. »Viel besser als der normale Unterricht, oder?«

»Aber hallo!« Von wegen nur dumm rumsitzen.

»Bei Blickkontakt erblindet man.« Signora Baldini zeigt auf die Augäpfel, die sich genau dort befinden, wo sich mein *segno* jetzt befindet. Dann geht sie weitere Merkmale durch.

Nach der Stunde weiß ich alles, was es über Homunculi zu wissen gibt, und werde es mir, dank der magischen Animationen von Signora Baldini, ohne viel Lernerei merken können. Daran könnte ich mich gewöhnen. Auch daran, dass Tessa und die anderen zum Abschied nett mit mir plaudern. Meine normalen Mitschüler haben mich zwar wahrgenommen, aber ich bin immer die Neue mit dem Schicksalsschlag geblieben. Ätzend.

»Hast du noch Lust, mit uns etwas essen zu gehen?«, fragt Tessa, als wir aus dem Schultor kommen. »Wir wollen auf den Echten Markt«, fügt sie mit einem Augenzwinkern hinzu.

Davide, der große Rothaarige aus der Bank hinter uns, stupst mich an. »Ohne einen Aufpasser kann man sich viel besser umsehen.«

»Und es gibt keine Einführungs-Fingerzeig-Geschichten«, fügt Meo hinzu, ein dürrer Junge mit Pferdeschwanz. »Also Win-win.«

»Ihr hattet mich schon bei Echter Markt. Ich würde mich tatsächlich gerne ein bisschen umgucken.« Vor allem den Stand mit den Kristallen möchte ich mir ansehen und für Nonna etwas kaufen. Ein Schutzkristall wäre ein Megageschenk zu ihrem Geburtstag nächste Woche. Weil Cara heute von ihren Eltern auf eine Soirée gezwungen wird, habe ich auch nichts anderes vor.

»Perfekt!« Tessa hakt sich bei mir ein und zu viert schlendern wir an der Schule vorbei in Richtung Rialto. Zuerst fühle ich mich merkwürdig. Tessa, Meo und Davide kennen sich seit dem Kindergarten. Aber sie plappern wild drauflos, erzählen von ihrer Schulzeit, dem Leben bei den *tutori* und mit der Maske.

»Wusstet ihr vorher von den *tutori* und den Masken?«, frage ich, als wir am Tor zum Echten Markt ankommen und alle ihre Masken hervorkramen.

Tessa zuckt mit den Schultern. »Wissen ist zu viel gesagt. Dass meine Eltern einen besonderen Job haben, mit Schichten zu den merkwürdigsten Zeiten, kenne ich nicht anders. Dass Magie im Spiel ist, habe ich erst erfahren, als ich erwählt wurde.«

»Meine Mutter hat mich mit ihrer Maske spielen lassen«, erzählt Meo. »Die ist besonders, hat sie immer gesagt. Als ich älter wurde, war sie weg. Ich dachte, sie wäre kaputtgegangen.«

»Ich wusste Bescheid«, sagt Davide, setzt seine Maske auf und lacht. Sein Lachen klingt wie ein Bellen. »Aber geglaubt habe ich es nicht. Ich meine, Magie? Zu abgefahren, um es zu glauben. Nicht, ohne es gesehen zu haben. *Aproporta!*« Mit einem Wink seiner Hand glühen die Umrisse des Tores im Holz auf.

Auf dem Markt herrscht weniger Trubel als beim letzten Mal. Kaum sind wir alle durch, springt das Tor augenblicklich zu und verblasst.

»Ich liebe diesen Anblick«, schwärmt Tessa. »Ich hatte keine Ahnung von irgendwas. Ich glaube, es ist auch besser so.«

»Warum?« Meo dreht sich zu ihr um.

»Stell dir vor, du weißt von all dem.« Sie zeigt in den Gang vor uns. An einem Stand mit Shirts steht ein Mann vor einem Spiegel und hält sich ein pinkes Shirt vor. Über seinen Ohren wachsen verästelte Hörner aus seinem Kopf, wie ein Mini-Hirschgeweih. »Du wartest darauf, es sehen zu können, Magie benutzen zu dürfen, und dann, bäm, nichts. Du wirst nicht erwählt. Keine Maske interessiert sich für dich. Du kommst nie hierher.«

»Hart«, sagt Davide.

»Man könnte ziemlich unglücklich werden.« Tessa seufzt, lächelt aber sofort wieder zufrieden. »Uns wollten die Masken, wir können Magie benutzen, sie sehen und fühlen. Fantastisch.«

Wenn man es aus ihrer Sicht betrachtet, klingt das Verhalten meiner Eltern logisch. Als hätten meine Muskeln nur auf so eine Erklärung gewartet, entspannen sie sich. Zum ersten Mal seit

Tagen kann ich tief durchatmen. Vielleicht sollte ich dem Ganzen eine Chance geben – und mich mit Mama aussöhnen. Das habe ich bisher nur so mäßig getan.

»Ich liebe diesen Markt! Habe ich das schon einmal gesagt?«, ruft Tessa und zieht mich mit sich zum ersten Stand, wo Tücher verkauft werden.

Meo verdreht die Augen. »Ungefähr jedes Mal, wenn wir hier aufschlagen. Was haltet ihr davon, wenn wir uns in einer halben Stunde am Brunnen treffen? Dann könnt ihr bummeln und ich gehe noch zum Uhrmacher. Ich soll da was nachfragen.«

»Da komm ich mit«, sagt Davide.

»Na gut, dann geht ihr und wir staunen und shoppen.«

Meo und Davide verschwinden und Tessa strahlt mich an. »Was willst du als Erstes sehen?« Tessa hakt sich ein und wir schlendern den Gang hinunter.

»Den Stand von Anouk, den mit den Kristallen. Dario meinte, die hätten Schutzzauber?«

Tessas Augen weiten sich. »Du warst mit Dario hier? Macht er etwa deine Einführung? Wie unfair! Bei uns war es der alte Andrea. Riecht nach Lavendel und Bier. Bäh.«

»Dann hattet ihr eine gemeinsame Einführung?«

»Klar. Alles andere wäre ein ziemlicher Aufwand. Wir haben ja alle unsere Masken gleichzeitig bekommen. Ich bin ein bisschen neidisch, dass du Sexy-Dario abbekommen hast und das auch noch als Einzeldate. Obwohl: Lass bloß nicht Estelle hören, dass du mit Dario abhängst.«

»Sie hat uns schon gesehen.«

Tessas Blick wird mitleidig. »Dann besorgen wir dir einen Schutzzauberkristall. Am besten wir nehmen den ganzen Stand.«

»Sind die beiden ein Paar?«

»Wenn es nach ihr ginge, sicher. Soweit ich weiß, ist Dario aber nicht der Typ, der sich fest bindet. Zumindest hört man viele Geschichten. Wäre mir egal, ich würde ihn trotzdem nehmen.«

»Es ginge schlimmer«, stimme ich zu. Dass Dario und Estelle kein Paar sind, gefällt mir mindestens genauso gut wie Tessas Ehrlichkeit.

»Ohhhh ja! Ich kann dir gerne ein paar Tipps geben, von wem du lieber die Finger lassen solltest. Voilà, Kristalle!«

»Kann isch eusch 'elfen?« Annouk lächelt uns über den Tisch hinweg an. Wieder blinzeln ihre Augen senkrecht statt horizontal.

»Ihr kannst du helfen!« Tessa deutet mit ihrem Daumen auf mich. »Sie braucht den stärksten Schutzzauber, den du zu bieten hast.«

»Das meint sie nicht ernst«, sage ich schnell.

»Sagt sie jetzt«, erwidert Tessa.

»Was gibt es denn so für, äh, Zauber?«

»Wir 'aben von allem etwas«, beginnt Annouk und deutet auf ein Armband aus hellen Kristallen, »Schutz vor Krank'eit«, dann zeigt sie auf zwei Ketten mit mehreren grünen Edelsteinen, »schleschtem Wetter, übler Nachrede.« Annouk zeigt mir geduldig alles, was sie zu bieten hat. Am Ende entscheide ich mich für drei Lederbänder mit jeweils tropfenförmigen Kristallen, die das Böse – ganz allgemein – fernhalten sollen. Als Annouk die Ketten in ein Papiertütchen packt, wird mir heiß. »Tessa?« Panisch sehe ich zu ihr. »Wie zahle ich? Gibt es eine Extrawährung? Hätte ich Geld wechseln müssen?«

»Wir stecken nicht in einem High-Fantasy-Schinken«, tadelt mich Tessa. »Du zahlst mit Euro.«

»Oder mit Karte, falls dir das lieber ist«, fügt Annouk hinzu.

»Ihr Gesicht hättet ihr sehen sollen!« Tessa kriegt sich gar nicht mehr ein, als sie Meo und Davide von meinem Einkauf erzählt. Wir stehen auf dem Platz hinter dem Markt um einen Bistrotisch. Vor uns Pommes, vegane Nuggets, Chicken-Wings und Maracuja-Drinks. Weil Tessa so liebenswert lacht, mit Grübchen, die ihr Gesicht unfassbar süß aussehen lassen, muss ich mitlachen.

Mit den Fingern lockere ich meinen Pony und streiche ihn glatt. »In dem Moment dachte ich einfach nur: FUUUCK! Was weiß ich eigentlich? Nichts! Panik!«

»Mach dir nichts draus, Anola!« Davide klopft mir lachend auf den Rücken. »Am Bankautomaten habe ich genau aus demselben Grund meine Maske aufgesetzt. Falls ich magisches Geld brauche. Ich dachte, ich sehe dann schon, wenn es welches gibt.«

Tessa lacht laut los und erst nach einer Weile beruhigt sie sich wieder. Erschöpft legt sie ihren Kopf auf den Tisch und atmet ein paarmal tief durch. »Leute, ihr macht mich fertig.«

Davide schiebt ihr eine Pommes in den Mund. »Hier, zur Stärkung.«

Wie ein Hase mümmelt Tessa die Pommes, hält aber plötzlich inne und hebt den Kopf. Ihr Blick geht in Richtung Brücke, die sich am Ende des Platzes über den Kanal spannt. »Was ist da los?«

Sofort drehen wir alle unsere Köpfe in die Richtung.

»Seht ihr das auch?«, frage ich, einfach weil es so unglaublich ist – und mein Gehirn bekannterweise gerne mal flunkert.

»Fuck!« Tessa holt ihr Handy aus ihrer Tasche. »Ich rufe in der Leitstelle an.«

Davide zückt sofort sein Handy und filmt das, was immer mehr Leute auf dem Platz verstummen lässt: Das Glitzern, das die Steine der Brücke, des Platzes und der Gebäude um sie herum durchzieht, weicht langsam zurück. Wo es verschwindet, bleibt nichts als schwarz-grauer bröckelnder Mörtel – und Risse im Mauerwerk.

Kapitel 15

Kopflos.

Als Tessa auflegt, herrscht bereits große Aufregung auf dem ganzen Markt. Alles strömt auf den Platz, um mit eigenen Augen zu sehen, wie die Magie erlischt.

»Sie kommen«, sagt Tessa. »Es gab einen Notfall am Markusplatz. Deshalb brauchten sie eine Weile.«

»Habt ihr so etwas schon mal gesehen?«, frage ich.

»Nein.« Tessa wirkt schockiert. »Venedig braucht die Magie, ohne sie versinkt die Stadt wieder im Meer. Dorthin, von wo sie gekommen ist.«

»Wenn man die bröckelige Mauer da sieht, glaube ich das mit dem Versinken sofort«, murmle ich. Blitzartig taucht die Vision wieder aus meiner Erinnerung auf. Das aufgerissene Pflaster, das hervorquellende Wasser, die Warnung vor dem Ende Venedigs. Es ist also möglich! Beginnt die Zerstörung jetzt, in diesem Moment? War es doch keine Einbildung? Mir wird übel. »Können wir nicht irgendetwas tun? Rumstehen und warten ist bescheuert.«

»Keine Ahnung«, sagt Davide, der immer noch sein Handy hochhält und filmt. Er ist längst nicht mehr der Einzige.

»Wir sind alle noch in der Ausbildung«, erwidert Meo, der blass geworden ist.

»Wir könnten die Leute von dort wegholen.« Damit überrasche ich mich selbst, und als alle mich ansehen, blicke ich verlegen zur Seite. »Was, wenn die Magie auch aus den *liberi* rausgezogen wird?«

»Horror.« Tessa presst die Lippen aufeinander. Dann strafft sie ihre Schultern. »Anola hat recht.«

»Na, dann näher ran«, sagt Davide. »Kümmert ihr euch um die *liberi*. Ich filme weiter, damit die anderen *tutori* sehen, was passiert ist.«

Zusammen quetsche ich mich mit Tessa und Meo durch die Menge. Als übe die zurückweichende Magie eine Art Abstoßungskraft aus, steht die erste Reihe der Zuschauenden halbkreisförmig um die Brücke. Die Ecke des Gebäudes neben ihr bröckelt bereits. Gerade erreicht die Grenze zwischen Glitzer und Nicht-Glitzer die Mitte der Brücke.

»Da stürzt sicher bald was ein«, raune ich Tessa zu.

Sie nickt und hebt die Hände. »Leute, geht zurück! Kommt schon! Es ist gefährlich!«

Tatsächlich reagieren die meisten auf Tessas Worte. Auch ich breite die Arme aus und schiebe die Menge weiter zurück, wie Tessa und Meo. Einige wirken wie in Schockstarre, bewegen sich aber schließlich. Ich kann meinen Blick nicht von der Grenze lösen, die sich immer weiter vorschiebt und die Magie verdrängt. Sosehr ich mir ihr Verschwinden gewünscht habe, umso gruseliger finde ich es jetzt. »Leute, guckt mal. Die Grenze verläuft nicht gerade.« Jetzt, da die Fläche des magielosen Steins mehr wird, ist die fortschreitende Grenze an einer Hausmauer klar zu erkennen. »Sie ist eher rund. Wie ein Kreis. Was immer dafür verantwortlich ist, muss im Zentrum des Kreises sein, oder?«

»Klingt logisch«, erwidert Meo. »Es muss irgendwo in den Gassen dort hinten liegen. Hinter der Häuserfassade?«

Ich sehe, welche Gasse er meint, und mir wird anders. »Liegt dort nicht das Hotel Sara? Die Außenmauer liegt doch am Kanal, oder nicht?«

Meos Augen weiten sich. »Oh-oh.«

Ich kann nicht anders. Ich verlasse meine Position und renne los. »Jemand muss Ophelia und die anderen warnen!«

Wenn Meo geantwortet hat, höre ich es nicht mehr. So schnell es geht, bahne ich mir einen Weg durch die Menge. Die Kynos, sie müssen gewarnt werden. Sie und alle anderen, die im Hotel Sara untergebracht sind. Wie soll der Bettlägerige von ihnen es nur die drei Stockwerke nach unten schaffen? Rechtzeitig?

Ich quetsche mich durch die Menge und sprinte in die Gasse, die zum Hotel Sara führt. Am Ende einer schmalen Gasse, an der ich vorbeihetze, bemerke ich einen Schatten, der am Boden kauert. Merkwürdig. Die Sonne scheint genau in die Gasse. Wo kommt der Schatten her? Ich halte inne und laufe zurück. Dort hockt jemand auf dem Boden. Ein schwarzer Umhang bedeckt die Gestalt so, dass sie aussieht wie ein Berg dunkler Wäsche. Doch das ist nicht, was mein Herz aussetzen lässt. Es ist das Glühen, das die Gestalt umgibt. Und der Fakt, dass die Grenze, die zwischen Glitzer und marodem Mauerwerk verläuft, von ihm ausgeht.

»Hey!« Mein Brüllen hallt durch die Gasse. Die Gestalt, deren Gesicht von einer schwarzen Maske verdeckt ist, wirbelt herum und wird zu einem Zwei-Meter-Ungetüm. Das Glühen um ihn herum erstirbt. »Finger weg von Venedig! Im Namen der *tutori*!« Die Worte gleiten so schnell über meine Lippen, dass ich selbst einen Moment brauche, um sie zu verstehen. Einer unheimlichen Gestalt mit unbekannten magischen Kräften drohen, ohne irgendwas in der Hand zu haben? Bin ich von allen guten Geistern verlassen?! Viel Zeit zum Nachdenken bleibt mir nicht, denn die Gestalt sprintet los und rast auf mich zu.

Shit.

Bevor ich reagieren kann, glüht die Luft vor dem Ungetüm wieder. Eine Art Glitzerschild schießt auf mich zu. Ein Ruck geht durch meinen Körper und reißt mich um. Die Gestalt rennt an mir vorbei, nur der schwarze Umgang streift meine nackten Beine.

Beim Blick zurück in die Gasse atme ich erleichtert auf: Die Magie weicht nicht länger aus dem Gestein. Sie kommt zwar auch nicht zurück, aber es ist zu Ende. Ich rapple mich auf. Es gibt eigentlich nur eines, das jetzt logisch ist. »Scheiße, scheiße, scheiße!« Ich renne der Gestalt hinterher. Sie ist in eine weitere Gasse abgebogen. Zwar höre ich ihre Schritte nicht, dafür aber Geschrei. Die Gasse mündet in eine breite Straße, zu deren beiden Seiten Cafés und Bars liegen. Stühle sind umgekippt, einige *liberi* liegen am Boden, darunter ein Typ mit Flügeln. Andere kümmern sich um ihn. Scherben knirschen unter meinen Chucks, als ich mich zwischen ihnen hindurchschiebe. Die Gestalt biegt am Ende der Straße links ab. Wenn ich mich nicht täusche, liegt dort ein Kanal. Der Unbekannte kann dort nicht weiter, er muss dem Kanal folgen. Und der macht eine Kurve, bringt ihn unausweichlich wieder zurück auf meine Höhe. In Sekundenschnelle entscheide ich mich für einen Weg, der in eine weitere parallele Einkaufsstraße führt. Um der Gestalt den Weg abzuschneiden? Ich muss verrückt sein. Oder die Maske macht mich mutig. Mutig? Eher selbstmordgefährdet! Was soll ich gegen diese Person ausrichten, wenn ich ihr den Weg abschneide? Aber stehen zu bleiben, macht genauso wenig Sinn.

Am Ende der Straße liegt eine kleine Markthalle, in der es vor *liberi* wimmelt. Wenn ich Venedig die Magie entziehen würde und aufgeflogen wäre, würde ich versuchen abzuhauen, um im nichtmagischen Teil der Stadt unterzutauchen. Vielleicht gibt es auch hier ein Tor, einen Ausgang. So schnell ich kann, renne ich ans andere Ende der Markthalle. Tatsächlich! Ein Tor! Feine Glitzerlinien im Holz! Als ich mich umdrehe, sehe ich, wie einige Marktbesucher eilig zum Ausgang der Markthalle rennen. Kreischen dringt an meine Ohren. Ein Schauer läuft mir über den Rücken. Okay. Scheint, als hätte ich recht. Und jetzt?

Als die Gestalt in Schwarz aus einem der Gänge stürzt, lege ich meine Hand aufs Holz des Tores und sage die einzige Formula, die mir einfällt: »*Spadatiro!*«

Während die Marktbesucher beim Anblick meines Schwerts, das genauso aussieht wie beim letzten Mal, fliehen, stutzt die schwarze Gestalt einen Moment lang. Mein Herz schlägt mir bis zum Hals. Was mache ich hier?! Ich habe keine Ahnung von Schwertkampf. Alles, was ich weiß, stammt aus Filmen. Ich wünschte, ich könnte die Gestalt einfach festnageln. Aus der Ferne und auf der Stelle. Bis *tutori* kommen, die sich auskennen. Fast im selben Augenblick, in dem mir dieser Gedanke durch den Kopf schießt, geht eine Schockwelle durch die Magie im Boden. Als hätte jemand einen fetten Stein in einen ruhigen Teich geworfen. Nur dass die Wellen rückwärtslaufen, auf die Gestalt im Umhang zu, als wäre sie der Stein. Der Glitzer zu seinen Füßen springt in die Höhe und schlingt sich um seine Knöchel. Überrascht starren wir uns eine Sekunde lang an. Vermutlich denken wir dasselbe: War das die lebensmüde *tutori* namens Anola? Ganz ohne eine Formula?

Wieder geht eine Schockwelle durch die Magie, dieses Mal läuft sie hinter mir am Tor zusammen. Die Gestalt sagt etwas, und mit einer Handbewegung schiebt sie die Magie von ihren Stiefeln, so lässig, als wären es Socken, die sie abstreift. Dann kommt sie auf mich zu. Okay, keine Panik … Eine Formula, komm schon, denk nach! Ich habe doch so viele gelesen! Aber was soll ich jetzt mit einer offenen Tür oder einem Abhörmanöver? Die Gestalt hebt die

Arme. Legt die Hände aufeinander. Streckt sie von sich. Ein Schwall aus Magiearmen schießt auf mich zu und umhüllt mich. Es brennt höllisch, und das Kreischen, das ich höre, muss meins sein. Meine Haare wirbeln um mich, während ich mich um meine eigene Achse drehe. Dann ist plötzlich alle Luft aus meinen Lungen verschwunden. Und etwas bohrt sich in meinen Bauch. Den Aufprall auf dem Boden nehme ich kaum wahr, zu sehr strömt der Schmerz auf mich ein. Hinter den Magietentakeln, die sich gerade auflösen, sehe ich einen schwarzen Schatten. Er zögert, als er an mir vorbeieilt. Doch dann wendet er sich dem Tor zu und öffnet es.

Ich weiß, wann es besser ist aufzugeben, also bleibe ich liegen. Jeder Atemzug schmerzt. Eine Stelle rechts im Brustkorb ganz besonders. Das Fresco an der Decke der Markthalle wabert von scharf zu unscharf. Wüsste ich es nicht besser, würde ich annehmen, ich liege auf einem Schiff, im Meer, bei echt starkem Wellengang. Als sich ein Gesicht in mein Blickfeld schiebt, brauche ich kurz, bis es scharf wird. Und ich wünsche mir, dass es sofort wieder unscharf wird. Marco. Na toll. Schickt doch gleich den Großinquisitor oder Signore Eduardo.

Entgegen meiner Erwartung hat Marco mir jedoch weder genervte Blicke zugeworfen, noch hat er mir eine Standpauke gehalten. Er hat mich ins Hotel Sara gebracht. Dort sitze ich auf einer Krankenliege vor Ophelia, die mir mit einer kleinen Taschenlampe in die Augen leuchtet und mich nach allerlei Kram fragt. Ich bin erleichtert, dass ich genau weiß, welches Jahr wir haben oder wann ich geboren wurde. Nur die Ankunft von Vit hat unsere Fragerunde kurz unterbrochen. Es tat gut, ihn zu sehen. Jetzt lehnt er am Fenster, mit verschränkten Armen und besorgter Miene.

»Eine leichte Gehirnerschütterung. Rippenprellung. Gebrochen ist nichts«, lautet Ophelias Fazit. »Eine Woche Ruhe. Kein Training, keine Ausflüge, keine heftigen Bewegungen. Viel Schlaf. Ein paar Schmerztabletten, ich gebe dir welche.« Sie macht sich an einem Schrank zu schaffen und holt ein paar Dosen heraus.

»Kann sie nach Hause?«, fragt Vit.

»Auf jeden Fall. Wenn du aber beginnst, dich zu erbrechen oder doppelt zu sehen, ab ins Krankenhaus. Egal welches. Verstanden?«

Ich nicke und bereue es sofort. Die Schmerztabletten kann ich gut gebrauchen. »Verstanden.«

»Wie bist du auf die Idee gekommen, dem Urheber des Magieentzugs zu folgen?«, fragt Vit.

»Ich wollte hierher«, gebe ich kleinlaut zu.

»Hierher?« Mit erhobenen Augenbrauen dreht sich Ophelia zu mir um.

»Ich wollte euch warnen. Was, wenn das Hotel mit allen eingestürzt wäre? Ich konnte nicht anders.«

Ophelia beäugt mich einen Moment. Dann wischt sie sich über die Augen und dreht sich wieder zu ihren Tabletten um. »Danke, Anola.«

»Die Idee war gut«, sagt eine Stimme von der Tür aus, »aber dich gleich in eine Verfolgungsjagd verwickeln zu lassen?« Ah, da ist sie, Marcos Standpauke. Er steht in der Tür, die Hände tief in den Taschen. »Und das Schwert! Wie kommst du auf die Idee, ein Schwert zu rufen, ohne eine einzige Stunde Schwertkampf?«

»Vielleicht weil mir mein Supervisor in Formulae nichts Besseres beigebracht hat?«

»Du hättest erst gar nicht –«, fährt Marco auf, doch Vit unterbricht ihn.

»Beruhigt euch. Beide. Es war nicht optimal, dass Anola die Verfolgung aufgenommen hat, aber es ist bemerkenswert.«

»Ich hätte gut darauf verzichten können«, murmle ich.

»Ach was!« Ophelia dreht sich zu Vit und Marco um. »Ohne sie wäre viel mehr passiert. Seid froh, dass sie so viel Mut hat!«

Dankbar lächle ich sie an.

Vits Augen sprühen vor Stolz. »Nicht viele junge *tutori* hätten das getan, das stimmt.«

Es klopft an der Tür und kurz darauf schiebt sich Dario in den Raum. »Hi.« Er hebt die Hand in meine Richtung und wendet sich dann an Vit. Gut so, weil ich grinsen muss. So ertrage ich Marco vielleicht. »Die Durchsuchung des Echten Marktes ist abgeschlossen. Luca und Casius reden mit den *liberi*. Sollen wir die Tore wieder freigeben?«

Vit will antworten, doch ich komme ihm zuvor. »Das hättet ihr euch sparen können, die Gestalt ist geflohen. Durch das Tor in der kleinen Markthalle. Nachdem sie mich … beiseitegeschafft hat.«

Marco schnaubt. »Als wir in Reichweite des Echten Marktes waren, haben wir als Erstes alles verriegelt. Wie soll er durch das Tor geflohen sein?«

»Erstens: Es könnte genauso gut eine Frau gewesen sein. Und zweitens: Da war nichts verriegelt, er oder sie hat das Tor geöffnet und ist einfach rausspaziert.«

»Das kann nicht sein«, sagt Vit. »Hast du die Schockwelle gesehen? Sie hat für die Verriegelung der Eingänge zum Echten Markt gesorgt. Niemand außer uns kann das Tor öffnen, wenn es verriegelt ist.«

»Klar habe ich sie gesehen. Das bedeutet, wenn nur einer von uns das Tor öffnen kann, dann war es entweder einer von uns«, wende ich ein. »Oder etwas, dass ihr nicht auf dem Schirm habt.«

»Beide Optionen gefallen mir nicht.« Vits Stirn legt sich in tiefe Falten. Zum x-ten Mal sieht er auf sein Handy, das genauso oft vibriert, wie draußen Möwen rufen. Er ignoriert es.

Marco und Dario werfen sich einen Blick zu, der etwas zu bedeuten scheint, das beide verstehen. Marco nickt kaum merklich.

Bevor ich das kommentieren kann, macht Vit weiter mit seinen Fragen. »Wie sah die Gestalt aus?«

»Groß, schwarzer Umhang, schwarze Maske, die das ganze Gesicht verdeckte. Und zwei Arme und zwei Beine«, füge ich schnell hinzu, man weiß ja nie. »Sie hat Magie rumgeschleudert, erst einen Schild, dann so Tentakelarme.«

Wieder vibriert Vits Handy und er schaut drauf.

»Klingt nach *abbraccio*«, murmelt Marco so leise, dass nur ich und Dario ihn hören.

»Die Fessel-Formula?« Dario reibt sich über den Nacken. »Dann muss es wirklich einer von uns *tutori* gewesen sein.«

Marco legt den Kopf schief und zieht die Augenbrauen hoch, als wolle er sagen: meine Rede.

Dario stöhnt leise.

Bevor ich fragen kann, warum sie das nicht laut sagen, fragt Vit weiter. »Was ist am Tor passiert?«

»Als die erste Schockwelle ihn an den Boden gebunden hat, hat er die Magie einfach abgestreift und ist mit diesem Tentakelding auf mich los.«

»Von welcher ersten Schockwelle redest du?«, schaltet sich Marco ein.

»Die, die ihn kurz aufgehalten hat?« Verständnislos sehe ich erst zu ihm, dann zu Vit und Dario.

»Was sollte ihn an den Boden binden?«, fragt Dario und sieht wieder zu Marco. »So etwas habe ich noch nie gehört.«

»Vielleicht habe ich sie mir eingebildet«, rudere ich schnell zurück. »War doch etwas stressig das Ganze.« Während Dario leise lacht, beiße ich mir auf die Lippen. Besser ich sage nichts mehr zu dieser ersten Schockwelle. Oder dazu, dass ich daran gedacht habe, die Gestalt am Boden festzutackern, und dass es tatsächlich passiert ist. »Vielleicht hat einer der *liberi* geholfen.«

»Möglich«, gibt Vit zu.

»Die Befragungen laufen noch«, wirft Dario ein.

Vit stößt sich vom Fensterbrett ab. »Wir weiten die Suche aus. Marco, Dario, ihr beteiligt euch an der Suche. Ich kümmere mich zuerst um Anola. Draußen wartet ein Boot auf dich.«

Mit einem Döschen Tabletten in der Hand schaffe ich es an Vits Arm bis zum Treppenabsatz vor der Wohnung, ohne allzu sehr zu stöhnen oder zu fluchen. Genervt zieht Vit sein vibrierendes Handy aus der Tasche. »Die Bürgermeisterin. Da muss ich rangehen. Macht es dir etwas aus, mit Dario nach unten zu gehen?«

Dario, der gerade neben Marco die Treppe hinuntergehen will, bleibt stehen und sieht zu uns.

»Nein. Lass dir ruhig Zeit.«

»Danke. Dario, wärst du so nett? Ich bin gleich wieder da.«

Während Dario zu mir kommt, eilt Marco mit einem »Bis gleich« die Treppe hinab. Dario hält mir seinen Arm hin, und nicht nur, weil die Treppe ein klein wenig vor sich hin schwankt, hake ich mich gerne ein. Unsere Arme liegen aufeinander, Haut auf Haut. Die Wärme, die von ihm ausgeht, hilft mir, den Schmerz in meinem Körper für den Augenblick zu vergessen.

»Geht's?« Dario wirft mir einen Blick von der Seite zu.

»Die Welt wirbelt ein wenig …«

»Dann halte dich gut fest. Ich passe auf, dass du nicht davonfliegst.«

»Ein Gentleman der alten Schule, wer hätte das gedacht.«

»Manche Befehle führe ich gerne aus.«

Mein Lachen bringt meine Rippen dazu aufzuschreien und ich presse die Lippen aufeinander.

»Im Ernst«, sagt er einen Treppenabsatz später, »ich finde deinen Mut bewundernswert. Als Superheldin ist das Teil des Pakets, ich weiß, aber mach das nie wieder. Du hast allen einen Riesenschreck eingejagt.«

»Geht klar. Verbrecherjagen wird von der Hobbyliste gestrichen. Macht die Maske einen mutiger?«

»Nein, ich glaube nicht. Du bist eben zu cool, um nur danebenzustehen.«

Ein Lachen rutscht mir heraus, mein Brustkorb verkrampft sich bei der Vibration. Aua. Aber: Ich und cool? Ich würde es wieder machen, weiß ich. Also: den Teil mit dem Vorhaben, das Hotel Sara zu alarmieren. Den Verfolgungsteil, meh, vielleicht nicht. »Eine Woche Ruhe klingt aber auch herrlich. Keine Schule, kein *tutori*-Unterricht.«

»Keine Einführung?« Dario seufzt. »Ich hätte so ein cooles Programm gehabt.«

»Was hattest du vor?«

»Das verrate ich nicht. Wir machen das ein anderes Mal. Aber sieh zu, dass du schnell wieder fit wirst. Es ist selten genug, dass ich jemanden mit Bock auf Kunst unter die Fittiche bekomme.«

»Zu Befehl, Herr Tutori. Ich gebe mein Bestes!«

»Sehr gut, das wollte ich hören!«

Mittlerweile sind wir im Parterre angekommen. Dario öffnet die Tür und lässt mich mit einer kleinen Verbeugung als Erste an die frische Luft treten. Inzwischen ist es dunkel geworden. Eine Lichterkette, die sich quer über den Hof spannt, sorgt für warmes Licht. Mich fröstelt ein wenig, aber die kühle Luft sorgt wenigstens dafür, dass die Kopfschmerzen etwas nachlassen.

»Das ist eine ernste Sache, oder?«, frage ich und setze mich auf einen Stuhl neben der Tür. Die Treppe war anstrengender, als mir lieb ist.

»Mehr als ernst. Es ist bedrohlich. Wir haben keine Möglichkeit, die Magie in den Stein zurückzuleiten. Damit ist die Ecke Sperrgebiet. Für immer. Das gab es noch nie. Venedig braucht die Magie, um zu bestehen. Keine Magie, kein Venedig.«

»Es gibt doch viele moderne Gebäude in Venedig. Kann man nicht einfach bauen?«

»Jein. Die vielen modernen Gebäude sind auf Magie gebaut, aber nicht mit ihr verbunden. Nur eine leichte Schwankung der Magie reicht, um sie zum Einstürzen zu bringen.«

Der Gedanke lässt mich noch mehr frösteln. »Wer würde das wollen?«

Dario beißt sich auf die Unterlippe und lässt seinen Blick schweifen. »Diese Frage stellen sich heute Abend alle …«

»Wie geht es jetzt weiter?«

»Suchen, Befragungen, Überstunden. Ich schätze, wir brauchen Glück. Meine Vorlesungen kann ich diese Woche vergessen.« Er klingt verbittert.

»Das tut mir leid. Ehrlich.«

Dario seufzt. »So ist das eben als *tutori*. Man hat keine Wahl. Je schneller man sich arrangiert, desto besser. Und über die Architektur des Mittelalters weiß ich sowieso schon eine Menge.«

»Darf ich dich was fragen?« Dass die Idee eine Gehirnerschütterung braucht, um herauszukommen, finde ich unnötig, aber gut. Ich ziehe mein Handy aus der Hosentasche und halte es ihm hin. »Als Experte für die Architektur Venedigs: Wo ist das?«

Mein Herz wummert wie ein Bass, als Dario einen Blick auf das Bild wirft, dass Cara im Netz gefunden hat. »Oh, plötzlich Interesse an Architektur? Oder ist das dein nächstes Hobby?« Er wartet meine Antwort nicht ab, sondern nimmt mein Handgelenk und zieht es mitsamt Handy sanft zu sich. Er lächelt mich an und sein Daumen streicht über meine Handaußenfläche. Dann konzentriert er sich aufs Display und vergrößert das Foto. Gut. So habe ich zumindest eine Chance, wieder zu Atem zu kommen. Von der Stelle, über die er gestrichen hat, beginnt ein Ganzkörper-Prickelfestzug loszuziehen.

»Wenn ich mich nicht täusche, ist das eine Kirche. Die Chiesa

Sant'Alvise. Eine schöne Kirche, alt und einfach gehalten. Sie liegt in Cannaregio, im Norden. Warum fragst du?« Er gibt meine Hand frei. Leider.

Weil ich keine Ahnung habe, wie ich seine Berührung erwidern kann, wie ich mir die Antwort auf die Frage »War das Zufall?« hole, senke ich den Blick auf mein Display. »Ich habe das Foto im Internet gefunden und nicht herausgefunden, wo das ist. Aber einen Architekturfan zu kennen, scheint von Vorteil zu sein.«

»Es kursiert eine Legende, dass die Gründungsväter der Stadt die Kirche gebaut haben.« Darios Blick fixiert mich.

»Die Gründungsväter? Sind damit die Magier gemeint?«

»Gut möglich. Die Magier haben sich gerne fette Paläste und Kirchen gebaut. Wenn du willst, zeige ich sie dir.«

Ich sehe hoch zu ihm. Küssen. Ich will ihn küssen. »Gern.«

Dario fährt sich durch die Haare, nimmt den Blick aber nicht von mir. »Gut.«

Für einen Augenblick tauche ich in Darios grün-blaue Augen ab. Keiner von uns bewegt sich.

Mein Blut rauscht mit Vollgas durch meine Adern. »Schade, dass sich unsere Wege heute schon trennen müssen.«

Zuerst ist da Überraschung in seinen Augen. Schnell macht sie einem Funkeln Platz. Es lässt mich die Schmerzen vergessen.

»Können wir?«, fragt Vit plötzlich vom Eingang aus.

Wie zwei aufgescheuchte Katzen fahren wir herum. Ich komme auf die Beine, bereue es sofort, taumle und lande in Darios Armen. Etwas länger als nötig lasse ich meine Hand auf seinem Oberarm liegen. Dieses Mal bin ich diejenige, die ihre Finger langsam von ihm gleiten lässt. Was er kann, kann ich auch. Als Belohnung für meinen Mut bekomme ich einen Blick und ein Lächeln, die die Zeit anhalten.

»Erhol dich gut«, raunt Dario dann und macht sich auf den Weg.

Kapitel 16

Den Baum vor lauter Bäumen nicht.

Wenn du kommst, sag bloß nichts zu unserem Plan.
Komm einfach und sei so charmant wie immer.
Wir sehen uns das Staffelfinale von Glow Up an.

Ich drücke auf den Senden-Pfeil und die Nachricht poppt im Chat mit Cara auf. Als Antwort bekomme ich einen Daumen hoch, und im gleichen Moment fliegt die Tür zu meinem Zimmer auf.

»Oh, 'tschuldige. Ich wollte eigentlich klopfen und bin gegen die Türklinke gekommen!«, höre ich Mamas Stimme hinter vier aufeinandergestapelten Kartons, die ins Zimmer wanken. Ich springe vom Bett und komme ihr zu Hilfe, indem ich ihr zwei der Kisten abnehme. Sie sind etwas größer als Schuhkartons und gesehen habe ich sie noch nie.

»Danke!« Erleichtert, dass alles heil geblieben ist, strahlt mich Mama an. »Du sollst aber nicht so schnell aufstehen. Denk an deinen Kreislauf.«

»Mama, was immer in den Tabletten von Ophelia ist, sie wirken Wunder.« Es stimmt: Eine gute Woche nach dem Attentat fühle ich mich fast wieder wie neu. Zugegeben: Bei schnellen Bewegungen sticht es ab und an noch etwas in meinem Brustkorb. Aber ich bin wieder gesund.

»Ich bin mir noch immer nicht sicher, ob ich das gut finde. Magie in Medikamenten? Da kann sicher viel schiefgehen.« Besorgt ist eine sehr milde Umschreibung für das, was Mama ist. Sie hat Vit die wildesten Vorwürfe gemacht, auch wenn ich betont habe, dass es allein meine Entscheidung und Schuld war. Dazu kommt, dass sie immer noch ein schlechtes Gewissen wegen ihrer Lüge hat.

»Das machen die schon seit Jahrhunderten so, mach dir keine Sorgen. Guck«, ich ziehe mein Shirt von der Schulter. »Keine Schuppen, keine Flügel, keine Hörner.«

»Trotzdem hätte ich es lieber, wenn du noch eine Weile zu Hause bleiben würdest. Morgen wieder mit dem Unterricht zu starten, geht mir viel zu schnell. Als ich einmal von einem Baum gefallen bin, lag ich mindestens –«

»Zwei Wochen im Bett und dir war trotzdem bei jeder Bewegung schwindlig«, beende ich Mamas Satz, den ich in den letzten Tagen viel zu oft gehört habe. »Mama, ich bin fit. Ehrlich. Mir fällt schon die Decke auf den Kopf.«

»Ich hör ja schon auf.« Mama seufzt. »Ich habe was für dich. Darf ich die Kartons auf deinen Schreibtisch stellen?«

»Klar.« Seit unserem Streit versucht sie, meine Privatsphäre noch mehr zu achten als ohnehin. Als könne sie so alles wiedergutmachen. Ehrlich gesagt freue ich mich darüber. Trotzdem habe ich das Gefühl, dass zwischen uns noch eine unsichtbare Mauer steht. Ich stelle meine zwei Kartons neben ihre. »Was ist das?«

»Das sind Papas Sachen.« Sie sagt es so schnell, dass ich es zuerst gar nicht verstehe.

»Die sind doch in den Kartons, die wir oben im Dachboden

lagern?« Und die wir zusammen bemalt haben, bevor wir seine Sachen reingepackt haben. Bei dem Gedanken an die wenigen Hemden und Shirts, die wir behalten und dort hineingelegt haben, wird mir flau. Sein Geruch hing in ihnen. Wir haben geheult und dann über Erinnerungen gelacht, dann wieder geheult. Nach der Beerdigung der schrecklichste Tag unseres Post-Papa-Lebens.

»Das sind die Sachen aus seiner Wohnung hier in Venedig. Es ist leider nicht viel, nur was abgeschlossen im Safe war. Ich hatte den Schlüssel. Papa hatte ihn bei seinem letzten Besuch vergessen. Marco hat sich fast alles andere genommen, bevor wir überhaupt hier waren.« Wie immer bei Marcos Erwähnung erkaltet ihre Stimme ein wenig. Marco sieht Mama als Endgegnerin. Als die Frau, die seinen Vater an sich gerissen hat. Jedes Gespräch, jeder Versuch, mit ihm zu reden und klarzukommen, ist gescheitert. Nicht zuletzt wegen Marcos Mutter, der unbarmherzigen und nachtragenden Upperclass-Lady. Dass die beiden Papas Wohnung quasi ausgeräumt haben, bevor wir sie je zu sehen bekommen haben, war wie ein Schlag ins Gesicht. »Ich habe die Sachen genommen, als ich endlich mal allein in der Wohnung war, kurz bevor die Möbel abgeholt wurden. Ich habe sie auf den Dachboden gestellt und verdrängt.«

Etwas unschlüssig stehe ich vor den Kartons. Das ist ein Teil von Papas Leben, von dem ich das Gefühl habe, im Dunkeln zu tappen. Vorsichtig hebe ich den Deckel des ersten Kartons an. Mir stockt der Atem. Auf Unterlagen mit Papas Handschrift liegt ein gerahmtes Bild. Mama, Papa und ich lachen fröhlich in die Kamera – Mama und ich in Papas Klamotten, weil wir an dem Tag vom Regen überrascht wurden, als wir ihn wie fast jedes Wochenende am Bahnhof in Trient abgeholt haben. Er hat uns kurzerhand seine Sachen aus der Reisetasche gegeben. »Der Partnerlook-Tag.« Meine Stimme klingt hohl und ich spüre die Tränen heiß in meinen Augen.

»Er sagte immer: ›Das war einer der besten Tage meines Lebens.‹ Das Bild stand auf seinem Schreibtisch. Da sind noch mehr. Außerdem sind da Unterlagen. Seine Tagebücher und so … Ich konnte sie nicht durchsehen.« Mamas Stimme bricht, und ich spüre, wie sich ihr Körper versteift. Es muss sie viel Kraft gekostet haben, sie rauszukramen. »Vielleicht hilft dir das, ihn besser kennenzulernen. Etwas über ihn und dich zu erfahren.«

Die ersten Tränen kullern und ich bekomme keine Luft mehr. Dass sie mir diese Sachen gibt, fühlt sich an, als gäbe sie mir den Schlüssel zu einer Tür, hinter der ein Teil von mir selbst gefangen wartet. Das ist alles, was sie für mich tun kann. Und es ist großartig. Ich schlinge meine Arme um sie, so heftig, dass sie einen Schritt rückwärts taumelt. Ihre Arme legen sich fest um mich und halten mich, bis ich wieder einigermaßen atmen kann.

»Ich liebe dich, Anola. Es tut mir leid. Dass du mit dieser Sache so allein bist, dass ich nicht mehr darüber weiß, dass Papa einfach nicht da ist. Dass ich dich beim Umzug übergangen habe. Alles.«

»Alles gut, Mama.«

Jetzt schluchzt Mama, und dieses Mal halte ich sie. Die Wand zwischen uns bröckelt und Glück flutet mein Herz. »Tut mir leid, dass ich die letzten Wochen so angefressen war.«

»Schschsch!« Mama schiebt mich ein Stück von sich weg. Verheult, aber mit dem Strahlen in ihren Augen, das seit Papas Tod nur ganz selten herauskommt. »Du musst dich für nichts entschuldigen. Du machst deine Sache gut. Eigentlich bin ich sogar stolz auf dich, dass du dich bei diesem Magiezwischenfall eingemischt hast. Auch Papa wäre so stolz auf dich. Egal, was dieses Magiedings mit sich bringt, ich bin da für dich.«

Ich atme tief durch. »Danke.« Mein Blick gleitet zu den Kisten. »Ich hoffe, ich finde ein paar Antworten.« Wenn ich es über mich bringe, mir die Sachen je anzusehen.

»Das hoffe ich auch. Ich muss leider los …« Unsicher sieht sie mich an. Weil ich nicht mehr im Maskenladen arbeite, die Schichten aber übernommen werden müssen, arbeitet Mama in letzter Zeit viel.

»Mach dir keine Sorgen. Cara kommt gleich und –« Wie auf Kommando klingelt es. Nachdem ich Mama noch einmal fest umarmt habe, drücke ich auf den Türöffner. Während ich an der Tür auf Cara warte, verschwindet Mama im Bad. Ich wische mir die Tränen weg und binde meinen Pferdeschwanz neu. Kaum klickt die Wohnungstür, taucht Mama wieder auf.

»Schön, dich zu sehen, Cara!« Ihr Blick wandert von Caras zu meinem Shirt. Sowohl Cara als auch ich tragen unsere Serien-Mädelsabend-Shirts mit Anna und Elsa vorne drauf. »Ich hoffe, ihr wascht die auch mal.«

»Aber klar doch«, erwidert Cara und legt einen Arm um mich. »Einmal im Jahr, an dem Tag, an dem Anola und ich uns kennengelernt haben.«

Mama zieht die Nase kraus. »Ich muss gleich in den Laden, aber kommt mal mit in die Küche.«

In der Küche riecht es nach Lavendel und Pfefferminz, denn Nonna kocht eine ihrer Spezialtinkturen. Nach meinem Unfall hat Nonna alles aufgefahren, was sie an Heilmitteln hat. Sie muss schockiert gewesen sein, wie Mama. Mit einem Kopfnicken begrüßt sie Cara und rührt weiter in ihrem gusseisernen Topf. Mama deutet auf den Küchentisch, auf dem ein paar Blätter liegen. Ausdrucke von Internetseiten mit Ballkleidern, en masse. »Ich dachte, ihr könntet euch meine Kleidervorschläge für das Lichtfest ansehen.«

»Mama, ich gehe nur ganz kurz da hin, bringe dieses Treffen mit dem Rat hinter mich und dann bin ich wieder weg. Du musst dir nicht so eine Mühe machen.«

»Red keinen Unsinn! Das ist dein erster richtiger Ball in Venedig! Du gehst mit Tamtam hin. Ich habe mit Vit gesprochen, und ich weiß genau, was da so getragen wird. Und ich habe mich an deine Farbvorgaben gehalten. Also … an Schwarz.« Sie verzieht das Gesicht. Allein das ist ein Beweis dafür, wie sehr sie unter unserem Streit gelitten hat. Mama ist bunt. Schwarz ist für sie keine Farbe.

»Sie hat sich Mühe gegeben, Anola.« Nonna wischt ihre Hände an dem Küchentuch ab, das als Schürze um ihren Bauch hängt. Sie tippt auf ein Blatt, das obenauf liegt. »Mein Favorit. Dunkle Kleidung für dunkle Mächte.« Dann kehrt sie an den Herd zurück. »Verrückt«, würden manche Menschen sagen, aber ich liebe Nonna, trotz ihrer merkwürdigen Anwandlungen.

Ich lege einen Arm um Mamas Hüfte und küsse sie auf die Wange. »Danke.« Mama lächelt mich glücklich an und ihre Augen glänzen wieder verräterisch.

»Wow!« Cara nimmt den Ausdruck mit Nonnas Lieblingskleid. »Sieht toll aus. Ich wünschte, ich könnte hingehen.«

»Dann erzähl doch Anola, warum«, schlägt Mama vor. »Damit sie Lust bekommt. Ich muss jetzt los. Was treibt ihr heute noch?«

»Wir gucken das Staffelfinale von *Glow Up*«, sagt Cara wie aus der Pistole geschossen.

»Diese Make-up-Sendung? Na dann, viel Spaß.« Mama drückt mir einen Kuss auf die Wange, und schon ist sie aus der Tür.

»Vorbildlich«, wispere ich Cara zu, doch mein Lob hört sie nicht.

»Die Kleider sind der Hammer!« Cara greift nach einem anderen Blatt und hält es mir hin. Wie versprochen sind alle Kleider schwarz. »Also, wenn du nicht gehst, gehe ich, ehrlich.«

»Gar nicht soooo unhübsch«, gestehe ich. Nonnas Favorit ist ein einfaches bodenlanges Kleid, dessen Rock aus mehreren Schichten besteht. Der eckige Ausschnitt des Oberteils und die kurzen Fledermausärmel bilden einen perfekten Kontrast dazu.

Cara blättert die Auswahl durch, und fünf kommen auf einen

Stapel, den sie mir in die Hand drückt. »Egal, welches du von denen nimmst, du wirst aussehen wie eine Göttin.«

Dankbar nehme ich den Stapel. Cara hat einen ausgezeichneten Geschmack und Ballerfahrung. Ich vertraue ihr blind.

»Dann gehen wir mal in mein Zimmer.«

»Ja, genau. Hast du Chips?« Auch das haben wir abgesprochen.

»Oh, ähm, nein … Sollen wir noch welche holen?«, frage ich laut genug, dass es meine Nonna auf jeden Fall mitbekommt.

Nonna blickt über die Schulter und ihre vielen Falten schieben sich zu einem Grinsen zusammen. Der Anblick ist sogar für mich was Neues. »Meinetwegen braucht ihr nicht flunkern. Du bist groß genug, um dein Schicksal selbst in die Hand zu nehmen. Ich verpfeife euch nicht. Aber seid vorsichtig. Manchmal sind die Steine locker, auf die man tritt.«

Unsicher sehen Cara und ich uns an, dann nicke ich. »Ähm, okay, danke. Wir sind bald zurück.«

Kaum sind wir auf dem Flur, beginnt Cara zu flüstern. »Woher weiß sie, was wir vorhaben? Kann sie wirklich in die Zukunft sehen?«

»Ich weiß es nicht, aber …« Mein Blick geht zur geschlossenen Küchentür, hinter der Nonna jetzt das Radio aufdreht. »Manchmal denke ich, dass sie auch nicht flunkert.«

Die Chiesa Sant'Alvise liegt im Stadtteil Cannaregio, am nördlichsten Ende Venedigs. Wenn es nach mir geht, hat Cannaregio zu viele gerade Kanäle und Straßen. Zwar wohnen die Venezianer hier in großzügigen Wohnungen, mit normaler Deckenhöhe und ohne schiefe Wände, aber mir fehlt der verwunschene Fantasystadt-Charme, der Venedig ausmacht. Mittlerweile merkt man deutlich, dass der Herbst einzieht: In der Sonne ist es zwar noch warm, aber im Schatten braucht man schon eine Jacke. Auch die ersten Blätter an den Bäumen färben sich rot und fallen bereits.

»Bist du sicher, dass wir hier richtig sind?«, fragt Cara, als wir vor der hellroten Backsteinhalle stehen, die eine Kirche sein soll. Kein Kirchturm, keine bunten Fenster, keine mit Statuen verzierte Fassade. Nur drei hohe Kirchenfenster und einige eckige, schmale, die nach Kellergeschoss aussehen.

»Absolut.«

»Aber die zwei Türen da sehen gar nicht aus wie auf dem Bild …«

»Lass uns mal ums Eck gehen.« Und siehe da: ein Kirchenportal, das den Namen nicht wirklich verdient. Ich deute auf die Gestalt über der zweiflügligen Holztür. »Bingo. Unsere Statue und«, mein Herz schlägt schneller, »das *segno*. Da, auf ihrer Brust.«

»Abgefahren, dass du genau dasselbe *segno* in der Hand trägst.«

Sie spricht mir aus dem Herzen. »Komm, lass uns reingehen.«

Sobald sich unsere Augen an das dämmrige Licht in der Kirche gewöhnt haben, pfeift Cara. »Never judge a book by its cover.«

Ein blaues Wolkenfresko spannt sich über die gesamte Decke. Es ist, als öffne sich der Himmel über uns. Der Rest der Kirche wird bestimmt von zwei riesigen Statuen in Nischen und dem etwas in die Jahre gekommenen Altarraum, von dessen Decke der graue Putz rieselt.

»Ähm, okay, das habe ich nicht erwartet …« Überall ist mein *segno*, der Kreis mit den drei Wellenlinien, zu sehen: in den Schlusssteinen über den Fenstern, in den Holztäfelungen und sogar auf dem Fußboden. »Sehen wir uns um?«

»Eine bessere Idee hab ich auch nicht«, erwidert Cara. Eine Weile erkunden wir schweigend den leeren Kirchenraum.

Als ich kurz darauf vor einer der Statuen stehen bleibe, bleibt mir die Luft weg. »Shit.«

»Was ist?« Sofort kommt Cara angesaust und stellt sich neben mich.

»Das Gesicht, das kenne ich.«

Cara liest das Schildchen neben dem Bild. »Woher?« Cara lacht. »Da steht Angelica Foscari und sie ist seit über 700 Jahren tot. Ihr teilt euch fünf von sieben Buchstaben im Nachnamen. Foscari, Fontari. Vielleicht denkst du deshalb, du kennst sie.«

Mir wird übel. Die Nase, die Locken, die weit auseinanderstehenden Augen. Definitiv. »Das ist die Lady aus meiner Vision.«

Caras Mund klappt auf und sie sieht hoch zur Statue. »Abgefahren!«

»Wie kann mich eine Frau, die vor 700 Jahren gestorben ist, in einer Vision warnen?«

»Fragt die Frau, die eine magische Maske besitzt. Vielleicht hat ihr die Maske mal gehört. Oder sie hat sie gemacht.«

»Letzteres geht nur, wenn sie eine Magierin war.«

»Was nicht unwahrscheinlich ist.« Cara ruft ein Dokument auf ihrem Handy auf. »Im offiziellen Kirchenprospekt steht, dass die Erbauer der Kirche aus der Gründerfamilie Venedigs stammen.«

»So was hat Dario auch erwähnt. Trotzdem: Warum warnt sie mich und nicht Thea?«

»Wer ist noch mal Thea?«

»Ihr hat die Maske vorher gehört. Sie hatte definitiv mehr Erfahrung als ich. Wieso also ich?«

»Gute Frage. Die merken wir uns.«

»Warte.« Mein Herz schlägt schneller, als ich etwas aus Angelicas Marmorrock hervorlugen sehe. »Das ist eine Maske!« Ich halte meine Maske neben die in Stein gemeißelte Maske von Angelica. »Siehst du die Prägungen, die Efeublätter? Es ist dieselbe Maske!«

»Was bedeutet das?«, fragt Cara und beäugt meine Maske.

»Die Masken haben eine einzigartige Prägung, jede ist individuell. Das da an der Statue ist meine Maske. Ich trage Angelicas Maske.«

»Wenn das mal nicht gruselig ist.« Cara lässt sich auf eine Kirchenbank fallen.

Ich schiebe mir meine Maske auf die Nase und setze mich neben sie. Magie durchzieht jeden Millimeter der Kirche, überall gleich stark. Nur die blau bemalte Kuppel über uns unterscheidet sich vom Rest der Kirche. Die Magielinien sammeln sich um ein Spruchband in der Mitte der Kuppel, darunter stehen große Figuren und unter ihnen, als wären sie Sklaven, viele kleine Figuren, die die großen anhimmeln. Dann setze ich mich auf und ziehe die Luft ein. Auf dem Spruchband steht das Motto der *tutori*:

Proteggete la luce, perché il mondo si trova nell'oscurià.
»Hütet das Licht, denn dunkel liegt die Welt.«

Ich weise Cara darauf hin und ziehe mein Handy aus der Tasche, schalte die Kamera ein und zoome das Bild heran. »Die großen Figuren tragen alle mein *segno* in der Hand. Geben sie die nach unten weiter?«

Cara schüttelt den Kopf. »Nein. Das *segno*, das die kleinen Männlein an der Hand tragen, sieht anders aus.«

»Es ist nur eine Wellenlinie statt drei. Überall sonst in der Kirche sind es auch drei Wellenlinien.« Weil mir der Nacken langsam wehtut, mache ich ein paar Bilder und zoome rein. »Ganz klar: Die großen Figuren oben haben drei, unten die kleinen Figuren nur eine Wellenlinie.«

»Das macht doch keinen Sinn.« Caras Stirn liegt in Falten. Ich habe ihr die Geschichte der *tutori* und der Magier vor einiger Zeit genaustens erzählt. »Wer sind die *tutori* auf dem Bild? Die Kleinen, oder?«

»Dann wären die Großen die Magier. Was Sinn macht, wenn

man die Figuren ganz außen ansieht: Der große Dicke da gibt dem Kleinen eine Maske.«

»Wenn die *tutori* ein anderes *segno* tragen als du – nur eine Wellenlinie statt drei – und in der mutmaßlichen Gründerfamilienkirche auch dein *segno* zu sehen ist, dann …« Cara sieht mich verblüfft an.

»Dann wäre ich eine Magierin?« Ab hier macht das alles gar keinen Sinn mehr. »Die sind ausgestorben.«

Aufgeregt setzt Cara sich auf und wendet sich mir zu. »Was, wenn ein paar Magier geflohen sind? Wenn die *tutori* nach dem Putschversuch nicht alle Magier gekillt haben? Das mit den Formulae funktioniert doch bei dir auch nicht richtig.«

»Aber das ist verrückt!« Ich bin ganz hibbelig. »Meine Vorfahren sind doch keine Magier.«

»Du hast erzählt, dass die Familie deiner Mutter nie sesshaft geworden ist. Vielleicht weil sie verfolgt wurden? Das klingt voll plausibel. Und die Ähnlichkeit im Nachnamen? Das kann kein Zufall sein. Nicht mit dem da oben!« Fakten-Cara strahlt zufrieden. »Kannst du nicht irgendwen fragen?

Mein Lachen hallt laut von den Wänden wider. »Bist du verrückt? Magiern droht die Todesstrafe in Venedig. Ich kann niemanden fragen.«

»Das war vor Jahrhunderten. Meinst du, die sehen das heute noch so eng?«

»Ich will es nicht herausfinden. Ich wüsste auch nicht, wen ich fragen sollte. Marco? Dario?« Einer unwahrscheinlicher als der andere. Ich kann nicht mehr still sitzen bleiben. Ich springe auf und laufe vor der Statue auf und ab. Wenn das stimmt, dann habe ich echt ein Problem.

»Hat eure *tutori*-Bibliothek einen Online-Katalog? Hast du Zugriff auf dem Handy?«, fragt Cara.

»Ja. Was hast du vor?«

»Wir brauchen Antworten. Also suchen wir danach. Gib mal her.«

Ich öffne den Zugang zum Online-Katalog der Bibliothek, die nur den *tutori* zugänglich ist. Cara tippt, mit der Zungenspitze zwischen ihren Lippen, und schließlich lacht sie auf.

»Ich habe über den Familiennamen gesucht und etwas gefunden.« Sie hält mir das Handy hin und ich scrolle durch die Liste. Einige Buchtitel klingen wie die, die bei mir auf dem Schreibtisch liegen.

»Ganz unten«, sagt Cara, und ich verstehe, warum sie so aufgeregt wirkt.

»*Ars Magica di Foscari*«, lese ich vor. »Die Kunst der Magie der Foscari.«

»Wenn das nicht nach etwas klingt, mit dem wir was anfangen können.«

»Wenn da drinsteht, wie Magier der Familie Magie benutzt haben, und ich es auch hinbekomme …«

»Bist du eine von ihnen. Dann haben wir die Antwort, warum du den Glitzer bei Sonnenuntergang auch ohne Maske immer noch siehst und warum du diese Formulae nicht hinbekommst. Magier brauchen die nicht.«

Damit wären so viele Fragezeichen endlich abgehakt. Und gleichzeitig würden viel mehr Probleme aufpoppen. »Am liebsten würde ich einfach auswandern.«

»Keine Chance, du bleibst schön hier, bei mir. Außerdem«, Cara rückt näher zu mir, »solltest du es herausfinden, bevor jemand anders die Gelegenheit dazu hat und dich in ernste Schwierigkeiten bringt.«

Cara hat recht. Es ist nur eine Frage der Zeit, bis mein Versagen mit den Formulae Fragen aufwirft. »Ich hole dieses Buch.« Ich klicke auf die Kennung, die anzeigt, wo ein Buch zu finden ist. »Oh.«

»Was?« Cara steht auf, um mir über die Schulter zu gucken.

»Das Buch steht im Archiv.« Ich zeige auf einen Infokasten, der erscheint, wenn man die Kennung anklickt:

> Dieser Titel befindet sich derzeit zur Untersuchung im Archiv. Wollen Sie per E-Mail benachrichtigt werden, sobald der Titel freigegeben wird?

Mein Herz hämmert heftig in meiner Brust. »Wir müssen das Buch da rausholen. So schnell wie möglich.«

Kapitel 17

Dumm gelaufen!

Am nächsten Tag hänge ich, nach einer unerwartet interessanten Stunde in der AG Geschichte Venedigs, zwischen den Regalen der Bibliothek herum. Zur Tarnung habe ich einen Band aus dem Regal vor mir gezogen und tue so, als suche ich etwas. In Wirklichkeit warte ich auf eine Gelegenheit, um ins Archiv zu kommen. Die Bibliothek ist im zweiten Stock des Palazzo untergebracht und erstreckt sich über zwei Stockwerke, geteilt durch eine Galerie. Fenster, die auch in eine Kathedrale passen würden, sorgen für viel Licht. An allen Wänden stehen Holzregale mit Tausenden Büchern, manche von ihnen wirken uralt, andere wie eben erst gedruckt. Oft sind sie hinter Glasscheiben aufbewahrt. In der Mitte des Saals befinden sich fünf Tischreihen. Grüne Leselampen markieren die Arbeitsplätze, an denen einige ältere Schüler sitzen, über Unterlagen und Bücher gebeugt. Hinter den Tischreihen stehen, ebenfalls in Reihen, graue Aktenschränke. Die Sorte, die feuerfest ist. In der Ecke, die nur ein paar Meter entfernt liegt, gibt es einen kleinen Durchgang, der an einer geschlossenen Stahltür endet. In Klebebuchstaben steht ARCHIV darauf, darunter: Nur für Personal. In den letzten 15 Minuten ist niemand dort hineingegangen. Als der Gong zum Schulende läutet, kommt endlich Bewegung in die Lernenden. Ich stecke mein Buch ins Regal zurück. Mit ein paar Schritten schiebe ich mich in den Durchgang, bis zur Stahltür. Als ich die Klinke nach unten drücke, passiert gar nichts. Toll. Dann bin ich auf Magie angewiesen. Ich setze meine Maske auf. Mit einem letzten Blick über die Schulter lege ich meine Hand an den Stahl, der merkwürdigerweise nicht von Magiefäden durchzogen ist.

»*Aproporta.*«

Nichts.

»*Aproporta*«, wiederhole ich eindringlicher. Aber die Magie macht keine Anstalten, mir zu gehorchen.

»Was machst du da?«

Ich wirble herum und vor mir steht Stefano. In seinen Händen trägt er einen Stapel Bücher.

»Ich wollte ein Buch holen, aber die Tür ist zu und ich bekomme sie nicht auf.« Weil das absolut keine Lüge ist, werde ich nicht einmal rot.

»Welches Buch?«

Ich zücke mein Handy und zeige ihm das Buch, nach dem ich angeblich suche. Cara hatte die schlaue Idee, eins zu nehmen, das unverfänglich klingt.

»*Venedig: Eine Geschichte des Erfolgs*. Soso. Für was brauchst du das?«

»Ich habe so viel aufzuholen und dachte, etwas Extrainfo könnte nicht schaden.«

»Erstens bewahren wir eine Kopie dieses Buchs in der Bibliothek auf. Zweitens haben nur Mitarbeitende Zutritt zum Archiv – wie ausdrücklich auf der Tür steht. Drittens: Eine Maske bringt dich da ohnehin nicht rein. Nur Materialien, die mithilfe von Magie zum Bau Venedigs verwendet wurden, sind mit der Magie belebt. Darüber lernst du bald in der AG Geschichte Venedigs mehr.«

Das beantwortet zwar viele Fragen, aber nicht, wie ich ins Archiv komme.

Stefano klimpert mit einem Schlüsselbund. »Sieh zu, dass du dein Buch holst, die Bibliothek schließt jetzt, und wenn ich mich richtig erinnere, hast du gleich eine AG, zu der du mit Sicherheit zu spät kommst, wenn du dich nicht beeilst.«

Die AG Parcours. Meinetwegen, dann komme ich zu spät und verpasse die Gruppe. Was für ein Pech das wäre. Oje. Ironie aus.

Ich nehme die Maske ab und lächle, so nett ich kann. »Dann ist das Archiv nicht zugänglich für die Schüler:innen? Ich frage nur, weil ich im Bibliothekskatalog öfters die Archivsignatur auf den Büchern sehe. Für die Zukunft.«

»Die Bücher im Archiv sind wertvoll, nichts für Schülerhände. Oft sind es Einzelbände. Uralt. Wenn du etwas benötigst, kannst du eine E-Mail an die Bibliotheksleitung schicken, und sie überprüft, ob Kopien gemacht werden dürfen.«

»Dann sind manche Bücher gar nicht für die Öffentlichkeit bestimmt?«

»Die meisten Bücher da drin sind nicht für die Öffentlichkeit. Und jetzt los, ich habe zu tun.«

»Danke«, sage ich noch schnell und gehe langsam Richtung Ausgang. Als ich mich umdrehe, ist die Tür zum Archiv bereits wieder geschlossen, und ich höre, wie ein Schlüssel umgedreht wird. Na toll. Damit ist das Buch in unerreichbare Ferne gerückt. Keine Ahnung, wie ich da reinkommen soll. Ob Vit einen Schlüssel hat? Aber allein bei dem Gedanken, Vit zu bestehlen, wird mir flau im Magen.

Zu meinem Glück hat die AG Parcours auf mich gewartet. Laut Caras Parcoursrecherche gibt mein Kleiderschrank nichts für so einen Sport her. Weshalb wir shoppen waren. Als ich aus den Umkleiden in den eckigen Hof mit dem Ruderboot-Pool komme, fühle ich mich wohl in meinen neuen weiten Jogginghosen und den beiden Tops, eins weit und eins eng. Bis ich Estelle sehe, deren Klamotten hauteng sind. Augenblicklich fühle ich mich wie ein Heißluftballon. Dank Tessa, die kurz nach mir ankommt, muss ich aber nicht lange dumm herumstehen.

»Na, furchtlose Jägerin!« Sie schließt mich fest in die Arme. »Wie geht es dir?«

»Die Pillen von Ophelia haben Wunder gewirkt.«

»Oh ja, die kenne ich. Ophelia hat es drauf. Letztes Jahr, nach einem fiesen Sturz, war mein Knöchel in Lichtgeschwindigkeit wieder der alte.«

»Ist das Zeug nur für uns? Ich meine, wenn es so gut heilt, warum behalten es die *tutori* für sich?«

»Das hat nichts mit Egoismus zu tun.« Darios Stimme lässt Tessa und mich herumwirbeln. »Nur wer von der Magie berührt wurde, hat was von den Zaubern, die Ophelia für ihre Medikamente nutzt. Hallo, übrigens.« Er grinst mich an und mustert mich. »Schön, dich wieder auf den Beinen zu sehen.«

»Schön, dich zu sehen. Also, euch alle. Ich meine …« Boa, wieso kann mein Gehirn nicht richtig funktionieren, wenn Dario in der Nähe ist? Bei der Erinnerung an unsere letzte Begegnung kribbelt es in meinem Bauch. Lässig steht er da, mit den Händen in den Taschen seiner weiten Sporthose. Das enge Shirt macht es für mein Gehirn nicht besser. Er sieht zu gut aus. Ich sehe zu Estelle, zu der sich eben Marco gesellt. Er muss zusammen mit Dario gekommen sein. Sofort ist mein Gehirn wieder klar. Sehr guter Reminder: Dario ist Marcos best buddy. Das hilft. Ich sehe zurück zu Dario. »Ich hasse es, im Bett zu liegen und nichts zu tun zu haben. Mama hatte mir sogar das Malen verboten. Sie ist erst am dritten Tag eingeknickt.«

Lachend fährt sich Dario durch die Haare. »Dann freu dich auf nächste Woche Donnerstag. Wir haben etwas sehr Cooles vor, das macht die Kunstabstinenz sicher wieder gut.«

»Du bist echt ein Meister darin, saftige Köder zu streuen«, sage ich gespielt empört. Seitdem er die Möglichkeit von magischer Kunst und Streetart erwähnt hat, muss ich immer wieder darüber nachdenken, kann mir aber absolut nichts darunter vorstellen.

»Ich mag es, wenn meine Köder funktionieren.« Wieder dieses Brummen in seiner Stimme.

Eine Gänsehaut jagt über meinen Rücken. »Das glaube ich dir aufs Wort.«

Weil ich das Gefühl habe, dass mich jemand beobachtet, schaue ich über die Schulter. Mein Blick trifft den von Estelle. Um die Szene perfekt zu machen, müsste sie nur noch mit der Handkante über ihre Kehle fahren. Vielleicht hat Tessa recht und ich bin offiziell auf Estelles Abschussliste gelandet. Schlimmer als der Typ mit dem Umhang kann sie aber auch nicht sein, also ziehe ich die Augenbrauen hoch und sehe sie weiter an. Nach einem Moment sieht sie erhobenen Hauptes zurück zu ihrer Freundin, die wild gestikulierend erzählt.

Tessa hat sowohl Darios und meinen Wortwechsel als auch den Blickwechsel mit Estelle mit einem immer größer werdenden Grinsen zur Kenntnis genommen.

»Wann geht es los?«, frage ich deshalb.

»Jetzt.« Dario nickt zu der Gruppe um Estelle und Marco. Dort steht auch Luca, der mir bisher nicht aufgefallen ist, aber in diesem Moment in die Mitte des Hofs tritt.

»Ist Luca der Trainer für Parcours?«, frage ich überrascht.

»Wenn jemand Sport liebt, dann Luca«, erklärt Dario. »Er steht kurz vor dem Sprung in die Ruder-Olympiamannschaft. Wenn er das schafft, ist allerdings Schluss mit Parcours. Die Verletzungsgefahr ist zu hoch.«

»Schade«, sage ich noch, dann klatscht Luca in die Hände.

»So, Ladies and Gentlemen. Wie üblich starten wir mit einem Lauf. Weil Anola heute zum ersten Mal mit von der Partie ist, will ich, dass jede und jeder auf sie achtgibt. Eine kleine Einführung für dich, Anola.« Luca schenkt mir eins seiner seltenen Lächeln. Es steht ihm genauso gut wie sein ernster Look. »Beim Parcours geht es darum, sich einen Weg auf urbanem Gebiet zu suchen, abseits von Gehwegen, Brücken und so weiter. In unserem speziellen Fall überwinden wir Hindernisse mithilfe von Magie. Für unsere heutige Session haben wir das Arsenale für uns. Bedeutet, dass sich niemand mit den Formulae zurückhalten muss. Ich werde einzelne Leute bitten, Formulae zu wirken, fühlt euch aber frei, selbstständig zu agieren.«

Erschrocken sehe ich Tessa an, die meinen Blick aber nicht bemerkt. Wie soll ich das anstellen?

»Wollen wir loslegen?«, fragt Luca und ein allgemeines Schnürsenkel-Checken, Auf-und-ab-Hopsen und Masken-Anlegen beginnt. Anstatt sofort loszurennen, kommt Luca zu mir. »Wie geht es dir? Bist du wieder vollkommen fit?«

»Auf jeden Fall, aber –«

Luca winkt ab. »Mach dir keine Sorgen. Bis du die Magie im Griff hast, kommst du einfach nur mit.«

Erleichtert atme ich durch. Dann wäre da nur noch das Problem, dass ich Sport absolut hasse. Nicht falsch verstehen, ich bin sportlich, aber ich hasse es zu schwitzen.

»Kannst du ein Auge auf sie haben?«, wendet sich Luca an Dario.

»Gerne auch beide«, erwidert Dario mit einem Zwinkern.

Lucas Miene verwandelt sich wieder zu Stein. »Eins reicht vollkommen. Anola, sag Bescheid, wenn du abbrechen willst oder merkst, dass du doch noch nicht fit bist.«

»Mach ich.«

Damit dreht Luca uns den Rücken zu, setzt seine Maske auf und trabt in leichtem Laufschritt los. Schnell schiebe ich meine Maske auf meine Nase. In dem Moment, in dem sie sich an meine Haut schmiegt, lässt sie die Nervosität in mir ersterben und mich zur Ruhe kommen. Sie gibt mir das Gefühl, nicht allein zu sein. Diese Maske bringt mich dazu, mich auf Sport zu freuen? Was kann das Teil noch? Wir joggen eine Weile durch Venedig, und als wir schließlich über die Holztreppe am Eingang des Arsenale auf das Gelände der ehemaligen Schiffswerft traben, bin ich schon ziemlich verschwitzt. Ich versuche, mich vom Arsenale ablenken zu lassen, das tatsächlich menschenleer ist. Klarer könnten die *tutori* ihre Macht nicht demonstrieren, als eins der Touri-Highlights mal eben für eine Sportgruppe abzuriegeln. Der Reichtum Venedigs stammt aus dem Handel mit Gütern aus aller Welt. Die dazu benötigten Schiffe baute man hier. Super Investition für eine Stadt auf dem Wasser. Das Arsenale besteht aus zwei großen Wasserbassins, die durch mehrere Einfahrten mit dem Meer verbunden sind. Heute ist es vor allem ein Ort der Kunst. Doch die vielen Kunstwerke zu bewundern, schaffe ich nicht mehr.

Luca dreht sich zur Gruppe um. »Wir legen los.« Dann beschleunigt er sein Tempo. Zwar komme ich am Anfang gut mit, falle dann aber ans Ende der Gruppe zurück. Tessa und Dario bleiben stets an meiner Seite. Als wir ein Tor erreichen, das verschlossen ist, ruft Luca: »Estelle!« Die schleudert daraufhin eine Formula gegen das Tor, die ich noch nicht einmal gelesen habe. Augenblicklich springen glitzernde Stufen daraus hervor. Ohne das Tempo zu verlangsamen, rennen alle die Stufen hinauf. Tessa und Dario lassen mir den Vortritt.

»Wenn du schnell machst, fühlt es sich nicht so andersweltig an«, wirft mir Tessa hinterher und ich bin froh um ihren Rat. Denn meine Füße auf den Glitzer zu setzen, fühlt sich wirklich surreal an. Auf der anderen Seite gibt es nur noch eine Stufe in der Mitte des Tors, den Rest schaffe ich mit einem Sprung.

Dario landet neben mir auf dem Boden. »Gar nicht übel, oder?«

»Könnte mich daran gewöhnen«, sage ich und meine es ernst. Alles in mir kribbelt. Von mir aus können da noch einige dieser Hindernisse kommen. Das tun sie auch. Immer sind Dario und Tessa an meiner Seite, helfen mir, die Hindernisse richtig anzugehen. Die Sonne versinkt langsam im Meer, und ihr Licht macht die Szenerie der alten Schiffswerft mit ihren Baracken aus rotem Backstein Kinofilm-spektakulär. Als wir am nördlichen Ausgang des großen Beckens um die Ecke biegen, stockt mir der Atem. Über ein Hafenbecken strecken sich sechs übergroße, weiße Armpaare wie ein Spalier für die einlaufenden Boote. Jedes Armpaar hält sich an den Händen, ein jedes anders. Die Skulptur habe ich schon oft gesehen, sie ist weltberühmt, aber in dem Licht, mit dieser Euphorie in mir und der Maske wie einen besten Freund in meinem Gesicht, berührt sie mich auf eine neue Art. Auch wenn die anderen bereits hinter Luca hereilen, muss ich stehen bleiben.

Luca rennt genau auf die Skulptur zu, Estelle direkt hinter ihm. Wieder ist sie es, die die Formula schleudert. Eine Brücke erscheint aus dem Nichts. Glitzernd spannt sie sich zwischen den Armpaaren über das Becken. Wow. Das ist beeindruckend.

»Anola! Dario! Wer als Erstes die anderen einholt!« Tessa winkt mir von der Brücke aus zu. Dario antwortet etwas und rennt auf die Brücke. Als er auf der anderen Seite ankommt, dreht er sich zu mir um. Ich winke Tessa zu und renne los. Meine Muskeln beschweren sich. So viel Bewegung sind sie nicht gewöhnt. Als ich auf der Brücke ankomme, verlangsame ich mein Tempo. Unter mir und dem glitzernden Brückenboden sehe ich das grüne Wasser fließen. Am anderen Ende der Brücke trabt die Gruppe weiter in Richtung eines Parks. Nur Dario wartet auf mich. Da dreht sich Estelle zu mir um. Ihre Augen verengen sich zu Schlitzen. Und ich falle.

Kapitel 18

Oh …

Anstatt der Luft, nach der ich schnappe, ist da nur Wasser. Kaltes Wasser. Panisch versuche ich, nach oben zu kommen, an die Luft. Was sich wie Stunden anfühlt, dauert in Wirklichkeit sicher nur Sekunden. Endlich! Die warme Abendluft auf meinem Gesicht und in meinen Lungen ist eine Erlösung. Strampelnd streiche ich mir meine nassen Haare aus dem Gesicht. Die magische Brücke ist verschwunden, über mir reichen sich nur zwei Armpaare die Hand. Estelle, du Biest!

»Alles okay?« Darios Gesicht taucht am Rand des Hafenbeckens auf.

»Was ist das für eine beschissene Frage?«, keife ich prustend zurück.

»Warte!« Ohne auf meine Antwort zu warten, rennt er aus meinem Sichtfeld.

Warten? Als ob ich etwas anderes tun könnte! Wo ich hinsehe: nur glatte, von grünen Algen bewachsene Wände. Keine Leiter, die nach oben führt. Gut zwei Meter Mauer trennen mich vom Weg über mir und die Strömung zieht mich in Richtung Meer. Sie hat mich bereits unter dem ersten Armpaar hindurchgetragen. Shit. Angst schneidet mir die Luft ab. Ohne Hilfe komme ich hier nicht raus.

Da platscht es neben mir. Ein orangefarbener Rettungsring. Sofort kralle ich mich daran fest. Am anderen Ende des Seils, an dem der Rettungsring hängt und das sich plötzlich strafft, steht Dario. Wegen der Strömung knalle ich mit der Schulter gegen die Ufermauer, aber wie aus dem Nichts erscheinen glitzernde Treppenstufen direkt vor mir.

»Komm hoch, aber halte dich weiter am Ring fest.«

Ich tue, was er sagt, und als ich in Reichweite bin, streckt er mir seine Hand entgegen, die ich nur zu gerne umklammere. Mit einem letzten Zug schaffe ich es nach oben und gleite zu Boden. Schöner, harter, fester Kieselboden.

»Alles klar? Bist du verletzt?« Dario kommt neben mir auf die Knie.

»Geht schon. Danke. Fuck, war das übel …« Ich reibe mir übers Gesicht und bleibe noch einen Moment still liegen. Als ich Schritte höre, nehme ich meine Hände vom Gesicht und sehe auf. Die Parcours-Gruppe kommt auf uns zugetrabt. Tessa eilt sofort an meine Seite. »Geht es dir gut?«

Auch Luca steht plötzlich neben mir. »Alles klar?«

»Ja.«

Luca reicht mir seine Hand und hilft mir auf die Beine. »Was ist passiert?«

»Die Brücke ist unter mir verschwunden.« Wütend sehe ich Estelle an.

»Was sollte das, Estelle?« Dario kommt mir zuvor und klingt genauso wütend, wie ich mich fühle.

»Was sollte was?«, fragt Estelle zurück.

»Tu nicht so scheinheilig.« Meine Wut steigt mit jedem ihrer Worte.

Estelles Augenbrauen schießen so schnell nach oben – es ist ein Wunder, dass sie an Ort und Stelle bleiben und nicht quer durchs Arsenale fliegen.

Dario schiebt sofort nach. »Du hast die Brücke beschworen, du hast sie verschwinden lassen. Hast du eine Ahnung, wie schief das hätte gehen können? Es ist Ebbe! Der Kanal ist nur ein paar Meter tief. Gleich wäre sie im Meer gewesen!«

Wenn ich Dario so zuhöre, scheine ich Glück gehabt zu haben.

Estelle dagegen wird blass. »Das wollte ich nicht, ich …«

»Das war einfach nur dumm!«, faucht Dario sie an.

Luca hebt die Hand. »Es reicht, Dario. Estelle hat Scheiße gebaut, darüber reden wir später ausführlicher.«

»Was regt ihr euch so auf?«, mischt Marco sich ein. Er streicht sich eine Strähne aus der verschwitzen Stirn. »Es ist doch nichts passiert.«

Dario blinzelt ihn an. »Es ist nichts passiert, weil Anola Glück hatte.«

»Seid ihr jetzt beste Freunde, oder was?«, fragt Marco gereizt.

»Du nervst mich manchmal so hart, Marco!« Dario schüttelt den Kopf. »Du bist normalerweise der Erste, der sich über so was aufregt, aber bei deiner Schwester ist es dir egal, wenn sie sich das Genick bricht?«

»Jetzt übertreibst du. Das kann doch mal passieren«, erwidert Marco, aber mir entgeht nicht, dass er rot wird.

»Ach, echt?«, schalte ich mich ein. Bisher war ich von Darios Wutausbruch viel zu fasziniert, als dass ich etwas hätte sagen können. »Estelle hat sich zu mir umgedreht und gesehen, dass ich noch auf der Brücke bin, kurz bevor sie verschwunden ist.«

Gemurmel geht durch die Gruppe, die bisher stumm geblieben ist.

»Leute!« Luca hebt die Hand und wendet sich Estelle zu. »Stimmt das?«

Sie stemmt ihre Fäuste in die Hüften und funkelt mich wütend an. »Unterstellst du mir, dass ich das mit Absicht gemacht habe?«

Ich sehe ihr fest in die Augen. »Es kommt mir in den Sinn, ja.«

Estelles Gesicht erstarrt. »Das wagst du nicht zu behaupten.«

»Habe ich gerade, oder? Ich weiß, was ich gesehen habe.«

Estelles Wangen plustern sich auf wie die eines Froschs. »Wenn du was gegen mich hast, sag es!«

»Wer hat hier was gegen wen?«, fahre ich sie an.

»Schluss jetzt!«, sagt Luca laut genug, um die volle Aufmerksamkeit von allen zu bekommen. »Das war dumm und gefährlich. Absicht hin oder her.« Sein Blick trifft Estelle, die sofort den Kopf senkt. »Regel eins beim Parcours mit Magie: Wir achten aufeinander. Es hätte nicht passieren dürfen. Punkt.«

Estelle und ich starren uns an. Plötzlich spüre ich eine Hand auf meiner Schulter. Dario. »Ich bringe dich nach Hause.«

»Ja, tu das.« Marcos Augen verengen sich. »Neue Freundschaften müssen gepflegt werden.«

»Boa, was für ein Kindergarten!«, entfährt es Luca. »Dario, danke fürs Reagieren und fürs Übernehmen. Der Rest: Extrarunde. Los!«

Alle traben los, Marco presst die Lippen aufeinander und folgt ihnen.

»Wenn du wieder klar denken kannst, darfst du dich gerne bei mir entschuldigen«, ruft Dario ihm hinterher, der als Antwort nur den Mittelfinger sprechen lässt. »Arschloch. Komm.«

Damit wenden wir uns in die entgegengesetzte Richtung. Erst als wir ein Stück gegangen sind, sieht Dario mich wieder an. »Geht's dir gut?«

»Es tut nichts weh, wenn du das meinst.«

»Estelle kann manchmal –«

Ich schneide ihm das Wort ab. »Rechtfertige sie bloß nicht.«

»Will ich nicht. Ich verstehe nicht, was in sie gefahren ist.«

Weil sie ihr Revier markiert wie ein ganzes Rudel Wölfe? Weil sie eine Bedrohung in mir sieht? In Anola, mit der schnellen Schnauze, die nie so beliebt sein wird wie sie, die Jahrgangsbeste? Klingt alles total unlogisch. Aber wenn ich an die Momente denke, die Dario und ich zusammen hatten, weiß ich, dass da was dran ist.

»Warte«, bitte ich Dario und ziehe meine Sneaker aus. Sie quietschen bei jedem Schritt. Literweise Wasser kommt aus ihnen heraus, als ich sie umdrehe. »Da habe ich die halbe Lagune abgegriffen, was?«

»Ich liebe deinen Humor.« Dario lacht, und endlich verschwindet dieser grimmige Ausdruck um seine Augen. »Wenn du mir deine Klamotten gibst, kann ich das Wasser entfernen. Ich kenne da eine Formula.«

»Eine sehr charmante Art, um an einen Striptease zu kommen.«

»Ich drehe mich um, du ziehst dich aus. Da hinten? Bei den Bäumen? Das Arsenale ist nur für uns reserviert, wir sind allein. Und danach gehen wir was Warmes trinken.«

»Wenn dein bester Freund nichts dagegen hat, dann gerne«, rutscht es mir raus.

Dario schnaubt. »Der soll sich mal einkriegen.«

»Es tut mir leid, wenn ihr wegen mir Streit habt.« Also, für Dario tut es mir leid.

Dario winkt ab. »Also?«

»Wieso muss ich mich ausziehen?«

»Stehst du auf Gegrilltes?«

»Ja … also …« Ich schlucke. »Außer ich bin das Gegrillte …«

Dario zwinkert nur und ich verstehe. Weil ich keine Lust habe, ewig in nassen Klamotten rumzurennen, stimme ich seinem Vorschlag zu. Kurz drauf trage ich zwar noch nasse Unterwäsche, aber der Rest ist so gut wie trocken. Auch die heiße Schokolade, die wir uns in einem Café holen, tut gut. Wir setzen uns damit auf eine kleine Wiese vor einer Kirche. Die ersten Sterne stehen bereits über uns, der Mond hängt als breite Sichel am Himmel. Irgendwo spielt jemand Gitarre und das Wasser rauscht im Kanal direkt vor uns.

»Es ist schön hier.«

Dario deutet auf das Gebäude gegenüber. »Hier mache ich oft meine Mittagspausen. Ein Teil meiner Fakultät ist dort untergebracht.«

»Wärst du gerne für dein Studium weggegangen?«

»Ja.« Dario seufzt. »Die Maske hat aber andere Pläne mit mir. In den Semesterferien mache ich Praktika im Ausland, letzten Sommer war ich in London.«

»Es ist merkwürdig, plötzlich nicht mehr die Wahl zu haben. Venedig. Punkt.«

»Wärst du gerne woanders?«

»Ich wäre gerne in Trient geblieben. Aber, na ja, das klingt jetzt kitschig: Venedig hat etwas, das mein Herz schneller schlagen lässt. Es fühlt sich richtig an. Nur mein Verstand ist nicht gerne fremdbestimmt.«

»Wenn du den Maskenladen übernehmen willst, hättest du sowieso hier bleiben müssen.«

»Aber es wäre schön, die Wahl gehabt zu haben. Fürs Gefühl.«

»Ich verstehe, was du meinst. Na ja, jetzt sind wir hier.«

»In *bella venezia*. Zusammen«, schiebe ich waghalsig hinterher.

»Ist nicht die schlechteste Variante.« Darios Blick streift mich nur kurz, aber es reicht, um meinen Körper in einen warmen Wohlfühlort zu verwandeln. Wenn er nur wüsste, dass er das in mir auslöst. Um mich vor einem Fehler zu bewahren, strecke ich mich auf dem Gras aus. »Weißt du, was ich an Venedig liebe? Obwohl es eine Stadt ist, hat man das Gefühl, mitten im Nirgendwo zu sein. Man sieht sogar in der Innenstadt richtig viele Sterne.« Ich deute zum Himmel und verbinde fünf Sterne zu einem W. »Das Himmels-W. In Trient sah man es kaum. Viel zu hell.«

»Himmels-W? Ich wusste nicht, dass der Himmel buchstabieren kann.« Dario legt sich neben mich. Sein Arm streift meinen. Ich wünschte, die Zeit könnte stillstehen.

»Dort«, ich rutsche näher an ihn, berühre seinen Kopf mit meinem. Er weicht nicht zurück. Ich strecke die Hand aus und male erneut die fünf Sterne nach, die ein W ergeben.

»Eigentlich sind es die fünf Hauptsterne von Kassiopeia. Sie wurde von einem Ungeheuer bedroht und von Perseus gerettet.« Ich deute auf eine Sterngruppe, die links von Kassiopeia steht. »Da ist der Held, direkt daneben. Siehst du? Wie ein kleines n.«

Dario wendet mir sein Gesicht zu. Trotz der Dunkelheit kann ich jedes Detail darin erkennen. »Woher weißt du so was?«

»Meine Nonna ist gut in allem, auf dem auch nur ansatzweise Esoterik steht. Da schnappt man einiges auf.«

Eine Weile sehen wir uns nur an. Eigentlich sollte mein Herz wild dabei schlagen, aber es ist ganz ruhig. Als sollte das hier genau so sein.

Plötzlich schüttelt Dario den Kopf. »Wie machst du das?« Seine Stimme ist nicht mehr als ein Flüstern.

»Was?« Auch meine Stimme ist nur ein Schatten ihrer selbst.

»Dass ich Zeit und Welt vergesse, wenn ich mit dir zusammen bin.«

»Oh.« Mehr bringt mein Verstand nicht zusammen. Mein Herz rast jetzt doch los. »Ist das schlimm?«

»Im Gegenteil.«

Ein Lächeln bahnt sich seinen Weg in mein Gesicht. Es ist, als stiege es tief aus meinem Bauch nach oben. Ausgestattet mit einem Raketentriebwerk. Absolut uneindämmbar.

Auch in Darios Züge kommt Bewegung. Lachfalten ummalen

seine funkelnden Augen. Sein Mund öffnet sich leicht, und ein brummiges Lachen kommt daraus hervor, das dem Kribbeln in mir noch mehr Schwung gibt. So viel, dass ich meine Hand hebe und auf seine Wange lege. Als mein Daumen seinen Wangenknochen nachzeichnet, atmet Dario tief ein und aus.

Seine Hand legt sich auf meine und unsere Finger beginnen, sich zu umspielen. Irgendwann lösen sich seine Finger und gleiten meinen Arm hinauf. Fahren hoch, an meinen Hals, in meine Haare. Ich schließe die Augen. Überall, wo er mich berührt, brennt meine Haut ein Feuerwerk ab. Es breitet sich aus, in jede Zelle meines Körpers, in die hinterste Ecke meines Verstands. Als ich die Augen öffne, lächelt er. Dieser Moment ist ewig und perfekt. Ich beuge mich vor und zeitgleich kommt Dario mir entgegen. Es gibt kein Zögern, keine fragenden Blicke. Weil es unausweichlich und richtig ist. Als sich unsere Lippen treffen, schließe ich erneut die Augen.

Die Welt verwandelt sich in ein Kaleidoskop und fügt sich in Sekundenbruchteilen in vollkommen neuen Farben wieder zusammen. Das beste Gefühl der Welt. Sanft küssen seine Lippen meine Oberlippe … meine Unterlippe … Ich erwidere jede Bewegung, sauge mit jedem Atemzug die Wärme, die Kraft ein, die von ihm ausgeht. Piksige Bartstoppeln bringen mich zum Lächeln. Ich halte es nicht mehr aus … Vorsichtig berühre ich mit meiner Zungenspitze seine Oberlippe. Dario stöhnt auf, sein ganzer Körper scheint zu vibrieren. Sofort erwidert er meinen Kuss, zuerst zaghaft, dann fordernder. Endlich! Meine Finger graben sich in seine Haare und ich ziehe ihn näher an mich. Seine Hände wandern über meinen Hals, an meine Seiten. Seine Muskeln spannen sich unter meinen Händen an, und plötzlich liege ich auf ihm. Unsere Körper passen perfekt zusammen. Er streicht meine Haare zur Seite, küsst meinen Hals, nur um sofort wieder zu meinen Lippen zurückzukehren. Ein Stöhnen löst sich aus meiner Kehle, und ich spüre, wie Dario lächelt. Wie konnte ich mein Leben lang ohne dieses Gefühl auskommen?!

Und plötzlich hält er inne. Als sich meine Augen öffnen, blicke ich direkt in seine. Sie funkeln voller »Ich will mehr!«. Der beste Anblick. Er schiebt eine Haarsträhne hinter mein Ohr, streicht über meinen Haaransatz.

»Wow …« Er klingt heiser.

»Mehr als wow«, stimme ich genauso heiser zu.

Wie aus dem Nichts schiebt sich Bedauern über seine Züge, obwohl er immer noch lächelt. Sein Blick wandert über meine Wangen, meine Lippen. Er bewegt sich und ich gleite neben ihn, in seinen Arm. Er küsst mich sanft. Dann schließt er die Augen und legt seine Stirn an meine. »Das ist … ich … Du bist Marcos Schwester.« Seine Stimme klingt verständnislos.

Unsere kleine perfekte Blase zerplatzt. Ich weiß nicht, was ich sagen soll, außer »Ja«.

»Das geht nicht … Das ist nicht in Ordnung …«

Das Kribbeln verwandelt sich in Tausende spitze Nadelstiche. Ich setze mich auf, taub vor Schmerz. Dario setzt sich ebenfalls auf. Ich fahre mir durch die Haare, richte meinen Pony. Ich höre, wie Dario tief durchatmet. Aus dem Augenwinkel sehe ich, wie er sich über die ohnehin struppigen Haare rubbelt. Ein Teil von mir windet sich vor Wut. Wieso musste er Marco erwähnen?! Doch ein anderer Teil weiß die Antwort: Weil das die Realität ist. Der klägliche Rest des Feuerwerkkribbelns weicht einer Leere, die so vollkommen ist, dass ich nicht weiß, ob ich schon in sie hineinstürze oder noch am Rand sitze. Wir wissen beide um die Unmöglichkeit dieser Situation. Ich kann nicht mit Marco. Marco nicht mit mir. Auch wenn ich in meiner Anfangszeit in Venedig gehofft hatte, dass sich das ändert, habe ich den Glauben daran verloren. Dario und ich? Wie soll das funktionieren? Er ständig zwischen den Stühlen? Ich könnte Cara niemals für ihn aufgeben, und deshalb würde ich nie von ihm verlangen, mit seinem besten Freund zu brechen. Arsch hin oder her. Mein Blick wandert über seinen Arm. Ich müsste nur meine Hand ausstrecken …

Als hätte er meine Gedanken geahnt, sieht er mich an und lächelt traurig. »Wir sollten das hier …« Er bricht ab, legt seine Arme auf seine Knie und starrt auf den Kanal vor uns. Ein Boot gleitet fast lautlos vorbei. Unsere Küsse verschwinden genauso lautlos im Universum.

»Vergessen?«, frage ich deshalb. Wie soll ich das anstellen? »Verdrängen?«, korrigiere ich mich.

Dario nickt.

»Wenn du jetzt sagt, es ist besser so, muss ich dir eine überbraten.«

Überrascht lacht Dario los und dreht mir den Kopf zu. Eine Weile sehen wir uns einfach nur an. In einer anderen Welt, einem anderen Universum gäbe es diesen Schmerz nicht, der in mir tobt. Da bin ich mir sicher. Aber ich hänge hier fest. Mit einem Halbbruder, der mich hasst, dessen besten Freund ich geküsst habe, weil ich ihn mag. Sehr mag … Ein Kloß verstopft meinen Hals, und ich wende mich von Dario ab, bevor es schlimmer wird. Gleichzeitig kommen wir auf die Beine. Sehen uns an.

»Ich wünschte, es wäre anders«, stellt Dario mit viel zu ruhiger Stimme fest.

»Können wir es nicht anders machen?« Jetzt zu gehen, das eben zu vergessen? Unmöglich. Ich kann und will nicht einfach aufgeben.

»Du und Marco steht auf gegenüberliegenden Seiten. Ich bin nicht unbedingt bekannt dafür, ernsthafte Beziehungen zu führen. Ich würde Letzteres ändern, sofort, wenn Ersteres anders wäre. Wie wahrscheinlich ist das?«

»Sehr unwahrscheinlich …«

»Siehst du … Es …« Dario räuspert sich. »Es tut mir leid …«

Alles, was ich kann, ist nicken. Ich will ihn küssen, ihn spüren, nicht diesen Schmerz, der sich wie ein Rammbock in mein Herz bohrt. Eine Stimme in meinem Kopf versucht mich zu beruhigen: Es geht nicht. Es ist unmöglich. Vergiss den Kuss. Vergiss Dario. Ich nicke erneut. Ein kleiner Teil von mir versteht das. Der größere aber ist kurz davor durchzudrehen. Es gibt nichts, was ich sagen könnte, um die Situation zu ändern. Nichts.

»Soll ich dich nach Hause bringen?«

Nach einem tiefen Atemzug sehe ich Dario an, bringe tatsächlich ein Lächeln zustande. »Nein. Lass es uns hier und jetzt …« Beenden. Ich schaffe es nicht, das Wort auszusprechen.

Dieses Mal nickt Dario. Wir verbrauchen das weltweite Nickkontingent in einer einzigen Nacht.

Er setzt an, etwas zu sagen, lässt es aber dann doch. Hebt die Hand und dreht sich um. Marschiert in die Richtung, in die ich nicht muss.

Wow.

Wie kann ein Abend so krass von »bester Abend meines Lebens« zu »ausgewachsene Katastrophe« eskalieren? Weil ich mir plötzlich so unfassbar einsam vorkomme, drehe ich mich von Darios Gestalt weg, die auf der anderen Seite der Wiese angekommen ist. In mir ein Chaos, das sprudelt, sticht, hämmert und die Welt in einen konturlosen Schleier hüllt.

Kapitel 19

Tanzbar.

Ein paar Tage lang verkrieche ich mich zu Hause und, wie jetzt, im Atelier von Vit. Dass Cara zwei Tage mit der Ruderclub AG im Trainingslager war, kam mir gerade gelegen. Je weniger ich über Dario reden muss, desto unrealer wird es. Trotzdem muss ich ständig an ihn denken. An seine Berührungen, seine Lippen. Wenn ich die Augen schließe, ist es, als tasteten sie sich über meine Haut. Ich zwinge mich, mich auf meine Entwürfe auf dem Skizzenblock vor mir zu konzentrieren. Leider sind sie so erbärmlich wie ich. Wegen der vielen Extrastunden, die am Anfang des *tutori*-Seins anfallen – und dem Fakt, dass da draußen ein Irrer rumrennt und Venedig untergehen lassen will –, hat die intensive Mathe-Nachbetreuung mit Marco noch warten müssen und somit der Plan, mein Skizzenbuch zurückzuholen. Es fehlt mir. Nicht, dass das Papier im Block schlechter wäre, aber schon allein das Öffnen des Skizzenbuchs hatte etwas Feierliches. Kein Wunder, dass die Skizzen nichts taugen. Ich werfe meinen Bleistift auf den

Block, und er rollt auf das Blatt Papier mit dem Logo der *tutori*, das Vit mir gegeben hat. Darauf habe ich das Motto der *tutori* notiert und ein paar andere Dinge, die ich für das Treffen mit dem Rat wissen muss.

Vit, der am Nebentisch einen Tonrohling wegpackt, lacht. »Du wirkst unzufrieden.«

»Der Ball der Oberstufe war so wichtig für mich. Das Wichtigste in diesem Jahr. Und jetzt? Es ist, als ob ich in einem Paralleluniversum unterwegs bin. Die sind doch alle scheiße!« Die Masken, die mich vom Papier aus ansehen, sind langweilig, 08/15. Teufelsfratzen. Verzerrte Gesichter, die gruselig sein sollen, es aber nicht sind. UND: Es gibt sie schon zu Tausenden. Fast jeder in der Masken AG wird ein Konzept einreichen. Meine Masken müssen einzigartig werden. Weniger ist nicht gut genug, um sie auf dem Ball in der Mitternachtsshow tanzen zu sehen.

Vit tritt hinter mich und wirft einen Blick auf meinen Block. »Wie lautet das Thema gleich noch mal?«

»Willkommen im Hades, das Ende naht.«

Vit macht »Hm«. Kein gutes Zeichen. Wie jedes Mal, wenn ich an das Thema des Balls denke, kommen die Erinnerungen an die Glitzergestalt zurück, die mich beim ersten Aufsetzen meiner Maske vor dem Untergang der Stadt gewarnt hat. Noch immer habe ich niemandem außer Cara davon erzählt.

»Zu Hades passen sie«, meint Vit.

Ich werfe ihm einen skeptischen Blick zu. »Wenn man Hades und Maske bei Google eingibt. Die sind scheiße.«

Vit lehnt sich neben mich an die Tischkante. »Sie sind ein erster Schritt. Erste Schritte sind leicht, die weiteren fallen schwerer, aber erst die bringen einen weiter.«

»Wäre schön, wenn mir mal einfach so was zufliegt.«

»Lass nicht zu, dass der Frust aus den ersten *tutori*-Lektionen dich so einnimmt.«

Das ist leicht gesagt. In jedem Kurs der *tutori* kommt der Moment, in dem Magie eingesetzt wird. Ich versage jedes Mal. Nächste Woche bin ich das erste Mal bei der Schwertkampf AG und ich sehe mich schon jetzt dumm dastehen. Dann ist da noch Dario. Beziehungsweise Nicht-Dario, denn gemeldet hat er sich nicht. Enttäuschung, Frust, Wut. Das ist das Gemisch in mir, das langsam überzuschwappen droht. »Es ist nicht so, dass ich das nicht möchte. Ich bekomme es nicht hin.«

Vit legt seine Hand auf meine Schulter und drückt sie sanft. »Du bist schlau. Du bist stark. Du kannst dich durchschlagen. Du wirst es hinbekommen.«

»Woher willst du das wissen?« Ich sehe ihn an.

»Weil ich dich kenne. Und«, er deutet auf das Atelier um uns, »du für die Masken gemacht bist. Dass du eine magische Maske trägst, ist kein Zufall. Du wolltest dein Leben den Masken widmen. Oder ist dieser Plan Vergangenheit?«

»Nein!«, fahre ich sofort auf. »Ich liebe das hier. Aber manchmal frage ich mich, wie ich das alles unter einen Hut bekommen soll.«

Vits Hand rutscht von meiner Schulter. »Ich bin der *vicario* der *tutori.*« Mittlerweile weiß ich, dass er damit der zweite Chef ist.

»Mein Laden läuft, ich mache Masken, ich habe nicht das Gefühl, zu wenig Zeit dafür zu haben. Trotzdem komme ich meinen Pflichten bei den *tutori* nach. Pflichten ist das falsche Wort. Ich mag meine Aufgabe, weil ich Venedig liebe und weil ich das Gefühl habe, etwas Wichtiges in dieser immer kaputter werdenden Welt zu bewegen. Ich schweife ab. Was ich sagen will: Beides ist möglich. Auch wenn es im Moment stressiger ist als je zuvor, denn die Attacken auf die Magie binden mehr Energie als alles andere zusammen. Aber: Dein Leben wird sich normalisieren. Dass du dich momentan überfordert fühlst, ist normal. Das wird sich ändern. Als ich meine Maske bekommen habe«, Vit schüttelt sich bei der Erinnerung, »war ich wochenlang total erledigt. Allein zu wissen, dass Magie existiert, hat mich völlig unvorbereitet getroffen. Es war, als würde ich in einem Vakuum schweben, ohne jede Richtungsangabe.«

»Das Gefühl kenne ich.«

»Du bist damit nicht allein. Ich bin immer für dich da. Egal, wann. Verstanden?«

Ich bringe nur ein Nicken zustande, weil meine Kehle sich zuschnürt. Vit als Onkel zu haben, bedeutet mir die Welt. Das Wissen, ihn in dieser Sache an meiner Seite zu haben, lässt mich durchatmen. »Danke.«

»Dafür nicht.« Vit löst sich von der Tischkante. »Was die da angeht«, er deutet auf meinen Block, »denk weiter. Versuche andere Richtungen. Das Thema bezieht sich nicht nur auf den Hades.«

»Das Ende naht«, murmle ich und fixiere eine besonders hässliche Fratzenmaske. »Zerstörung. Abbruch. Ende.« Ich greife nach dem Bleistift und male eine gezackte Linie quer durch die Skizze der Maske. Vielleicht muss ich wirklich nur ein, zwei Schritte weiterdenken.

»Ich wusste, du gibst nicht auf.« Vit drückt mir einen Kuss auf die Haare.

Ein Klopfen an der Hintertür lässt uns beide aufsehen.

»20 Uhr«, murmelt Vit und öffnet die Tür. »Ach, das ist wohl für dich, Anola.«

Auf der Türschwelle steht Cara und winkt mir fröhlich zu. Sie trägt knallorange Jeans, eine weite pinke Bluse und eine grüne Jeansjacke.

»Ich rieche Party!« Ich schnüffle. »Ja, definitiv.« Dann stehe ich auf und ziehe meine beste Freundin in die Arme. Es ist, als hätten wir uns Ewigkeiten nicht gesehen. Dabei waren es nur zwei Tage.

»Und ich …« Cara lässt mich los. Die Sommersprossen auf ihrer Nase tanzen, als sie schnüffelt. »Ich rieche Skizzen. Ich hätte jetzt gefragt, ob ich störe, aber wenn du wieder mal über der Arbeit brütest, komme ich gerade rechtzeitig.«

Mit einem leisen Lachen stimmt Vit zu und macht sich daran, seinen Arbeitsplatz weiter aufzuräumen. Mir entgeht nicht, dass der Zettel mit den Infos zum Treffen mit dem Rat jetzt mit der Schriftseite nach unten auf der Werkbank liegt. Geheimhaltung. Richtig. Ich hoffe, Cara denkt daran.

»Ich brüte nicht«, verteidige ich mich.

»Ich hatte das Gefühl, dass wir mal etwas Ablenkung brauchen. Drüben in Sant'Erasmo steigt eine Party. Wollen wir hin?«

»Eine sehr gute Idee, Cara«, mischt sich Vit ein. »Anola kann Ablenkung brauchen.«

»Verbündet ihr euch jetzt?« Gespielt empört sehe ich zwischen den beiden hin und her. Auf eine Party zu gehen, auf einer Insel, ohne Fluchtmöglichkeit, ist das Letzte, was ich will. Ich will mich wie die letzten zwei Abende in meinem Zimmer verkriechen, malen, laut Musik hören, Chips essen und mich im Selbstmitleid suhlen.

»Wenn es gut für dich ist, ja«, antwortet Cara und lehnt sich gegen die Tischkante wie eben noch Vit.

Der zwinkert mir zu. »Das klingt nach einer guten Gelegenheit, den Kopf freizubekommen. Ich lasse die beiden Damen jetzt allein. Denkst du daran, den Alarm einzuschalten, wenn du gehst?«

»Klar«, erwidere ich und umarme Vit noch, bevor er durch die Hintertür verschwindet.

»Und jetzt«, Cara reibt sich die Hände, »während du aufräumst, erzählst du mir alle Einzelheiten der letzten beiden Tage. Ich komme um vor Neugier!«

»Oh, also …« Etwas verlegen klappe ich meinen Skizzenblock zu und stecke meine Bleistifte in ihr Case.

»Fang einfach vorne an.« Wie ein Erdmännchen auf Habachtstellung. So wirkt Cara.

»Also gut …«

Am Ende starrt mich Cara an. »Du hast was? Ich meine, Dario? Im Ernst?! Ich dachte, den gehen wir vorsichtig an.«

»Dachte ich auch. Aber, ich weiß nicht, er ist …« Sexy? Charmant? Süß? Nett? Unerreichbar!

»Ein Arsch?«, beendet Cara meine Gedankenaufzählung. »Er hat sich nicht mehr gemeldet? Nachdem ihr euch geküsst habt und er dich gut findet?« Cara schnaubt. »Ein Arsch. Ganz klar.«

»Tessa meinte, dass er nicht für feste Beziehungen bekannt ist …«

»Na ja«, druckst Cara herum. »Er scheint ein Freund von lockeren Liebesangelegenheiten zu sein. Zumindest hatte er noch nie eine feste Freundin, also auf der Schule. Die Gerüchteküche brodelt, was das Thema angeht. Er und dein Halbbruder waren die heißesten Typen in ihrem Jahrgang. Okay, Luca vielleicht auch. Aber der ist eher Typ einsamer Wolf.«

»Waren sie wirklich Freunde? Luca sagte da was.«

»Sie waren sogar mal ziemlich dick befreundet. Genau genommen waren sie zu viert: Dario, Marco, Luca und Andrea, Estelles großer Bruder. Aber plötzlich hingen Marco und Dario nur noch allein rum, ohne Luca. Und Estelles Bruder ging auf eine andere Schule, hieß es zumindest. Aber da kenne ich mich zu wenig aus. Fakt ist: Lass lieber die Finger von Dario.«

»Muss ich ja wohl.« Leider. Noch mehr als vorher will ich in mein Bett. »Du willst jetzt auf diese Party?« Ich frage nur, um endlich von dem Thema wegzukommen.

»Nach einem erquickenden Abendmahl mit meinen Eltern brauche ich Ablenkung. Hier.« Cara zückt ihr Handy und zeigt mir eine Mail. »Die Mitteilung, dass das Abendessen auf der Südterrasse stattfindet. In angemessener Kleidung. Vom Assistenten meiner Mutter. Ich habe mich noch vorm Dessert verkrümelt.«

»Meine Mama brüllt einmal laut in die Wohnung, dass es Essen gibt.«

»Ich liebe deine Mama. Und eure Wohnung.« Schlagartig legt sich eine Traurigkeit über Cara, die ich nur selten zu Gesicht bekomme. Dass ihre Eltern nie Zeit für sie haben, nervt sie. Meistens überspielt sie das mit Sarkasmus und guter Laune, aber in diesen Momenten sehe ich, wie sie sich wirklich dabei fühlt. Deshalb nehme ich sie fest in den Arm.

»Mein Sofa ist dein Sofa. Das weißt du.« Cara nickt an meiner Schulter und zieht mich fester in die Umarmung. »Was ist jetzt mit dieser Party?«, frage ich, um sie aufzumuntern.

Sofort hebt Cara den Kopf und löst sich von mir. »Ach, das braucht es also, um dich freiwillig auf eine Party zu bekommen. Liebeskummer und eine traurige Cara. Ist gespeichert.«

»Ich habe keinen Liebeskummer.« Etwas zu energisch stopfe ich den Skizzenblock in meinen Rucksack.

»Wenn du meinst. Musst du vorher noch nach Hause? Dann bestelle ich unseren Chauffeur zu dir.«

Eine Stunde später steigen wir aus dem Luxusboot von Caras Familie auf den Anleger von Sant'Erasmo. Die Insel ist bekannt für ihr Gemüse, das täglich von Booten aus in der Stadt verkauft wird. Das Wetter ist gut, aber es ist kühl und windig. Ich trage das erste Mal seit Langem wieder Strumpfhosen unter meinen Shorts und einen langen Cardigan aus schwarzer Wolle.

»Die Party steigt da hinten.« Cara deutet auf eine Ansammlung von kleinen zweistöckigen Gebäuden am Ufer. Ein Weg führt direkt darauf zu. Als wir um die Gebäude herumgehen, vorbei an Beeten und Obstbäumen, taucht eine halbmondförmige Bucht vor uns auf. Der von Wiesen gesäumte Sandstrand fällt flach ins Wasser ab. Nur die Spiegelungen der Lichterketten, die zwischen den Obstbäumen gespannt sind, werden vom dunklen Wasser und seinen sanften Wellen reflektiert. Decken und Sitzkissen laden unter den Bäumen zum Chillen ein. Die meisten davon sind bereits belegt, einige Gesichter kommen mir bekannt vor, die meisten nicht. Zu Gelächter und Gesprächsfetzen gesellen sich Elektrobeats. Ein DJ legt in einem Boot auf, das am Strand liegt, wo auch schon die Ersten tanzen. Eine Bar begrenzt das Gelände zum Bauernhof hin.

»Na? Hab ich zu viel versprochen?« Ohne eine Antwort abzuwarten, nimmt Cara meine Hand und zieht mich in Richtung Bar. »Zwei Gin Tonic!«, ruft sie über den Partysound hinweg.

Bevor ich reagieren kann, schüttet die Barfrau schon Gin in zwei Gläser. »Gibt es den auch ohne Alkohol?«

»Ich kann dir einen Tonic mit Zitrone und Gurke geben«, erwidert die Barfrau und greift schon nach einem neuen Glas.

»Danke!« Mein Blick wird von der Tanzfläche angezogen. Ein neuer Song sorgt dafür, dass sie sich schnell füllt. Dann setzt mein Herz aus. Mitten auf der Tanzfläche, eng umschlungen mit einer blonden Frau, tanzt Dario. Seine Haare sind so verwuschelt wie nach unserem Kuss. Es ist, als teleportierten sich seine Berührungen an ihrer Hüfte auf meinen Körper. Die Stelle oberhalb des Bunds meiner Shorts flammt auf. Mit seiner linken Hand schiebt Dario seine Tanzpartnerin unter seinem rechten Arm durch. Es ist Estelle. Glücklich lachend. Sie sieht umwerfend aus in ihrem knallgrünen Schlauchkleid. Dario hält für einen Moment inne und mein Blick gleitet zurück zu seinem Gesicht. Unsere Blicke treffen sich. Er blinzelt. Ein Mal. Zwei Mal. Dann drehe ich mich weg, zur Bar.

»Der Gin kann doch rein«, lasse ich die Barfrau wissen. Sie stoppt in ihren Bewegungen und greift nach einer anderen Flasche, um den Rest meines Glases aufzufüllen.

»Was ist los?«, fragt Cara und sieht verwirrt zur Tanzfläche. Anscheinend ortet sie den Ursprung meines Sinneswandels, weil sie sofort näher an mich herantritt. »Arsch. Sag ich doch.«

Ich fische mir eine Gurkenscheibe aus dem Glas, das mir die Barfrau hinstellt, und beiße hinein. »Wie kann man Liebeskummer ohne Liebe haben?«

»Endorphine brauchen keinen Sex und keine festen Beziehungen. Denen reicht weniger als ein Kuss.« Vielsagend sieht Cara mich an. »Sollen wir gehen?«

Ich schüttle den Kopf. »Die Flucht ergreifen, weil er mit einer anderen tanzt? Nein. Auf gar keinen Fall. Wir bleiben. Aber lass uns eine Ecke suchen, von wo aus ich die beiden nicht sehen kann.«

Die Ecke stellt sich als eine Decke unter einem Baum heraus, auf der Tessa, Meo und Davide sitzen und uns gut gelaunt zuwinken.

»Kennst du die?«, fragt Cara, folgt mir aber, ohne zu zögern.

»Das sind *tutori*, wir haben ein paar Kurse zusammen.« Weil Caras Gesicht etwas zu versteinert aussieht, füge ich schnell hinzu: »Sie sind nett. Auch ohne Maske. Wenn du nicht hinwillst …«

»Doch«, Cara zuckt mit den Schultern, »es fühlt sich nur merkwürdig an, nicht dazuzugehören.«

»Kann ich mir vorstellen. Ignoriere es einfach, wie ich Dario ignoriere. Lass uns einen guten Abend haben. Ich bin sicher, du passt perfekt in diese Runde.«

Ich behalte recht: Vor allem mit Tessa versteht sich Cara richtig gut. Mir gefällt es, wie wir fünf von einem Thema zum nächsten hüpfen, lachen und Spaß haben. Da ich mit dem Rücken zur Tanzfläche sitze, kann ich Dario und Estelle gut ausblenden. Bis zu diesem Moment. Der DJ legt ein neues Lied auf und Tessa quietscht vergnügt. »Ich liebe Beyoncé. Los, wir gehen tanzen! Und zwar alle!« Tessa springt auf und zieht Cara auf die Beine.

Cara wirft mir einen fragenden Blick zu, doch was soll's? Lasst uns tanzen! Man ist nur einmal jung, sagt man doch so. Also weigere ich mich nicht, als Tessa auch meine Hand ergreift und wir zu fünft die proppenvolle Tanzfläche stürmen. Es ist herrlich! Lichter, die aufflammen und ihre Farbe wechseln, um uns herumsausen. Das Wummern der Beats, die sich bis ins Knochenmark bohren. Der weiche Sand unter meinen Füßen. Die Leichtigkeit, die ich so noch nie gespürt habe. Ich weiß, dass das auch am Alkohol liegt, und es ist mir egal. Ein Glas wandert von Caras in meine Hand, ich trinke, reiche es an Tessa weiter. So gut habe ich mich seit dem Schulanfang nicht mehr gefühlt! Quatsch, seit dem Anruf zu Papas Tod. Der Gedanke macht mir in diesem Moment gar nichts aus. Nein. Im Gegenteil. Auch er hat das Leben gefeiert. Wie besessen versuche ich, mir dieses Gefühl einzuprägen. Schließe die Augen, lasse mich treiben. Versuche, es zu speichern, für später – wenn ich es brauche.

Laut singe ich jeden Refrain mit, wie meine vier Freunde, egal, ob ich den Text kenne oder nicht. Wir springen und drehen uns umeinander und um uns selbst. Immer wieder fliegen mir meine offenen Haare ins Gesicht. Ich liebe es. Ich! Liebe! Es!

Selbst das viele Stolpern ist witzig. Als es wieder passiert, verliere ich mein Gleichgewicht und rausche ungebremst in jemanden hinter mir. Er ist riesig. Eine menschliche Wand. Weil Cara und Tessa gerade etwas zu essen organisieren und mich nicht sofort wieder in unser Tanzbündel zurückziehen, bleibe ich stehen.

»Sorry!«, rufe ich über die Musik hinweg.

Goldene Augen blicken auf mich herab. Luca. Als er mich erkennt, leuchten seine Augen auf. Er greift nach meiner Hand und legt den Kopf schief. Ich mache einen Knicks und nicke. Schneller, als ich reagieren kann, liege ich in einer festen Umarmung.

»Du tanzt?«, fragen wir beide gleichzeitig und müssen lachen. Seine Hände sind plötzlich an meiner Hüfte, und ich verliere den Boden unter den Füßen, weil Luca mich einfach hochhebt und herumwirbelt. Vor Überraschung schreie ich auf.

»Lass sie los. Sofort.«

Dario steht wie aus dem Boden gestanzt neben mir. Sein Gesicht so ernst, dass selbst ich zurückschrecke.

»Achtung, die Partypolizei!«, sage ich und komme auf die Beine.

Luca lässt mich los. Seine Augenbrauen wandern nach oben. »Was mischst du dich ein?« Er überragt Dario um gut einen halben Kopf.

Doch Dario lächelt kühl. »Sie möchte sicher nicht begrapscht werden.«

»Ach, und du beurteilst, was begrapschen ist?« Luca blickt mich an.

»Danke, ich kann mich selbst wehren. Und bis jetzt hatte ich ehrlich gesagt den Abend meines Lebens.«

Darios Wangenmuskeln arbeiten. »Du bist betrunken. Und minderjährig.«

»Wie die Hälfte der Leute hier«, verteidige ich mich.

Jemand rempelt in uns drei und ich falle Dario direkt in die Arme. Er richtet mich auf und zieht mich mit sich. »Einen Moment, Luca.«

»Wenn Anola das möchte …?« Luca stoppt uns und sieht mich fragend an. Ich verdrehe die Augen, nicke aber. Dann zieht Dario mich von der Tanzfläche. Seine Berührung fühlt sich heiß an – und unangenehm. Erst als wir unter den Bäumen an der Tanzfläche stehen, komme ich auf die Idee, mich von ihm loszumachen. »Was soll dein Auftritt?«

»Du stolperst betrunken durch die Gegend. Es ist besser, wenn du eine Pause machst.«

»Danke für deinen schillernden Ritter-Rettungsversuch. Aber ich kann selbst einschätzen, was ich möchte und was nicht.«

Dario lacht auf. Bitter und genervt. »Da bin ich mir nicht so sicher. Du lallst.«

»Erstens ist das der Alkohol, nicht ich. Und du bist nicht mein

Bruder. Du bist derjenige, der sofort mit der nächstbesten Rambazamba macht.«

»Estelle ist eine enge Freundin.«

»Oh ja, wie eng, kann jeder hier sehen.«

Dario leckt sich über die Lippen, und ich kann nicht anders, als sie anzustarren. Küssen. Jetzt. Mit einem Räuspern sehe ich weg und schüttle den Kopf, was mich zum Schwanken bringt. Eine Hand stabilisiert mich. Darios Hand, wie ich mit einem Blick feststelle. Ich schüttle sie ab.

»Geh weg.« Ich will in die Menge zurück, doch Dario hält mich fest. Mir ist, als würde jetzt die Welt um mich herumtanzen statt ich auf ihr. Die Lichter zucken, alles schwankt. Nur der leichte Wind, der tut gut. Und die Ruhe hier unter den Bäumen. Außer einem knutschenden Pärchen ein paar Decken weiter ist keiner hier. Ich will auch knutschen. Den Typen, der ganz eindeutig schneller mit dem klarkommt, was uns passiert, als ich. Er sieht gut aus, einige Strähnen kleben auf seiner Stirn. Seine blaugrünen Augen wirken dunkler als tagsüber. Es steht ihm. Während sein Blick über mein Gesicht wandert, bleibt auch er an meinen Lippen hängen.

»Hör auf, mich so anzusehen!« Ich versuche ihn mit einer Geste wegzuscheuchen. Aber Dario bleibt, wo er ist. Vor mir. Zu nah für meinen Geschmack. Also, für den verliebten Teil. Er bleibt, steht und starrt.

»Ich gehe jetzt. Mich anstarren lassen finde ich gruselig. Auch wenn du ein netter Anblick bist. Zu nett. Jaja, zu nett.« Kaum setze ich mich in Bewegung, rührt sich auch Dario.

»Warte.« Er stellt sich mir in den Weg.

»Auf Slalom hab ich echt keinen Bock, das macht der Rest der Welt gerade schon. Du kriegst noch eine Minute Starren. Danach verlange ich Geld.«

Dario fährt sich durch die Haare.

Ich stöhne auf. »Weißt du eigentlich, dass das mit deinen Haaren a) nichts bringt, und b), weißt du überhaupt, dass du das machst?«

»Es tut mir leid.«

»Schon gut, von mir aus kannst du stundenlang durch deine Haare wuseln.«

Dario atmet tief durch. »Es tut mir leid, dass wir nicht zusammen sein können …«

Oh. »Jetzt fällt mir nichts ein, was ich sagen könnte.«

Dario kommt einen Schritt näher. »Ich habe dich geküsst, weil ich dich mag. Weil du cool bist. Weil du heute tanzt, als wärst du eine Göttin. Weil du etwas mit mir machst, das ich nicht kontrollieren kann. Aber du bist die Schwester meines besten Kumpels. Selbst wenn ihr euch verstehen würdet, wäre das schräg.«

Ja, wäre es. Trotzdem macht mich das hier wütend. »Deshalb lenkst du dich mit Estelle ab?«

»Anola«, Dario legt seinen Finger an mein Kinn und hebt es so, dass ich ihn ansehen muss. »Die Party, das Tanzen, der Alkohol. Ablenkung. Weitermachen.«

»Wie kannst du das? Ich verstehe es nicht.« Ich will es nicht verstehen.

Dario zuckt mit den Schultern. »Was soll ich sonst machen?«

Seine Antwort schnürt mir die Luft ab. Wo ist die Escape-Taste, wenn man sie braucht? Ich will rebooten. Weil ich viele Dinge wüsste, die besser wären als das Weitermachen vor meinen Augen. Trauern. Sport. Schokolade essen. Schlechte Gedichte schreiben.

»Dario?« Estelles Stimme durchschneidet die Stille wie ein Schwert und lässt uns herumwirbeln. Selbst abgetanzt sieht sie aus, wie einer High-Society-Netflix-Serie entsprungen. Die Eiswürfel in den beiden Gläsern in ihren Händen klirren. »Unsere Drinks werden warm.« Ihr Lächeln ist umwerfend und wird von Dario erwidert.

Atmen, los, atmen!

»Entschuldige, ich war«, Darios Blick streift mich, »ich komme. Mach keinen Unsinn.«

Ungläubig sehe ich ihn an. »Du gehst jetzt weitermachen?«

Seine Augen und sein Mund verengen sich, dann nickt er. »Genau, weitermachen.«

Als er mit ihr in der Menge verschwindet, könnte ich glatt umfallen und heulen. Cara hat recht. Er ist ein Arschloch. Wie kann er mir all diese einzigartigen Dinge sagen und dann einfach weitermachen? Vor meinen Augen? Wie grausam kann man sein? Mir ist nach einem kräftigen Wutanfall. Wie dumm bin ich? Will ich in so einen Menschen verliebt sein? Nein, absolut gar nie nicht.

In diesem Augenblick schält sich eine bunte Person aus der tanzenden Meute. Cara. Sie sieht sich um, entdeckt mich und kommt zu mir. Tessa, Meo und Davide gut gelaunt im Schlepptau.

»Wir haben Hungääär!!! Aber es gibt nur Chips und Pistazien. Hast du Lust, etwas essen zu gehen? In der Stadt? Die Musik wird immer schlechter und die Leute dichter.«

»Beste Idee aller Zeiten.« Zwar ist mir absolut nicht nach Essen oder Gesellschaft, aber alles, was mich von dieser Insel wegbringt, mache ich mit.

Kapitel 20

Du kannst mich mal!

Nebel liegt über der Lagune, als ich am nächsten Nachmittag am *Palazzo Tutori* ankomme. Es ist, als habe der Herbst über Nacht Einzug gehalten. Im Schlepptau habe ich einen Kater, der sich an mir festkrallt, aber wenigstens ist die Übelkeit abgeflaut. Alkohol habe ich bisher nur in kleinen Mengen getrunken, weil er mir eigentlich nicht schmeckt. Das gestern wird nicht so schnell wiederholt. Ich fühle mich schon elend genug – mit dem Kater on top, boa, was für eine dumme Idee. Anstatt an einem Sonntag in die Schule zu gehen, würde ich lieber im Bett liegen, aber Estelle hat heute alle in die Schule beordert. Die im Fundus gelagerten Bühnenteile, Kostüme, Masken und Requisiten aller vorhergehenden Bälle sollen gecheckt werden. Ein Termin, auf den ich mich gefreut hatte, aber als ich endlich die letzten Stufen zum obersten Geschoss der Schule erklommen habe, wo sich der Fundus befindet, vergeht mir der Rest meiner Vorfreude: Am Ende des Flurs an einem der Fenstergiebel stehen Marco und Dario.

Dario wirkt vollkommen fit. Keine Augenringe, die Frisur wie immer verwuschelt. Ob Estelle das war? Die Wut von gestern ist nicht abgeflaut. Leider muss ich an ihnen vorbei. Der Eingang des Fundus liegt am hinteren Ende des Flurs. Es kommt gar nicht infrage, dass ich umdrehe, ich will mir nicht den Rest Lust von den beiden Idioten nehmen lassen. Ich straffe die Schultern und marschiere weiter.

Gerade schüttelt Dario den Kopf und sagt etwas zu Marco, dem das ganz und gar nicht zu gefallen scheint. Seine Körperhaltung schreit »Das sehe ich nicht so!«. Dario tritt noch näher an Marco heran und redet auf ihn ein. »Das ist total verrückt!«, höre ich ihn sagen. »Das weißt du. Was willst du tun? Ihnen GPS-Sender unterjubeln?«

»Zur Not, ja.« Marco klingt aufgebracht. Im Gegensatz zu Dario wirkt er müde und mitgenommen. »Wir können nicht so weitermachen, wir tappen im Dunkeln. Ich –«

Sein Blick gleitet von Dario über den Flur. Als er mich entdeckt, macht er einen Schritt weg von Dario, der wegen Marcos abruptem Rückzug aufsieht. Schade, ich hätte gerne erfahren, worüber die beiden reden. Allerdings hätte ich sowieso nichts mehr verstanden. Denn in meinen Ohren rauscht es so laut, als flösse der Canal Grande in meinem Kopf. Darios Augen weiten sich bei meinem Anblick, seine Wangenmuskeln bewegen sich, ein »Hi«, gefolgt von einem Lächeln, das aus dem Canal Grande die Niagarafälle werden lässt. Ich merke, wie ich meine Fäuste balle. Wie wohl sein Abend zu Ende gegangen ist? Arschloch. Ich sehe ihm direkt in die Augen. Mir geht's gut. Besser, ohne dich. Seine Augenbrauen wandern nach oben. Ich wende meinen Blick ab und sehe an ihm vorbei zu Marco, der mich vor einer Erwiderung des »Hi« rettet.

»Pünktlich ist anders«, kommentiert er mein spätes Auftauchen. Das Treffen hat vor gut 15 Minuten begonnen. »Zu heftig gefeiert?«

Ah, mein Dance-Auftritt hat bereits die Runde gemacht. Ich strecke den Rücken durch und lächle. »Nur heftig soll gut sein, oder?«

Dann bin ich auch schon vorbei an den beiden und schlüpfe durch die Tür in den Fundus. In dem kleinen quadratischen Vorraum, von dem eine Feuerschutztür in den eigentlichen Fundus führt, lehne ich mich kurz an die Wand. Meine Knie zittern. Mein Herz tut weh. Die Übelkeit ist zurück. Was macht Dario hier? Marco, okay, er ist der Beirat. Vielleicht habe ich Glück und Dario verschwindet. Um den beiden nicht direkt wieder zu begegnen, schiebe ich die Tür zum Fundus auf und schlüpfe hinein.

Der Fundus ist ein Traum. Links und rechts des Mittelgangs stehen Regale, die bis zum Bersten gefüllt sind. Teppiche, Vorhänge, Möbel, Kisten, ein Kaminsims, Lampen, Stühle, Tische, einfach alles, was man für ein Theaterstück oder die Ausstattung eines Balls braucht. Es ist warm und es riecht nach Staub und altem Holz. Licht fällt durch einzelne Fensternischen. Das erneute Klicken der Fundustür lässt mich über meine Schulter sehen. Glück ist nicht mein Freund. Kurz nach mir betritt Dario den Fundus, nicht Marco. Er gesellt sich zu Estelle, die ihn mit einer Umarmung und Küsschen links und rechts begrüßt. Wäre mir nicht schon nach Kotzen zumute, spätestens jetzt wäre es so weit. Estelle ist mit einer Gruppe im hinteren Teil des Fundus zugange, wo Bühnenteile und Kulissen eng aneinandergereiht stehen, also wende ich mich in die entgegengesetzte Richtung. Vom anderen Ende des Raums winkt mir Tessa zu. »Die Masken sind hier hinten!« Sie zeigt auf Schränke mit weit geöffneten Türen. Nur zu gerne geselle ich mich zu ihr und dem Rest der Masken AG.

Die Schränke verfügen über Schubladen, in denen die Masken der vorigen Jahrgänge liegen.

»Na? Fit?«, begrüßt mich Tessa nach einer festen Umarmung. »Du siehst etwas abgekämpft aus.«

»Frag nicht.« Schnell werfe ich meinen Rucksack ab und ziehe meine Lederjacke aus. Dann wende ich mich den Masken in der Schublade vor Tessa zu. In allen Lilatönen liegen sie vor uns. Mit Federn, mit Strass, einige, die ganz frisch wirken, andere, die ziemlich mitgenommen aussehen. Anscheinend sind sie nach Farben sortiert.

Tessa schnappt sich eine von den mit Strass beklebten, hält sie sich vors Gesicht und quietscht. »Ist die nicht wunderbar?«

»Ja.« Was ich denke, ist: Wenn ich da mithalten will, muss ich mich ins Zeug legen. »Was kann ich tun?«

»Miss Perfetto hat sich vorgenommen, den Fundus zu revolutionieren und zu digitalisieren, um in die Schulgeschichte einzugehen.« Tessa verdreht die Augen und deutet auf das Tablet in ihrer Hand. »Wir katalogisieren alles. A-L-L-E-S. Mit Fotos und Excel-Tabellen. Das wird ewig dauern. Ein Traum von einem Sonntagnachmittag. Aber es gibt später Pizza. Zumindest hat das jemand aus dem Festkomitee behauptet.«

»Gibt es noch ein Tablet?« Suchend sehe ich mich um. Die anderen aus meiner AG stehen in Zweiergrüppchen beisammen.

»Leider nicht.«

»Hey, Masken AG!« Estelles Stimme lässt uns um die Schranktüren herum blicken. »Die Bühnenabteilung braucht ein paar Hände! Anola, Fran, Davide, kommt ihr bitte! Ihr wart zu spät, ihr könnt hier mit anpacken!«

»Toll. Anscheinend hat sie auch ein neues Strafsystem eingeführt«, murmle ich und werfe den Masken einen sehnsüchtigen Blick zu, während Tessa lacht. Davide sieht mindestens genauso fertig aus wie ich. Verschwörerisch grinsen wir uns an und schlurfen zum anderen Ende des Fundus. Estelle deutet auf eng stehende Holzwände. »Wir müssen die rausholen, um sie auszumessen. Irgendein Idiot hat vergessen, die Maße draufzuschreiben.«

»Der Idiot könnte ich gewesen sein.«

Ich zucke zusammen. Wo kommt Dario plötzlich her? Er steht direkt hinter mir und Davide.

»Wenigstens ein Idiot, den ich kenne.« Estelle zwinkert Dario zu. Bei jedem anderen hätte sie die Zähne gefletscht, da bin ich mir sicher.

Mein Körper will sich von Dario wegbewegen, als wären wir Magneten mit aufeinandergerichteten Negativpolen. Da gerade Bewegung in die Gruppe kommt, mache ich ein paar Schritte weg von ihm, hin zu der entferntesten Holzkulisse. Doch er klebt mir an den Fersen.

»Von uns sind die Wände bis zu dem großen Holzkasten«, sagt er und deutet auf die Bühnenteile.

»Für was war der?«, fragt eine Blondine mit dem Blick auf ein Holzungetüm von der Höhe eines Basketballkorbs.

»Special Effect«, antworten sowohl Dario als auch Estelle. Sie beginnen zu lachen wie Teenager, die das erste Mal mit ihrem Schwarm zu tun haben. Kotz.

Dario schiebt sich an mir vorbei zum Holzkasten. Das wäre sicher auch mit weniger Hand auf meiner Hüfte gegangen – und ohne die damit verbundenen Hitzewallungen meinerseits.

Er zeigt auf einen kleinen Riegel am unteren Ende des Kastens. »Wenn man da draufsteigt, klappt eine Tür auf. Beim Abschlusstanz verschoben sich die Kulissen und der Kasten hat sich dabei gedreht. Leute sind von der Bühne verschwunden. Wie von Zauberhand.«

Wow. Das muss cool ausgesehen haben. Um mich herum wird dem Staunen lautstark Ausdruck verliehen, obwohl ich mir sicher bin, dass alle außer mir das Spektakel gesehen haben.

Dario fährt sich durch die Haare, hält aber plötzlich inne und lässt die Hand wieder sinken. Also erinnert er sich an alles von gestern Nacht. Er sieht hoch und mich direkt an. Weil um uns das große Anpacken beginnt, drehe ich mich von ihm weg, gehe zu

Davide und ein paar anderen, die sich an der ersten Wand zu schaffen machen.

Nach und nach holen wir die bemalten Wände aus ihrer Nische. Sie werden von anderen weggetragen, in den Fundus hinein, um Platz für die nächsten zu machen. Ein anderer Trupp misst. Wieder andere räumen die gemessenen Bühnenteile beiseite. Die Stimmung ist gut. Immer wieder flammt Lachen auf und mein Kater verschwindet so langsam. Es tut gut, mich zu bewegen, auch wenn ich lieber die Masken sortieren würde. Als der riesige Holzkasten nicht aus seiner Lücke rollen will, bin ich es, die sich an ihm vorbeiquetscht, um zu sehen, woran das liegt. Wegen der Dachschräge gibt es hinter den Kulissenteilen einen niedrigen Tunnel. Er ist staubig, aber hell. Von vorne höre ich nur gedämpfte Stimmen.

Es ist herrlich, kurz allein zu sein. Mitten in diesem Kunstvakuum. So viele Stunden, die in alle Teile geflossen sind, die Energie, das Herzblut. Vermutlich auch manch echtes Blut. Ich will Kunst studieren. Nie zuvor habe ich das so stark gespürt wie hier, in diesem Raum, wo Kreativsein das Entscheidende ist.

»Bist du in ein schwarzes Loch gefallen?« Eine Stimme von vorne beendet meine Miniglücksauszeit.

»Moment!«, rufe ich zurück und gehe in die Hocke. Ein Netz hat sich in den Rollen verfangen. Egal, was ich probiere, ich bekomme die Rollen nicht frei.

»Ich brauche ein Messer!«, rufe ich zurück.

»Was? Du musst lauter sprechen!«

»Ein Messer«, rufe ich um einiges lauter. »Hier hängt alles fest.«

»Kommt!«

Das Messer kommt – mit Dario.

»Du hast um Hilfe gebeten?« Er hockt sich neben mich. Sein Arm streift meinen, als er nach dem Netz greift. Wie ein Stromschlag.

Ich rücke ab, strecke die Hand aus und verlange nach dem Messer. »Hängt fest. Ein paar Schnitte. Zack – fertig.«

Dario macht keine Andeutung, mir das Messer zu geben. »Du gehst mir aus dem Weg«, flüstert er.

Das hat er nicht gesagt? Ich spüre, wie sich meine Stirn in ungläubige Falten legt. »Was glaubst du denn?«

Überrascht weicht Dario ein Stück zurück. »Also, ich …« Mit meiner Antwort scheint er nicht gerechnet zu haben. Er räuspert sich. »Wieso?«

»Was für ein Ego muss man haben, um das zu fragen? Nach gestern?« Ich nehme ihm das Messer aus der Hand und knie mich vor den Holzkasten.

Keine Sekunde später ist Dario wieder neben mir. Seine Nähe schärft jeden meiner Sinne und alle wollen mehr von ihm. Nein, weg von ihm. Scheiße, konzentriere dich.

»Ich wollte dich nicht verletzen.«

Ich wäre jetzt gerne sprachlos, aber ich will meinen Mund nicht halten. Wofür? Ich stoße die Luft aus und sehe ihn an. »Spulen wir zurück. Ein Kuss. Bombastisch. Aber: Ende. Du gehst zur Tagesordnung über. Datest, als wäre es nie passiert. Lässt mich nach einer halben Liebeserklärung stehen, um mit einer anderen, die ständig vor meiner Nase rumrennt, für Ablenkung zu sorgen. Was soll ich da denken? Also außer: Arschloch?«

Darios Augenbrauen zucken nach oben. Er schluckt und kippt von mir weg, setzt sich auf seine Fersen. Für mehr ist kein Platz. »Das ist deutlich.«

»Undeutlichkeit nutzt keinem was. Ich hab auch keinen Bock darauf, rumzueiern.« Etwas in mir weiß, was zu sagen ist. Ich greife nach dem Netz und suche nach einer guten Stelle, um es durchzuschneiden. »Ich meine, was willst du von mir? Sollen wir Freunde sein? Kollegen, oder was weiß ich, wie man sich unter den *tutori* nennt? Sag's mir.« Ich sehe hoch zu ihm.

Er ist blass und ernst. Sein Blick wandert über mein Gesicht, als suche er darin etwas. Er beißt sich auf die Unterlippe, überlegt. Mann, wieso will ich in diesem Moment nichts mehr, als auch in diese Unterlippe beißen, um sie sofort danach zu küssen? Er reibt sich über den Nacken und stöhnt auf, sucht meinen Blick, findet ihn. »Ich weiß es nicht. Ich weiß nicht, was ich will.«

»Dann sage ich dir, was ich nicht will. Eine Nummer von vielen sein. Oder Marcos kleine, doofe Halbschwester. Ich bin Anola, ich habe Gefühle und ich lasse sie mir ungern von einem Typen wie dir kaputt machen.« Ich setze das Messer an. Mit einem Ruck schneide ich das Netz durch. Mit einem weiteren Ruck löst sich der Holzkasten vor uns. Von vorne kommt Jubel und der Holzkasten bewegt sich langsam von uns weg.

»Ich will kein Arschloch für dich sein.« Darios Worte sind leise. »Das gestern Nacht, ich war überfordert. Mit dir, mit der Situation, als Estelle dazukam. Ich …«

»Fakt ist, dass du so bist. Ein anderer Fakt ist, dass du mir damit wehgetan hast. Dafür habe ich keinen Nerv.« Ich richte mich auf und mache einen Schritt hinter dem Holzkasten her, der anscheinend schwieriger zu manövrieren ist, als alle dachten, denn noch immer schiebt er sich nur langsam aus seiner Lücke. Schnell kommt Dario auf die Beine und hält mich fest. Sanft. Vorsichtig. Mit jeder Option für mich, ihn abzuwehren. »Es tut mir leid.«

Meine Hand legt sich auf seine. Ganz von allein. Als hätte sie nicht verstanden, was ich eben gesagt habe. Verräterin! »Mir tut es auch leid. Ehrlich.« Dann drehe ich mich weg und schlüpfe an dem Holzkasten vorbei, der endlich frei zu sein scheint, zurück in den Fundus.

Die staubige Luft ist Freiheit nach dem engen Loch da hinten. Weil die meisten eine Vorführung des Holzkastens wollen, beugt sich Dario dem Druck. Glücklich sieht er nicht aus, aber er verbeugt sich vor Estelle. »Darf ich bitten?«

In mir zieht sich alles zusammen. Wieso tut er das?

»Immer.« Elegant greift Estelle nach Darios Hand. »Aber ich führe.«

»Vergiss es!«

Noch während die meisten lachen, deutet Dario auf Meo und Davide. »Ihr nehmt den Holzkasten. Könnt ihr ihn langsam drehen. Im Kreis?«

»Klar!« Sofort kommen die beiden Darios Bitte nach.

Irgendwer macht Musik an. Hip-Hop. Trotzdem legen Dario und Estelle einen klassischen Paartanz hin. Dario wirbelt Estelle herum. Sie lacht auf und alle klatschen und johlen. Nur ich nicht. Die beiden gäben das perfekte Paar ab. Am liebsten würde ich gehen, aber ich kann nicht. Zu viele Menschen. Zu viele Gerüchte, die dann die Runde machen. Also bleibe ich. Sehe zu, wie Estelles Haare durch die Luft fliegen und die beiden in einer engen Drehung versinken. Ganz kurz schauen Dario und ich uns in die Augen. Zeit genug für eine Hitzewelle, die durch meinen Körper schießt. Er schluckt und sieht wieder weg. Die Sekunde darauf schweben er und Estelle schon um den Kasten herum. Der Kasten dreht sich und – die beiden sind verschwunden.

»Wie geil ist das denn?!«, ruft Tessa, die weiter hinten steht, auf Zehenspitzen, um besser sehen zu können.

Weil alle klatschen und jubeln, klatsche ich mit. Dann kommen die beiden wieder aus dem Kasten heraus. Estelles Wangen sind gerötet. Sie machen eine Verbeugung.

»Genug jetzt, Leute! Weiter geht's.« Estelle wendet sich Dario zu, der sich zu ihr hinabbeugt. Sie sagt etwas in sein Ohr, legt die Hand auf seine Brust. Ich halte es nicht mehr aus. Ich quetsche mich vorbei an meinen wild durcheinanderquatschenden Mitschülern, zurück in den hinteren Teil des Fundus und packe meine

Sachen. Nicht mit mir. Doch bis zum Ausgang komme ich nicht. Denn plötzlich piepsen einige Handys im Raum – gleichzeitig. Meins auch. Es ist eine Nachricht vom Verteiler der *tutori*:

Angriff mit Magieentzug.
Einsatzort: Fondamento Tron, Chiesa San Nicolò dei Mendicoli.
Alle tutori einfinden.
UNVERZÜGLICH!

Das darf nicht wahr sein. Wie schlimm es wohl dieses Mal ist? Angst setzt sich in meinem Magen fest, und ich bin nicht in der Lage, mich zu bewegen. Ich sehe zu Dario, der in diesem Moment zu mir blickt. Doch bevor eine Gefühlsregung durch seine Miene tanzt, zieht ihn Estelle mit sich, in Richtung Ausgang. Tessa packt mich am Arm und schlägt den gleichen Weg ein. Stimmt, ich bin eine von ihnen.

Auf dem Flur kommt uns bereits Marco entgegen. »Die Diensthabenden sind vor Ort, brauchen aber Hilfe bei der Abriegelung. Boote stehen bereit für euch.« Schnell erklärt er, wer wo gebraucht wird. Nur mein Name fällt nicht.

Während alle losrennen, in Richtung Treppe, halte ich Marco fest. »Was ist mit mir?«

»Du nicht. Geh zurück in den Fundus.« Er will sich bereits abwenden.

»Wie bitte?«

Ich stelle mich ihm in den Weg. »Spinnst du jetzt endgültig? Was ist los? Warum darf ich nicht mit?«

Dario erscheint neben uns, seinen Blick fest auf Marco gerichtet. »Überleg dir, was du sagst.«

Wieder wandern ungesagte Botschaften zwischen den beiden hin und her.

Mir reicht es. »Was heckt ihr zwei aus?«

Marco wirkt ungeduldig und aufgewühlt. »Das geht dich nichts an. Und jetzt zurück in den Fundus mit dir.«

»Ich lass mich nicht von dir rumkommandieren. Wenn es wieder … wenn wieder Magie abfließt, will ich mit. Ich will helfen. Es ist okay, wenn du mich nicht ausstehen kannst, aber mich bei so etwas ausschließen, das geht zu weit.«

»Ich bin dein Supervisor. Wenn ich sage, du bist noch nicht bereit, zählt das. Punkt.«

Bevor ich antworten kann, geht Dario dazwischen. »Er hat recht. Es ist zu gefährlich, Anola. Du hast die Magie noch nicht im Griff.«

»Aber …«

»Willst du, dass es dich dieses Mal doch erwischt?«, zischt Marco in meine Richtung. »Wie kindisch zu denken, dass ich dich ausschließe, weil ich dich nicht mag. Alle, die Magie beherrschen, werden dringend gebraucht. Wenn du helfen willst, lerne, mit deiner Magie klarzukommen. Dann, gerne, tu alles in deiner Macht Stehende, damit wir –« Er bremst sich, reibt sich übers Gesicht, hält plötzlich inne. »Du kannst tatsächlich etwas tun.«

Sowohl Dario als auch ich sehen Marco an. »Was?«, fragt Dario, seine Stimme angespannt.

»Sag jetzt nicht in den Fundus gehen«, füge ich hinzu.

»Nein!« Marco kommt näher, beugt sich zu mir, seine Stimme nicht mehr als ein Flüstern. »Du gehst hinunter zu Signora Lupa.«

»Zur Sekretärin der *tutori*? Was –«

»Du siehst dich um und hältst die Ohren offen.«

»Eine Scheißidee!« Dario zieht Marco zur Seite. »Zieh sie nicht mit rein.« Auch wenn er leise spricht, kann ich hören, was er sagt.

»Sie will helfen«, kontert Marco.

»Du nutzt sie aus. Hast du daran gedacht, was das für Konsequenzen haben könnte?«

»Ich mache es.« Ich lasse mir von Dario nicht Marcos Angebot durch die Lappen gehen. Nicht heute. »Was soll ich tun?«

Marco löst sich von Dario, der aufstöhnt. »Schreib auf, wer kommt und geht. Wer ist erreichbar, wer nicht.«

»Warum willst du das wissen?«

Dario verschränkt die Arme. »Ja, Marco, warum willst du das wissen?« Ironie tropft aus jeder Silbe.

»Willst du helfen oder nicht?«, fragt Marco, die Augen zu Schlitzen verengt.

»Ich will helfen.«

»Dann mach es einfach.« Marco und ich sehen uns an und ich nicke.

Dario dagegen entweicht ein ungläubiges Knurren. »Das kann nicht euer Ernst sein! Ihr interessiert euch sonst nicht füreinander, was soll das jetzt?«

»Misch dich nicht ein«, sagen Marco und ich gleichzeitig. Beide überrascht von unserer Einigkeit. Wir stutzen, lächeln verlegen. Kurz. Sehr kurz.

»Spätestens jetzt merkt man, dass ihr Geschwister seid. Diese Sturheit! Sie treibt mich in den Wahnsinn!«

»Halbgeschwister«, sagen Marco und ich – wieder gleichzeitig. Dieses Mal ohne ein Lächeln.

»Das ›Halb‹ könnt ihr in diesem Fall streichen.« Dario tippt Marco gegen die Brust. »Und du hast auch noch den Verstand verloren! Das ist –«

»Kosten–Nutzen.« Marco wischt den Finger weg. »Wir vergeuden Zeit. Komm!« Marco dreht sich um und stürmt den Flur hinunter.

»Halte dich lieber raus«, sagt Dario leise zu mir. »Marco ist nicht er selbst. Er weiß nicht mehr, was er tut.«

»Bin ich eine von euch oder nicht?«

»Klar, aber –«

»Nichts aber.«

»Stur bis zum Umkippen«, zischt Dario. »Sei wenigstens vorsichtig. Sag niemandem, warum du da bist. Biete deine Hilfe an, mehr nicht. Ich hoffe, Signora Lupa schickt dich wieder weg. Wenn ja, geh einfach. Bitte.« Dann dreht er sich um und rennt hinter Marco her, der bereits auf die Treppe einbiegt. Wenn das mal nicht was Neues ist.

Kapitel 21

Ja, nein, vielleicht.

Signora Lupa hat mein Hilfsangebot nicht abgelehnt. Im Gegenteil: Sie hat mir eine Kiste mit Briefumschlägen, Kopien eines Infoschreibens und Briefmarken in die Hand gedrückt und mich an einen Extratisch in ihrem Büro gesetzt. Während ich letzte Informationen zum Lichtfest an Halloween eintüte und frankiere, hängt sie entweder an einem ihrer zwei Smartphones oder am Festnetztelefon. Ab und zu schneit ein *tutori* herein, aber die meisten von ihnen kenne ich nicht. Sie wirken aufgebracht, eine ältere Frau war sogar den Tränen nahe: »Die ganze Kirche. Eingekracht. Man hört Rufe. Wie viele Verschüttete es sind, weiß keiner. Es ist Sonntag. Überall Menschen, Touristen. Schlimm, schlimm. Unsere Leute, die Feuerwehr und die Polizei kommen nur langsam voran. Zu Langsam. Schlimm.«

Der Ernst der Lage wird mir erst nach und nach bewusst. Kleinlaut frage ich, wer die Frau gewesen sei. Signora Lupa antwortet und ich schreibe mir im nächsten guten Moment den Namen und auch die Uhrzeit auf. Was Marco damit anfangen will, ist mir ein Rätsel. Vermutet er, dass sich jemand vor der Arbeit drückt? Wenn die *tutori* alle Maskenträger benötigen, um diesen irren Magie-Absauger zu finden, dann hat er damit vielleicht recht. Zum ersten Mal im Leben verstehe ich meinen Halbbruder einigermaßen.

Dass unser Unbekannter Opfer riskiert, macht mich nervös. Wie so oft in letzter Zeit muss ich an die Vision denken, die mir die Zerstörung Venedigs gezeigt hat. Trotzdem ist es keine Option, mit jemandem darüber zu sprechen. Vielleicht war es nur ein Hirngespinst. Oder es hat damit zu tun, dass ich anders bin. Eine Magierin? Aber am wichtigsten: Die Vision bringt keinem was. Dass etwas vorgeht, ist allen klar, spätestens seit heute.

Lieber wäre ich da draußen, um zu helfen. Nur: ohne Magie? Auch ohne mich gibt es Probleme, zum Beispiel, dass die *tutori* keine Möglichkeit haben, die angegriffenen Stellen wieder mit Magie aufzufüllen. Frustriert klatsche ich eine Briefmarke auf den Briefumschlag vor mir.

»Findet das Lichtfest überhaupt statt?«, frage ich in eine von Signora Lupas Telefonpausen.

Über den Rand ihrer Brille blickt sie mich entgeistert an. »Natürlich. Es ist nicht irgendein Ball. Es ist das Lichtfest, das wichtigste Fest des Jahres für die *tutori*.«

»Ist es nicht etwas unangebracht zu feiern? Mit dem, was da draußen passiert?«

Signora Lupa seufzt. »Es mag so scheinen. Nun ist es so, dass der Ball sich stark von dem Ball der Oberstufe unterscheidet. Er ist ein Festpunkt im Jahreskalender der Stadt – seit Jahrhunderten. Die Lichtmagie potenziert sich in dieser Nacht, und wir nutzen die Energie, um den Schutzkreis aufzuladen. Und der hat es nötig. Nach all den Attacken.«

»Welcher Schutzkreis?«

Signora Lupa blinzelt. »Ich vergesse, wie wenig du noch weißt:

Die Magier, die die Stadt erschufen, errichteten einen Schutzkreis. Sechs Kristalle, voller Magie, die einen Schutzschild um Venedig schließen. Er trägt dazu bei, dass Venedig erhalten bleibt.«

»Und jetzt attackiert der Unbekannte die Kristalle?« Mein Herz schlägt härter. »Was passiert, wenn er alle ausschaltet?«

»Dass er zweimal richtiggelegen hat und dem Schutzkreis Magie entziehen konnte, kann Zufall sein«, erklärt Signora Lupa, ohne sich selbst zu glauben. Sie steht auf und geht zu einem Schrank, um einen Ordner zurückzustellen. »Wenn alle Kristalle ausfallen, steht Venedig immer noch auf sicheren Füßen. Die Magie kommt aus dem Meer. Der Schutzkreis ist so etwas wie ein Sonnenhut. Es geht auch ohne.«

Wenn man einen Hitzschlag riskieren will oder Hautkrebs. Als sie die Schranktür schließt, kommt ein Schlüsselbrett zum Vorschein. Ich versuche, mich am Riemen zu reißen und nicht allzu sehr zu starren, denn unter einem Schild mit dem Wörtchen »Archiv« hängt tatsächlich ein Schlüsselbund. Ich müsste ihn nur nehmen, wenn Signora Lupa nicht hinsieht.

»Ich weiß es zu schätzen, dass du heute hergekommen bist«, sagt Signora Lupa mit einem Lächeln auf den Lippen, während sie zu mir an den Tisch tritt. »Irgendwann wirst du auch da draußen herumrennen und großartige Dinge tun, wie die anderen.«

Ich zwinge mich, sie anzusehen. »Wenn Venedig dann noch auf den Beinen ist.«

»Jetzt nicht schwarzmalen! Niemand hat Venedig zuvor je magisch angegriffen. Okay, Napoleon, und er hat die Stadt eingenommen, aber das waren andere Zeiten.«

Napoleon hat Venedig eingenommen, das weiß ich aus dem Geschichtsunterricht, aber dass dabei Magie im Spiel war? »Gibt es Feinde der *tutori*? Oder der Magischen? Irgendwen, der was gegen Venedig hat?«

»Früher gab es eine Art Allianz, die allem Magischen gegenüber sehr skeptisch war. Aber die verfügte nicht über Magie. Wer immer das der Stadt antut, muss Magie benutzen.«

Da trifft sie ins Schwarze. Der Umhangtragende hat Magie benutzt, um mich aus dem Weg zu räumen. Plötzlich fliegt die Tür auf und Signora Lupa quietscht vor Schreck. Luca stürmt herein und stoppt abrupt ab, als er uns beide sieht. Er ist verschwitzt, Strähnen hängen aus seinem Pferdeschwanz. »Oh, Anola, hi … Ähm«, er richtet seinen Blick auf Signora Lupa. »Haben Sie eine Powerbank? Mein Handy ist leer.«

»Eine Powerbank, selbstverständlich, warte.« Signora Lupa geht um ihren Schreibtisch herum, zu einem Schrank.

»Hi«, sage ich leise, als Luca mich wieder ansieht. Sofort kommt mir seine Umarmung auf der Party in den Sinn. »Sorry, dass ich gestern ohne ein Wort abgehauen bin.«

»Kein Stress. War doch nett.« Luca lächelt kurz und tritt an den Schreibtisch von Signora Lupa. Ich blicke mich um. Jetzt oder nie. Luca beobachtet Signora Lupa, die mit dem Kopf in ihrem Schrank steckt. Mit zwei Schritten bin ich am Schlüsselbrett, ziehe den Schlüsselbund fürs Archiv ab, lege schnell meine Finger um ihn, damit er nicht klimpern kann, und stecke ihn in meine Jeanstasche, während ich schon wieder zurück zu meinem Tisch haste. Adrenalin pumpt durch meine Adern. Signora Lupa taucht gerade aus ihrem Schrank auf, mit einer kleinen Powerbank in der Hand. Aber Luca … Unsere Blicke treffen sich. Seine Augenbrauen wandern nach oben und in seinen goldenen Augen liegt Überraschung. Hastig blicke ich weg, greife einen Stapel fertiger Briefumschläge und lege ihn auf den Tisch von Signora Lupa. Dabei komme ich so nah an ihm vorbei, dass ich Angst habe, er könnte mein Herz hören, das wie ein aufheulender Bootsmotor in mir hämmert. Doch er sagt nichts, wendet sich einfach Signora Lupa zu, die ihm über ihren Schreibtisch hinweg die Powerbank reicht.

»Danke«, sagt Luca, dann sieht er wieder zu mir. »Was machst du eigentlich hier?«

Obwohl ich am liebsten flüchten möchte, bleibe ich stehen und verziehe mein Gesicht. »Zu schlecht für den Außeneinsatz.«

»Sie ist mir eine wahre Hilfe«, schwärmt Signora Lupa, »aber du kannst Feierabend machen. Es ist spät.«

»Sehr nett von dir, Anola.« Lucas Blick fixiert mich. Er bringt mich dazu, ihm den Archivschlüssel in die Hand drücken und alles beichten zu wollen. Da sieht Luca weg und geht zur Tür. »Ich muss wieder los. Es gibt viel zu tun. Ciao!«

»Ciao, Luca!«, ruft Signora Lupa hinterher und geht gleichzeitig schon wieder an ihr klingelndes Telefon. »Hallo?«

Ich lasse mir Zeit, die restlichen Umschläge, Briefmarken und Infoschreiben zusammenzusammeln, bevor ich mich verabschiede. Je mehr Abstand zwischen mich und Luca kommt, desto besser, denn ich will ins Archiv, sofort. Eine bessere Gelegenheit bietet sich sobald nicht mehr. Alle *tutori* sind ausgeflogen, in der Bibliothek ist mit Sicherheit niemand. Als ich auf den dämmrigen Flur hinaustrete, ist er menschenleer. Leise und schnell renne ich zur Bibliothek und stehe kurz darauf vor der Stahltür zum Archiv. Der Schlüssel passt und lässt sich ohne Probleme drehen. Auf einen Durchgang folgt eine schmale Treppe, die nach unten in einen weiteren Raum führt. Die Gewölbedecke ist niedrig und wird von Säulen gestützt. Hobbits würden sich hier definitiv wohlfühlen. Durch Fenster, die unter der Decke kleben, fällt schummriges Licht. Das Wetter hat sich nicht gebessert und langsam wird es dunkel. Es gibt Arbeitsplätze, aber auch ein paar Ledersofas mit Beistelltischchen. Ich steure auf die Stahlschränke zu, die im hinteren Teil des Archivs stehen und auf deren Türen Kennungen kleben. Ich muss mich zurückhalten, nicht laut loszujubeln, denn es sind Bibliothekssignaturen. Schnell finde ich den Schrank mit der richtigen Signatur. Am Schlüsselbund hängen einige kleine

Schlüssel und der dritte passt. Mit einem Quietschen schwingt die Tür auf.

Mehrere Regalbretter, voll mit grauen Pappschachteln, kommen zum Vorschein. Auf jeder klebt eine Buchstabenkombination. Ganz unten im Schrank liegt diejenige, die Cara im Katalog gefunden hat. Die Schachtel ist etwas kleiner als ein DIN-A4-Block und kaum zehn Zentimeter hoch. Mein Herz macht einen Satz, als ich den Deckel hochhebe. Vor mir liegt ein in Leder gebundenes Buch. Obwohl ich keine Maske trage, glitzert es. Nach meiner magischen Maske der zweite Gegenstand, der von sich aus glitzert. Das kann kein Zufall sein. Magiefäden liegen wie eingewebt im Leder, sodass nicht nur der Titel *Ars Magica di Foscari* leuchtet, sondern auch das *segno* darunter. Dasselbe, das auch meine Handinnenfläche ziert: ein Kreis mit drei Wellenlinien.

Mit zitternden Fingern schlage ich das Buch auf. Auch das Innere des Buches glitzert. Grüne Weinranken und Tierwesen schlingen sich an den Rändern der Seiten entlang, die überquellen mit bunten Zeichnungen, filigranen Texten und endlosen Listen. Mein Hochgefühl ebbt schlagartig ab, als ich ein paar Seiten durchblättere: Die Worte ergeben keinen Sinn. Die Buchstaben wirken wie durchgeschüttelt, als hätte derjenige, der sie geschrieben hat, keine Ahnung, in welche Richtung Striche oder Kreise zeigen müssten. Das gibt es doch nicht! Kein Wunder, dass das Ding hier drin ist. Um das zu entziffern, reicht nicht mal ein Doppeldoktor in Literaturwissenschaft und Kryptologie – falls es das Fach gibt. Vorsichtig streife ich über das raue Papier, spüre die Farbränder der Zeichnungen, die Tinte der Buchstaben und das leichte Vibrieren der Magie in den Seiten. Alles glitzert, wie meine Maske. Das ist es! Die Maske! Schnell setze ich sie auf und schnappe nach Luft. Endlich bilden die Buchstaben Worte, die ich lesen und verstehen kann. Ich blättere zurück zur ersten Seite. *Die Geschichte der Familie Foscari* steht dort. Eine Seite danach beginnt der Text. Schnell blättere ich weiter, und erst als ich *Die Kunst der Foscari* lese, halte ich inne. Jetzt wird es ernst. Also nicht, dass der Fakt, dass ich das Ding lesen kann, nicht reichen würde. Nach ein paar Sätzen fröstelt es mich und am Ende muss ich tief durchatmen. So ist das also.

Das Picken einer Taube am Fenster lässt mich aufsehen. Wie lange sitze ich hier schon? Was wenn jemand im Archiv nach einer Antwort auf die Attacke sucht? Ich zögere nur einen Moment. Dann stecke ich das Buch in die Hülle meines Zeichenblocks und schiebe die leere Schachtel zurück in den Schrank. Eigentlich wollte ich Fotos machen. Aber Fotos von etwas, dass ohne Maske keinen Sinn ergibt, ist Akkuverschwendung. Während ich auf dem Weg zum Ausgang bin, stecke ich meine Maske wieder ein. Erst als ich durch das Portal der Schule gehe, kann ich wieder richtig atmen.

»Gefunden, was du gesucht hast?«

Vor Schreck springe ich hoch. Luca stößt sich von der Mauer neben dem Portal ab. »Willst du mich umbringen?«

»Nein. Aber ich dachte, du brauchst Hilfe, um den Schlüssel wieder zurückzubringen.«

Fuck, fuck, FUCK! »Du hast es mitbekommen? Was ist mit Signora Lupa?« Wenn ich jetzt meine Tasche leeren muss, bin ich geliefert. Ich muss mich davon abhalten, sie nicht an mich zu ziehen, sondern sie einfach baumeln zu lassen. »Wieso hast du im Büro nichts gesagt?«

»Sie hat nichts mitbekommen. Was wolltest du im Archiv?«

Ich beiße mir auf die Lippe. Was soll ich ihm sagen? Wie weit kann ich mich aus dem Fenster lehnen, ohne Schwierigkeiten zu bekommen? Gar nicht, entscheide ich. Ich sehe ihm fest in die Augen. »Ich kann es dir nicht sagen.«

Alles, was Luca macht, ist zu lachen. Verblüfft beobachte ich ihn. »Wer so geschickt ist, soll seinen Spaß haben. Jetzt gibst du mir aber besser den Schlüssel.« Er streckt die Hand aus. Sein *segno* besteht aus einer Sonne mit einem Blitz in der Mitte.

»Du willst mich nicht verpfeifen?« Ich lasse den Schlüssel in seine Hand fallen.

»Hab ich nicht vor.«

Da stimmt doch etwas nicht. »Wieso?«

Luca winkt ab. »Ich mag dich. Im Archiv sind nur alte Bücher, die du kaum auf eBay verchecken kannst. Außerdem habe ich kein Date für das Lichtfest.«

Mir bleibt die Luft weg. »Du willst, dass ich mit dir auf den Maskenball der *tutori* gehe?«

»Ja.« Ein Schmunzeln legt sich auf sein Gesicht. Seine Augen strahlen plötzlich viel intensiver. Ein netter Anblick.

Empört verschränke ich die Arme, aber in Wirklichkeit bin ich einfach nur erleichtert. »Das ist Erpressung!«

»Auslegungssache.« Luca schiebt die Hände tief in die Taschen seiner Hose. »Die Gründe, warum man was macht, gehen niemanden etwas an. Ich halte dich nicht für eine Regelbrecherin, die aus Spaß im Archiv einbricht. Wenn du es für dich behalten willst, okay. Also: Gehst du mit mir zum Lichtfest?«

Einen Moment lang mustere ich Luca. Wenn er mir helfen will, weil er mich mag, ist es gar nicht so schlimm, mit ihm zum Maskenball der *tutori* zu gehen. »Abgemacht. Aber wehe, du zwingst mich zu tanzen.«

Luca hebt die Hand. »Nicht mehr als notwendig.«

»Okay.«

Lucas Augen leuchten auf und das Gold darin funkelt. »Dann sehe ich zu, dass der Schlüssel zurückkommt. Wir sehen uns.«

Damit spaziert er seelenruhig zurück in die Schule. Nach einem beschissenen Tag für mich und für Venedig komme ich mit einem Date davon? Bisher dachte ich, ich müsste mich allein auf dem Ball durchschlagen, aber so? Dass Dario Luca offensichtlich nicht ausstehen kann, ist ein netter Nebeneffekt. Was ein Scheißgedanke ist. Luca gegenüber und überhaupt. Wie jedes Mal schiebe ich den Gedanken an Dario weiter. Ich habe noch etwas zu erledigen, und obwohl das gestohlene Buch klein ist, kommt es mir vor, als hätte ich Steine in der Tasche. Steine, die mich vielleicht zu Fall bringen.

Kapitel 22

Ein Anfang.

Es ist nicht einfach, in Venedig einen Ort zu finden, an dem man allein ist. Doch das trübe Wetter spielt mir in die Hände. Auf der östlichen Seite Venedigs, in der Nähe des Arsenale, liegen die Giardini della Biennale, ein weitläufiger Park, der Kunst und Natur gleichermaßen gewidmet ist. Hierhin verirren sich im Nebel höchstens ein paar Gassigänger mit ihren Hunden, die schnell wieder das Weite suchen. Ich sitze in einem Pavillon am Rand des Parks. Hinter mir sind Hecken, vor mir eine verlassene grüne Wiese und das Wasser der Lagune, das betongrau vor sich hin schwappt und der gespenstigen Stille ein wenig ihre Unheimlichkeit nimmt. Auf meinem Schoß liegt das Buch, dessen Texte ich dank meiner Maske auch im Dämmerlicht gut lesen kann. Ich starre auf ein Bild, auf dem ein Magier mit Maske abgebildet ist. Auf seinem Körper befinden sich Linien wie Adern, in denen goldene Magie fließt. Wenn ich es richtig verstehe, dann muss sich das Blut eines Magiers mit der Magie Venedigs verbinden, was im

Meer, am Tag meiner Initiation geschehen ist. Punkt 1: abgehakt. Bei normalen *tutori* fließt die Magie in den Körper. Bei Magiern fließt Magie zusätzlich vom Körper ins Meer. Nur zu gut erinnere ich mich an das Bild der sich umspielenden Magiearme. Mit jeder Zeile, die ich lese, zieht mehr Kälte in mich ein. So vieles trifft auf mich zu. Warum rede ich um den heißen Brei herum: ALLES trifft auf mich zu!

Nur der letzte Beweis fehlt noch. Auf dem Bild vor mir fließt Magie aus dem Magier in die Magie Venedigs und führt Befehle aus, in diesem Fall hebt die Magie Steine in die Höhe.

Ich kann nicht ewig hier sitzen und das Bild oder das Meer anstarren. Ich weiß das. Aber den letzten Beweis anzutreten, dass ich keine normale *tutori* bin, kommt mir Mount-Everest-Besteigungsgroß vor. Abbildungen im Buch zeigen genau, wie ich die Magie anwenden kann. Mit einem Blick vergewissere ich mich, dass ich allein bin. Dann atme ich tief durch und ignoriere die Angst, die im Turbogang durch meine Adern rast. Ich lege das Buch beiseite und fixiere einen Stock, der ein paar Meter entfernt auf der Wiese liegt. Magie schimmert unter dem Grün des Grases und verleiht dem Nebel etwas Weihnachtliches. Ich schließe die Augen und horche in mich hinein. Nur Sekunden später finde ich, wonach ich suche: ein feines Vibrieren. Bisher habe ich dieses Vibrieren nur in den Magiefäden gespürt, die ich beim Benutzen von Formulae angefasst habe. Dass es auch in mir wohnt, ist abgefahren. Es fühlt sich gut an, neu und doch vertraut. War ich eben noch nervös, breitet sich jetzt Ruhe in mir aus. Alle Sinne konzentrieren sich auf das, was in mir passiert. Ich öffne die Augen und sehe die Magiefäden im Boden tanzen, im selben Rhythmus wie die Magie in mir. Wir sind eins, verstehe ich.

Ich sehe zum Stock.

»Komm zu mir.«

Das Vibrieren in mir dreht voll auf, breitet sich aus, schwappt in die Magiefäden um mich, alles in Sekundenschnelle. Noch bevor die Magiefäden im Boden sich bewegen, spüre ich sie. Stark, kräftig, machtvoll. Sie lösen sich aus dem Boden, wirbeln den Stock hoch und er schießt auf mich zu. Gerade noch rechtzeitig schaffe ich es, mich aus dem Weg zu ducken. Der Stock schlägt direkt neben mir in die Rückwand des Pavillons ein und fällt abgeknickt zu Boden. Mein Blick huscht vom Stock zu dem Platz, an dem er sich eben noch befand. Die Magiefäden glitzern wieder unschuldig im Boden, als sei nichts gewesen. Mein Puls rast. Mein Atem geht so schnell wie beim Parcours.

Okay. Nicht ausflippen.

Ich bin eine Magierin. In mir fließt die Essenz Venedigs. In meinen Adern, in denen ich bisher nur Blut vermutet habe. Wie lange habe ich mich vor dem Glitzer gefürchtet? Panikanfälle, Weinkrämpfe, Angst. Jetzt soll er zu mir gehören? Das ist abgefahren, verrückt und fühlt sich großartig an. Ich fixiere den Stock. Ich muss es wissen. Das Vibrieren der Magie in mir gibt mir ein Selbstvertrauen, das ich noch nie in meinem Leben gespürt habe.

»Zurück mit dir«, sage ich leise.

Die Magie gehorcht, und der Stock schießt zurück an die Stelle, an der er zuvor lag. Auch ich springe. Von der Bank. Und lache. Es funktioniert! Das ist Wahnsinn! Mein Herz sprudelt über vor Freude und Glück. Wieder werfe ich einen Blick auf meine Umgebung und lasse den Stock zu mir zurücksausen. Wieder klappt es. Dieses Mal spüre ich die Gewalt der Magie noch intensiver. Der Stock bleibt am Boden liegen und ich setze mich zu ihm. Der Betonboden des Pavillons ist rau und kalt, aber die Wärme der darin glühenden Magie verdrängt die Kälte. Vorsichtig lege ich meine Finger auf einen Magiefaden, denke nur einen Wimpernschlag daran, wie gerne ich ihn anfassen möchte, und schon löst er sich aus dem Boden. Warm wie ein Sonnenstrahl, der sich manifestiert hat, schmiegt er sich in meine Hand. Wie einen verlängerten Arm lasse ich ihn zum Stock gleiten. Er hebt ihn hoch, dreht ihn im Kreis. Langsam, ruhig. Alles nur, weil ich es will. Die Unsicherheit und der Frust, die ich in den letzten Wochen in mir gespeichert habe, machen Platz für etwas anderes: Stolz. Gestatten? Ich bin Anola. Ich bin Maskenträgerin. Ich bin Magierin. Ich kann das. Ich bin gut genug dafür. Nein: Ich bin gut genug. Das hier ist so gut wie ein lebenslanges goldenes Ticket für alle Kunstausstellungen der Welt, inklusive Anreise, Führung und Workshop.

»Das ist crazy!«

Caras Stimme reißt mich aus meinem Freudentaumel heraus. Ich hatte ihr meinen Standort geschickt. Denn wenn es jemand verdient hat, Teil von dem hier zu sein, dann sie. Taumelnd komme ich auf die Beine und drücke sie fest an mich. Alles, was über meine Lippen kommt, zwischen all den Schluchzern der Erleichterung, ist ein »Ich bin nicht verrückt«.

Als wir uns wenig später auf den Nachhauseweg machen, hüpfe ich vor Glück. Es gibt einen Grund für mein Versagen und eine Lösung. Ab jetzt wird alles besser!

»Du strahlst wie eine ganze Armee Honigkuchenpferde«, kommt irgendwann von Cara, die neben mir herläuft.

»Mir geht es so gut!« Ich hüpfe in eine Pfütze, und Cara springt lachend zur Seite, nur um Anlauf zu nehmen und in die nächste Pfütze zu springen.

»Das ist so schön, Anola! Da mach ich mit!«

Ich rechne es ihr hoch an, dass sie ihr analytisches Gehirn gerade ausgeschaltet hat und ihre Gedanken für diesen Moment für sich behält. Dass das der Anfang von vielen Problemen sein könnte, weiß ich selbst. Aber jetzt will ich ein glückliches Honigkuchenpferd sein.

Auf den Straßen sind kaum Menschen unterwegs und es nieselt, aber ich liebe es, wie die feinen Tropfen auf mein Gesicht fallen. So lebendig wie heute, so möchte ich mich immer fühlen. Aber als ich mein klingelndes Handy aus der Jackentasche ziehe und sehe, wer anruft, holt mich die Realität wieder ein. Der Anschlag. Die Opfer. Ich schlucke und sehe zu Cara, dann nehme ich ab. »Hallo, Bruderherz!«

»Wo steckst du?«

»Schön, dich zu hören, Anola«, erwidere ich gespielt höflich. »Wie lief dein Spionageauftrag? Können wir uns treffen?«

»Echt jetzt?«

Ich verdrehe die Augen. »Ich bin kurz vor dem Campo Santa Margherita.«

»Perfekt, dann lege ich dort am Kai an und warte auf dich.« Tut-tut-tut. Aufgelegt.

»An seinen Manieren muss er wirklich arbeiten«, murmle ich. »Er will sich treffen. Jetzt gleich.«

»Uh, wie spionagefilmmäßig. Soll ich euch von einem Versteck aus beobachten? Oder willst du mich übers Telefon mithören lassen?«

»Du hast eindeutig zu viele *James-Bond*-Filme gesehen.«

»*Mission impossible*, bitte. Komm schon, lass mich zuhören! Fürs Feeling.«

Ich knicke schneller ein als ein Ast bei Sturm, und als das Boot sich nähert, wähle ich Caras Nummer und lasse mein Handy in meine Manteltasche gleiten. Es dauert eine Weile, bis Marco mit dem kleinen Motorboot anlegt. Weil ich immer noch das Buch bei mir habe, bin ich nervös. Was, wenn Luca sein Versprechen gebrochen hat? Oder selbst erwischt wurde? Ich hätte es Cara mitgeben sollen.

Marco lehnt sich aus der kleinen Kajüte. »Komm rein! Bei dem Wetter reden wir lieber drin.«

Als ich in die enge Kajüte komme, lehnt Dario am Steuerpult und sieht mir düster entgegen. Schlagartig ist die kleine Kajüte noch kleiner und die Luft zu wenig zum Atmen. Er nickt mir nur kurz zu. Seine Regenjacke strotzt vor Schmutz und Staub, genau wie die von Marco.

»Ist alles okay?«, frage ich, weil ich nicht anders kann.

»Okay?« Marco schnaubt. »Es ist ein Albtraum. Er hat die Magie am Fondamento Tron abgezogen. Ein großer Teil davon ist ins Wasser abgesackt. San Nicolò dei Mendicoli ist eingestürzt. Ein paar Nachbarhäuser sind beschädigt.«

Ich ziehe die Luft ein. Ich kenne die Kirche. Als eine der ältesten Kirchen Venedigs ist … war sie von außen eher unauffällig, aber innen haut sie einen um. Dario gibt keinen Ton von sich. Noch während ich »Geht es ihm gut?« denke, ärgere ich mich darüber. Abhaken! Jetzt! Trotzdem spielen mein Herz und mein Kopf Tauziehen.

»Hast du Namen für uns?« Marco lenkt meine Aufmerksamkeit wieder zu sich.

»Ähm, ja. Wofür brauchst du die?«

Leben kommt in Dario. »Das geht dich nichts an. Marco hat sich allein mit der Bitte zu weit aus dem Fenster gelehnt.«

Marco reibt sich über den Nacken, wirft Dario einen Blick zu und nickt. »Er hat recht, also mit dem, dass ich dich nicht hätte fragen sollen. Sorry.«

»Dann willst du die Liste nicht?«

»Doch!« Sofort leuchten Marcos Augen auf. »Auf jeden Fall.«

»Wenn du mir schon nicht sagen kannst, warum, dann will ich mein Skizzenbuch zurückhaben.«

»Bekommst du.«

Wow, damit habe ich nicht gerechnet. Marco muss viel an der

Liste liegen. Ich ziehe Caras Tablet aus meinem Rucksack. Wir haben die Liste eben noch draufgezogen. »Ich schicke sie dir.«

»Gib sie mir lieber so«, sagt Marco und zückt sein eigenes Handy. »Ich fotografiere sie ab.«

Im Hintergrund stöhnt Dario auf und fährt sich durch die Haare. »Hat sich jemand gewundert, warum du da bist?«

»Nein. Also, keiner außer Luca.«

»Dann war Luca da?«, fragt Marco angespannt.

»Ja, als Letzter. Er steht ganz unten auf der Liste.«

»Gut.« Erleichtert konzentriert sich Marco wieder auf die Namen.

»Es ist kein Zufall, dass jemand den Schutzkreis angreift, oder?«

Dario und Marco werfen sich einen Blick zu. Es ist Dario, der antwortet. »Beim ersten Mal vielleicht noch. Der erste Schutzkristall ist nur zum Teil beschädigt. Dank dir. Aber beim zweiten? Er ist außer Kraft, wahrscheinlich zerstört.«

Darios Aussage bringt Marco zum Schnauben. »Es hätte sie das Leben kosten können.«

»Hat es aber nicht«, erwidere ich trotziger, als mir lieb ist. Weil Marco mich ansieht und die Augenbrauen hochzieht und dabei Papa wie aus dem Gesicht geschnitten aussieht, spreche ich schnell weiter. »Ich weiß, dass ich Glück hatte.«

»Ein Anfang …«

Für was nur? »Was passiert, wenn der Schutzkreis weiter angegriffen wird?«

»Wenn wir zu langsam sind und die Kristalle nach und nach zerstört werden, fällt der Schutzkreis komplett.« Dario räuspert sich. »Und Venedig sinkt.«

»Wie viele Schutzkristalle gibt es?«

»Es gibt insgesamt sechs Schutzkristalle. Mit jedem fehlenden Kristall wird der Schutzkreis geschwächt. Irgendwann fällt er in sich zusammen.«

»Aber Signora Lupa hat gesagt, dass der Schutzkreis nicht wichtig ist.«

»Und der Weihnachtsmann kommt an Ostern.« Marco entfährt ein Schnauben. »Die Magie stabilisiert von unten, der Schutzkreis schützt von außen. Wenn er weitermacht, kann er Venedig oberflächlich irreparablen Schaden zufügen. Es ist blauäugig zu denken, Venedig wäre ohne Schutzkreis fein raus. Papa hat –«

»Marco!«, unterbricht Dario ihn. »Es reicht.«

»Was reicht? Was hat Papa?«

»Nichts.« Dario verschränkt die Arme. »Es war ein langer Tag.«

Ich ignoriere Dario und stelle mich vor Marco. »Hat Papa was damit zu tun?«

»Nein.« Marcos Antwort kommt etwas zu schnell für meinen Geschmack. »Hier.« Marco reicht mir Caras Tablet, nicht ohne mir dabei in die Augen zu sehen. »Danke.«

»Wenn Papa damit zu tun hatte, musst du es mir sagen.«

»Ich muss gar nichts«, blafft mich Marco an. »Lerne erst einmal, wie du mit der Magie klarkommst.«

»Wird erledigt.« Du hast ja keine Ahnung, was du damit gesagt hast. Wenn Papa in die Sache verwickelt war, hält mich nichts auf, mich einzumischen. Jetzt nicht mehr.

Dario schiebt sich neben mich. »Selbst dann war es das für dich. Die *tutori* haben alles im Griff. Es gibt Wachen bei den restlichen Kristallen. Die *liberi* helfen uns dabei. Sie sind genauso alarmiert wie wir.«

»Kann ich –«

»Nein«, sagen beide gleichzeitig.

»Als Spionin tauge ich, aber für mehr nicht, verstanden.«

»Endlich.« Marcos abschätziger Blick perlt an mir ab.

»Vergiss mein Skizzenbuch nicht.« Damit lasse ich die beiden stehen und klettere zurück auf festen Boden.

Das Glücksgefühl von eben schrumpft mit jedem Meter, den ich auf unsere Wohnung zulaufe. Was hatte Papa damit zu tun und was wissen Marco und Dario? Wo wollen sie mich raushalten und warum? Als ich höre, wie ihr Boot hinter mir wieder ablegt, hole ich mein Handy aus meiner Manteltasche. »Cara?«

»Hier, beim Brunnen.«

Ich sehe sie schon von Weitem winken. »Und?«

»Hab alles gehört.«

Die Stille, die sich zwischen uns ausbreitet, spricht Bände.

»Du denkst auch, dass Papa was damit zu tun hat, oder?«, frage ich leise.

»Tut mir leid, aber es klang so … Was machen wir jetzt?«

Ich atme tief durch. »Nachforschen.«

Als Cara und ich in meinem Zimmer ankommen, hole ich sofort die Kisten hervor, die Mama aus Papas Wohnung mitgebracht hat. Bisher habe ich es nicht über mich gebracht, mir die Sachen anzusehen. Auch jetzt zittern meine Finger, als ich die Deckel von den Kisten schiebe. Das ist Papa. Seine Gedanken, sein Leben, ohne Ausflüchte. Ein paar Ordner, Notizbücher, die Jahreszahlen tragen. Seine Tagebücher. Am liebsten würde ich flüchten. Da spüre ich Caras Hand auf meinem Rücken.

»Du musst das nicht machen.«

»Doch.« Ich habe das Gefühl, Papa nicht zu kennen, satt. Ich will wissen, ob ich richtigliege oder ob ich mich irre. Entschlossen klappe ich das Notizbuch aus dem Jahr vor seinem Tod auf. Ich streiche sanft über die ersten Einträge. Papa hat es geliebt, mit der Hand zu schreiben. Ob ihm klar war, dass ich irgendwann hier sitzen würde und all das lese?

Was immer ich erwartet habe, ich finde es nicht. Außer ein paar Terminen à la Zahnarzt um 16:30 Uhr oder den allwochenendlichen @Trient-Einträgen liest sich alles uninteressant. Das einzig Merkwürdige sind kleine Symbole, die ab und zu in Ecken des jeweiligen Tages auftauchen, aber keinen Sinn ergeben. Kreise, Sterne und Dreiecke.

Enttäuscht lehne ich mich gegen meinen Schreibtisch. Der Nieselregen platscht mittlerweile als ausgewachsener Regen gegen das Fenster. Interpretiere ich zu viel in das Gelaber von Marco und Dario? Was soll Papa schon mit den Anschlägen zu tun haben? Ich reiche Cara das Notizbuch. »Vielleicht siehst du etwas, das ich nicht sehe.«

»Die Symbole sind interessant.«

Ich überlasse Cara die Symbole und greife nach dem Notizbuch aus dem Jahr, in dem sich meine Eltern kennengelernt haben. Eine Reise nach der anderen, soweit ich das richtig lese. Immer wieder finde ich Namen und Stichworte darüber, was die Leute beruflich machen, Hobbys und so weiter. Auch Mitte August, auf seiner Reise nach Trient:

»Trient. Fontari, Mutter und Tochter, beide ledig. Beschäftigung Mutter: esoterische Dienstleistungen (?!), Beschäftigung Tochter: Dekorateurin in einem Möbelgeschäft.
Wie süß kann man bitte sein?«

Ich blättere weiter. Es folgen noch mehr Einträge zu meinen Verwandten, die irgendwo in Italien unterwegs sind. Je mehr ich lese, desto verwirrter bin ich. Ich zeige Cara die Einträge. »Wenn ich eins und eins zusammenzähle, wollte Papa alles über unsere Familie wissen.«

»Wissen?«, fragt Cara empört und ihre Stirn legt sich in Falten. »Stalking nennt man das. Das ist eine 1a-Faktensammlung.«

»Aber wofür? Die Familie meiner Mutter ist total uninteressant. Ein bisschen schräg vielleicht, aber sonst?«

»Vielleicht hat er nach etwas anderem gesucht und ist dabei über euch gestolpert?«

Ich schüttle den Kopf. »Es ist zu systematisch für stolpern. Was wenn …« Der Gedanke, der mich streift, bringt alles in mir dazu zu rebellieren.

»Was?«, bohrt Cara nach.

Ich klinge heiser, als die Worte endlich über meine Lippen stolpern. »Was, wenn er uns gesucht hat?« Ich drehe meine Hand um und fahre über mein *segno*. »Wenn er wusste, dass ich, dass meine Familie von Magiern abstammt. Wenn er als *tutori* den Auftrag hatte, uns zu finden und …«

Cara pfeift durch die Zähne und lässt sich gegen mein Bett fallen. »Scheiße … Schreibt er denn an irgendeiner Stelle mal mehr?«

»Die Einträge werden eher kürzer und persönlicher. Hier schreibt er von der Scheidung von Marcos Mutter.« Ich lese die letzten Zeilen vor. »*Wie kann aus so viel Liebe nur so viel Hass werden?*«

»Hey!« Caras Gesicht leuchtet auf. »Bedeutet das nicht, dass er deine Mama geliebt hat?«

»Ich weiß nicht. Ich weiß gar nichts mehr.«

Kapitel 23

Wasser marsch!

Weil die zweite Attacke die Routine bei den *tutori* durcheinandergeworfen hat und alle Kräfte gebraucht werden, um den Tatort zu untersuchen, Zeugen zu befragen oder nach dem Unbekannten Ausschau zu halten, findet am Anfang der Woche nur der Regelunterricht statt. Auch wenn Cara und ich alle Unterlagen von Papa gescannt haben, hat nichts, aber auch gar nichts auf irgendetwas Mysteriöses, Illegales oder Verräterisches hingedeutet. Ein blödes Gefühl hat sich trotzdem in mir eingenistet. Wenn Papa Mama nur wegen ihrer magischen Wurzeln ausgesucht hat, dann – STOPP! Hör auf damit. Er ist tot. Es lässt sich nicht ändern. Was ich mein Leben lang gesehen habe, war Liebe, eindeutig. Der dumpfe Schmerz in meiner Brust lodert trotzdem kurz auf. Mama kennt vielleicht die Antwort. Aber das kann ich ihr nicht antun. Die Fragen, die mir durch den Kopf toben, würden sie in ein Loch reißen, das tiefer wäre als das nach Papas Tod.

Erst am Ende der Woche steht wieder Extraunterricht mit

Marco auf dem Plan, allerdings nicht im Palazzo, sondern auf einem kleinen Platz mitten in Santa Croce. Mehrstöckige Häuser, die wie zufällig zusammengestellt aussehen, drängen sich an den kleinen, verlassenen Platz. Nur aus einem Fenster über mir dringt italienischer Schlager. Die Abendluft ist kühler als die letzten Tage und mich fröstelt. Ich ziehe die dicke Strickweste fester um mich.

Tatsächlich war ich enttäuscht, dass der magische Teil meines Unterrichts ausgefallen ist. Nur zu gerne hätte ich meine neuen Kräfte ausprobiert und gezeigt. Stattdessen habe ich die Zeit genutzt, um mit Schularbeiten und vor allem mit meinem Maskenkonzept für den Ball der Oberstufe voranzukommen. Dekonstruktion lautet das Zauberwort. Nichts ist, wie es sein soll oder scheint. Es gibt schlichte Masken für die Tänzer, die bei der Show keine große Rolle spielen. Ihre Gesichter stehen auf dem Kopf, Augen unten, Mund oben. Die Hauptrollen der Show tragen aufwendigere Masken, die Risse, Brüche, Löcher und kaputte Ränder aufzeigen. Außerdem bestehen sie aus zwei Schichten: Glamour, die obere Schicht, meets Müllkippe, die untere Schicht. Mittlerweile liebe ich meine Idee, und es tut so gut, an diesem Konzept zu feilen. Es ist wie mein eigener Panic-Room, in den ich mich verkriechen kann, wenn alles zu viel wird. Auf meinem Schoß liegt mein aufgeschlagener Skizzenblock. Wie Vit gesagt hat: Es waren noch ein paar Schritte und viel Arbeit, aber ich finde, es hat sich gelohnt. Am Sonntag nächste Woche müssen alle Konzepte eingereicht werden. Genug Zeit, um die letzten Details auszuarbeiten.

»Ich hoffe, du hast die Zeit auch fürs Lernen genutzt, nicht nur fürs Zeichnen«, höre ich Marco neben mir sagen.

Ich mache mir nicht die Mühe zu antworten. »Wo ist mein Skizzenbuch?«

»Ich komme von einer Schicht, ich habe es nicht dabei.«

»Wenn das eine Ausrede ist ...« Ich werfe ihm den Blick zu, von dem man sagt, ich hätte ihn von meiner Nonna geerbt.

Marco hebt die Hände. »Deal ist Deal. Du bekommst es, das nächste Mal.«

»Okay. Sag mal, was wolltest du über Papa sagen? Auf dem Boot, als Dario dich unterbrochen hat?«

Sofort versteinert sich Marcos Miene. »Nichts, was dich was angeht.«

»Er ist auch mein Vater, wenn ich dich erinnern darf. Habe ich kein Recht zu erfahren, was –«

»Recht?« Marco verschränkt die Arme. »Was ich mit Dario mache, geht dich nichts an, Punkt. Dass ich dich gebeten habe, bei Signora Lupa zu spionieren, war ein Fehler. Vergiss es einfach. Zeichne, schmink dich, mach das, was du kannst.«

»Du gibst dir echt alle Mühe, dass ich dich nicht leiden kann.«

»Beruht auf Gegenseitigkeit.«

»Aber warum? Was habe ich dir getan, verflucht noch mal?«

Marco fährt sich durch die Haare und deutet auf den Platz. »Lass uns anfangen.«

»Lass uns reden!«

»Ganz sicher nicht.«

Die Stille, die folgt, ist erdrückend. In mir brodelt es. Warum ist er so zu mir? Wieso weigert er sich, mit mir zu reden? Warum sind die *tutori* der Meinung, dass wir ein gutes Supervisor-Schülerin-Gespann abgeben? »Das ist lächerlich.«

»Wunderbar. Dann können wir ja anfangen.«

»Je schneller ich dich los bin, desto besser.«

Marco ignoriert meinen Kommentar und winkt mich mit sich zur Mitte des Platzes.

»Was wollen wir hier?«, frage ich.

»Es gibt ein paar Formulae, die man besser draußen übt. Jetzt komm schon. Ich hab noch anderes zu tun.«

Mit meinem Rucksack in der Hand folge ich ihm. »Ich dachte, die Verwendung von Magie in der Öffentlichkeit ist verboten.«

Zwar hängen Gardinen vor den meisten Fenstern, aber hinter ihnen könnte man uns in aller Ruhe beobachten.

»Erstens wohnen hier hauptsächlich unsere Schützlinge. Zweitens …« Marco tauscht seine Sonnenbrille gegen seine Maske. »*Nascondo!*«

Weil ich meine Maske erst aus meinem Rucksack friemeln muss, sehe ich nur das Ende seiner Formula. Die Magie zischt durch die Luft und bildet um uns eine Blase. Sie schließt den gesamten Platz mit ein. Nicht schlecht.

»Unerlaubte Blicke abhalten. Eine Formula, die ungemein wichtig für unsere Arbeit ist.«

»Praktisch.«

»Aber wir üben etwas anderes.« Marco wendet sich der Mitte des Platzes zu. Erst jetzt fällt mir auf, dass die Pflastersteine unter unseren Füßen kreisförmig auf eine Vertiefung im Boden zulaufen. Eine ovale Steinplatte bildet die Mitte des Platzes.

»*Sollevo!*« Der ovale Stein steigt hoch, gleitet zur Seite und kommt neben einem Loch, das er freigibt, zu liegen. Wie Marco mit den Formulae umgeht, sie wie eine von Geburt an gelernte Sprache benutzt, macht mich neidisch. Ich bin gespannt, was er dazu sagt, dass ich diese Sprache jetzt auch beherrsche. Dass ich eigentlich eine Abwandlung davon benutze, fällt ihm hoffentlich nicht auf. Das erste Mal, seitdem ich mit der Magie zu tun habe, prickelt Vorfreude in mir, nicht Angst oder Frust.

Ohne eine Reaktion meinerseits abzuwarten, spricht Marco schon die nächste Formula. »*Idrante!*«

Ein Wasserwirbel steigt aus dem Loch auf. Magieglitzern durchdringt das Innerste des Wirbels, der etwa so hoch wie Marco ist und sich um die eigene Achse dreht. Wassertröpfchen fliegen durch die Luft und landen auf meiner Haut. Im Hochsommer sicher total cool, Anfang Herbst … na ja. Ich trete einen Schritt zurück.

»Eine Formula, die wir vor allem in Dürreperioden oder bei Bränden benötigen. Bei Letzterem rufen die Behörden grundsätzlich die diensthabenden *tutori* dazu.«

»Egal, was ist, die *tutori* sind zur Stelle«, murmle ich, kann aber meinen Blick nicht von der kleinen blauen Wasserspirale nehmen.

»Es ist unsere Stadt. Wir beschützen sie«, erwidert Marco gereizt. Im nächsten Augenblick fällt der Wirbel in sich zusammen und mit einem Platsch zurück ins Loch. »Du bist dran.«

Ich trete an das Loch und Marco geht auf Abstand. Ein Schacht führt nach unten. Nach etwa einem Meter steht Wasser darin. Noch immer schwappt es. Ich gehe in die Hocke. *Idrante.* Wie Hydrant. Momentan klingt das noch logisch. Bloß wie lange? Cara besteht darauf, dass ich die Formulae lerne, um nicht aufzufallen. Gerade diesen Teil hätte ich gerne übersprungen. Meine Motivation, sie auswendig zu lernen, liegt bei null, aber sie hat recht. Also ziehe ich mein Ding durch und lege meine Finger an die Kante des Brunnens. Magie durchzieht den Stein wie überall in Venedig, und wie die Magie in mir pocht sie einladend. Eigentlich bräuchte ich die Magie nicht mehr zu berühren. Das ist alles Show aus Magierinnen-Selbstschutz, denn Cara und ich sind uns einig, dass es besser ist, nicht sofort zu zeigen, was ich kann. Aber ich halte es nicht länger aus. Je schneller ich Marco beweise, dass ich die Magie beherrsche, desto schneller bin ich ihn los und kann in den normalen Formulae-Unterricht wechseln. Einen Wasserwirbel, bitte! »*Idrante!*«

Eine dünne Wasserspirale löst sich von der Wasseroberfläche und steigt auf, an mir vorbei, höher, bis ich ihr befehle anzuhalten. Wahnsinn, ich bin die Queen der Wasserspiralen!

»Wow, das ging schnell.«

»Höre ich da Überraschung?«

»Erst wenn du es schaffst, ohne den Stein anzufassen. Du kannst dich nicht immer erst bücken oder nach der nächsten Gelegenheit suchen, um das *luce magica* anzufassen.«

»Okay«, gebe ich zurück und löse den Wirbel mit einem gemurmelten Fake-»*tirilascio*« auf. Das Wasser fällt platschend zurück in den Schacht. Ich nehme meine Hand vom Boden und trete vom Brunnen zurück. Marco steht ein paar Meter von mir entfernt. Bereits als ich die Magie wieder auf Hochtouren bringe, fällt mir ein, dass ich die Formula sprechen muss. Etwas zu spät sage ich: »*Idrante!*«

Sofort schießt eine Wasserspirale aus dem Brunnen nach oben. Elegant und glitzernd dreht sie sich über dem Brunnen. Die Magie in mir und um mich pulsiert, und ich muss mich zurückhalten, um das Wasser nicht Pirouetten drehen zu lassen. Also löse ich den Wirbel mit einem »*tirilascio*« auf und das Wasser platscht zurück in den Brunnen. Triumphierend drehe ich mich zu Marco um. »Tadaaaa!«

Mit verschränkten Armen sieht er vom Brunnen zu mir. »Wiederholung zeigt die Ausnahme von der Regel. Noch mal.«

Ich deute einen kleinen Hofknicks an. »Gerne, der Herr!«

Wir spielen das Spielchen eine ganze Weile und es macht mir sogar Spaß. Ich variiere die Dichte, Höhe und Geschwindigkeit des Wassertornados, lasse ihn mal höher, mal weniger hoch steigen. Mit jedem Mal bekomme ich ein besseres Gefühl für das Wasser – und die Magie. Als ich einen besonders großen und schnellen Strudel rufe, klatscht Marco in die Hände. »Nicht schlecht.«

Ein Lob aus seinem Mund? »Wer bist du? Und sag Marco, er kann bleiben, wo er ist.« Die Worte schießen über meine Lippen, bevor ich denken kann.

Marcos Miene verfinstert sich. »Wenn du so auf Lob reagierst, lasse ich es in Zukunft.«

Die Spannung zwischen uns wächst und der Wasserwirbel ebenfalls. »Sei nicht so empfindlich. Wärst du freundlicher, käme ich gar nicht auf solche Gedanken.«

»Du bist unkonzentriert.« Marco deutet auf den Wassertornado, der sich weiter aufbäumt.

Die Kraft, die von ihm ausgeht, tut gut. Die Magie ist wie eine Freundin, die mir zur Seite steht. »Ich bin nicht unkonzentriert. Du stellst irgendeine Diagnose. Das ist typisch.«

»Typisch? Ich bin dein Supervisor, ich versuche, dir zu helfen. Nur weil du eine Formula schaffst, bedeutet das nicht, dass du eine perfekte *tutori* bist.« Marco ist noch nicht fertig. »Was hilft der beste Lehrer, wenn die Schülerin nicht in der Lage ist, dem Stoff zu folgen?« Marco fährt sich durch die Haare. Eine Geste, die mich sofort an Dario erinnert und die Wut in mir zum Kochen bringt. Diese dämlichen Haare! Wenn ich die nur wegwirbeln könnte! Bevor ich verstehe, was passiert, schaltet die Magie einen Gang höher. Rauschen stülpt sich über alle Geräusche und mein Wasser-Twister rast auf Marco zu. Im nächsten Moment vereinen sich die beiden. Marcos Schrei geht im Rauschen unter.

Shit! »Hör auf!«, brülle ich und das Wasser platscht leblos zu Boden. Der halbe Hof ist nass. Obwohl das Wasser verschwunden ist, pulsiert seine Energie noch in meinen Adern, schnell und grob.

Marco steht noch an derselben Stelle wie eben, mit dem Unterschied, dass er pitschnass ist und mit aufgerissenen Augen nach Luft schnappt. »Wie …? Was …?« Die Fassungslosigkeit in seinen Zügen wandelt sich zu Zorn. »Was sollte das? Wie hast du das überhaupt gemacht, ohne eine Formula zu sagen?«

Mir wird heiß. »Keine Ahnung, entschuldige, ich wollte das nicht. Ich –« Ich stoppe mich, bevor ich mehr unnützes Zeug fasle, das mich im schlimmsten Fall verrät. Ich wollte das. Ich wollte, dass die Magie Marco einen Denkzettel verpasst. Ob es mir gefällt oder nicht: Ich war das. Weil ich die Kontrolle für einen Moment verloren habe. Ich hätte Marco verletzten können! Und Marco hat verstanden, dass ich keine Formula benutzt habe. Mein Mund stürzt sich auf das Nächstbeste, was ihm einfällt, um die Situation zu bewältigen. »Verwende diese Trockner-Formula. Damit hat Dario meine Klamotten trocken bekommen. Nach dem Sturz von Estelles Brücke.«

Marcos hört auf, sich das Wasser aus dem Gesicht zu wischen. Seine Augen verengen sich zu Schlitzen. »Dario hat deine Klamotten getrocknet? Wo befanden die sich dabei?«

Warum kann ich nicht meine Klappe halten? Es ist mucksmäuschenstill und ich muss an den Kuss denken. An Darios Hände auf meinen Wangen, an meinen Hüften, die Wärme seiner Lippen auf meinen. Als ich spreche, klinge ich heiser. »Ich hatte sie ausgezogen und Dario hat sie –«

Das Lachen, das aus Marcos Mund kommt, ist dreckig, aber sein Blick wirkt gehetzt. »Er hat dich dazu gebracht, die Klamotten auszuziehen? Nach ein paar Tagen? Das toppt echt alles. Du solltest lieber vorsichtig sein, was Dario betrifft. Eine von vielen zu sein, gefällt dir sicher nicht. Wo du so furchtbar individuell sein willst.«

»Er hat mir nur geholfen. Ich war komplett nass.«

»Dario weiß seine Chancen zu nutzen. Er lässt nichts anbrennen. Natürlich hilft er dir und morgen hilft er der nächsten.« Wieso klingt sein »hilft« so fies? Und wieso fährt ein heißer Schmerz in meine Brust?

»Zieh dich besser nicht mehr vor ihm aus. Dann schaffst du es sicher, dich zu konzentrieren. Wir machen Schluss für heute.«

Marco lässt den Deckel auf den Brunnen zurücksausen und die goldene Glitzerblase um uns zerplatzen. Dann dreht er sich auf dem Absatz um und lässt mich stehen.

In meinem Kopf herrscht Leere, und erst als Marcos Schritte in der Gasse vor mir verklungen sind, bewege ich mich, hole meinen Rucksack, der trocken geblieben ist.

Wieso habe ich das gesagt? Gerade, als Marco endlich zugänglicher geworden ist. Dario und ich haben weder eine Vergangenheit noch eine Zukunft. Punkt. Dass ich eine von vielen bin, habe ich am eigenen Leib erfahren, auf der Party. Hat Dario nicht bewiesen, dass er weitermachen kann, ohne mit der Wimper zu zucken? Wieso tut es dann so weh? Ich lache bitter auf. Denn ich weiß die Antwort bereits: Weil Marco Dario kennt, in- und auswendig, und die Wahrheit sagt. Dass die mich verletzt, ist nur ein Pluspunkt für Marco. Hat mir Marco damit nicht einen Gefallen getan? Gehe ich nach meinem viel zu heftig pochendem Herzen, dann nein.

»Die Formulae fürs Dingehochheben?«, fragt Cara von meinem Bett aus, und ich überlege, auf meinem Sitzball hüpfend.

»*Sollevo.*«

»Richtig! So wird das was, mit dem Nichtauffallen.« Erleichtert sieht Cara auf. Seitdem ich ihr von meinem Fauxpas mit Marco erzählt habe, quält sie mich mit den Formulae. Die Nachricht, dass ich eine Magierin bin, hat sie zwar nicht überrascht, aber sie hatte einige gute Argumente, warum es ein Problem sein könnte. Mich hinzustellen, wortlos Magie herumzujagen und dabei alles hinbekommen, von heute auf morgen, ist eines davon.

»Es ist so ätzend, den ganzen Scheiß lernen zu müssen, obwohl ich ihn nicht brauche!«

»Sicherheit geht vor. Vielleicht speicherst du sie dir ins Handy. Dann kannst du zur Not nachsehen. Du solltest dir auf jeden Fall angewöhnen, die Formula zu sagen, wenn du Luigi benutzt.«

Manchmal wünsche ich mir, Luigi wäre wirklich ein Straßenkater und nicht unser Codewort für die Magie. Die stubenrein zu bekommen, scheint schwerer. »Wenn ich jetzt an den normalen

Formulae-Stunden teilnehme, wird nach dem ersten Mal keiner mehr zuhören, wenn ich was luigifiziere.«

»Sei dir da mal nicht so sicher. Deine Privatstunden mit Marco haben ein Ende, aber ab jetzt hast du Unterricht, in einem Klassenzimmer voll anderer *tutori*. Außerdem musst du jetzt auf Streife gehen. Ich sehe dein Grinsen, Anola.«

»Es ist einfach so herrlich, dass ich Marco los bin«, platzt es aus mir heraus.

»Von der Mathenachhilfe mal abgesehen.«

»Erstens heißt das intensive Nachbetreuung«, ahme ich Signore Eduardo inklusive erhobenem Zeigefinger nach. »Zweitens danke, dass du dir so viele Gedanken machst. Aber auf die Streife freue ich mich. Endlich darf ich eine richtige *tutori* sein. Nie wieder dumm rumsitzen.«

»Du bist keine richtige *tutori*, merk dir das! Wenn du auffliegst, bist du deinen Kopf los. Es war pures Glück, dass Marco zu abgelenkt war, um eins und eins zusammenzuzählen.«

»Ich weiß!«

»Solange wir nicht mehr wissen, gehen wir nach dem, was in deinen Büchern steht, und da steht, dass es gilt, Venedig zu schützen, vor dem Feind, unter allen Umständen. Per Definition bist du als Magierin der Feind. Für die *tutori* und die *liberi* war der Angriff damals auf Venedig unverzeihlich. Selbst wenn die *tutori* es nicht mehr so eng sehen, der Rat und die *liberi* sehen das sicher anders.«

Der Rat. Wenn ich an mein Date mit ihm am nächsten Wochenende, vor dem Lichtfest, denke, wird mir flau im Magen. »Ob im Rat welche aus der Allianz gegen Luigi sitzen?« Selbstverständlich habe ich Cara alles über den Schutzkreis, die Allianz gegen alles Magische und Luca erzählt.

»Mit Sicherheit. Sieh dir die Welt an. Überall springen die Ultrakonservativen wie Unkraut in die Höhe. Ihre Ansichten sind plötzlich wieder topaktuell. Wieso sollte es da keine Luigi-Gegner im Rat geben? Du musst aufpassen.«

»Ist ja gut, ich passe auf, versprochen.«

»Gut.«

Obwohl Cara erleichtert klingt, wechsle ich das Thema. »Ich habe mir die Listen im *Foscari*-Buch noch mal angesehen.«

Endlich klappt Cara das blöde Formulae-Buch zu. »Und?«

»Es gibt eine Liste aller Familienmitglieder. Name, Geburtsdatum etc. Am Ende gibt es eine Spalte, in der das Zeichen«, ich hebe meine Hand, damit Cara mein *segno* sehen kann, »eingetragen ist. Je weiter man in Richtung Gegenwart geht, desto häufiger fehlt es. Vielleicht überspringt das Luigi-Gen ein paar Generationen, je nachdem, mit wem man Kinder bekommt.«

»Das könnte erklären, wieso weder deine Mama noch deine Nonna den Glitzer sehen.«

»Klingt plausibel.«

Ein Klopfen an der Tür unterbricht uns. »Ja?«

»Darf ich reinkommen?«

»Klar, Mama«, rufe ich und zwinkere Cara zu. »Wenn man vom Teufel spricht.«

»Deine Mama ist ein Engel«, zischt Cara. »Der Teufel wohnt bei mir.«

»Störe ich euch?«, fragt Mama, als die Tür einen Spaltbreit offen ist.

»Nein. Warum lungerst du vor der Tür herum? Komm rein!«, erwidere ich mit einem Lachen.

»Gut, ich habe da nämlich was für dich.« Mama schiebt die Tür auf und mir bleibt der Atem weg. Cara quietscht, als Mama mit Nonna im Schlepptau in mein Zimmer kommt. In der Hand das Ballkleid von dem Ausdruck, Nonnas Favorit.

»Es ist so hübsch!« Cara springt auf und lässt ihren Finger vorsichtig über den Stoff gleiten. »Anola, komm!«

Das muss sie nicht zweimal sagen. »Wow!«

Nonna, die sich sofort meinen Sitzball geschnappt hat und jetzt auf und ab wippt, klatscht in die Hände. »Anziehen! Anziehen!«

»Hier an der Seite ist ein Reißverschluss. Du musst es über den Kopf ziehen«, sagt Mama und ist schon dabei, den Rock nach oben zu raffen.

Schnell schlüpfe ich aus meinen Jogginghosen, dem Hoodie und meinem Shirt. Der Stoff ist weich und kühl. Kaum ist mein Kopf wieder an der Luft, zieht Mama den Reißverschluss zu.

Cara schlägt sich die Hand vor den Mund. »Ich falle um!«

Nonna nickt zufrieden. »Eine Fontari, wie sie im Buche steht!«

Mama zieht mich zum Spiegel hinter der Tür. Der Rock schwingt bei jeder Bewegung, genauso wie die kurzen Fledermausärmel. Ich sehe aus wie eine schwarze Metal-Fee, nur cooler.

»Ich dachte, du könntest deine Haare hochstecken. Nichts Kompliziertes, ganz einfach, vielleicht ein bisschen wild?« Mama hebt meine Haare, dreht sie zu einem Pferdeschwanz zusammen und steckt sie mit einer Klammer fest, die sie aus einer Tasche ihres Kleids zaubert, und zieht ein paar Strähnen heraus. Ich liebe es, wenn Mama mir die Haare macht. Die Berührung ihrer warmen Finger. Aber dieses Mal ist der Effekt ein ganz anderer. Im Spiegel steht eine Anola, die elegant und unantastbar wirkt. Mir kommen die Tränen und ich drehe mich zu Mama um.

»Danke!« Ich ziehe sie an mich und vergrabe mein Gesicht an ihrer Brust.

»Nicht aufs Kleid heulen!«, ruft Cara von hinten.

Ich strecke ihr den Mittelfinger hin, aber sie lacht nur.

»Du bist wunderschön, Anola«, flüstert Mama in mein Ohr, »und so erwachsen. Du gehst deinen Weg, und zwar genau so, wie du möchtest, verstanden?«

Ich nicke und sehe hoch zu ihr. »Danke.«

Mamas glückliches Lächeln ist Antwort genug.

Kapitel 24

Champagner und Vertrauen.

Als ich am Samstag wieder in dem Kleid stecke, kommt es mir bereits vor wie eine zweite Haut. Mama hat den Saum gekürzt, sodass ich meine schwarzen Chucks dazu anziehen kann, ohne aufs Kleid zu treten und doch noch wie eine Trotteline darin auszusehen. Kein Wort hat sie zu meiner Schuhwahl gesagt. Ich bin stolz auf sie, denn bis vor Kurzem hätte sie tagelang versucht, mir elegante Schuhe anzudrehen. Zum Kleid trage ich außerdem eine schwarze, mit schwarzen Strahlen versehene Maske, die mein halbes Gesicht verdeckt. Ein Geschenk von Vit für mein erstes Lichtfest. Für meine magische Maske hat Mama ein unsichtbares Fach ins Kleid genäht. Den kitschigen »Ich hole dich an der Wohnungstür ab«-Auftritt wollte ich Luca nicht antun, also treffen wir uns am Kanal. In Venedig fährt keine Limo vor, um dich zu einem Ball zu bringen, sondern ein Boot. Etwas, was mich immer faszinieren wird. Mama lässt es sich nicht nehmen, mich zum Anleger zu bringen. Ich ziehe das schwarze Cape, das Mama in einem Secondhand-Laden besorgt hat, enger um mich.

»Bist du aufgeregt?«, fragt sie und zupft eine unsichtbare Fluse von meinem Cape. »Das ist dein erster Maskenball!«

»Wegen dem Rat, ja. Wegen Luca, nein.« Ich meine es so. »Danke, dass du alles in Schwarz besorgt hast. Ich weiß, du hättest dir was anderes vorgestellt.«

Mama winkt ab. »Es passt perfekt zu dir. Das ist, was zählt.«

»Schade, dass Papa nicht dabei ist.«

Mama streicht mir über die Schulter. »Es wäre toll gewesen, aber es ist, wie es ist. Genieße den Ball, und morgen erzählst du mir alles, okay?«

»Versprochen!«

Ein Hupen ertönt und wir drehen uns zum Kanal um. Ein kleines, wendiges und etwas in die Jahre gekommenes Motorboot hält neben uns.

Mama zieht die Augenbrauen nach oben. »Hupen, so macht man das also heutzutage.«

Als Luca das Boot festgemacht hat, kommt er zu uns an Land. Er sieht gut aus. Wie ich trägt er Schwarz: einen eleganten Anzug mit Frack inklusive Weste, Kummerbund, Hemd und Fliege. Die Maske in seinem Gesicht ist schwarz, seine Haare sind zu einem Man Bun aufgetürmt. Plötzlich packt mich doch die Aufregung.

Luca schiebt seine Maske nach oben, streckt Mama die Hand hin und deutet eine kleine Verbeugung an. Mister Eleganz, soso. »Signora Fontari? Es freut mich, Sie endlich kennenzulernen. Ich bin Luca De Santis.«

Mama stutzt. »Bist du der Luca, von dem Antonio erzählt hat?«

»Er war mein Supervisor, bis … Es ist schrecklich, dass er nicht mehr …« Lucas Stimme bricht und er atmet tief durch.

Erstaunt blinzle ich. Papa war Lucas Supervisor? Davon hat er kein Wort gesagt.

»Er hätte sich gefreut, dich und Anola zusammen zu sehen, da bin ich mir sicher«, springt Mama ein. In solchen Momenten bewundere ich sie. Ich weiß, wie schwer es für sie ist, über Papa zu reden, und trotzdem kommt sie Luca zu Hilfe.

»Papa war dein Supervisor?«, frage ich verwundert. »Wie Marco bei mir?«

»Nur netter, schätze ich.«

Wir sehen uns in die Augen, und ein Kribbeln sorgt dafür, dass ich mich auf heute Abend freue. Mit Luca werde ich Spaß haben, auch wenn wir uns nicht sehr gut kennen. Gar nicht, um genau zu sein. Aber aus nichts kann ja mehr werden. Merkwürdig, dass ich mich so wohl in seiner Nähe fühle. Er ist nicht gerade der offene oder einladende Typ. »Zusammen gehen wir glatt als Ballkönig und -königin durch.«

»Ich muss dich enttäuschen: Dafür ist die Veranstaltung zu lahmarschig. Ich kann dir aber ein Krönchen besorgen.«

»Das nehme ich gerne. Aber nur, wenn es schwarz ist.«

»Herrlich, ihr werdet einen großartigen Abend haben«, schaltet sich Mama ein und zückt ihr Smartphone. »Noch ein paar Fotos und ihr könnt los!«

Nach einer De-luxe-Fotosession drücke ich Mama einen Kuss auf die Wange und Luca hilft mir ins Boot.

»Komm spät und mit vielen aufregenden Erinnerungen!« Mama winkt uns, bis wir in den nächsten Kanal abgebogen sind.

»Du hast eine tolle Mutter.«

»Ich bin ganz zufrieden mit ihr.«

Er lacht und steuert das Boot den Kanal hinunter. »Bevor dir das Probleme macht: Der Schlüssel zum Archiv ist ohne Aufsehen zurück an seinen Haken gekommen.«

»Danke. Auch dafür, dass du nicht nachfragst.«

Luca zuckt mit den Schultern. »Wenn du irgendwann erzählen willst, warum und was, ich bin da.«

Er ist so ganz anders als Dario. Zurückhaltend, aber direkt. Stiller und ernster, aber dafür tiefgehender. Trotzdem ärgere ich mich, dass ich Luca überhaupt mit Dario vergleiche. Die Frage, mit wem Dario zum Ball geht, ist in den letzten Tagen viel zu oft durch meinen Kopf gespukt. Themenwechsel!

»Ich bin ein bisschen nervös wegen dem Treffen mit dem Rat«, gestehe ich und umschiffe die Antwort auf sein Angebot.

»Lass dich nicht irritieren. Die gucken böse, hätten aber nie die Eier und Eierstöcke in der Hose, sich gegen die *tutori* zu wenden. Sie brauchen uns.«

»Gut zu wissen.«

»Wenn das Treffen rum ist, beginnt der Abend so richtig, okay? Wenn du magst, warte ich auf dich vor der Selecta.«

»Das wäre großartig.« Der Gedanke, nicht allein zu sein, gefällt mir besser, als ich erwartet habe. Ich mustere Luca eine Weile. Konzentriert lenkt er das Boot.

»Wie war mein Papa so als Supervisor?«

»Der Beste. Geduldig, witzig. Ich vermisse ihn.« Er sieht mich an und wägt ab, ob er weitersprechen soll. »Mein Vater und ich kommen nicht sehr gut klar. Meine Mutter starb früh und es gab nur ihn und mich. Aber er lebt sein Leben für die *tutori*, ich bin eher ein nervendes Beiprodukt.« Bitterkeit ist deutlich in Lucas Stimme zu hören.

»Das tut mir leid. Alles. Das mit deiner Mutter und mit deinem Vater auch.« Der Blick, den wir tauschen, sagt mehr als tausend Worte. Wir kennen beide das Gefühl, aus den Angeln gehoben zu werden und beim Aufprall auf dem Boden fast zu zerbrechen.

»Dein Vater war immer für mich da. Schon bevor er mein Supervisor wurde.«

»Manchmal frage ich mich, ob ich ihn überhaupt kannte.« Da ist sie, die Frage, die ich bisher mit keinem geteilt habe. Sie auszusprechen, kommt mir in Lucas Nähe weniger falsch vor als bei jedem anderen. »Die Magie, die *tutori*, Venedig. Ich wusste nichts von seinem Leben.«

»Ich bin mir sicher, du weißt genug. Er war ein toller Mensch, engagiert, liebevoll, nett – zu jedem –, konsequent, ehrlich. Ist es nicht das, was zählt?« Luca lächelt mich an. Zwar liegt etwas Trauriges in seinem Blick, aber sofort verdrängt Zuversicht das kalte Gefühl in mir, das diese Frage jedes Mal lostritt. Weil ich mir mein Make-up auf keinen Fall durch einen Heulanfall versauen will, räuspere ich mich und streiche den Rock meines Kleids glatt. »Dein Vater ist ein *tutori*?«

»Du kennst ihn«, Luca verzieht das Gesicht, »Stefano.«

»Nein! Stefano ist dein Vater?«

»Ich sehe eher meiner Mum ähnlich.«

»Was gut ist, ich meine …« Wieder einmal war meine Zunge zu schnell.

Zu meiner Erleichterung lacht Luca. »Genau mein Gedanke, wenn ich in den Spiegel schaue.«

»Dann hast du deine krassen Augen von deiner Mama?«

»Ja«, Luca deutet nach vorne. »Gut, dass wir früh dran sind, so bekommen wir noch einen Anlegeplatz vor der Schule.«

Luca macht sich daran, unser Boot zu parken. Es kommt mir so vor, als habe Luca absichtlich das Gespräch beendet, um nicht über seine Mutter reden zu müssen. Wenn das jemand verstehen kann, dann ich. Eine Bootsfahrt hat gereicht, um mehr über ihn zu erfahren als über Dario, den ich häufiger gesehen habe. Mein Herz macht diesen schweren, kleinen Hopser, den es immer tut, wenn Dario in meinen Gedanken auftaucht. Ich bin gespannt, wie lange das noch so geht. Ich habe aufgegeben, mich darüber zu ärgern, denn ich kann es nicht ändern.

Als ich zur Schule hochsehe, staune ich nicht schlecht. An jedem Fenster hängen Flaggen. Venezianische in Rot und Gold, mit dem Löwen in der Mitte und den Fransen, die mich jedes Mal an selbst gemachte Abreißzettel von Leuten erinnern, die einen Nachhilfelehrer oder einen WG-Platz suchen. Dazwischen hängen Fahnen mit dem Logo der *tutori*, die Maske und der Löwe mit der Flammenmähne. Fackeln brennen in den sonst leeren Halterungen an den Mauern und am Portal, wo ein roter Teppich ausgerollt wurde. Überquellende Blumenkübel stehen, wohin das Auge blickt. Unsere Pförtner warten in einer schicken Uniform am Eingang. Hier könnte locker einer der britischen Royals heiraten.

»Mylady?« Luca hält mir die Hand hin, um mir aus dem Boot zu helfen.

Gerne nehme ich sein Angebot an. In einer fließenden Bewegung legt er meine Hand auf seinen Arm und führt mich zum Portal. Lasset die Spiele beginnen …

Vor der Selecta herrscht Trubel. Frackträger, Ballkleider in allen möglichen Formen und Farben. Alle wirken gut gelaunt. Signora Lupa schält sich aus der Menge und kommt uns entgegen. Sie trägt ein lila Rüschenkleid, das zwar altmodisch wirkt, ihr aber fantastisch steht.

»Anola! Sehr schön! Der Rat ist vollzählig, die *banca* ebenfalls. Der Champagner fließt und die ersten Häppchen befinden sich in den Bäuchen. Perfekt, um loszulegen.«

»Der Vorstand ist auch da?«

»Was glaubst du denn? Dass wir dich da allein reinschicken? Nur über meine Leiche!«

Erleichtert atme ich durch. Mit Vit an meiner Seite stehe ich das durch.

Signora Lupa nickt Luca zu. »Danke, dass du sie hergebracht hast. Ihr seht beide übrigens toll aus. Hach, das wird ein fantastischer Abend, du wirst schon sehen, Anola. Wir sehen uns später, mein Lieber.«

»Ich warte hier«, fügt Luca hinzu, bevor Signora Lupa mich davonschleift. Sie manövriert mich durch die Menge und in die Selecta. Mit jedem Schritt wächst meine Aufregung. »Luca ist ein hervorragender Tänzer. Da hast du eine gute Wahl für heute Abend getroffen. Hier sind wir.«

Die Selecta sieht so edel und ehrwürdig aus wie bei meinem ersten Besuch, der zwar erst ein paar Wochen zurückliegt, mir aber wie Jahre her vorkommt. Wir bleiben am Rand der drei Sitzreihen stehen, die die Seite des Saals gegenüber der großen Sprossenfenster einnehmen. Als wäre meine Ankunft das Startsignal gewesen, strömen alle in den Saal und setzen sich. Kaum einer beachtet mich, viel zu sehr sind sie in ihre Gespräche vertieft. Darüber bin ich froh. Je weniger Aufmerksamkeit ich bekomme, desto besser geht es mir.

»Anola!« Vit löst sich aus einer kleinen Gruppe, zu der auch die Bürgermeisterin Venedigs und Stefano gehören. Er küsst mich auf die Wangen und legt seine Hände auf meine Schultern. »Deine Mutter hat ganze Arbeit geleistet. Der Rat ist gleich so weit und wir können beginnen. In fünfzehn Minuten sind wir alle auf dem Weg in Richtung Ballsaal. Wie fühlst du dich?«

»Ich bin nervös«, gestehe ich.

»Das ist normal.« Verschwörerisch beugt er sich zu mir. »Aber alle wollen zum Ball. Es wird nicht unnötig lange dauern. Da bin ich mir sicher.«

Dann begleitet er mich in die Mitte des Saals, und plötzlich blicken mich alle an, studieren mich, als wäre ich ein Exponat in einer Ausstellung. Es werden die längsten fünfzehn Minuten seit Langem. Ich muss erzählen, woher ich komme, wieso ich nach Venedig gezogen bin, wer meine Eltern sind, wie ich an die Maske kam. Letzteres tritt eine Diskussion zwischen den Ratsmitgliedern und der *banca* los, die letztendlich im Sande verläuft. Als der Rat mit seinen Fragen durch ist, erhebt sich die Frau neben Vit. Sie trägt eine Art Uniform, die auffällig gut zu den Fahnen mit dem *tutori*-Logo an der Fassade der Schule passt. Seit Beginn des Treffens hat sie mich kritisch gemustert.

»Wir kennen uns noch nicht, Anola. Ich bin Olivia Valentini, die *guardian grande*, die Vorsitzende der *banca.*«

Die Oberste der *tutori.* Das ist sie also. Kritisch zu gucken, ist wahrscheinlich Teil ihrer Jobbeschreibung.

»Zum einen freut es mich, dass wir eine frische *tutori* bei uns haben, zum anderen bin ich skeptisch.« Vit und die anderen sehen zu ihr hinüber und selbst die getuschelten Gespräche ersterben. »Die Art, wie du an deine Maske gekommen bist, ist einzigartig und wirft so viele Fragen auf, dass es nicht einfach ist, Antworten zu finden, die nicht sofort neue Fragen hervorrufen. Ich hoffe, das Vertrauen der Maske in dich überträgt sich bald auf uns.«

Autsch. Sie vertraut mir nicht? Okay, ich bin in die Schule eingebrochen, um an die Maske zu kommen, nur um am nächsten Tag fast durch die Magie zu sterben. Etwas grenzwertig.

»Erwählt ist erwählt.« Sie dreht sich zum Rat um. »Gebt ihr das Einverständnis, Anola Fontari in die Reihen der *tutori* aufzunehmen? Mit allen Pflichten und Privilegien, die diese Berufung mit sich bringt?«

Obwohl alle gesagt haben, es sei eine Formalität, sehe ich nervös zu den Sitzreihen. Die Bürgermeisterin erhebt sich und verbeugt sich in Richtung *guardian grande.* »Es ist uns eine Ehre, eine weitere *tutori* begrüßen zu dürfen, die die Stadt und ihre Bewohner:innen schützt.«

»Anola Fontari«, die *guardian grande* richtet ihren Eisblick auf mich, »bist du bereit, die Pflichten und Privilegien anzunehmen, die dir die Maske aufbürdet?«

Zwar ist es so, dass ich keine andere Wahl habe, als mit »Ja« zu antworten, aber seit letzter Woche hat sich einiges verändert. Ich will das hier wirklich. Mit meinem Herzen und mit meinem Verstand. Ich bin eine Magierin. Dieselbe Magie, die diese Stadt aufrechterhält, fließt in mir. Kurz spüre ich dem leichten Vibrieren nach, das mir in der letzten Woche immer vertrauter geworden ist. Ich finde es auf Anhieb, und die Kraft, die dahintersteckt, lässt mich lächeln. Ich gehöre hierher und ich werde Venedig nicht im Stich lassen. »Ich bin bereit«, sage ich laut und mit fester Stimme. »Sie können auf mich zählen, und ich hoffe, dass das Vertrauen wächst.«

Für einen Moment gibt es nur mich und die *guardian grande*. Schließlich schleicht sich ein Lächeln in ihr Gesicht. Es stünde ihr besser, wenn es ihre Augen erreichte. Dafür schwillt Vit neben ihr vor Stolz an, was mich unfassbar glücklich macht.

»Als Supervisor haben wir Marco Santoro, ihren Bruder, erwählt«, fährt die *guardian grande* fort. In der hintersten Reihe erhebt sich Marco. Ich bin so überrascht, dass ich gar nichts denken kann. In seinem Smoking sieht er aus wie aus einem Zwanzigerjahrefilm, einer von den guten. Er stellt sich neben mich, ohne mich anzusehen.

»Hat der Rat Einwände gegen diese Wahl?«

Wieder antwortet die Bürgermeisterin: »Nein, wir geben dieser Wahl unsere Zustimmung.«

Wäre auch ein bisschen zu spät, nicht wahr? Immerhin quält Marco mich seit Wochen mit den Formulae. Das alles ist absurd und nur für eins gut: Ich werde das mit der Magierin für mich behalten. Denn wenn die *tutori* das hier bei jedem neuen *tutori* durchziehen, dann halten sie sich vermutlich auch strikt an die anderen Regeln. Todesstrafe für Magierinnen. Puh … Mir wird heiß, und am liebsten würde ich mir mit meiner Maske Luft zufächeln, aber ich will auf keinen Fall zeigen, dass ich mich unwohl fühle. Nicht nach dem, was die *guardian grande* gesagt hat.

»Danke für Ihr Vertrauen«, erwidert Marco.

»Dann erhebt euch, *tutori*.«

Die *guardian grande*, Vit, Stefano und der Archivar, den man nur ab und zu in der Bibliothek zu Gesicht bekommt und der das letzte Mitglied der *banca* ist, machen sich auf den Weg zu mir.

»Setz deine Maske auf«, raunt mir Marco zu, als er seine Maske aus der Innentasche seines Jacketts holt. Auch die *banca* legt ihre Masken an. »Hast du das Motto der *tutori* gelernt?«

»Check.« Vit hat mir eine genaue Aufstellung gegeben, was ich für heute wissen muss.

»Sobald du dran bist, sagst du es.«

Er wartet keine Antwort ab, sondern schiebt mich in die Mitte des Kreises, den die anderen bilden. Die *tutori* heben ihre Arme, als würden sie mich anbeten. Gleichzeitig sprechen sie eine Formula aus: »*Aprotutori.*«

Dieses Mal schießt keine Magiefontäne auf mich zu und versucht mich zu ertränken, sondern die Magiefäden im Raum leuchten auf und ein Raunen geht durch den Rat. Ein paar deuten hierhin und dahin. Anscheinend sehen sie die Magie durch die Formula. Die *guardian grande* beginnt zu sprechen: »*Proteggete la luce, perché il mondo si trova nell'oscurià.*«

Das Motto der *tutori*. Nacheinander wiederholt jeder im Kreis die Worte, und was dabei passiert, ist abgefahren: Immer mehr Magiefäden finden sich über mir zusammen, bilden ein Netz, das sich zu einer Kuppel wölbt. Manche Magiefäden gehen von der *banca* selbst aus. Unsicher sehe ich zu Marco, der zuletzt gesprochen hat. Auffordernd nickt er mir zu.

»*Proteggete la*«, ich breche ab. Denn ein kaum wahrnehmbarer Magiestrom fließt aus meinem Mund in die Luft, kräuselt sich und steigt hoch zur Kuppel, wo er das Magieleuchten verstärkt. Ist das okay? Oder verrate ich mich gerade? Panisch sehe ich zu Vit, der mich fragend ansieht. Mit einem Augenzwinkern ermuntert er mich weiterzumachen. Ich räuspere mich. Ich habe wieder keine Wahl. Bitte lass das okay sein. Bitte lass mich durch dieses crazy Ritual nicht auffliegen.

Meine Stimme zittert, als ich erneut beginne: »*Proteggete la luce*«, mit jedem Wort glüht die Kuppel stärker, als drehe jemand den Dimmer langsam höher, »*perché il mondo*«, ich bin mittlerweile so geblendet, dass ich kaum mehr etwas sehe, »*si trova nell'oscurià.*«

Der Glitzer über mir flammt auf! Er strömt durch alles im Saal. Wunderschön und blitzschnell. Kaum einen Atemzug später erlischt das Magieleuchten und fällt auf sein Normallevel ab. Viele Ratsmitglieder sehen fasziniert aus, manche ängstlich, andere beginnen zu klatschen.

»Willkommen bei den *tutori*«, sagt die *guardian grande*. Sie ist die Erste, die meine Hand schüttelt.

Vit kommt als Nächster. »Ich bin so stolz. Du hast das grandios gemeistert.« Nach einem Drücker steht schon Stefano vor mir, der anerkennend nickt. »Vielleicht sollten wir das Ritual immer am Tag des Balls machen.«

Erst als Nummer 16 meine Hand schüttelt, beginnt die Angst von mir abzufallen. Das Ritual ist normal und gut gelaufen. Das Interesse des Rats und der *banca* driftet schon in Richtung Ball und ich werde unwichtiger. Als alle 28 Mitglieder durch sind, scheinen sie mich schon vergessen zu haben. Erleichtert atme ich ein. Geschafft. Ich bin eine waschechte, offizielle *tutori* – nur dass ich gar keine bin.

»Glückwunsch.«

Ich drehe mich um und vor mir steht Dario. Er trägt einen dunkelblauen Anzug, der im Licht des Kronleuchters sanft schimmert. Die Krawatte hängt ungebunden um seinen Hals. Er lächelt und lässt mich damit die Aufregung von eben augenblicklich vergessen, denn ein Tsunami-Kribbeln löst sie ab. »Danke.«

»Das lief echt gut und …« Er zögert, seufzt und sagt dann leise: »Du siehst aus, als wärst du so zur Welt gekommen.«

»Soll das ein Kompliment sein?«

»Ja, definitiv.«

Für einen Moment wünsche ich mich zurück auf die Wiese, in meine Sportklamotten, aufs Gras. Was dumm ist, richtig dumm. Der Kuss, oder besser die Küsse, sind einmalig gewesen, in jeder Hinsicht. »Ich muss mal an die frische Luft.« Damit gehe ich an ihm vorbei und zur Tür. Ich höre, dass er mir hinterherkommt, aber ich bleibe nicht stehen. Ich will einen schönen Abend haben. Soll er machen, was er will.

Draußen wird Champagner gereicht. Schnell schiebe ich mich durch die Menge. Endlich, auf einer Bank unter einem Fenster sitzend, sehe ich Luca, zwei Champagnergläser neben sich und ein flaches Büchlein in der Hand. Als bemerke er meinen Blick, sieht er auf und lächelt. Er steckt das Büchlein in die Innenseite seines Sakkos, steht auf und nimmt die beiden Gläser in die Hand. Doch seine Gesichtszüge entgleisen, als er wieder zu mir sieht. Ich werfe einen Blick über die Schulter. Dario hat mich fast eingeholt. Was will er von mir? Oder will er einfach nur in die gleiche Richtung? Verwirrt gehe ich zu Luca und nehme eins der Gläser.

»Überstanden?«, fragt Luca leise und ich nicke.

»Anola?«

Warum kann er nicht einfach gehen? »Ja?« Ich drehe mich um und sehe Dario fragend an.

Darios Blick huscht zu dem Glas in meiner Hand, dann zu Luca. Seine Augen verengen sich. »Seid ihr zusammen da?«

»Ja, sind wir.« Ich sehe Dario fest in die Augen.

»Anola ist so frei, sich mit mir abzugeben«, antwortet Luca.

Die Wortwahl irritiert mich, aber ich stupse Luca mit meinem Ellbogen an. »Hab gehört, du sollst ein guter Tänzer sein.«

»Schuldig im Sinne der Anklage«, erwidert er. »Aber ich lasse dich auch mal aufs Klo gehen.«

Ich sehe zurück zu Dario, der die Hände in den Hosentaschen versenkt. »Dann wünsche ich euch viel Spaß. Man sieht sich.«

Damit lässt er uns endlich in Ruhe und verschwindet den Flur hinunter.

»Bis später und dir auch viel Spaß«, ruft Luca noch. Dann dreht er sich zu mir um und hält mir sein Glas zum Anstoßen hin. »So, jetzt noch mal: Glückwunsch!«

»Danke.« Der Champagner ist kalt und schmeckt bitter, aber beides tut gut. Ich bin froh, dass ich Dario schon getroffen habe. Wenn ich ihm nachher begegne, bin ich vorbereitet. Dann kann er seine Show abziehen, ohne dass ich in Gedanken tausendmal durchspiele, wie und ob wir heute Abend miteinander ins Gespräch kommen. Zwei Punkte abgehakt. Trotzdem, in mir glüht ein Feuer, von dem ich gehofft hatte, dass ich es löschen kann.

»Wie war es?«, holt Luca mich aus meinem Dario-Dschungel.

»Auf einer Skala von Aufm-Sofa-liegen bis Kleidungswechsel-wegen-Angstschweiß liege ich bei Haste-mal-ein-Deo.«

Lucas Lachen tut genauso gut wie der Champagner. Er klopft sich auf die Brust. »Tut mir leid, kein Deo, nur Voltaire und Masken.«

»Du liest Voltaire?«

»Ein kleines Drama zwischendurch lockert auf.«

Dieses Mal lache ich. Luca hat mehr Facetten, als ich bei einem muskelbepackten Sportler erwartet habe.

»Darf ich ein zweites Mal bitten?« Luca hält mir wieder den Arm hin und ich hake mich bei ihm ein. »Jetzt kommt der spaßige Teil des Abends.«

Kapitel 25

One more time.

Luca behält mehr als recht: Es ist nicht nur der spaßige Teil des Abends, sondern der spaßigste Teil meines *tutori*-Daseins – oder des Jahrhunderts, da bin ich mir noch nicht sicher. Der Ballsaal ist riesig, hoch und mit goldenem Stuck verziehrt. Meterhohe Spiegel gegenüber der großen Fenster spiegeln das Kerzenlicht, das von den Kronleuchtern an der bunt bemalten Decke aus den Raum flutet. In einem Teil des Saals stehen unzählige runde Tische, an denen die Gäste zu Abend essen, fünf Gänge, einer leckerer als der andere. Ein Streichorchester spielt, das, laut Luca, auch eigene Versionen der neuesten Chart-Hits parat hat. Das Beste aber ist: Alle tragen ihre Masken und kreieren damit eine geheimnisvolle Atmosphäre. Selbst Tessa erkenne ich nicht auf Anhieb, obwohl sie nur einen Tisch weiter sitzt. Zum Glück sitzen weder Dario noch Marco in unserer Nähe.

Um den Austausch der Generationen und der verschiedenen Gruppen zu fördern, so sagt zumindest Luca, sitzen wir mit einem alten Ehepaar aus Deutschland, einer Dragqueen und ihrer Partnerin, zwei *liberi* und zwei älteren *tutori* am Tisch. Weil keiner den anderen kennt, hat Viola, die Dragqueen, ein Kennenlernspiel vorgeschlagen. Seitdem ist die Stimmung bei uns am Tisch bombastisch. Selbst Luca, der wenig zum Tischgespräch beiträgt, scheint seinen Spaß zu haben. Wie ich hält er Abstand zum Alkohol, warum, weiß ich nicht. Ich persönlich will nicht so enden wie letztes Wochenende.

Nach dem Dessert steht Olivia, die *guardian grande*, auf und lädt nach einer kurzen Rede zum Eröffnungstanz auf der Tanzfläche im anderen Teil des Ballsaals ein.

Sofort hält mir Luca seine Hand hin. Seine Augen leuchten. »Lust?«

»Wie könnte ich bei so viel Begeisterung Nein sagen?«, frage ich zurück und reiche ihm die Hand. Bis auf das ältere Ehepaar, Uwe und Elfriede, nehmen alle an unserem Tisch am ersten Tanz teil.

»Normalerweise ist es ein Walzer«, erklärt Luca, während wir uns ein Plätzchen auf der Tanzfläche suchen.

»Kleine Vorwarnung: Ich bin echt mies im Tanzen. Ich war zwar letztes Jahr während der Projektwoche im Tanzkurs, aber ein Elefant im Tutu ist geschmeidiger als ich.«

»Du bist nicht schlecht im Tanzen. Rhythmusgefühl hast du auf der Party bewiesen. Den Rest kriegst du hin. Walzer ist easy.« Er zwinkert mir zu. »Der Tanz der Sünde, wenn man vom 19. Jahrhundert ausgeht.«

»Warum das denn?«

Luca bleibt stehen, legt eine Hand an meine Hüfte und zieht mich zu sich heran. Er beugt sich vor und flüstert in mein Ohr. »Deswegen. Zu nah, zu innig. Ganz anders als die alten Tänze bei Hofe.«

Luca so nah zu sein, macht mich nervös, auf eine gute Art. Er hält mir die andere Hand hin und ich lege meine Hand hinein. Es kommt etwas Luft zwischen uns und ich atme durch. »Woher weißt du so was? Du siehst eher nach Hantelbank als nach Tanzschuhen aus.«

Luca zieht die Augenbrauen nach oben und schnell schiebe ich ein »Sorry« hinterher. Er schüttelt den Kopf. »Man trifft selten Menschen, die so ehrlich sind. Bleib ruhig dabei. Ich liebe die Bewegung und ich liebe Musik. Tanzen, egal, wie, könnte ich immer.«

Mir fällt unsere Begegnung auf der Party ein – wie Luca sofort angefangen hat, mit mir zu tanzen, als ich gegen ihn gestolpert bin. Es scheint eine Ewigkeit zurückzuliegen, und der Mensch vor mir ist ein ganz anderer, mit Facetten, die mich überraschen. So viel zu meiner Oberflächlichkeit.

»Zu deiner anderen Frage: Ich lese viel über Geschichte, bleibt nicht aus, wenn man Geschichte studiert.«

»Für mich ist Geschichte einfach nur trocken. Kommt direkt hinter Mathe. Außer es geht um Kunstgeschichte.«

»Mich fasziniert der Wandel der Zeit. Siehst du, mit wem Olivia tanzt?«

»Ist das der Stellvertretende Bürgermeister?« Er saß in der Selecta neben der Bürgermeisterin.

»Richtig. Und Vit tanzt mit der Bürgermeisterin. Das sind alles streng vorgegebene Rituale, jahrhundertealt. Und trotzdem ist unsere Tischnachbarin Viola eingeladen worden. Vor ein paar Jahren unmöglich. Alt und neu, direkt nebeneinander. Ist das nicht faszinierend?«

Mich fasziniert eher, wie sehr Luca für das alles brennt. Es wird still im Raum und der Dirigent des Orchesters hebt die Arme. Dann setzen die Streicher ein und wir fliegen übers Parkett. Luca steuert uns so gut, dass wir nie mit jemandem kollidieren und ich mich vollkommen sicher fühle. Wir tanzen den zweiten und den dritten Tanz, und obwohl ich eher eine Einzeltänzerin bin, finde ich es großartig. Es macht Spaß, in Lucas Armen zu liegen, genau zu wissen, wohin die Reise geht. Wir unterhalten uns über alles. Die Schule, Venedig, K-Pop, Rucksackreisen und Spaghetti mit Bärlauchpesto (ich liebe es, er hasst es: zu knoblauchig). Immer wieder schweigen wir und lassen uns von der Musik treiben. Lucas Ruhe und Ernsthaftigkeit gefallen mir. Sie tun gut in diesem Zirkus. Ein leichtes Lächeln umspielt seinen Mund und seine Augen, als wäre das hier Entspannung und Glück pur für ihn. Ob er nur beim Sport so aussieht? Schade, wenn ja.

»Dario hat gesagt, du wärst kurz vor dem Sprung in die Olympiamannschaft der Ruderer.«

»Hat er das?« Sofort verschwindet das Lächeln und unter meinen Händen versteift sich Lucas Körper.

»Was ist das zwischen dir und Dario?«

Luca seufzt. »Wir waren mal Freunde. Sehr enge sogar. Aber das ist lange her.«

»Was ist passiert?«

»Lange Geschichte, die vorüber ist. Und ja, ich bin recht gut im Rudern, im Einer.« Einzelsport. Passt perfekt. »Ich liebe das Wasser und die Bewegung darauf und darin. Sogar noch mehr als Geschichte – und Tanzen.« Er zwinkert mir zu und dreht mich so schnell in eine andere Richtung, dass ich auflache. An eine Antwort ist gar nicht zu denken. Doch da endet unser Flug abrupt: Luca stolpert nach vorne, auf mich, ich taumle nach hinten und wir gehen fast zu Boden.

»Alles okay?« Dario steht plötzlich neben mir und hält mich fest. Seine blaugrünen Augen strahlen mit dem blauen Strass auf seiner blauen Maske um die Wette. Seine Hand liegt auf meinem Unterarm, und im Gegensatz zu Lucas Berührungen brennt die von Dario förmlich.

»Hast du keine Augen im Kopf?«, fragt Luca genervt und reißt mich aus dem Vakuum, in das meine Gedanken mich ziehen.

Dario nimmt seine Hand von meinem Arm. Während er spricht, sieht er mich an, nicht Luca. »Tut mir leid, ich habe euch nicht kommen sehen. Alles okay?«, wiederholt er.

Ich streiche mein Kleid glatt, nur um ihm nicht mehr in die Augen sehen zu müssen. »Nichts passiert.«

»Das hätte schiefgehen können.« Luca richtet seine Maske.

Etwas hilflos steht Dario da und sieht von mir zu Luca. Er wirkt blass und müde. Wie gerne würde ich seine Hand nehmen und ihn mit nach draußen ziehen, an die frische Luft. Sofort ärgere ich mich über meinen Gedanken.

»Stell dich nicht so an, Luca«, sagt Estelle und stellt sich zwischen mich und Dario. Sie trägt einen Traum aus Smaragdgrün, der auf den roten Teppich bei den Oscars passen würde. »Die Tanzfläche ist voll und ihr wart nicht unbedingt langsam unterwegs.«

Der Punkt geht an Estelle. Ich brauche noch eine Sekunde, bis ich verstehe, was das hier ist: Er ist mit Estelle hier. Er macht einfach weiter. Ohne mich. Ohne uns. Ich muss hier weg.

Ich drehe mich weg von Dario. »Lass uns weitertanzen.« Ohne einen weiteren Blick auf Dario zu werfen, ziehe ich Luca zwischen die anderen Tanzenden. Erst auf der anderen Seite der Tanzfläche halte ich an.

Luca lächelt mich an. »Danke, dass du mich da rausgeholt hast.«

Wenn er denkt, dass ich das seinetwegen getan habe, super. Mein Herz hat sich noch nicht wieder beruhigt. Es schlägt so heftig, als wäre es ein lebendig begrabener Mensch, der versucht, seinem Grab zu entkommen. Luca bemerkt nichts von meiner Unruhe und zieht mich schon wieder in eine Tanzposition.

»Dario und ich waren mal so was wie beste Kumpels. Marco gehörte auch dazu und noch ein anderer. Wahnsinn, dass das alles vorbei ist.«

Nicht über Dario sprechen. Nicht jetzt. Bitte.

Aber Lucas Aufmerksamkeit liegt bei den Paaren um uns. Er will sich wieder in den Tanz einreihen.

Das hier ist zu viel. Ich will mich gerade losmachen, da spricht Luca leise weiter. »Meine Mutter ist gestorben und alles hat sich geändert. Ich hatte keine Lust mehr auf Party und hätte meine Freunde gebraucht, aber …«, er unterbricht sich, lächelt traurig und sieht mich dabei an. »Manchmal ist es gut, wenn Wege sich trennen.«

»So wie ihr miteinander umgeht, habt ihr euch nicht im Guten getrennt.« Ich verstehe ihn so gut, aber ich bin nicht in der Lage, etwas Tröstliches zu sagen. Ich scanne die Tanzfläche hinter Luca und rechne jeden Moment damit, dass Dario und Estelle in mein Blickfeld tanzen. Das wäre der Overkill. Luca! Fokussiere dich auf Luca! Ich sehe hoch zu ihm.

Luca verzieht das Gesicht. »Es gab Streit, sagen wir es so.«

Ich frage nicht weiter. Ich will nichts von Dario hören. »Sieh mal, Uwe und Elfriede!«

Luca wendet seinen Kopf und lacht laut auf. Uwe und Elfriede tanzen eng umschlungen mitten auf der Tanzfläche, in einem Takt, den nur sie hören, mit Augen nur füreinander.

»Das muss Liebe sein«, murmle ich. Von der Stelle, wo Dario mich berührt hat, scheint eine Direktverbindung in mein Herz gewachsen zu sein. Es brennt. Lichterloh.

»Wenn ich alt bin, will ich auch eine Elfriede.« Luca blickt mich an, so ernst und feierlich, als wäre das ein Antrag.

Frischluft! Jetzt!

Ich löse meine Hand aus seiner, sehe weg und direkt in das Gesicht von Signora Lupa, die strahlend auf uns zukommt.

»Ha! Endlich erwische ich dich.« Signora Lupa ergreift die Hand, die ich eben freigegeben habe. »Ich übernehme gerne für dich, Anola.«

Der Himmel schickt sie! Ich mache einen Schritt zur Seite. »Klar!«

Aber Luca wendet sich mir zu und legt den Kopf schief. »Ist alles in Ordnung?«

»Ja«, versichere ich ihm und komme mir wie eine miese Lügnerin vor. Nichts ist in Ordnung. »Ich muss etwas trinken.«

»Ich kann dich begleiten.«

Ich winke ab. »Nein, genieße du ein paar Tänze mit deiner neuen Tanzpartnerin. Wir sehen uns gleich, okay?«

»Sicher?«

»Sicher!« Ich sehe zu Signora Lupa. »Tanzen Sie ihn müde, Signora Lupa. Ich kühle meine rauchenden Schuhe.«

Sie strahlt mich an. »Aber gerne doch!«

»Dann los!« Luca verbeugt sich in ihre Richtung und ich suche mit einem letzten krampfigen Lächeln das Weite.

Was immer da zwischen mir und Luca los ist, Dario steht im Weg. Mit jedem Meter, den ich Luca hinter mir lasse, wird mir das klarer. Mit jedem Meter hasse ich mich mehr dafür. Ich will über Dario hinweg sein. Was gibt es da bitte auch schon zu verkraften? Wir hatten diesen einen Abend. Ein Lachen entweicht mir, bitter und einen Hauch verzweifelt. Ein Abend? Lass es eine Stunde gewesen sein. Eine Stunde, die mich zum Wrack gemacht hat. Deshalb vermeide ich es, in die wogende Menge zu sehen, aus Angst, Dario und Estelle zu finden. Das ist alles zum Schreien!

Statt zur Theke gehe ich nach draußen, auf die Terrasse. Die Kühle auf meiner Haut tut gut, aber ich bekomme kaum Luft. Zu viele Menschen. Sollte die Welt sich nicht weiterdrehen, ist es nicht so? Sollte man nicht immer einen Schritt nach dem anderen machen? Wieso kommt es mir so vor, als würde ich auf einer rückwärts rasenden Rolltreppe stehen?! Ich schlüpfe an einigen meiner Mitschüler vorbei, die Treppe hinab, in den Garten. Fackeln und Lichtkugeln beleuchten den Weg. Irgendwer hat einen geschnitzten Kürbis dazwischengemogelt. Über der dunklen Silhouette der Stadt hängt ein fast voller Mond. Ich fasse es nicht, dass schon ein ganzer Monat vergangen ist, seitdem ich die Maske das erste Mal aufgesetzt habe.

Wege mit weißem Kies führen um Sträucher, Bäume und Blumenbeete, ich entscheide mich immer für den Weg, der dunkler und verlassener scheint. Plötzlich bin ich vollkommen allein. Das Rauschen des Wassers gesellt sich zur Musik, die in der Ferne noch zu hören ist, und endlich beruhigt sich mein Inneres, endlich schaffe ich es, Luft zu holen. Nur eine kurze Weile, dann wird es wieder gehen. Dann werde ich zurück in den Ballsaal gehen, den Abend und die Nacht genießen. Ganz sicher. Ganz sicher … Ich hole tief Luft, während ich weitergehe und um eine Ecke biege. Und dann hört die Welt wirklich auf, sich zu drehen. Auf einer weißen Marmorbank, nur zwei Meter von mir entfernt, sitzt Dario, seine Maske neben sich auf der Bank, das Gesicht in den Händen vergraben. Ich erkenne ihn sofort. Mein Herz erkennt ihn sofort. Es lodert wieder auf. Das Knirschen meiner Schuhe im Kies lässt Dario aufblicken. Er erkennt mich sofort, setzt sich aufrecht hin und starrt mich an.

Stünde mir Medusa mit den Schlangenhaaren gegenüber, hätte es den gleichen Effekt: Ich bin außerstande, mich zu bewegen, zu atmen oder etwas zu sagen. Dario steht auf, und gleichzeitig bewegen sich auch meine Beine wieder, drehen mich um, wollen zurück, in die Menge der Ballgäste. Untertauchen, auf Nimmerwiedersehen. Aber dann legen sich Darios Finger um meine.

»Bitte geh nicht …«

Ich bleibe stehen. In mir tobt ein Feuersturm. Ich sollte gehen. Sollte ich? Was ich will, ist hier sein, bei ihm.

Mein Zögern reicht für Dario, um noch näher zu kommen. Meine Finger verschränken sich mit seinen. Langsam drehe ich mich zu ihm um, sehe ihm in die Augen. Ich bin geliefert. Ich will nichts mehr als ihn küssen. Jede Faser in meinem Scheißkörper ist plötzlich zu einer Sternschnuppe geworden, die unaufhaltsam und funkensprühend auf den Planeten Dario zurast. »Mach das nicht.« Gut, mein Mund hat seinen Verstand noch nicht verloren, aber es kann sich nur noch um Sekunden handeln, bis er sich meinem Herzen anschließt.

»Was?«

»Mich einzufangen, obwohl ich alles tue, um dich zu vergessen.«

Plötzlich zuckt Schmerz durch Darios Züge. Der Schmerz, der sich seit Wochen auch in mir eingenistet hat. »Es bringt mich um, dich mit jemand anderem zu sehen. Die Möglichkeit, dich zu verlieren, ohne Chance auf mehr.« Darios Stimme bricht, aber er sieht mich weiterhin an. Seine Stimme ist nicht mehr als ein Flüstern, als er weiterspricht. »Ich kann das nicht zulassen.«

Ich atme tief durch, fasse seine andere Hand, ziehe ihn näher. Wem sagt er das? »Weitermachen«, wiederhole ich das Wort, das mir den Schlaf geraubt hat. »So lautet die Devise.«

»Weitermachen ist scheiße.«

In seinen Augen suche ich nach dem Sinn von dem hier.

»Estelle und ich sind Freunde. Mehr nicht. Seitdem ich dich das erste Mal gesehen habe, kann ich meine Augen nicht mehr schließen, ohne dein Lächeln vor mir zu sehen.« Dario lacht leise auf. Da ist es, dieses Brummen, das mir den letzten Verstand nimmt.

»Bist du betrunken?« Ich muss es wissen.

Darios Gesicht wird ernst. »Ich bin stocknüchtern.«

Gleichzeitig bin ich erleichtert und bekomme Angst. Wo führt das hier hin? Zu mehr Schmerz, da bin ich mir sicher. Ein Zittern geht durch mich hindurch. »Wenn weitermachen scheiße ist, was ist die Alternative?« Ich hätte auch sagen können: »Hier, ein Skalpell, mein Herz ist hier, der Brustkorb ist schon offen, tu dir keinen Zwang an.«

Unsere Blicke treffen sich. Wie kann man einen Menschen mit allen Sinnen so wollen? Darios rechte Hand löst sich aus meiner. Behutsam schiebt er meine Maske nach oben. Seine Finger streichen über meine Wange, gleiten wieder in meine Hand und unsere Finger verschränken sich so fest sie nur können. Ich stelle mich auf die Zehenspitzen. Ein Lächeln huscht über Darios Gesicht, ganz kurz, dann beugt er sich zu mir und unsere Lippen berühren sich. Zart und sanft wie die Berührung eines Sommerwinds. Die Sternschnuppen finden ihr Ziel, schlagen ein und rauben mir den Atem. Dieser Kuss ist so anders als unser erster Kuss. Zerbrechlicher. Noch bevor sich unsere Zungen finden, löst sich Dario von mir, nur für ein paar Zentimeter. Ich öffne die Augen und sehe ihn an. Was jetzt? Zurückrudern?

»Lass es uns probieren. Wir finden einen Weg.«

Generalstreik in meinem Gehirn, Aussetzer in meinem Herzen und Explosion in meinem Bauch. So ungefähr. »Meinst du das ernst?«

»Zu hundert Prozent.«

Mein Herz beteiligt sich mittlerweile an der Explosion und mein Gehirn ist kurz vor Game over. Ich glaube ihm, und das ist das Entscheidende. »Okay.«

Darios Augen weiten sich. »Okay?«

»Okay.« Ich muss lachen, weil er mich so ungläubig anstarrt.

In Zeitlupe verändert sich Darios Gesichtsausdruck: von Überraschung über »Heilige Scheiße!« hin zu Glück. Dann zieht er mich in die Arme. »Es tut mir leid, dass ich so lange gebraucht habe«, flüstert er an meinem Hals.

Glück sprudelt wie überschäumender Sekt in jeden Winkel meines Körpers. Ich kann nicht anders. Ich muss mir diese Chance einräumen, sonst gehe ich ein. Was ich für Dario empfinde, haut mich um und reißt mich mit, ohne Chance zu entkommen. Seine Haut an meiner Wange glüht. Ich drücke mein Gesicht an seinen

Hals, atme tief ein. Darios einmaliger Duft steigt mir in die Nase und ich muss vor Glück lachen. Darios Umarmung verstärkt sich. Er küsst meinen Hals, fährt mit seinen Fingern meine Wirbelsäule entlang nach oben, in meinen Nacken. Seine Fingerspitzen streichen sanft über meinen Hals, finden meine Wange. Erst dann sehen wir uns wieder an. Dieses Mal komme ich ihm nicht entgegen, sondern lasse mich von ihm küssen. Dieses Mal gibt es kein Halten. Zu lange ist unser letzter Kuss her, zu lange habe ich darauf gewartet, ihn wieder zu spüren. Ich drücke mich gegen ihn und erwidere seine Küsse, streife mit meiner Zunge seine Lippen, was Dario mit einem Stöhnen erwidert. Wie lange wir so dastehen, weiß ich nicht. Nur dass ich glücklich bin, als ich mich von ihm löse. Ich gebe ihm einen letzten Kuss auf die Lippen und sehe ihn dann an. »Wie hast du dir das mit Marco vorgestellt?«

Dario zieht mich mit sich zur Bank und auf seinen Schoß. Sein Blick huscht zum Palazzo hinüber. »Können wir es noch eine Weile für uns behalten? Marco steht gerade ziemlich unter Druck. Ich glaube, wenn du das mit der Magie hinbekommst, könnte das unsere Chance sein. Für ihn zählt Leistung mehr als Blutsverwandtschaft.«

Wie einfach wäre es, ihm zu erzählen, dass das kein Problem mehr ist. Aber es geht nicht. Ich habe es Cara geschworen. Zwar vertraue ich Dario, aber wenn das hier schiefgeht, weiß ich sowieso nicht, wie ich das überleben soll – auch ohne dass ich ihn eingeweiht habe. »Dann willst du also wirklich deinen besten Freund belügen?«

»Ich befürchte, es bleibt mir nichts anderes übrig.« Dario sieht mich ernst an. Wirklich wohl fühle ich mich nicht dabei, hinter Marcos – hinter aller – Rücken eine Affäre zu haben. »Vertrau mir, bitte. Ich kenne Marco schon mein Leben lang. Es ist das erste Mal, dass so etwas passiert, und ich will nicht, dass die Sache zwischen uns oder zwischen mir und Marco steht.«

Ich rutsche von Darios Schoß und überlege. Was Dario sagt, ist richtig, aber … »Was, wenn er es rausfindet? Oder wenn wir nie miteinander klarkommen?«

»Ersteres lass meine Sorge sein. Zweiteres wird nicht passieren. Da bin ich mir sicher.«

»Ich bin kein Fan davon.«

»Ich auch nicht. Trotzdem …« Dario zögert kurz und gibt mir dann einen Kuss, der es in sich hat. »Dafür nehme ich alles in Kauf.«

Mit einem Ruck setze ich mich wieder auf Darios Schoß, dank Mamas Kleiderwahl kein Problem. Ich nehme Darios Kopf zwischen meine Hände und ziehe ihn an mich. Während wir uns immer fester küssen, fahren seine Hände über meinen Rücken zu meinen Oberschenkeln und er zieht mich an sich. Ihm so nah zu sein, kostet mich jeden Millimeter Verstand, den ich noch habe. Erst der Knall eines Bootsmotors in der Nähe erinnert mich daran, wo wir uns befinden. Wer uns sehen könnte.

Ich löse mich von Dario, rutsche von seinem Schoß und stehe auf. »Entweder wir gehen wieder rein, oder ich übernehme keine Garantie für das, was noch passiert.«

»Wir sollten reingehen, ja.« Dario klingt nicht überzeugt. Wir sehen uns an und müssen lachen. Dario räuspert sich und fährt sich durch die von mir zerwühlten Haare. »Lass uns gehen, bevor jemand auf die Idee kommt, nach uns zu suchen.«

Mir fällt Luca wieder ein, ich hatte ihn vollkommen vergessen. Sofort bekomme ich ein schlechtes Gewissen. Ich bin mit ihm hier und küsse den Kerl, dem er vorher fast eine mitgegeben hätte. Mich von Dario und unserer Bank zu verabschieden, fällt mir trotzdem schwer. »Sehe ich vorzeigbar aus?«

Dario kommt zu mir. Er streicht ein paar Strähnen hinter mein Ohr, richtet den Stoff des Kleids an meiner Schulter. »So bezaubernd wie vorher.«

»Und doch um 180 Grad gedreht«, murmle ich und hauche ihm einen Kuss auf die Wange.

Kaum bin ich ein paar Meter gegangen, vibriert mein Handy. Ich ziehe es aus der Tasche meines Kleids, in der auch meine magische Maske steckt. Eine Nachricht. Von Dario. Ein Grinsen springt mir ins Gesicht.

Wollte nur auf Nummer sicher gehen,
dass du nicht die Nummer gewechselt hast.

Lachend drehe ich mich um. Mit der einen Hand in der Hosentasche, die andere mit dem Handy winkend, steht Dario da. Ich winke zurück und drehe mich wieder um. Wenn ich ihn eine Sekunde länger ansehe, kehre ich um. Ich muss mich im Zaum halten, nicht zu hüpfen oder zu rennen, so energiegeladen und vollgepumpt mit Adrenalin bin ich. Ich tippe eine Antwort:

Dass du Typ »Auf Nummer sicher gehen« bist,
hätte ich nicht erwartet.

Dario liest meine Nachricht sofort und antwortet.

Bei dir ab jetzt immer.

Kapitel 26

Sei nett zu einer Hexe!

Etwas nervös stehe ich Samstagnachmittag an der Brücke zum Campo Santa Margherita und warte auf Marco, mit dem ich meine erste offizielle Streife machen soll. Sonnenstrahlen bringen das Wasser im Kanal zum Funkeln und für Anfang November ist die Luft warm. Ein perfekter Tag. Ein Boot biegt auf den Kanal ein und hält direkt vor mir. Marco steht im Führerhäuschen, in einem bunten Seidenhemd unter einer schwarzen Bomberjacke und wie üblich mit einer Sonnenbrille auf der Nase. Neben ihm steht Estelle und an der Reling: Dario. Sofort tanzt alles in mir.

»Einen wunderbaren guten Nachmittag«, begrüßt er mich.

»Hi!« Ich brauche einen Moment, um mich zu sortieren. »Ich dachte, ich bin mit Marco allein.«

Ich springe aufs Boot und bleibe vor Dario stehen. Was gäbe ich darum, ihn zu küssen. Wir haben uns seit dem Ball nicht mehr live gesehen, aber jeden Tag per Videocall telefoniert. So viel gelacht habe ich seit Jahren nicht mehr. Aber das Vibrieren des Bodens unter unseren Füßen erinnert mich daran, dass wir nicht allein sind und dass Marco mit an Bord ist und bereits Gas gibt.

»Ich wollte dich überraschen.«

»Ist dir gelungen.«

»Die *banca* hat bestimmt, dass wir Junioren vorerst nur zu dritt losdürfen. Sicherheitsmaßnahme. Da du noch nicht zählst, war ich so selbstlos.«

»Wie gütig, der Herr. Solange vom Unbekannten jede Spur fehlt, ist das eine gute Idee.«

»Gerne doch. Heute steht außerdem etwas Wichtiges an.«

Estelle taucht an der Kajütentür auf. »Könnt ihr reinkommen? Wir sollten alles durchsprechen.«

»Komm!« Dario lässt mir den Vortritt, aber sofort spüre ich seine Hand in meinem Rücken und seinen Atem an meinem Ohr. Standing Ovations dafür von all meinen Haaren. »Wenn du Zeit und Lust hast, können wir später was zu zweit machen. Marco hat Dienst und ich habe dir doch mal eine magische Kunstsession versprochen«, flüstert er.

»Du hattest mich schon bei ›wenn‹«, erwidere ich leise und verschmitzt und betrete das Führerhäuschen. »Was steht denn so Wichtiges an?«

Gerade biegen wir auf den Canal Grande ab, in Richtung Markusplatz. Ich lehne mich neben Estelle an die Wand und Dario schiebt sich neben mich. Es ist eng in der Kajüte, sodass sich unsere Oberarme berühren. Keine Ahnung, wie ich mich auf unser Vorhaben konzentrieren soll. Aber auch nur einen Millimeter zu rücken, kommt nicht infrage.

»Wir fahren nach Süden, Calle della Toletta.«

Das sagt mir etwas. »Bei mir um die Ecke? Mitten im Studentenviertel?«

»Wahrscheinlich hast du noch nichts von der Legende um den Hexenwecker gehört?«, fragt Estelle.

»Ist das nicht so eine Aberglaubengeschichte? Eine Hexe, die ihr Unwesen in der Calle della Toletta getrieben hat, wurde mit einem Wecker gebannt, oder so.« Obwohl … »Ist an der Geschichte was dran?«

Marco schnaubt und steuert uns an einem Vaporetto, einem Wasserbus, vorbei. Das Date mit dem Wassertornado hat er mir anscheinend noch nicht vergeben.

Estelle verschränkt die Arme. »Du solltest anfangen«, sagt sie und malt zwei Anführungszeichen mit ihren Fingern in die Luft, »Aberglaubengeschichten zu hinterfragen. In Venedig haben die meisten einen wahren Kern, auch die Hexenwecker-Geschichte.«

Dario schaltet sich ein. »Stell dir eine unfassbar starke Hexe vor, die einen Dachschaden hat und manchmal einen auf Jack the Ripper hoch drei macht. Ach so, sie ist auch ziemlich unsterblich.«

Ich suche in Darios Miene nach einem Zeichen dafür, dass er mich verarscht. Fehlanzeige.

Estelle übernimmt wieder. »Der Wecker bannt ihre Kräfte und macht sie zu einer alten Frau mit ein paar Taschenspielertricks. Ohne Wecker? Puh«, Estelle schüttelt sich, »schlechte Idee.«

»Ich glaube, die letzten Jahrhunderte haben sie ziemlich angepisst«, ergänzt Dario.

Bei dem Gedanken, eine so starke Hexe zu treffen, ist mir mulmig zumute. »Stellen wir den Wecker auf Winterzeit um?«

»Wir wechseln den Wecker aus«, antwortet Estelle kühl und wirft Dario, der schmunzelt, einen scharfen Blick zu. »Das ist alles andere als lustig und Anola sollte den Ernst der Lage verstehen.«

Dario salutiert. »Yes, Captain.«

»Der Kapitän bin ich«, fügt Marco trocken hinzu.

Estelle verdreht die Augen. »Ignoriere die beiden einfach. Jedes Jahr muss der Wecker ausgetauscht werden, weil die Hexe die Wecker beschädigt. Wie, wissen wir nicht.«

»Wir wissen es seit Jahrhunderten nicht.« Marco blickt weiter stur geradeaus, als er das sagt. »Ergo wechseln wir ihn aus. Dabei darf nichts schiefgehen.« Jetzt wirft er mir einen Blick zu. In den Gläsern seiner Sonnenbrille sehe ich nur mich. Heute fühle ich mich absolut wohl in meiner Haut, daran kann auch ein griesgrämiger Marco nichts ändern. Ohne eine Miene zu verziehen, richtet Marco seine Aufmerksamkeit wieder auf die Wasserstraße vor uns.

»Eigentlich gibt es nur einen heiklen Moment«, erklärt Dario. »Die Sekunde, in der die Wecker ihren Platz tauschen. Der eine hört auf zu ticken, der andere muss anfangen.«

»Was passiert, wenn es länger dauert als eine Sekunde?«

Marco schaltet sich wieder ein. »Es darf nicht länger dauern.«

»Ooookay …« Wie gut, dass sie einen absoluten Newbie dafür im Boot haben. »Welche Rolle spiele ich dabei?«

»Stress dich nicht«, Dario rempelt mich an, »wir machen die Arbeit, du siehst nur zu.«

So klingt das beruhigender. Während die drei aushandeln, wer was macht, fahren wir in die Kanäle von Dorsoduro ein und ich genieße Darios Nähe. Die Vorstellung, heute Abend wieder mit ihm zusammen zu sein, allein, lässt mich sogar über Marcos schlechte Laune und Estelles Spitzen hinwegträumen. Erst nach dem Anlegen bewege ich mich wieder und löse mich von Dario. Leider. Aber wie zufällig streift meine Hand seine, als wir die Kajüte verlassen. Ups! Sofort sieht Dario mich an. In seinem Blick dasselbe Funkeln, das in meinem Bauch tanzt.

Nach einem kurzen Fußweg stehen wir mit einem Koffer, in den ein Akkordeon passt und den Marco aus dem Inneren des Bootes geholt hat, vor einem unscheinbaren gelben Eckhaus mit einem Kiosk in der unteren Etage. Die Gasse, die hier abzweigt, ist schmal und verschwindet am hinteren Ende in einem Gewirr aus Häusern. Vor dem Kiosk sitzen zwei Männer auf Klappstühlen, Espressotassen in ihren Händen. Der ältere der beiden springt auf, kaum dass wir stehen geblieben sind.

»Die Hüter kommen pünktlich, dass ich das noch erleben darf! Oh!« Bei meinem Anblick stoppt er überrascht. »Eine frische Blume im Garten?«

»Anola«, stellt Estelle mich vor. »Es ist ihre erste Schicht.« Aus ihrem Mund klingt es wie ein Vorwurf, als hätte ich mich nicht beeilt.

Er reicht mir seine Hand und überrascht mich mit einem festen Händedruck, denn er ist eher hager und dürr. »Willkommen. Wer früh lernt, ist reich im Alter.« Dieser Spruch könnte auch von meiner Nonna stammen. »Ich bin Daniele di Castello, Hüter der Hexe. Mein Neffe und Nachfolger, Cem.«

»Nett, Sie kennenzulernen. Sie passen auf die Hexe auf?«

Daniele lacht. »Lektion eins: Eine Hexe ist zu hüten. Sie vor der Welt und uns vor ihr.«

Vielleicht stelle ich ihm Nonna vor. Die beiden wären das perfekte Paar. Er winkt uns mit sich, hinein in die Gasse. Im ersten Stock hängt eine alte Frau Wäsche auf eine Leine.

»Einen wunderschönen Abend«, sagt sie und winkt uns zu. Ihre Stimme ist voll und klingt bei Weitem jünger, als ihre runzelige Haut vermuten lässt.

Ich winke zurück, Daniele und Dario tun es ebenfalls. Cem, Marco und Estelle rühren sich kaum.

»Wo lebt die Hexe?«

Wieder winkt die Frau am Fenster. »Hier. Stets zu Diensten und gelangweilt.«

»Nicht, was du erwartet hast?«, raunt Dario in mein Ohr.

»Absolut nicht«, erwidere ich. Für ihr Alter hat sich die Hexe verdammt gut gehalten.

»Du musst die neue *tutori* sein. Du hast viel Wirbel verursacht, wie man hört.«

Unsicher sehe ich zu Dario, der abwinkt. »Lass sie reden.«

Marco stellt seinen Koffer neben einer an der Wand befestigten Leiter ab. »Ignoriere sie.«

»Das ist unhöflich, mein lieber Marco!«, kommt von oben.

»Woher weiß sie, wer wir sind?«, frage ich leise.

»Gute Ohren«, flötet die Hexe.

»Der Wecker.« Marco deutet auf das Ende der Leiter im ersten Stock. Dort hängt unter einer Glasvitrine ein altmodischer schwarzer Wecker, mit zwei Glocken, links und rechts, die mit einem Metallbügel verbunden sind. Eine Taube gurrt etwas weiter oben auf einer Stromleitung, dreht ihren Kopf interessiert hin und her und ähnelt damit der Hexe, die uns beobachtet.

»Das vermaledeite Ding!«, ruft die Hexe und klingt plötzlich harsch und mordlustig. Ein kaltes Prickeln setzt sich in meinem Nacken fest. Ich schüttle mich, aber das Prickeln bleibt.

»Was du spürst, ist ihre Kraft«, erklärt Daniele mit Sorgenfalten zwischen den Augen.

Ein Lächeln umspielt die Lippen der Hexe, und ich wünschte, nicht mit ihr gesprochen zu haben. Ich schaue zu Marco, der mit Estelle den Weckertausch vornimmt. Dario bleibt als Back-up am Boden bei mir. Weil die drei ihre Masken aufsetzen, hole ich meine hervor und setze sie ebenfalls auf. Sofort verringert sich das Prickeln, als wäre die Maske ein Schutzschild.

Ich trete an Marco heran. »Gibt es einen Notfallplan? Also, jetzt im Ernst.«

»Nein. Im Ernst«, erwidert Estelle statt ihm.

Doch Marco wirft ihr einen Blick zu. »Es gibt eine Art Verwandlungsphase. Wenn etwas schiefläuft, ist die alte Frau dort oben –«

»Alt ist so ein unfreundliches Wort, junger Mann«, ruft die Hexe zu uns herab. »Weise trifft es eher.«

Marco beugt sich über den Koffer. »Die Hexe«, das letzte Wort betont er und von oben kommt ein »Geht doch«, »erlangt nicht augenblicklich ihre vollen Kräfte. Es dauert ein paar Minuten. In denen kann, rein theoretisch, a) der Wecker zum Laufen gebracht werden oder b) Hilfe gerufen werden. Ob die rechtzeitig kommt, steht auf einem anderen Blatt.«

»Wieso machen das drei junge *tutori* und eine Anfängerin und keine Pros?«

»Weil wir drei gut sind«, Estelles Stimme sprüht vor Kälte und Stolz, »sehr gut. Wir haben alle Prüfungen mit Auszeichnung bestanden. Außerdem haben wir das hier schon zweimal gemacht.«

»Die Leiter ist das Problem«, wirft Dario ein und deutet nach oben, als wolle er von Estelles Angeberei ablenken. »Viele *tutori* kommen nicht mehr hoch.«

Marco macht sich am Koffer zu schaffen. »Zu viele Masken sind mit alten Menschen verbunden. Viele schlafen. Zu viele, wenn man die wachsende Flut an magischen Geflüchteten in Betracht zieht. Deshalb brauchen wir alle Neuen so schnell es geht auf der Straße.« Im Koffer liegt derselbe Wecker wie oben im Glaskasten, nur neu und auf Hochglanz poliert. Vorsichtig holt er ihn heraus.

»Wir öffnen den Kasten, mit einem Schlüssel und einer Formula«, erklärt Marco. »Siehst du die Querstange, an der der Wecker hängt? An jedem Ende gibt es eine Halterung für den Wecker. Wir klicken den alten aus und den neuen rein. Gleichzeitig.«

»Ist das der heikle Moment?«

»Richtig.« Marco checkt seine Rolex und blickt dann an der Wand empor. »Die Wecker sind exakt gleich eingestellt und aus denselben Materialien hergestellt. Wir machen das seit Jahrhunderten so.«

»Warum kann man nicht erst den einen Wecker einhängen und den anderen aushängen? Dann gäbe es den heiklen Moment nicht.«

»Weil es so zu einer Art magischem Kurzschluss kommen

würde. Die Wecker sind mit Zaubern versehen. Der neue ist – wenn du willst – voll aufgeladen, während der alte fast leer ist. Was du vorschlägst, würde mit einem leeren und einem vollen Wecker funktionieren, aber das wäre riskanter als ohnehin schon.«

In diesem Moment beugt sich Daniele über meine Schulter und ich zucke zusammen. »Magie ist Magie, keiner weiß, wann Zauber richtig aufgebraucht sind. Also tauschen wir die Wecker jedes Jahr aus.«

»Wer stellt sie her? Ihr oder die *tutori*?«

Danieles abgehacktes Lachen hallt durch die enge Gasse. »Niemand kann das außer den Uhrmachern. Sie verweben Magie mit dem Material der Wecker.«

»Frag nicht, wie das funktioniert«, bittet mich Marco genervt. »Das geben die Uhrmacher nicht preis.«

Dabei hätte ich noch tausend Fragen: Woher kommen die Uhrmacher, sind die Hexen Magier oder Wesen wie die Luftgeister oder Kynos? Fertigen sie nur diese eine Uhr? Verkaufen sie sie ins Ausland? Aber Marco steigt bereits die Leiter hinauf. Estelle folgt ihm auf der gegenüberliegenden Seite.

Dario lässt mit einem »*nascondo*« eine Sichtschutzblase um uns hochgleiten, und Daniele holt einen Schlüssel hervor, der an einer Kette unter seinem Hemd hängt. Er steckt ihn in ein Schloss in der Wand unterhalb des Weckers und dreht ihn. Es klickt. »Bereit!«

»Eine weitere Sicherung für den Wecker«, erklärt Dario, der angespannt nach oben blickt.

»Oh, es beginnt!« Die Stimme der Hexe hallt durch die Gasse. Aufgeregt, schrill und bereit. Für was, möchte ich mir nicht ausmalen.

Marco und Estelle legen ihre Hände auf den Glaskasten. Gemeinsam sagen sie: »*Desigillo!*«

Ein schrilles Lachen dringt an meine Ohren und ich blicke nach oben. Die Hexe lehnt mit dem Oberkörper außerhalb des Fensters, keine zwei Meter von Marco und Estelle entfernt. Die hat es drauf, einem Angst zu machen. Aber weder Marco noch Estelle lassen sich von ihr irritieren. Zumindest wirkt es so. Estelle dreht den kleinen Schlüssel, den sie ins Schloss des Kastens gesteckt hat, und klappt die Vorderseite des Glaskastens nach unten. Die Stange mit den beiden Befestigungen für die Wecker ist jetzt zugänglich. Estelle legt ihre Hände an den alten Wecker. Marco greift ans andere Ende der Stange und hält den Bogen, der die beiden Glocken verbindet, direkt unter die Halterung. Das Lachen der Hexe flammt wieder auf. Stünde ich da oben, wäre ich mit den Nerven am Ende.

»Auf drei«, höre ich Marco sagen.

Estelle bejaht und Marco beginnt zu zählen: »Eins, zwei, drei!« Das Klicken hallt durch die Gasse. Estelle hält den alten Wecker in ihren Händen, Marcos hängt in der Halterung. Erleichtert atme ich auf und auch Estelle und Daniele geben ein leises Seufzen von sich. Nur Marco starrt auf seinen Wecker. Er klopft gegen die Glasscheibe. Seine Stimme klingt schrill. »Das Ding läuft nicht.«

Was immer er noch sagt, es geht im Kreischen der Hexe unter. Wind peitscht durch die Gasse und reißt uns alle von den Füßen, wirbelt Staub und Blätter auf. Meine Haare flattern im Wind. Der schmale Streifen Himmel über uns verdunkelt sich. Und die Hexe schwebt über uns in der Gasse, als gäbe es die Schwerkraft nicht. Sie lacht und lacht, bis meine Ohren klingeln und es sich in die Mitte meines Kopfs geschraubt hat. Eisiges Prickeln breitet sich auf meinem ganzen Körper aus. Ich drehe mich zu Dario um, der neben mir auf dem Bauch liegt. Aber er bewegt sich nicht. Niemand bewegt sich. Warum liegen alle wie festgeklebt auf dem Boden?

Ein Zischen erklingt, ganz klar und deutlich, mitten in meinem Kopf. Es ist die Hexe. »Rache, meine Lieben, endlich! Eure heiß geliebte Stadt wird untergehen! Endlich bin ich frei! Endlich!« Sie seufzt. »Und jetzt: Frühstückszeit. Kommt zu Mami.«

Neben mir löst sich plötzlich Darios Körper vom Boden. Er steigt auf wie ein Heliumballon. Mit aufgerissenen Augen starrt Dario mich an, stumm und voller Schmerz. Es ist, als schwappe sein Schmerz in mich, er nimmt mir die Kraft zu atmen, mich zu bewegen, spült Angst in den letzten Winkel meines Ichs. Auch Cem, Daniele, Estelle und Marco schweben wie Astronauten im Weltall! Ich bin die Einzige, die sich noch frei bewegen kann. Darios Körper dreht sich und unser Blickkontakt bricht ab.

Ich muss etwas tun. Uns bleiben nur ein paar Minuten, um den Wecker zum Laufen zu bekommen. Uns? Mir! Ich sehe hoch zur Leiter. In der aufkommenden Dunkelheit ist er schwer zu erkennen, aber der Wecker hängt noch an seiner Stange, der Glaskasten ist geöffnet. Was, wenn nur ich den Kräften der Hexe entkommen kann, wenn nur ich noch etwas ausrichten kann? Ihr Lachen in meinem Kopf macht mich wahnsinnig. Sie soll aufhören, sofort! Aber nichts passiert. Mit Mühe komme ich auf alle viere. Es gibt nur noch mich. In Zeitlupe krabble ich zur Leiter, stemme mich gegen den Wind und bekomme die Leiter zu fassen. Sprosse für Sprosse schiebe ich mich die Leiter empor. Zu langsam, viel zu langsam. Angst schnürt mir die Kehle zu. Die anderen schweben mittlerweile in Reih und Glied vor der Hexe. Die Hexe … Sie ist gewachsen. Ich zwinge meinen Blick zum Wecker. Schaffe die letzten Sprossen. Endlich erkenne ich die Zeiger des Weckers. Sie stehen still. Ich klopfe gegen die Scheibe. Nichts. Dann hämmere ich gegen die Seiten. Wieder nichts. Tränen steigen mir in die Augen. Kann nicht jemand anders sich um diesen Mist kümmern?!

Unter meinen Fingern spüre ich, wie die Magie im Wecker vibriert. Wie ein gespanntes Gummiband, das festhängt, obwohl es losspringen will. Über mir donnert es, und ein Blitz erhellt die Gasse, schlägt in den Boden ein. Mein Herz hämmert und die erste Träne läuft über meine Wange. Das Lachen der Hexe wird immer hysterischer, und ein erneuter Blitz zeigt, dass ich nicht mehr viel Zeit habe: Die Hexe hat sich verwandelt, in eine riesige Schlange mit Löwenkopf. Sie fletscht die Zähne. Die anderen hängen reglos vor ihr. Mir läuft die Zeit davon! Ich reiße meinen Blick von ihr los. Blut rauscht durch meine Adern, und die Magie darin singt vor Spannung, umtanzt von Panik, ich bekomme sie kaum zu fassen. Ich zwinge mich, tief durchzuatmen. Als es mir gelingt, das Vibrieren zu orten, lache ich auf. Endlich! »Bring den Wecker zum Laufen!«, brülle ich über den Lärm hinweg. Ein Ruck geht durch meinen Körper und meine Hände verkrampfen sich. In mir kribbelt es, als hätte mich der Blitz getroffen. Magie fließt von meinen Fingern und aus der Umgebung in den Wecker. Der Widerstand im Inneren leistet kurz Gegenwehr, dann, endlich, endlich zuckt der Sekundenzeiger nach vorne! Einmal, zweimal, dreimal.

Plötzlich herrscht wieder besinnliche Abendstimmung in der Gasse. Sofort sehe ich zu Dario und den anderen, die auf den Boden krachen. Aber Dario regt sich, genau wie die anderen. Ein Schluchzen hallt durch die Gasse. Meins. Tränen strömen über meine Wangen. Heiß und lebendig. Und ich sacke auf der Leiter zusammen.

Am Fenster auf meiner Höhe steht die Hexe, wieder in Form einer alten Frau. Auch sie hat Tränen in den Augen und blickt mich direkt an. »Sie kann etwas, sie kann etwas!«, kreischt sie wieder und wieder. Dieses Mal außerhalb meines Kopfes. Als sie endlich vom Fenster verschwindet und ihr Gekreische nur noch leise zu hören ist, bin ich erleichtert.

Unten an der Leiter taucht Marco auf. Staubig und dreckig. Etwas muss seine Wange gestreift haben, er blutet. »Was ist passiert?«

»Die Hexe, der Wecker, ich …« Ich muss mich zum Durchatmen zwingen. Langsam, mit wackligen Knien kämpfe ich mich die Leiter hinab.

»Was hast du getan?« Durchdringend sieht er mich an.

»Nichts.«

»Nichts?« Marcos Augen weiten sich. Er deutet auf den Himmel, dann auf das Fenster, an dem die Hexe stand. »Das ist nichts?«

»Eine Formula, aus einem der Bücher, ich …« Mein Gestammel ist absolut nicht gespielt. Noch mehr Tränen strömen über meine Wangen.

»Welche?« Marcos Augen verengen sich.

»Keine Ahnung, ich war etwas gestresst«, gebe ich scharf zurück. »Wenn du eine Formula für ›Lauf, du Scheißding, und sorge dafür, dass wir nicht sterben!‹ kennst, dann die.«

Dario rettet mich vor weiterem Gefasel. Plötzlich steht er vor uns und zieht Marco in den einen Arm, mich in den anderen. »Alles okay bei euch?«

Wir beide nicken, und Dario schnauft erleichtert durch, blickt von einem zum anderen, als könne er sich nicht entscheiden, wen er fester halten soll. »Gut. Gut … Was ist passiert?«

Daniele kommt zu uns und reibt sich den Nacken. Auch er ist blass, aus einer Wunde am Oberarm strömt Blut. »Der Wecker muss eine Fehlfunktion gehabt haben. Ich erinnere mich nur noch daran, dass ich mich von einer Sekunde zur nächsten am Boden befand, dann in der Luft. An Lachen und Gekreische. Dann war alles wieder vorbei.«

Die anderen nicken, also mache ich das auch.

»Wieso läuft der Wecker jetzt?«, fragt Estelle und alle sehen mich an.

»Ich weiß es nicht, ich war da oben und habe irgendwas gemacht. Ich …« Wieder steigen Tränen in meine Augen. Ob vor Erleichterung oder Angst, weiß ich nicht.

»Was hast du da oben gemacht?« Marco lässt nicht locker.

»Weiß ich nicht! Vielleicht habe ich fester auf das Ding geklopft als du?«

»So ein Unsinn!«, zischt Marco.

Dieses Mal schnaube ich. »Dir wäre es auch nicht recht, wenn ich die Klimaerwärmung aufhalten würde, oder?«

»Beruhigt euch!« Daniele drückt Marcos Schulter. »Die Hexe ist erst in ihrer wahren Gestalt im Vollbesitz ihrer Kräfte. Bis dahin muss sie haushalten. Sie hat sich auf diejenigen von uns konzentriert, die in ihren Augen die größte Gefahr darstellten. Dass sie Anola nicht dazugezählt hat, ist unser Glück.«

»Dann hat sie sich einfach verrechnet?« Marco fasst zusammen, was mir den Kragen rettet. Denn ich bin mir sicher: Sie hat sich nicht verrechnet. Sie hat nur nicht damit gerechnet, dass ich eine Magierin bin. Ich muss vorsichtiger werden, viel vorsichtiger. Aber was mir noch wichtiger vorkommt: Warum hat der Wecker, das erste Mal seit Jahrhunderten, nicht funktioniert? Das kann kein Zufall sein.

»Die Hexe ist gehütet. Das ist, was zählt.« Daniele reibt mir über den Rücken. »Wir müssen die Uhrmacher holen. Sie müssen den Wecker überprüfen. Sofort.«

Bewegung kommt in die Gruppe. Sowohl Cem als auch Estelle klemmen sich an ihre Telefone. Dario versiegelt den Weckerkasten. Kurz darauf sind Sirenen zu hören. Gut zehn *tutori* strömen in die Gasse, unter ihnen Vit und Luca, die mit erschrockenen Gesichtern unserer Geschichte lauschen. Währenddessen wirft mir Luca einen fragenden Blick zu und ich lächle. Alles gut, soll das heißen. Die Spur eines Lächelns zuckt über sein Gesicht, dann richtet er seine Aufmerksamkeit wieder auf Daniele. Keiner stellt Danieles Interpretation der Dinge infrage. Mir rutscht eine Steinlawine vom Herzen, die den Pegel der Lagune um einen Meter steigen lassen könnte.

Luca ergreift als Erstes das Wort. Im Trubel, der um uns herrscht, tut es gut, so einem Ruhepol ins Gesicht zu sehen. »Wo ist die Hexe jetzt?«

Daniele deutet hoch zum ersten Stock. »Wie immer.«

»Danke.« Luca dreht sich zu Vit und uns um. »Ich rede mit ihr und danach mit den Anwohnern. Oder meinst du, ich soll mir zuerst die Uhrmacher vorknöpfen?«

Vit winkt ab. »Du kannst nicht alles übernehmen. Die Uhrmacher übernehme ich.«

»Rein theoretisch fallen sie in meinen Bereich.«

»Mich interessiert brennend, wie das passieren konnte. Ich mache das.«

Gelassen nimmt Luca Vits Entscheidung zur Kenntnis und verschwindet im Hauseingang.

Vit kommt zu mir. »Geht es dir gut?«

»Mir geht es bestens. Die anderen haben die volle Breitseite abbekommen.« Meine Knie wackeln nur aus Angst, dass ich auffliege, lieber Onkel und Vorstand der *tutori.* Zum ersten Mal verstehe ich Caras Bedenken voll und ganz. Wenn ich diese abgefahrene Hexe im Zaum halten kann, was kann ich noch? Bedrohung ist Bedrohung, egal, in welcher Form. Und Onkel ist nicht gleich Vertreter der *tutori.* Ich hasse mich für die Sicherheitszone, die ich zwischen mir und Vit in diesem Moment errichte. »Warum kümmert sich Luca um die Hexe?«, frage ich, um das Thema umzulenken.

»Er fungiert als Verbindungsoffizier zu den *liberi.*« Vits Blick schweift über die Gasse. Überall liegt der Müll, der eben durch die Luft geflogen ist.

»Ich dachte, das macht Casius?«

»Macht er auch. Luca ist unser Mann dabei.« Dieses Mal lenkt Vit vom Thema weg. »Du hast gut reagiert. Und du, Marco, machst dich auf ins Hotel Sara. Du bist verletzt.«

»Das ist nichts.« Er wischt sich mit einem Taschentuch, das schon voller Blut ist, über die Wange. Estelle reicht ihm ein zweites, das er verärgert annimmt. »Ich bin für die Wache an der Chiesa di San Pietro di Castello eingeteilt.«

»Die übernehme ich«, mischt sich Dario ein. »Bitte lass dich durchchecken. Ich bringe dich ins Hotel Sara und fahre direkt weiter.«

»Ihr lasst euch alle durchchecken. Die Wache übernimmt jemand anders.«

Marco knurrt etwas Unverständliches, erhebt aber keine Einwände. Es muss ihm dreckig gehen.

Auch im Boot sitzt Marco still in der Kajüte, eine Flasche Sprudelwasser in der Hand, die Dario aus dem Kühlschrank geholt hat und die er sich an seine Schläfe drückt. Estelle lehnt draußen an der Reling. Sie ist kalkweiß im Gesicht. Ich lehne neben dem Steuerpult, neben Dario, der jetzt das Boot in Richtung Rialto steuert, und sehe zu, wie die Sonne Venedig strahlen lässt. Mit jedem Meter, den wir uns von der Calle della Toletta entfernen, kommt mir das Geschehene immer mehr wie ein Traum vor. Ein dunkler, windiger Albtraum.

»Tut mir leid, Anola.«

Nicht nur mein Kopf wirbelt zu Marco herum, sondern auch der von Dario.

»Ich habe keine Ahnung, was da eben passiert ist, und ich schätze, ich habe in dir die Schuldige gesucht. Das war unfair.«

»Ähm …« Unsicher sehe ich zu Dario, der zwar wieder nach vorne sieht, aber grinst. »Danke. Ich weiß, dass dir das nicht leichtfällt.«

Da passiert es: Marco lächelt. Mit dem Mund, den Augen, mit allem. Wir sehen uns für ein paar Sekunden an, bevor Marco den Blickkontakt abbricht. Mein Herz flattert wild. Das war gut. Das war … Verstohlen werfe ich Marco noch einen Blick zu. Mit geschlossenen Augen hängt er in der Bank. Was ein Schlag auf den Kopf alles bewirken kann. Von mir aus können noch ein paar kommen, denn gegen einen Bruder hätte ich absolut gar nichts.

Kapitel 27

Vielleicht.

Sehr viel später, als es bereits dunkel wird, komme ich aus dem Hotel Sara. Bis auf die Angst, die mir in den Knochen steckt, bin ich ohne Blessuren davongekommen. Marco muss noch länger bleiben, Estelle und Dario konnten bereits vor einer Weile gehen. Trotzdem lehnt Dario neben der Eingangstür, als ich aus dem Hotel komme.

»Wartest du auf mich?«, frage ich etwas zu atemlos für den Teil meines Verstands, der absolut nicht auf Kitsch steht.

Sein Lächeln schickt den Teil in die Schweigeecke. »Ich dachte, wir könnten den Abend noch nutzen. Lust auf Pizza?«

Während mein Inneres bereits eine Party feiert, versuche ich, cool zu bleiben. »Da musst du nicht zweimal fragen. Ich verhungere.«

Erst als wir mit dem Boot ablegen, wage ich es, Dario näher zu kommen und greife seine Hand. Mit einem Lächeln zieht er mich an sich und küsst mich auf die Stirn. Eine simple Geste, die sich wie das Glück der Welt anfühlt. Ich umarme ihn und sauge seinen

Duft ein. Darauf habe ich gewartet. Nur weil Dario unser Boot sicher steuern muss, verkneife ich mir, ihn zu küssen.

»Geht es dir wirklich gut?« Er sieht kurz zu mir, als wolle er sich vergewissern, dass ich tatsächlich da bin, bevor er sich wieder dem Schiffsverkehr widmet.

»Spätestens jetzt ist alles in Ordnung«, lüge ich, denn ich bin ausgelaugt und müde.

»Das war irre.« Dario zieht mich näher. »Seit Jahrhunderten wechseln wir den Wecker, jedes Jahr ohne Probleme.«

»Mir kommt es vor, als häufen sich die Dinge, die Venedig ins Niemandsland befördern wollen.«

»Was du in den letzten zwei Monaten erlebt hast, haben die *tutori* in den letzten 200 Jahren nicht gesehen. Es ist zu viel, alles.«

»Es kann kein Zufall sein.«

»Richtig.« Ein Schauer geht durch Dario.

»Wieso ist die Hexe in Venedig? Jemand, der Schutz braucht, sieht anders aus.«

»Sie kam als Geflüchtete, damals, als es noch stärkere magische Wesen als sie gab. Sie ist geblieben, ihre Kräfte haben sich regeneriert, verstärkt, vielleicht sogar mit der Lichtmagie der Lagune verbunden, keiner weiß es so genau. Als sie anfing, Menschen, *liberi* und Tiere zu schädigen, haben wir das getan, wozu es uns gibt: die Schwachen und den Ort, an dem sie in Freiheit leben können, schützen. Es blieb uns nichts anderes übrig, sie wollte Venedig nicht verlassen. Wer weiß, was sie gefürchtet hat.« Dario zieht mich vor sich. Sein Körper liegt eng an meinem, ich spüre, wie er atmet, wie sein Herz schlägt, genauso schnell wie meins. Vor Aufregung bekomme ich kaum noch Luft. Seine Augen funkeln, als er zu mir herabsieht. »Danke für deinen Einsatz, Superheldin Anola.«

»Stets gerne. Die Rechnung kommt später.« Ich werde wieder ernst. »Meinst du, das hängt mit dem Unbekannten zusammen?«

Eine Wolke schiebt sich vor Darios Gesicht. »Möglich, aber

gleichzeitig unterscheidet sich das heute so sehr von den Attacken mit dem Magieentzug.«

Ein Kribbeln huscht durch mich. Wenn nicht jetzt, wann dann? »Wisst ihr, also du und Marco, mehr darüber? Wieso habe ich bei Signora Lupa spionieren müssen? Ich sehe euch tuscheln, und als Marco Papa erwähnt hat –«

»Marco hat fixe Ideen wie Sand am Meer. Was ihm im Kopf umgeht, hat nichts mit den Attacken zu tun.«

Etwas in mir möchte ihm glauben, aber mein Bauchgefühl ist skeptisch. Als spüre Dario meine Unsicherheit, beugt er sich zu mir und küsst mich. Kaum berühren sich unsere Lippen, brennt ein Freuden-Molotow in mir ab und ich vergesse jeden Gedanken. Unser Kuss dauert viel zu kurz. Dario muss wieder nach vorne sehen, aufs Wasser. Ich schmiege mich an ihn, schiebe meine Hände unter seine Jacke. Darios Hand streicht über meinen Rücken. »Wo fahren wir eigentlich hin?«

Er zieht sein Smartphone aus der Jackentasche. »Sag mir zuerst, welche Pizza du willst, dann bestelle ich sie und zeige dir den perfekten Ort, um sie zu essen.«

Eine halbe Stunde später duftet es nach geschmolzenem Käse in der Kajüte und wir sausen mit dem Boot über das Wasser der Lagune. Der Sternenhimmel über uns und die golden leuchtende Silhouette der Stadt mit ihren Türmen, Dächern und Kirchenkuppeln am Horizont. Erst als wir langsamer werden, verrät Dario, wo wir sind. »Wir ankern vor der Isola di Tessera, im Norden der Stadt. Vor ein paar Jahren wurde die Insel versteigert, seitdem wohnt da niemand mehr. Nur ein paar alte Festungsmauern und wir.« Er deutet nach oben. »Von hier aus sieht man die Sterne besser als in der Stadt.«

Nachts war ich noch nie auf dem Wasser. Tatsächlich funkeln Abertausende Sterne am tiefschwarzen Himmel um die Wette. »Dann hast du Gefallen an der Astronomie gefunden?«

»Ich hatte eine sehr interessante erste Stunde und wollte meine Kenntnisse vertiefen.«

»Vertiefen, aha.« Ich muss lachen. »Deine Doppeldeutigkeit bringt mich um den letzten Nerv.«

Sofort wird Dario ernst. Er schaltet den Motor aus und zieht mich an sich. Sanft streicht er eine Strähne aus meinem Gesicht. »Wir werden heute nichts machen, was nicht woanders besser aufgehoben wäre. Ich verschweige allerdings nicht, dass ich dir gerne etwas näher wäre als bisher.« Er seufzt. »Es tut mir leid, dass ich bisher so wenig Zeit hatte. Gerade ist es irgendwie verrückt. Uni, *tutori* …« Er schweigt, als wolle er noch etwas hinzufügen. »Ich hoffe, es wird einfacher.«

Erleichtert atme ich auf. Auch ihm gefällt die Situation so nicht. »Lass uns heute Nacht einfach alles vergessen. Nur wir beide. Pizza. Meer. Sterne. Es langsam angehen zu lassen, finde ich gut.« Dann küssen wir uns. Ein erstes Mal. Ein zweites Mal. Ein drittes Mal.

»Der Anker«, sagt Dario heiser. »Und die Pizza.«

»Safety und Hunger first. Guter Mann.« Trotzdem küsse ich ihn ein viertes Mal, und erst als Dario mich an sich ziehen will, um mich fester zu küssen, löse ich mich von ihm. »Der Anker.«

Gemeinsam setzen wir den Anker und machen es uns mit ein paar Decken und Kissen gemütlich. Doch von der Pizza oder dem Sternenhimmel bekommen wir nichts mit. Kaum sitzen wir auf der Decke, greift Dario nach meiner Hand und zieht mich zu sich unter eine Decke, in seinen Arm. Er beginnt, meine Fingerspitzen zu küssen, macht mit meiner Handfläche weiter, schließlich spüre ich ihn an meinem Hals. Jeder Kuss glüht nach, lässt die Ungeduld in mir wachsen. Ich will ihn spüren, überall, aber Dario hat es nicht eilig. Er küsst meine Schläfe, meine Wangen und endlich – endlich! – küsst er meine Lippen. Seine Zunge wandert über meine Oberlippe, dann über meine Unterlippe. Jedes Mal, wenn ich versuche, seine Zungenspitze mit meiner zu berühren, zuckt er zurück. Ein ungeduldiges Stöhnen bricht aus mir, als er es wieder tut. »Als ich sagte, langsam angehen, meinte ich nicht soooo langsam«, flüstere ich heiser und ziehe ihn an mich.

Als Antwort küsst er mich wieder auf die Wange, aber seine Hand wandert von meinem Rücken an meine Hüfte, zupft an meinem Shirt, zieht es aus meiner Jeans. Seine Finger fahren den Bund meiner Jeans nach, streifen dabei wieder und wieder meine Haut. Kurz, zu kurz. Seine zarten, fluchtartigen Berührungen bringen mich um den Verstand. Jede Bewegung, die er macht, hallt in mir nach, wie ein Echo, nur dass ein normales Echo schwächer wird und nicht stärker. Ob es ihm auch so geht? Mit meinen Lippen streiche ich von seinem Ohr zum Kinn. Gleichzeitig fahre ich mit meinen Fingern seine Wirbelsäule nach, bis ich seinen Gürtel spüre. Langsam schiebe ich sein Shirt hoch. Seine Haut glüht. Für einen Moment friert Dario ein und drückt sein Gesicht an meinen Hals, wartet ab. Langsam, nur mit der Spitze meines Zeigefingers streife ich über seine Haut, am Gürtel entlang von seiner Wirbelsäule nach vorne. Streife seinen Hüftknochen, feine Haare. Da stöhnt Dario auf. Mit einem Ruck, der das Boot zum Schwanken bringt, liege ich auf dem Rücken und Dario auf mir. Eine Sekunde lang sehen wir uns in die Augen. Sein Blick reicht mir, um meine Beine um seine Hüfte zu schlingen. Ein Seufzer schält sich heiser aus meiner Kehle. Ich greife in seine Haare und ziehe ihn zu mir herunter. Dario legt seine Hand in meinen Nacken und hält mich fest. Unsere Lippen finden sich, dann unsere Zungenspitzen. Die Welt könnte untergehen und mir wäre es egal. Alles, was ich will, ist hier auf diesem Boot.

Als ich wach werde, steht die Sonne schon ein Stück weit über uns.

Uns.

Wir.

Mein Blick fällt auf Dario und mein Herz hopst aufgeregt los. In eine Decke gehüllt, die Arme um mich geschlungen, sein Gesicht keine fünf Zentimeter von meinem entfernt. Das Boot schaukelt sanft und ich könnte glatt wieder einschlafen. Die Luft ist kalt, aber unter unseren Decken ist es kuschelig warm. Das hier darf für immer und ewig dauern. Arm in Arm haben wir beobachtet, wie die ersten goldenen Sonnenstrahlen das Meer küssen. Etwas, das ich mein Leben lang nicht mehr vergessen werde, denn es war perfekt. Arm in Arm mit Dario! Die Weite der Lagune, ihre Stille und Ruhe, aber mit der Kraft der Magie aufgeladen. Dann müssen wir eingeschlafen sein. Ich muss lachen und Dario regt sich neben mir. Er öffnet die Augen, und sofort taucht ein Strahlen in seinem Gesicht auf, das dem der aufgehenden Sonne in nichts nachsteht.

»Guten Morgen«, murmelt er und küsst mich sanft.

»Guten Morgen«, erwidere ich und kuschle mich an ihn.

»Wie spät ist es?« Dario tastet nach seinem Handy.

Dass sich vielleicht doch nicht alles, was ich will, auf dem Meer und in diesem Boot befindet, stelle ich fest, als ich aufs Display gucke. 9:51 Uhr. »Shit.« Mir wird heiß und dann kalt. »Die Abgabe des Maskenkonzepts.«

Dario setzt sich auf und reibt sich die Augen. »Wann ist die?«

»Um halb 11.«

»Fuck.« Sofort springt er auf und macht sich daran, den Anker zu lichten. »Wo hast du die Unterlagen?«

»Zu Hause.« Wie zu Eis erstarrt, starre ich auf die Skyline von Venedig. Sie ist so weit weg. »Wie lange brauchen wir zurück?«

»Wenn wir Gas geben, 30 Minuten.«

»Plus die Zeit, die wir zu mir brauchen. Plus die Zeit bis zur Schule …« Das ist viel zu lang. Das darf nicht wahr sein! Wie konnte ich das nur vergessen? Seitdem ich vom Ball erfahren habe, bin ich wild entschlossen, ein Konzept einzureichen.

Dario springt schon in die Kajüte, als ich auf die Beine komme, und startet den Motor. Er lässt ihn aufheulen und wir schießen über die glatte Meeresoberfläche. Ich zücke mein Handy und suche Caras Nummer. Aber sooft ich es versuche, sie antwortet nicht. Kein Wunder. Anders als die Masken AG arbeitet die Technik AG zusammen an einem gemeinsamen Konzept für Sound und Licht. Sie schläft sicher noch. Keine Panik, bleib ruhig. Aber als ich es bei Tessa versuche, verschwindet mein Empfang.

»Hast du Empfang?«, rufe ich in die Kajüte.

»Nein.«

Natürlich nicht. »Das darf doch nicht wahr sein!« Ich ärgere mich so sehr, dass ich nicht imstande bin, irgendetwas zu tun. Irgendwann beugt sich Dario aus der Kajüte und zieht mich zu sich. »Du gibst dein Konzept ab.«

»Du kennst Estelle und Marco.« Die beiden nehmen die Konzepte heute entgegen. »Wer zu spät ist, hat es vergeigt.«

Weil Dario nichts erwidert, weiß ich, dass ich geliefert bin. Ich fange an zu fluchen und erst eine ganze Weile später höre ich wieder auf und sinke auf die Bank hinter Dario.

»Es tut mir leid«, sagt Dario dann.

»Ist nicht dein Fehler. Nachdenken wäre eine gute Idee gewesen. Ich hätte es auf dem Schirm haben müssen.« Ich beobachte Dario, wie er das Boot nach rechts steuert. »Wenigstens ist der Grund, warum ich es vergessen habe, ein guter.«

»Und heiß und sexy und nett und charmant und bald ein guter Sternenleser.«

Zwar bringt Dario mich zum Lachen, aber der Ärger bleibt.

Viel zu spät renne ich in die Kleine Aula, wo alle ihre Konzepte vorgestellt haben. Aus der Masken AG ist keiner mehr da. Nur Marco und Estelle, die einen Beamer in den dafür vorgesehenen Schrank räumen. Auf dem Tisch vor ihnen liegen Mappen. Die Konzepte der anderen.

Estelle sieht nur kurz auf, als ich in den Saal stolpere. »Wir sind durch, Anola. Tut mir leid.«

Marco, der mich erst jetzt bemerkt, dreht sich zu mir um. Die Wunde unter seinem Auge wurde genäht und blaue Flecken zieren die Gesichtshälfte. Bevor er etwas sagen kann, nicke ich ihm zu. »Alles okay bei dir?«

»Nichts, was nicht heilt.« Dann sieht er zu Estelle. »Du bist zu spät.«

»Ich weiß, ich habe verschlafen. Ich habe alles hier! Kann ich nicht doch no-«

»Wer sich nicht an die Vorgaben hält, ist raus«, schneidet Estelle mir das Wort ab.

»Bitte«, flehe ich und komme mir echt schäbig dabei vor.

Estelle seufzt mitleidig und beginnt, die Mappen in eine Stofftasche zu packen. Obwohl es mein Fehler ist, könnte ich sie gerade pulverisieren. Nur ein Wörtchen, und – zack – Estelle ist weg. Erschrocken atme ich ein. Was war das bitte für ein Gedanke?!

Marco legt den Kopf schief. »Trägst du dieselben Klamotten wie gestern?«

»Ähm, ja …« Hitze steigt in meine Wangen. »Ich war total erledigt und … eins kam zum anderen …«

Marcos Blick bohrt sich in mich, aber ich halte ihm stand. »Wir sollten uns ihr Konzept ansehen.«

Sowohl Estelle als auch ich schnappen nach Luft.

»Sie ist zu spät«, beharrt Estelle. »Wir hatten uns darauf geeinigt, dass wir strikt sind. Damit es funktioniert.«

»Anola hat uns gestern den Arsch gerettet. Und sie ist gut.«

Überrascht hebe ich die Augenbrauen. Ist das sein Ernst oder hat Marco eine Gehirnerschütterung?

Aber Marco hat nur Augen für Estelle, die schließlich unter seinem Blick einbricht. »Na gut. Aber den Beamer hole ich nicht noch mal raus.«

»Kein Problem«, sage ich, hole den Laptop aus meinem Rucksack und klappe ihn auf. »Ich zeige euch alles darauf.«

Ich kann mein Glück nicht fassen. Schnell werfe ich Marco einen dankbaren Blick zu, mache mich aber sofort daran, meine Präsentation aufzurufen. Estelle und Marco ziehen zwei Stühle heran und setzen sich. Während Marco interessiert zuhört, lauscht Estelle eher widerwillig. Aber als ich ihnen die ersten Masken zeige, lehnt sie sich nach vorne und sieht sie sich genauer an.

Als ich fertig bin, fühle ich mich um 200 Kilo leichter. Mindestens. »Danke, dass ihr eine Ausnahme gemacht habt.«

Estelle atmet genervt durch und deutet auf den Stapel mit den Konzepten. »Leg es schon drauf!«

Grinsend mache ich das. Es hat geklappt! Dank Marco! Ob er eine Umarmung aushält? Mir ist nach einer. Estelle steckt die Konzepte in ihre Stofftasche, und Marco winkt mich zu einem Tisch an der Seite der Aula, wo seine Tasche liegt. Als ich neben ihm stehe, zieht er etwas daraus hervor. »Hier. Deal ist Deal.«

Mein Skizzenbuch liegt in seiner Hand. Ich muss schlucken. Vorsichtig nehme ich es und drücke es fest an mich. »Danke, dass du ein Wort bei Estelle für mich eingelegt hast. Das habe ich nicht erwartet.«

»Du bist wirklich gut.« Er deutet auf das Skizzenbuch. »Ich war so frei und habe durchgeblättert. Auch deine Entwürfe für den Ball, die ich letztens bei dir gesehen habe, waren gut. Es wäre schade, wenn sie nicht ins Rennen gehen.«

»Ich …« Fassungslos schaue ich ihn an. Nach der kurzen Nacht, nach all den Hochs und Tiefs der letzten 24 Stunden könnte ich heulen. Aber ich blinzle die Tränen weg. »Es bedeutet mir wirklich viel, dass du das sagst.«

Marco nickt und beschäftigt sich dann mit dem Gurt seiner Tasche. »Erwarte aber nicht, dass du deshalb in Mathe nicht besser werden musst. Auch wenn du irgendwann Vits Laden übernimmst.«

Er meint das ernst, das sehe ich ihm an. Ohne nachzudenken, umarme ich ihn. Kurz und fest. »Danke. Ich schwöre, dass ich Mathe büffeln werde.«

Marco macht einen Schritt von mir weg. »Wir fangen nächste Woche mit der Nachbetreuung an. Dann kannst du dein Versprechen einlösen.«

»Okay, Bruderherz.« Oh. Das kam schneller über meine Lippen, als dass ich hatte nachdenken können.

Überrascht sieht mich Marco an. Dann lacht er, schüttelt den Kopf und wendet sich zum Gehen. »Wir sehen uns am Mittwoch.«

»Mittwoch?«

Marco bleibt stehen und dreht sich zu mir um. »Du solltest deine Mails öfter checken, Schwesterherz.« Das letzte Wörtchen betont er, aber es klingt weder fies noch ironisch. Damit kann ich leben. »Am Mittwoch kommst du mit uns zu einem Ritual der *liberi*.«

»Uns?« Mein Herz schlägt schneller.

»Die übliche Truppe: Estelle, Dario, meine Wenigkeit. Zieh dich warm an. Wir werden den ganzen Abend draußen sein.«

»Mach ich. Hab einen schönen Restsonntag.«

Erstaunen tritt in Marcos Gesicht. »Du auch.«

Ich schwebe förmlich aus dem Palazzo, hinein nach Venedig, treibe durch die Gassen und über die Plätze. Mit jedem Schritt steigt mehr Ruhe in mir auf. Ich bin angekommen, endlich. Dass Marco beginnt, mich wahrzunehmen als jemanden, der mehr als einen Blick wert ist, macht mich glücklicher, als ich es für möglich gehalten habe. Vielleicht ist die Option »Marco und Anola kommen klar« nicht so unwahrscheinlich, wie ich gedacht habe. Vielleicht schaffen wir es, auf einer Ebene klarzukommen, die Dario und mich nicht mehr unmöglich macht. Vielleicht könnte der Umzug hierher wirklich die beste Option für mich gewesen sein. Bin ich es Papa nicht schuldig, es zumindest mit Marco zu versuchen? Egal, was vorgefallen ist? Vielleicht, wenn ich Marco besser kenne, vielleicht verstehe ich ihn dann, kann ihm irgendwann verzeihen, wie er mit Mama und mir umgeht. Vielleicht denke ich aber zu viel nach und sollte stattdessen den Tag genießen und die »Vielleichts« in den Feierabend schicken. Oder Dario anrufen.

Kapitel 28

Feuer am Ende des Tunnels.

Weil Dario mit den Extraschichten bei den *tutori* und einer Kursarbeit, bei der er hinterherhinkt, voll beschäftigt ist, sehen wir uns erst am Mittwochabend, zu unserem gemeinsamen Dienst. Langsam frage ich mich, ob das jetzt immer so laufen soll. Zeit miteinander zu verbringen, sieht für mich anders aus. Als der Frust über diese Situation sich aus meinem Inneren zu schälen versucht, atme ich tief durch. Es wird besser und einfacher. Da bin ich mir sicher.

Selbst Marco ist gut gelaunt, als wir uns an einem Tor zum Areal des Echten Marktes treffen, das ich heute zum ersten Mal benutze. Estelle dagegen gibt wie immer die Musterschülerin. Beim Spielchen »Good and bad Cop« wäre sie definitiv Letzteres und CSI-megamäßig erfolgreich.

Dario begrüßt mich mit einem Rempeln, während wir gemeinsam durch das Tor treten. »Na?«

Dass ich so etwas mal genießen würde, hätte ich vor einem Jahr nicht gedacht. Jetzt versuche ich, nicht allzu verliebt zu strahlen, und remple stattdessen unsanft zurück. »Na?«

Ihn nur so kurz zu berühren, macht mich wahnsinnig. Mein Blick bleibt an seinen Lippen hängen und in meinem Bauch kribbelt es übertrieben stark. Schnell sehe ich weg und nicke zum Platz vor uns, auf dem sich die Menschen und die *liberi* drängen. Auf der einen Seite des Platzes bildet ein Kanal einen See, in dem eine Bühne aufgebaut ist. Auf ihr brennen Fackeln, wie auch überall sonst auf dem Platz. Die Mauern der umgebenden Häuser strahlen orange-gelb im zuckenden Feuerschein.

»So ein Ritual habe ich mir weniger wie ein Volksfest vorgestellt.« Der Lärmpegel ist so hoch, dass ich fast rufen muss. »Was sehen wir uns an?«

Estelle straft mich mit einem Das-hier-ist-Arbeit-kein-Spaß-Blick. »Wir sehen es uns nicht an, wir beaufsichtigen es.«

»Was Estelle meint«, schaltet sich Dario ein, während wir uns in Richtung Bühne schieben, »wir wohnen dem Ritual bei und sorgen dafür, dass es keinen Streit gibt. Es gibt auch ruhige und feierliche Rituale. Die der Lagunen-Piraten sind das genaue Gegenteil davon und sehr beliebt.«

»Sie sind Angeber«, wirft Marco ein, während er die Menge scannt. »Sie lieben ihr Feuerfest.«

»Lagunen-Piraten? Wie in ›Hey, ho, macht die Leinen los, arrrrr‹?«

Dario und – zu meiner Überraschung – Marco lachen. »Eigentlich stammen sie aus der Karibik. Sie können jedes Schiff aufspüren«, erklärt Dario, »von dem sie einen Gegenstand in ihren Händen halten. Venedig fand es besser, sie hier in Sicherheit zu wissen, anstatt ihre Handelsschiffe von ihnen ausrauben zu lassen. Für Venedig stand einiges auf dem Spiel, es gab nur den Handel, um Geld in die Stadt zu bringen.«

»Gelten die Lagunen-Piraten dann als Geflüchtete?«, frage ich.

»Auslegungssache. Heute fänden sie sicher keinen Platz bei uns.« Marco zuckt mit den Schultern und deutet auf eine Stelle in der Menge.

»Klingt nicht, als hätten sie eine Wahl gehabt.« Auch ich blicke in die Menge, entdecke aber niemanden, der wie ein Pirat aussieht. Hätte ich allerdings gewusst, dass es einen orange-roten Dresscode gibt, wäre ich vielleicht von meinem üblichen Schwarz abgewichen. Marco trägt enge rote Hosen und Estelle einen orangen Schal. Nur Dario trägt Blau, Jeans und eine Jacke.

Marco hört mich gar nicht. Er schiebt sich in Richtung Bühne und wir folgen ihm. Für eine Sekunde streift Darios Hand die meine, und er wirft mir einen Blick zu, der mich fast umhaut. Für die Dauer seiner Berührung habe ich das Gefühl, auf dieser Welt existierten nur wir beide. Aber schon verschwindet seine Hand wieder und wir schieben uns hinter Marco und Estelle durch die Menge. Frustriert unterdrücke ich ein Seufzen. Ich will mehr. Ein Date. Zu zweit. Sobald die Schicht rum ist, erkläre ich das Dario.

Erst an einer Tribüne, von der aus man die Bühne gut sehen kann, machen wir wieder halt. Casius sitzt dort im Zentrum, in etwas gehüllt, das aussieht wie das Fell eines gelb-orangen Wolfs. Neben ihm Luca, beide tief in ein Gespräch verwickelt. Den Mienen nach geht es um etwas Ernstes. Ob es um die Sache mit dem Hexenwecker geht? Wie auf Autopilot schlägt mein Herz beim Gedanken daran schneller. So offen zu zeigen, dass ich anders bin, war riskant. Aber ich hätte es wieder getan. Kaum erblickt Casius uns, beendet er das Gespräch und erhebt sich von seinem Platz. Mit einer kleinen Verbeugung in meine Richtung springt ein Lächeln in sein Gesicht. »Einen wunderbaren Abend, Retterin Venedigs.«

Okay. Sie haben über mich geredet. Casius wirft mir einen forschenden Blick zu, meine Wangen verwandeln sich in Herdplatten. »Man tut, was man kann.«

Er zwinkert mir zu. »Was für eine wunderbare Formulierung …«

Casius' wenige Worte beamen mich an den Rand von Panik. Er weiß es. Oder zumindest etwas? Was, wenn die Hexe etwas erzählt hat?! Ich mag meinen Kopf, ich will ihn gerne noch eine Weile behalten! Aber dann wendet sich Casius Marco und den anderen zu. Was sie reden, bekomme ich nicht mit. Viel zu sehr bin ich damit beschäftigt, meinen Puls zu beruhigen. Erst beim dritten Versuch durchzuatmen schaffe ich es auch. Die Welt dreht sich nicht um mich, ich bin nicht der Nabel der Welt. Komm runter. Außerdem bin ich die Gute im Spiel, verdammt.

»Gespannt aufs Ritual?« Lucas Stimme ist es, die mich aus meiner Trance holt. Auch er trägt wie üblich Schwarz. Nur seine Augen, in denen der Schein des Feuers wild tanzt, passen perfekt in die Szenerie.

»Definitiv. Bist du bei jedem Ritual?«

Lucas Lachen ist so ansteckend, dass ich lächeln muss. Es tut gut und vertreibt den Rest der Angst in mir. Wäre er mir auf der Spur, würde er sicher anders reagieren. »Nur bei den wichtigen. Ich käme zu nichts anderem mehr.«

»Hast du niemanden, der dir hilft?«

Luca winkt ab. »Wieder: lange Geschichte und nein. Finde ich aber nicht schlimm, so bin ich mein eigener Herr. Von den Ordern der *tutori* mal abgesehen. Wollen wir eine Runde drehen? Dann zeige ich dir, wo die Piraten leben.«

»Da fragst du noch?« Magische Piraten? Aber hallo!

»Dann komm.« Während Luca mich an den Schultern umdreht, nickt er Marco zu. »Ich entführe deine Schwester und zeige ihr die Gegend.«

Marcos Augenbrauen wandern sofort nach oben. »Was gibt es da zu sehen?«

»Genug«, gibt Luca leicht unterkühlt zurück. »Wir sind vor dem Ritual zurück.«

»Dario begleitet euch«, bestimmt Marco und das erste Mal freue ich mich über seine Bevormundung. »Ich will nicht, dass sie plötzlich allein in diesem Irrenhaus unterwegs ist, und ich muss noch mit Casius sprechen.«

Lucas Augen verengen sich. »Als ob ich das zulassen würde.«

»Schon anderes erlebt«, gibt Marco zurück.

»Braucht ihr einen Ring zum Kämpfen?«, frage ich und sehe dabei vor allem Marco an. Was fällt ihm ein, den großen Beschützer zu markieren? Würde er das auch bei Estelle machen?

»Brauchen sie nicht.« Dario legt seinen Arm um meine Schulter. »Ich spiele gerne Babysitter.«

»Babysitter?« Ich schlüpfe aus seinem Arm. »Sei froh, dass du meine Gesellschaft genießen darfst.«

»Wie die Dame meinen«, erwidert Dario und lässt mir den Vortritt, um Luca zu folgen, der bereits die Tribüne hinabsteigt.

Immer wieder stellt Luca mir *liberi* vor, deren Namen ich sofort wieder vergesse. Die Stimmung auf dem Platz steht kurz vor Party. Die meisten der Anwesenden wippen im Takt der Musik, die von Straßenmusikern kommt und sich alle paar Meter ändert, aber immer nach Südsee klingt. Kurz vor dem See, in dem sich die Bühne befindet, biegt Luca in einen verlassenen Sotoportego ab, einen Durchgang unter den Häusern am Rand des Kanals. Wir steigen eine Treppe hinab, und plötzlich riecht es nach Keller. Im Licht der Fackeln, die den Gang alle paar Meter beleuchten, schimmern die Wände feucht. Ein Tropfen landet auf meiner Nasenspitze. »Führt der Gang unter dem Kanal entlang?«

»100 Punkte und ein Date im Fackelschein«, kommt es von hinten. Der Gang ist nicht sehr breit, sodass Dario hinter Luca und mir bleiben muss, leider. Doch Darios Blicke spüre ich deutlich auf mir.

»Gebongt. Solange die Fackeln über der Erde stecken.«

Neben mir lässt Luca seinen Finger über das Moos an der Wand gleiten. »Die Piraten haben ihn und ein paar andere angelegt, um trockenen Fußes auf ihre Insel zu gelangen.« Am Ende des Gangs kommt eine Treppe in Sicht. »In den Gebäuden hinter der Bühne befindet sich ihr Hauptquartier, das umgeben ist von Kanälen. Eine Art von Schiff.«

»Nur mitten in Venedig«, kommt es wieder von hinten. Dario gibt sich alle Mühe, Luca nicht die Show zu überlassen. Irgendwie putzig und so süß, dass ich mit jedem Meter mehr das Verlangen verspüre, mich umzudrehen und ihn zu küssen. Doch mit Luca an meiner Seite wage ich es nicht, mich auch nur umzudrehen.

»Ich hatte gehofft, sie wohnen auf einem Piratenschiff.«

Luca lässt mich als Erste auf die Treppe. »Tun sie.«

Ich drehe mich zu ihm um. Venedigs Kanäle sind viel zu eng und die Brücken zu niedrig für ein Piratenschiff, das auf einem echten Meer den Wellen standhalten muss. Gesehen habe ich noch nie eins auf meinen Streifzügen durch die Stadt. »Wo liegt es?«

»Geduld«, raunt Luca. Als er mich ansieht, verschmitzt lächelnd, ein Glänzen in den goldenen Augen, das in der Dunkelheit des Gangs übernatürlich wirkt, wird mir warm.

Wir erklimmen die Treppe und treten durch eine Tür, nicht ohne einem alten Mann in einem roten Anzug eine Losung – *in rum veritas* – zu nennen. Dann bin ich zu baff, um etwas zu sagen. Was von außen wie mehrere Häuser gewirkt hat, ist in Wirklichkeit nur die Fassade eines einzigen, riesigen Innenraums. Die Piraten haben den kompletten Häuserkomplex entkernt und umgebaut. Vor mir tut sich etwas auf, was mich an das Reich von Peter Pan und seine verlorenen Jungs erinnert: Galerien auf mehreren Stockwerken, Brücken, Seile, Hängematten, Schlingpflanzen, Palmen, Durchgänge, Balkone mit Zugang zu Zimmern und anderen Gebäudeteilen. Auch das Klima ist karibisch, warm und feucht. Das alles ist aber nichts im Vergleich zu dem riesigen

Segelschiff, das in der Mitte der Halle in einem azurblauen Pool vor Anker liegt. Die rot-weiß gestreiften Segel hängen schlaff vom Mast und es herrscht Betrieb auf dem Schiff. Piraten, wohin ich sehe. Mit weiten Hemden, Pumphosen, Piratenhüten und Stiefeln. Aber als ich in ihre Gesichter sehe, mache ich einen Schritt zurück. Sofort ist da ein Arm an meiner Hüfte, Luca, der mir ins Ohr raunt: »Das erste Mal ist erschreckend.«

Erschreckend? Eine kleine Vorwarnung wäre okay gewesen. Statt Otto-Normalverbraucher-Köpfen, -Fingern und anderen Gliedmaßen mit Haut blitzen Knochen hervor und auf ihren Schultern tragen sie einen Totenschädel. »Ich nehme an, das ist Teil ihres Magiedings«, sage ich heiser.

»Sie sind alt. Sehr alt«, sagt Luca, während er einem Piraten zunickt, der mit einem Fässchen auf der Schulter pfeifend an uns vorbeigeht. Der weiße Schädelknochen schimmert wie Perlmutt im Fackelschein, der auch hier für Licht sorgt. Wie kann man ohne Lippen pfeifen?

Dario stellt sich neben mich und Lucas Arm an meiner Hüfte verschwindet. »Schickes Teil, oder?«

»Da steckt ihr!« Eine klare und hohe Stimme lässt uns drei zurück zur Treppe sehen. An der Tür zum Gang steht ein kleiner Kerl mit langem Rauschebart und Hakennase in einem grünen Nadelstreifenanzug, dessen Westenknöpfe sich gefährlich auf der schwer atmenden Brust spannen.

»Der fehlt mir gerade noch«, murmelt Luca und strafft die Schultern.

»Wer ist das?«, frage ich.

»Einer der Uhrmacher«, murmelt Luca.

»Vom Hexenwecker?«, frage ich überrascht. Er könnte glatt für den Hobbit als Zwerg gecastet werden.

Verärgert kommt der Uhrmacher auf uns zu. »Da bist du also!« Aufgebracht bleibt der Uhrmacher vor mir stehen und pikst mich gegen die Brust. Ein Blitz flammt auf, und es ist, als träfe mich ein Stromschlag.

»Aua! Was soll das?« Ich weiche vor ihm zurück.

Dario stellt sich sofort zwischen mich und den Kerl. »Pass auf, was du mit deinem Finger machst!«

Der Kerl ignoriert Dario und geht erneut auf mich los. »Du bist die Weckerrumpfuscherin!«

»Sie ist die, die ihn zum Laufen gebracht hat, Xmirk«, erinnert Luca ihn, eine Warnung schwingt in seiner Stimme mit.

Aber Xmirk beeindruckt das nicht. »Nur wir Uhrmacher kümmern uns um unsere Uhren! Nur wir! Verstanden?!« Seine smaragdgrünen Augen verengen sich. »Ihre Einmischung ist gegen das Gesetz!«

»Ich habe nur geholfen«, bringe ich hervor.

»Indem du in unserem Wecker herumgepfuscht hast. Mit stinknormaler Magie!« Er spuckt mir vor die Füße.

»Aber er lief doch nicht!« Ich fasse es nicht. Beschwert der Typ sich ehrlich, dass ich den Wecker zum Laufen gebracht habe?

»Das ist egal!«, fährt mich Xmirk an. »Du musst bestraft werden. Ganz offiziell!«

»Xmirk«, versucht Dario ihn zu besänftigen. »Sie hat uns den Arsch gerettet.«

Luca fügt hinzu: »Darüber haben wir mit deiner Gilde bereits gesprochen.«

»Pah!« Wieder spuckt Xmirk aus, dieses Mal dampft seine Spucke. Was ist das für ein Typ? Kein Zwerg, so viel steht fest. »Mein Wecker, mein Handwerk, meine Regeln! Bestrafung, jetzt!« Plötzlich zucken Blitze zwischen seinen Fingern auf.

Dann geht alles schnell: Dario und Luca schieben mich hinter sich und ein goldener Schild zuckt in die Höhe, grelle Blitze schlagen im Schild ein und es donnert unfassbar laut. »Wage es nicht, sie anzufassen!«, brüllt Luca Xmirk an.

»Sagt wer? Der Metà!«, fragt Xmirk. Obwohl er so klein ist, wirkt er bedrohlich wie ein Hurrikan.

»Pass auf, was du sagst, Uhrmacher!« Lucas Stimme ist nicht mehr als ein Zischen, und sie bewirkt, dass Xmirk blass um die Nase wird und entschuldigend die Hände hebt.

»Ich will nur Gerechtigkeit!«

»Dann sollten wir über eine Strafe für dich reden. Der Wecker hat nicht funktioniert«, mischt sich Dario ein.

Xmirk braust auf und wieder tanzen Blitze zwischen seinen Fingern. »Werden wir herausfinden, wieso? Nein! Weil sie«, Xmirk spuckt erneut in meine Richtung, »rumgepfuscht hat!«

»Sie hat uns allen das Leben gerettet. Begreife das endlich«, entgegnet Dario, nicht ohne Ungeduld in seiner Stimme.

»Dario«, Luca nimmt seinen Blick nicht von Xmirk. »Bring Anola weg. Ich kläre das allein.«

Dario erwidert nichts, doch sofort spüre ich seine Finger an meiner Hand und er zieht mich mit sich. Weg von Xmirk und vom Piratenschiff, zurück in den Gang, aus dem wir gekommen sind. Als wir durch die Tür gehen, höre ich Lucas und Xmirks aufgebrachte Stimmen immer noch.

»Wir können ihn nicht mit dem allein lassen!«

»Luca kann man ganz gut allein lassen.« Dario zieht mich die Treppe hinunter. »Genau genommen ist Luca am liebsten allein.«

»Aber …«

Dario bleibt stehen und blickt mich ernst an. »Glaub mir, Anola. Luca kommt klar.«

»Was ist das für ein Wesen?«

»Ein Uhrmacher, sie besitzen einzigartige Magie, sehr speziell, sehr gefährlich.«

»Dann sollten wir erst recht –«

»Anola, Xmirk wird es nicht wagen, ihn anzugreifen. Die Uhrmacher besitzen ein starkes Ehrgefühl. Luca ist safe.«

»Okay … Was ist ein Metà? Ist Luca einer?«

Dario wirft mir einen schnellen Blick zu und räuspert sich. »Das muss dir Luca selbst erklären.«

»Warum?«

»Er würde es hassen, wenn ich das übernehme. Glaub mir. Jetzt komm, wir sollten aus der Schusslinie von Xmirk gehen.«

Mit mulmigem Gefühl laufe ich neben Dario her. Aber jeder Schritt in Richtung Freiheit, jedes bisschen frische Luft hilft mir, den Schrecken abzustreifen. Auch die Wärme von Darios Fingern tut ihren Teil. Als ich meinen Griff verstärke, lächelt mich Dario an.

»Geht es besser?«

»Ja. Ich hätte zwar eher mit einem ›Danke‹ gerechnet als mit einem Angriff. Waren das Blitze?«

»Etwas in der Art. Sehr schmerzhaft.«

»Wem sagst du das?« Ich reibe über die Stelle, an der mich Xmirk berührt hat. Sie tut immer noch weh. »Aber ich muss sagen, dass diese Händchenhalten-Therapie gut hilft.«

»Perfekt, denn du kommst nicht drum herum«, antwortet Dario, während wir wieder ans Tageslicht treten. Musik und Gesprächslärm dringen an meine Ohren. Der Sotoportego ist leer, in den Schaufenstern der Metzgerei und des Buchladens, die sich hier befinden, hängen »Geschlossen«-Schilder.

»Hätte ich seiner Meinung nach den Wecker in Ruhe lassen sollen?«

»Ja.«

»Aber dann wäre die Hexe …« Ein anderer Gedanke streift mich. »Was ist mit dieser Bestrafung? Kopf ab für die Rumpfuscherin?«

Dario zieht mich in eine Nische, legt seine Hand an meine Wange. Schlagartig tritt alles andere in den Hintergrund. »Deshalb musst du dir keine Sorgen machen. Xmirk muss ausrauchen.

Er hat den Wecker gebaut. Das ganze Jahr arbeitet er daran, und plötzlich funktioniert er nicht?«

»An seiner Stelle wäre ich auch ziemlich abgefuckt«, gebe ich zu.

»Siehst du. Luca biegt das hin. Du hast alles richtig gemacht.«

»Ein wütender Zwerg ist das Letzte, was mir noch fehlt.«

»Nenn sie lieber nicht Zwerg oder es fliegen noch mehr Blitze.« Plötzlich streicht Darios Daumen über meine Wange. »Er wird sich beruhigen.«

»Okay ...«

Dann sehen wir uns einfach nur an. Wie lange, weiß ich nicht. Aber die Anziehung, die von Dario ausgeht, zerreißt mich fast. Mein Herz schlägt so fest, dass ich kaum Luft bekomme, und ein flatteriges Glücksgefühl hält eine Parade durch meinen Körper ab. Ich hebe meine Hand, um Darios Wange zu berühren, aber ein Krachen neben uns lässt mich auffahren. Zwei Betrunkene kommen mit einem Kasten Bier aus einer der Haustüren, ohne uns wahrzunehmen, und wanken in Richtung Platz.

»Wir sollten zurückgehen, zum Fest, oder?« Unsicher mache ich ein paar Schritte, denn zurück zum Fest ist das Letzte, was ich will.

»Warte«, höre ich Dario raunen. Prickeln legt sich wie eine zweite Haut um mich. Noch bevor ich mich bewegen kann, spüre ich Darios Hand an meiner Hüfte. Fest und schnell zieht er mich an sich. Ich komme ihm entgegen, ziehe ihn ebenfalls an mich und stelle mich auf die Zehenspitzen. Unsere Lippen finden sich sofort und ich vergrabe meine Finger in seinen Haaren. Wir küssen uns, stürmisch und hektisch, aber genau richtig. Die Ungeduld, das Ausharren und Nebeneinanderstehen, ohne uns zu berühren, fordern ihren Tribut. Ohne seine Lippen von meinen zu nehmen, hebt Dario mich hoch, setzt mich auf den Stapel Colakisten hinter uns und zieht mich noch näher. Unser Kuss wird drängender. Es ist perfekt!

Als wir die Welt um uns wieder wahrnehmen, erstarre ich.

Im Durchgang, vor der Treppe zum Piratentunnel, steht Marco. Bewegungslos starrt er uns an. »Was macht ihr da?«

Sofort löst sich Dario von mir, macht Platz, damit ich von dem Kistenstapel rutschen kann. Er fährt sich durch die Haare, räuspert sich.

»Was macht ihr da?«, fragt Marco erneut und kommt zu uns herüber.

»Wir … Scheiße …« Dario fährt sich mit der Zunge über die Lippen. »Das siehst du doch selbst.« Es klingt resigniert.

Marco bleibt vor uns stehen. Er ist blass, seine Augen zucken von mir zu Dario. »Wie lange geht das schon?«

»Nicht lange«, beeilt sich Dario zu sagen. »Seit dem Lichtfest.«

Eine nette, aber richtige Verkürzung unserer Beziehung.

»Und du?« Marco wendet sich an mich. »Hast du nichts zu sagen?«

Etwas Schlaues, Anola, etwas, das die Sache entschärft, los! Aber mir fällt nur eines ein: »Ich mag Dario, sehr. Können wir darüber reden?«

Jetzt beginnt Marco zu lachen, laut und hysterisch. Dario und ich werfen uns Blicke zu. »Mein bester Freund und meine Halbschwester!«

»Es ist nicht, was du denkst, Marco, ehrlich!«

»Was denke ich denn?«

»Dass ich …« Dario verstummt, blickt zu mir, zurück zu Marco. »Es ist anders.«

Marcos Gesichtszüge entgleisen. »Das darf nicht wahr sein.« Marco macht einen Schritt auf mich zu, in seinem Gesicht nichts als Abneigung. »Du kommst hierher. Mischst dich in alles ein und jetzt nimmst du mir auch noch meinen besten Freund weg?«

»Ich nehme dir doch nicht deinen besten Freund weg. Wir mögen uns un-«

Marco schneidet mir das Wort ab. »Du nimmst dir immer alles, oder? Zuerst Papa und jetzt Dario. Du bist eine verlogene Bitch, die mir einfach alles nimmt!«

»Papa?«, frage ich tonlos.

»Jedes verfluchte Wochenende!«, brüllt Marco mich an. »Jedes! Immer! Bei dir!« Mit jedem Wort wird Marco lauter, kommt näher, und ich tue nichts anderes als zurückzuweichen, das Knirschen von Glasscherben unter meinen Stiefeln, so laut wie Kanonenschüsse. Ich kann nicht glauben, was Marco da sagt.

»Nie hat er mich gefragt, ob ich mit zu euch will. Nie war er bei meinen Fußballspielen oder Theateraufführungen, weil am Wochenende ihr wichtiger wart, du und deine Mutter. Wichtiger als ich, als alles. Und jetzt machst du dich an meinen besten Freund ran?« Tränen funkeln in Marcos Augen und ein Kloß springt in meinen Hals und nimmt mir die Luft. »Jetzt nimmst du mir auch noch Dario.« Damit dreht Marco sich um und verschwindet hinaus in die Menge.

Dario und ich stehen wie zu Eis erstarrt da. Eis, ja, tiefgefroren, so fühle ich mich. Das ist also der Grund, warum Marco mich so behandelt. Weil ich ihm Papa weggenommen habe. Und er hat alles Recht, so zu denken, denn es stimmt. Papa war immer bei uns, bei mir. Sooft es ging. Bis er gestorben ist. Dass ich einen Bruder habe, erfuhr ich erst mit fünf. Aber habe ich gefragt, ob ich ihn kennenlernen kann? Nein. Ich weiß, dass das alles nicht mein Fehler ist, aber Papa ist tot. Es ist geschehen und unumkehrbar, und das ist das Schlimmste daran. Zum ersten Mal mischt sich in die Trauer um Papa Wut. Weil er Marco im Stich gelassen hat. Weil ich es nicht gesehen habe. Weil dadurch so vieles kaputtgegangen ist.

»Anola?« Darios Stimme holt mich aus der Flut meiner Gedanken und ich bin ihm dankbar dafür. Denn sie hat die Gewalt, mich wegzuspülen.

»Ja?« Ich sehe zu ihm. Er ist blass, aber er sieht entschlossen aus.

»Ich muss ihm nach.«

Ich nicke und Dario geht. Ohne zu zögern. Ohne Kuss. Ohne Umarmung. Er geht. Folgt seinem besten Freund. Und ich bleibe zurück, mit mir und der Gedankenflut.

Kapitel 29

UNVERZÜGLICH!

Den ganzen Abend bis in die Nacht hinein habe ich mit Estelle und Luca auf dem Platz verbracht. Weder Marco noch Dario tauchten wieder auf. Selbst als das Piratenschiff mit vollen Segeln durch die Fassade hinter der Bühne gefahren kam und alle um uns in frenetischen Applaus verfielen, war in mir nichts außer Kälte und Angst. Wie in Trance klammerten sich meine Finger um mein Smartphone. Alle meine Anrufe, die ich nach der Schicht gemacht habe, gingen ins Leere. Als endlich eine Nachricht von Dario aufpoppte, half sie nicht, mich besser zu fühlen:

Können wir uns treffen?
Um 8 Uhr an der Ponte dell' Accademia?

Die berühmte Brücke über dem Canal Grande liegt nur einen Steinwurf von der Schule entfernt. Ich tippte ein »Okay«. Und ein »Wie geht es dir?«. Ein »Wie läuft es mit Marco?«. Aber ich bekam keine

Antwort, nur jedes Mal zwei Haken, beide blau. *Gelesen*. Keine Antwort zu bekommen, ist schon schlimm, aber diese Haken, die kommen doch direkt aus der Hölle! Es blieb bei den Haken, trotz meines hypnotischen Display-Anstarrens, als ich endlich im Bett lag.

Jetzt bläst mir der Herbstwind die Haare ins Gesicht, zerrt an meinem Mantel und bringt mich dazu, noch mehr zu frieren als ohnehin schon. Die Angst vor dem Treffen und die vielen Fragezeichen, die wie Flummis auf meinen Gedanken und in meinem Herzen herumspringen, rauben mir die Geduld, um richtig denken zu können. Ich sauge die kalte Morgenluft tief ein, so wie Cara es mir gestern Nacht immer wieder gesagt hat. Ich weiß nicht, wie lange wir telefoniert haben, aber nur dank ihr habe ich die Nacht überstanden. Also: durchatmen, nicht durchdrehen und einen Schritt nach dem anderen machen.

Etwas zu früh komme ich an der Brücke an, trotzdem lehnt Dario bereits am Brückengeländer. Ich erkenne ihn sofort: die Haare, die der Wind zerzaust, die Art, wie er mit gesenktem Kopf und in den Taschen vergrabenen Händen dasteht. Erst als ich die Treppe zur Brücke hinaufsteige, bemerkt auch er mich. Ein minimalistisches Lächeln huscht über sein Gesicht, macht aber sofort wieder Platz für den Ernst, den ich so bei ihm noch nicht gesehen habe und der mir den Mund trocken werden lässt. Er ist blass, hat dunkle Augenringe. Etwas an ihm lässt mich einen halben Meter vor ihm stehen bleiben, ihn nicht küssen, nicht berühren, obwohl alles in mir danach schreit. Als hätte er einen magischen Schild zwischen uns hochgezogen. Angst quetscht die Freude, ihn endlich zu sehen, aus meinem Herzen.

»Hey.« Ich klinge, als hätte ich die Grippe.

»Hey.« Auch Darios Stimme ist heiser, sein Blick klebt auf seinen Turnschuhspitzen. »Danke, dass du gekommen bist.«

»Nach gestern wäre ich bis nach Timbuktu gefahren, um dich zu sehen.«

Endlich sieht er mich wieder an. Sein Blick sucht mein Gesicht ab, als liege darin etwas, nach dem er sucht. Dann atmet er tief durch, zittrig und angestrengt.

Ich halte es nicht mehr aus. »Wie ist es gelaufen?«

»Es ist kompliziert ...«

»Welche Stufe von kompliziert?«

»Auf einer Skala von 1 bis 10?«, fragt Dario. »26.«

»Fuck.« Ich beiße mir auf die Lippen und stelle die Frage, die mich seit Marcos Auftritt von innen heraus auffrisst: »Was ist der Plan? Wie geht es weiter mit ... mit uns?«

Dario atmet tief durch, strafft seine Schultern und blickt mich an. »Marco braucht mich. Er ist mein bester Freund.«

»Bitte keine Codes. Was bedeutet das?« Auch wenn mein Herz bereits die Signale empfangen hat und beginnt zu zerfallen, will ich es von ihm hören.

Dario reibt sich über die Augen. »Das zwischen uns ... Es bedeutet, dass wir nicht weitermachen können.«

Da ist es. Ein Sturz aus einem Flugzeug mit der Gewissheit, keinen Fallschirm dabeizuhaben, muss besser sein. »Dann willst du es beenden?«

»Wollen?« Er lacht kurz und bitter auf.

»Das klingt, als hättest du keine Wahl.«

Müde hebt Dario den Blick. »Anola, es ist nicht so einfach, wie du denkst. Marco geht es nicht gut. Gar nicht gut, um ehrlich zu sein. Was da zwischen dir und mir ist, bedeutet Verrat für ihn. Ich kann ihm das nicht antun.«

Ich schnappe nach Luft, während eine Welle heißer Wut durch mich hindurchschwappt. »Das meinst du nicht ernst?«

Wieder sieht mich Dario an, wie ein Wegweiser, der vergessen hat, in welche Richtung er die Leute schicken soll. »Was ich denke, spielt keine Rolle. Fakt ist, dass es nicht weitergehen kann. Meine Prioritäten liegen momentan bei Marco. In anderen Zeiten ...« Er lässt den Satz in der Luft hängen wie einen Ballon, dessen Schnur man mit viel Glück noch erreichen könnte.

»Wir haben aber nur diese Zeit. Kannst du ihn nicht überzeugen, uns eine Chance zu geben?«

»Es geht nicht, Anola. Wirklich. Er braucht mich.«

»Für was? Was Papa getan hat, ist nicht in Ordnung, aber im Grunde ist es für unser Problem gut, denn ich kann nichts dafür. Wir können uns zusammenraufen, da bin ich mir sicher. Jetzt, wo er endlich ehrlich war und mir der Grund klar ist, warum er mich nicht mag.«

Darios Wangenmuskeln spannen sich an. »Es geht nicht. Das hat nichts mit dem Grund für Marcos Abneigung gegen dich zu tun. Momentan ist so viel los. Ich kann nicht … ich …«

Sein Ausweichen lässt mich die Fäuste ballen. »Du warst derjenige, der das Weitermachen ins Spiel gebracht hat, auf dem Ball, falls du dich erinnern kannst! Jetzt knickst du ein? Weil so viel los ist?« Dagegen, dass die letzten Worte vor Sarkasmus nur so triefen, kann ich nichts tun.

Dario reißt die Hände aus seinen Jackentaschen und rubbelt sich durch die Haare. »Es geht einfach nicht, okay?! Irgendwann, Anola, irgendwann könnte es gehen. Wir könnten warten. Wir –«

Mein Lachen schneidet Darios Satz ab. »Ich soll warten? Auf den Typen, der mir das zweite Mal den Todesstoß versetzt? Bis wann denn? Bis Marco uns seinen Segen gibt? Oder bis er das Zeitliche segnet?«

»Bis alles geklärt ist.«

»Was denn?!« Ich kann nicht mehr still dastehen. Während ich weiterspreche, laufe ich vor Dario auf und ab. Die vielen Augenblicke, in denen ich Marco und Dario Blicke habe tauschen sehen, das Spionieren bei Signora Lupa kommen mir in den Kopf. »Sag mir, was da zwischen euch abgeht. Ich bin nicht blind oder dumm.«

Dario schüttelt den Kopf. »Das geht dich nichts an, denn ich will und kann dich da nicht mit reinziehen. Niemanden. Es ist eine Sache zwischen Marco und mir. Es ist …« Er überlegt, schüttelt dann aber den Kopf. »Ich kann nicht mehr sagen, auch wenn ich wollte. Aber irgendwann wird es erledigt sein. Versprochen. Wir könnten warten. Wirklich.«

»Nein.« Ich bleibe vor ihm stehen. Ich fasse selbst nicht, was ich jetzt sagen werde. Aber es geht nicht anders. Ich kann nicht anders. »Ich warte nicht auf irgendwann. Nicht, nachdem du deine Meinung schon wieder änderst. Ich bin mir mehr wert als das. Wenn du es beendest, dann für immer.«

»Es geht nicht. Noch nicht. Bitte … Marco braucht mich. Was würdest du tun, wenn es um Cara ginge?«

»Cara ist meine beste Freundin, ich würde alles für sie tun. Aber wenn sie wüsste, was du mir bedeutest, würde sie sich arrangieren, dir eine Chance geben. Gerade weil sie meine beste Freundin ist. Wenn dir Marcos Meinung wichtiger ist, dann …« Die nächsten Worte kann ich nicht aussprechen, sie rauben mir den Atem. Ist die Sache zwischen uns so einseitig? Habe ich mich so getäuscht?

»Es ist nicht nur Marcos Meinung, bitte glaub mir. Es ist … Scheiße!«

Ich zucke zurück. Verzweifelt sieht er mich an. Wenn ich doch nur ein paar von Nonnas Wahrsagetricks geerbt hätte … Jetzt sehe ich nur einen Typen, der mir etwas verschweigt, mir nicht vertraut und mich deshalb lieber in den Wind schießt, als mit offenen Karten zu spielen. Aua. Ganzkörper-zerreiß-Aua.

Dario starrt mich an und presst die Lippen aufeinander. Tränen steigen in seine Augen und für eine Millisekunde tanzt die Hoffnung durch mein Herz. Er schließt die Augen, und als er sie wieder öffnet, ist der Schmerz verschwunden und sein Blick ist hart. »Dann für immer.«

Es ertönt ein »Okay«, von dem ich erst eine Sekunde später verstehe, dass es von mir stammt.

Dario nickt. »Okay.«

Dieses Mal bin ich es, die in seinem Gesicht nach etwas sucht, und zwar nach dem, das mich überhaupt erst in diese Lage gebracht hat. Aber es ist, als stünde ein Fremder vor mir. Der Dario, den ich berühren und küssen will, ist verpufft. Als Abschiedsgruß lodern die Stellen an meinem Körper auf, die er geküsst hat, an denen mich seine Bartstoppeln gekitzelt haben. Wenn ich jetzt nicht gehe, zerspringe ich, ich bin mir sicher. Wenn ich sehe, wie Dario sich umdreht und als Erster geht, pulverisiert das den Rest von mir. Also nicke ich. Sehe ein letztes Mal in die blaugrünen Augen, die heute nicht strahlen oder mich in ihre kribbelige, alles einnehmende Tiefe ziehen. Dann drehe ich mich um. Und gehe. Einen Schritt. Einen zweiten. Es ist, als brenne ein Lagerfeuer in meinem Rücken. Mit jedem Schritt lässt seine Wärme nach, und eine Kälte wie im tiefsten Winter umfängt mich, immer mehr, bis sie sich in jedem Winkel meines Körpers einnistet.

Als ich zu Hause ankomme, ist die Wohnung leer, und ich schlüpfe in mein Bett, ohne Mantel oder Stiefel auszuziehen. Es ist mir egal. Alles ist mir egal. Wie oft lag ich in den letzten Wochen genau hier, wach und in Gedanken bei Dario? Glücklich? Zufrieden? Hoffnungsvoll? Jetzt zerbrösle ich unter dem Gewicht der Bettdecke. Die Wärme des Betts taut das Eis in mir auf, und plötzlich ist da Schmerz. Überall. Sogar das Atmen tut weh. Jeder Herzschlag fühlt sich wie eine Anstrengung an.

Ich bin es, die ihm gesagt hat, jetzt oder nie. Es war kein Fehler. Es war das einzig Mögliche. Ich kann mich nicht noch mal seiner Willkür aussetzen. Warten auf etwas, das vielleicht nie passiert. Die Unmöglichkeit dieser Situation macht mich sprachlos, aber Darios Entschlossenheit killt mich. Wie kann er mir das antun? Hat er nicht genauso gefühlt wie ich? Gefühlt, dass wir zusammengehören? Wieso gibt er kampflos auf? Wieso gibt er mich auf? Plötzlich schälen sich drei Buchstaben aus meinem Herzen, glühend heiß: NIE. Mein Körper reagiert sofort: Er krampft sich zusammen und Tränen schießen in meine Augen. Auf ein Schluchzen folgt das nächste, für Luft ist da kaum mehr Platz in mir. Es ist vorbei. Für immer.

Als ich am Abend unter meiner Bettdecke hervorkomme, tut mir alles weh, die Haut im Gesicht spannt, meine Augen brennen. Es ist, als hätte man einen Teil meines Körpers amputiert. Wie soll man sich von so etwas erholen? Nie, oder? Wieder dieses Nie. Wie sehr ich es hasse! Ich habe es satt, und ich habe es satt, mich so zu fühlen! Ich habe es satt, mir von Dario mein Herz zerreißen zu lassen und mit den Fetzen leben zu müssen. Unter Protest meiner Muskeln setze ich mich auf und wische mir mit meinem Schlafshirt die Tränen weg. Liegenbleiben ist keine Option. Ich muss etwas tun.

Ich nehme mein Handy, aber als ich den offenen Chatverlauf von Cara und mir sehe, steigen sofort wieder Tränen in meine Augen.

Es ist aus.

Es tut mir so leid, Ani!
Willst du reden? Soll ich vorbeikommen?
Willst du Schokolade? Willst du etwas in Brand stecken?

Danke.
Gerade will ich mich einfach nur verkriechen und heulen.
Okay?

Was immer du brauchst, nimm es dir.

Mein Handy ist auf laut und meine schnellsten Schuhe stehen bereit.

Drück dich, beste Freundin!

Ich lege das Handy weg, wische die dummen Tränen ab und straffe meine Schultern. Dann beginne ich, mein Zimmer aufzuräumen. Ich ordne Schulsachen, sortiere meinen Kleiderschrank, werfe alles, was mit Dario in Berührung gekommen ist, in einen Umzugskarton. Mein persönliches Pestghetto, das morgen auf den Dachboden wandert. Wohl oder übel muss ich shoppen gehen und meinen Kleiderschrank auffüllen, aber vielleicht ist das gut so. Ich gehe duschen, föhne meine Haare, ziehe mich um. Als ich aus meinem Zimmerfenster sehe, glitzert Venedig. Zwar ist die untergehende Sonne hinter den Wolken heute nicht zu sehen, aber das Magieleuchten gibt trotzdem sein Bestes. Mein Blick gleitet zu meiner Maske, die in ihrem Gürteltäschchen auf meinem Nachttisch liegt. Als ich sie aufsetze, fühle ich mich schlagartig besser. Es ist die Wärme, die von ihr ausgeht, und das Gefühl, dass sie untrennbar zu mir gehört. Habe ich mich anfangs eher hinter ihr versteckt, greift nun ein ganz anderes Gefühl: Sie gehört zu mir, sie ist ich, ich bin sie, ich bin nicht allein. Niemand kann mir die Maske oder dieses Gefühl wegnehmen. Weder meine Wurzeln, mein Ich, mein Venedig. Vielleicht ist es die Magie in meinem Blut, ihre Schwingung, die mir die Kraft für diese Gedanken gibt, vielleicht hat das heiße Wasser mir den Kopf freigespült.

So viele »Vielleichts«, und ich verabscheue jedes einzelne davon, fast noch mehr als das »Nie«. Aber in einem bin ich mir sicher: Ich muss aufstehen und weitermachen. Auf meine Art und Weise.

Ich öffne das Fenster, sauge die kühle Abendluft ein, schmecke das Salz des Meeres und den Duft des Herbstes. Ich beuge mich aus dem Fenster, bis ich einen Magiefaden zu fassen bekomme.

Warm und geschmeidig fließt er wie flüssiges Sonnenlicht über meine Hand. Die Vibration der Magie in mir vereint sich mit der des Magieleuchtens, und die Welt ist plötzlich seltsam im Gleichklang. Als atmeten ich und Venedig gemeinsam. Auch wenn ich nicht hierher wollte, das erste Mal im Leben fühle ich mich, als hätte ich meinen Platz gefunden. Auch wenn mein Herz bei dem leisesten Gedanken an Dario und dass ich ihm für ewig über den Weg laufen werde, zusammenzuckt. Die Magie in mir und um mich verhindert, dass ich zusammenbreche. Sie hält mich aufrecht. Vielleicht sollte ich nie wieder vergessen, dass ich Anola bin. Die Magierin. Wenn jemand versucht, mich mir selbst wegzunehmen – oder diese Stadt –, dann werde ich es verhindern. Ich konzentriere mich auf das Vibrieren der Magie in mir, um mich. Obwohl meine Stimme nur ein Flüstern ist, stehe ich hinter jedem Wort: »Du hilfst mir. Ich helfe dir. Für immer. Das schwöre ich.« Mit jedem Wort, das ich nach Venedig und an die Magie schicke, vibriert der Magiefaden in meiner Hand stärker. Plötzlich entgleitet er mir und das Magieleuchten glüht auf! Glitzer tanzt und schwirrt durch die Luft und formiert sich erneut zu Bildern: Mehrere Kuppeln über runden Torbögen. Der Markusdom. Zwei Gestalten tauchen auf, ihre Gesichter sind die letzten, die ich sehen will: Dario und Marco. Ich spüre ihre Aufregung und ihre – Panik. Ohne sich umzusehen, hetzen sie auf den Markusdom zu. Kaum verschwinden sie darin, verlischt das Magieleuchten, das die Steine des Markusdoms belebt, und er fällt. Er stürzt in sich zusammen. Begräbt Dario und Marco.

Mit einem Schrei taumle ich weg vom Fenster und die Vision endet. Mein Herz hämmert gegen mein Brustbein und Angstschweiß bildet sich in meinem Nacken. Es ist, als stehe ich unter Strom. Zeigen diese Visionen die Wahrheit? Sind Dario und Marco in Gefahr?

Unsinn! Beruhige dich! Doch egal, was ich mir einrede, die

Vorstellung, dass Dario und Marco im Markusdom ums Leben kommen, macht mich fertig.

Das Vibrieren meines Smartphones und ein Alarmgeräusch, das ich schon einmal gehört habe, reißen mich aus meinem Gedankenkarussell zurück in die Realität. Auf dem Display blinkt eine Eilnachricht der *tutori*. Enttäuschung, dass die Nachricht nicht von Dario stammt, schlägt in meinem Bauch ein, aber ich lese die Nachricht trotzdem:

Angriff mit Magieentzug.
Einsatzort: Markusdom.
Alle tutori einfinden.
UNVERZÜGLICH!

Mein Herz hört auf zu schlagen. Dann rast es los. Während ich meinen Mantel packe und in die Stiefel schlüpfe, kann ich nur eins denken: Was, wenn ich Dario und Marco schon längst verloren habe?

Danksagung

Ihr Lieben,
endlich darf ich DANKE sagen. Und zwar zuallererst DIR. Danke, dass du mit Anola und mir nach Venedig gereist und in diese magische Welt eingetaucht bist. Ohne Lesende wären wir Autor:innen nämlich nichts und die Stimmen unserer Geschichten blieben stumm.

Dass die Geschichte überhaupt erschienen ist, liegt an meiner fabelhaften Lektorin Magdalena und an arsEdition. Danke, dass ihr Anola und Co. genauso liebt wie ich und wir Teil eurer Vision sein dürfen.

Ohne Annette von der Agentur Kossack gäbe es das hier aber auch nicht. Danke, dass du an meine Geschichten glaubst, mit mir feilst und immer da bist, wenn ich dich brauche.

Dicke Dankeschöns gehen an meine Lektorin Jana und an Frauke Schneider, die perfekte Kleider für die Geschichte geschneidert hat. Und dann: Pia-Rhona Saxe! Dass du Anola deine Stimme leihst, feiere ich immer noch.

Debo – ja, genau, du: Ohne deinen Mut, dich als Erste mit mir als Autorin einzulassen, gäbe es dieses Buch nicht. Das Wörtchen Danke reicht nicht ansatzweise.

Ein Hoch auf die Kemenate, die vorderste Front meiner Geschichtenerzählerei: Gabi, Daniela, Fabiana und Noppes, ohne euch hätte Anola viel weniger Spaß. Und ich auch. Philomena, ich war so nervös, wie du es findest. Cara und ich danken dir.

Claudia, danke, dass du meine Formulae besser kennst als ich!

Florian, danke, dass ich wieder deine Sprachkenntnisse anzapfen durfte.

Ich bin Teil einer fantastischen Schreibgruppe, dem Schreibkreativ. Ladies, ich lieb's mit euch! Danke für euren Rat und eure Hilfe – und danke Maja fürs Ins-Boot-Holen.

Ohne Freunde ist man einsam. Meine, allen voran Ricci, Chris, Fibbo und Julle, mussten ziemlich oft auf mich verzichten, damit das hier klappt. Hier ist das Ding! Ich hab euch lieb!

Und zuletzt, aber immer zuerst: meine zwei Herzensmenschen. Unsere Reise ist aufregend, einzigartig und perfekt. Danke für A-L-L-E-S.

Habt eine gute Zeit! Wir lesen uns in Band 2, eure Mela.

Eine verbotene Liebe und ein Geheimnis das alles zerstören könnte ...

ISBN 978-3-8458-5691-9

ISBN 978-3-8458-5692-6

ISBN 978-3-8458-5706-0

Eine romantische Trilogie und eine Enemies-to-Lovers-Geschichte, die fesselt!

Signa ist vom Tod berührt. Seit ihre Eltern gestorben sind, glauben ihre Verwandten, dass sie verflucht ist. Bis Signa eines Tages von ihrem Cousin in das wunderschöne Herrenhaus Thorn Grove eingeladen wird. Die rauschenden Bälle und eleganten Gäste faszinieren Signa, doch der Glanz verbirgt ein düsteres Geheimnis. Die Tochter des Hauses, Blythe, wurde vergiftet und der Täter steht der Familie näher als vermutet. Als der Tod dann höchstpersönlich erscheint, um Signa bei dem Rätsel zu helfen, weckt er in ihr verbotene Gefühle, die sie in einen dunklen Abgrund reißen könnten ...

SONG OF SILVER

Romantasy meets asiatische Mythologie

Lan hat alles verloren: ihren alten Namen, ihr Zuhause, ihre Mutter. Seit die elantinischen Besatzer ihr Volk unterdrücken, verdient sie ihr Geld als Singmädchen. Als eines Tages der Mann auftaucht, der ihre Mutter getötet hat, flieht Lan und rennt dabei in die Arme von Zen. Zen ist einer der letzten Magier, die die Macht des Qì beherrschen, die von den Elantinern verboten wurde. Gemeinsam entdecken sie Lans verborgene Kräfte, die das gesamte Königreich erschüttern könnten ...